Le bébé de son ennemi

★

Le rêve d'une maîtresse

★

Cette impossible attirance

JENNIE LUCAS

Le bébé de son ennemi

Traduction française de
CÉLIA VAL

HARLEQUIN

Titre original :
THE CONSEQUENCE OF HIS VENGEANCE

Ce roman a déjà été publié en 2017

HARPERCOLLINS FRANCE
83-85, boulevard Vincent-Auriol, 75646 PARIS CEDEX 13
Service Lectrices — Tél. : 01 45 82 47 47 - www.harlequin.fr
ISBN 978-2-2804-6169-6

Composé et édité par HarperCollins France. Achevé d'imprimer en août 2021.
par CPI Black Print - Barcelone - Espagne
Dépôt légal : septembre 2021.

FSC www.fsc.org
MIXTE
Papier issu de sources responsables
FSC® C159065

Pour limiter l'empreinte environnementale de ses livres, HarperCollins France s'engage à n'utiliser que du papier fabriqué à partir de bois provenant de forêts gérées durablement et de manière responsable.

1

La nuit de février était glaciale. Sortant du restaurant où elle venait d'enchaîner deux services à la suite, Letty, frigorifiée, rentra le cou dans les épaules. Elle était épuisée. La fatigue physique, cependant, n'était rien à côté de sa lassitude morale.

La neige s'était mise à tomber sur Brooklyn. Letty baissa la tête pour affronter les rafales de vent qui s'engouffraient dans la rue sombre. Les flocons lui piquaient la peau et elle frissonna dans son manteau élimé.

— Letitia.

La voix derrière elle était basse et rauque. Letty se redressa d'un bloc. Personne ne l'appelait plus Letitia, pas même son père. Letitia Spencer avait été l'héritière choyée du domaine de Fairholme ; Letty n'était qu'une serveuse new-yorkaise parmi d'autres, luttant pour nourrir sa famille.

Et cette voix… On aurait dit celle de…

Non, impossible !

La main crispée sur son sac, elle se retourna lentement.

Darius était appuyé à une rutilante voiture de sport noire. Les cheveux noirs, les yeux noirs, il était incroyablement beau et irradiait la puissance dans son costume sur mesure et son manteau de laine sombre. Les flocons de neige, illuminés par un lampadaire, tombaient doucement autour de lui.

Pendant un instant, Letty eut du mal à en croire ses yeux. Darius ? Ici ?

— As-tu vu ça ? avait demandé son père le matin même, déboulant dans leur minuscule cuisine et déployant le journal devant elle, tout excité. Darius Kyrillos a vendu sa société pour vingt milliards de dollars ! Tu devrais l'appeler. Faire en sorte qu'il t'aime de nouveau…

Il avait levé les yeux vers Letty, des yeux brouillés par les antalgiques. Son bras cassé était maintenu en écharpe. Au bout de dix ans, son père avait prononcé le nom de Darius. Il venait de transgresser leur règle tacite. Letty avait fui en murmurant qu'elle allait être en retard au travail.

Toute sa journée en avait été perturbée : elle avait oublié des commandes, maladroitement renversé des plateaux — et même une assiette d'œufs au bacon sur les genoux d'un client. C'était miracle si on ne l'avait pas renvoyée.

Non, songea Letty, le souffle court. Le miracle, c'était maintenant. Darius. Les yeux écarquillés, elle fit un pas vers lui.

— Darius ? murmura-t-elle. C'est bien toi ?

Il s'avança, sortant de l'ombre tel un ange des ténèbres. Sa respiration se condensait dans la nuit glacée. La lumière lui dessinait un étrange halo autour du visage. Letty s'attendait presque à le voir disparaître si elle tentait de le toucher. Donc, elle s'abstint.

Et ce fut lui qui la toucha : avançant la main, il enroula autour de son doigt une mèche qui s'était échappée de sa queue-de-cheval.

— Tu sembles surprise…

Le son de sa voix grave, légèrement teintée d'un accent

grec qui lui venait de l'enfance, la fit frémir des pieds à la tête. Et elle comprit qu'elle ne rêvait pas. Son cœur se mit à tambouriner.

Darius, l'homme qu'elle essayait d'oublier depuis dix ans, dont elle rêvait, nuit après nuit, contre son gré… Ici, ce soir… Elle étouffa un sanglot.

— Que fais-tu ici ?

Les yeux sombres la détaillèrent avec avidité.

— Je n'ai pas pu résister.

L'éclairage était suffisant pour que Letty constate qu'il n'avait pas changé. Elle s'en étonna. Les années qui avaient failli la mettre à terre avaient glissé sur lui sans dommage. Il était toujours celui que son cœur innocent avait aimé alors qu'elle venait à peine d'avoir dix-huit ans ; elle s'était lancée à corps perdu dans ces amours interdites, avant de sacrifier son propre bonheur à celui de Darius.

La main de Darius glissa sur son épaule. En sentant sa chaleur à travers le mince tissu de son manteau, Letty faillit éclater en sanglots. Lui demander pourquoi il avait mis si longtemps — elle avait perdu tout espoir de le revoir.

Elle remarqua que le regard de Darius était fixé sur son vieux manteau à la fermeture Éclair cassée, et sur son uniforme de serveuse, une robe blanche si souvent lavée qu'elle en était devenue informe.

— J'étais habillée pour le travail…, bredouilla-t-elle en rougissant.

— Peu m'importe comment tu t'habilles, fit-il d'une voix étrange. Filons d'ici.

— Pour aller où ?

Il la prit par la main. Au contact de sa paume, elle oublia tout du froid et de la neige. Des picotements électrisaient sa peau.

— Au centre-ville, dans mon duplex. Tu viens ?

— Oui, fit-elle en un souffle.

Les lèvres sensuelles de Darius prirent un pli curieux. Il lui ouvrit la portière passager de son bolide. Letty prit une profonde inspiration et monta. La voiture surbaissée, luxueuse, coûtait plus que ce qu'elle avait gagné en dix ans comme serveuse. Elle passa la main sur la peau des sièges. Elle avait oublié que le cuir pouvait être si doux.

Darius démarra, et la voiture se fondit dans la nuit. Ils quittèrent Brooklyn pour gagner le cœur de New York, prisé des touristes et des gens fortunés : Manhattan.

Letty sentait intensément la présence de Darius à côté d'elle. Elle regardait son poignet et sa main tandis qu'il passait les vitesses.

— Donc, ton père est sorti de prison, lâcha soudain Darius, un peu ironique.

Elle se mordit les lèvres et lui jeta un regard à la dérobée.

— Il y a quelque temps, oui.

— Je présume que tu t'apprêtes à changer de vie.

Était-ce une question ou une suggestion ? Voulait-il dire qu'il voulait la faire changer de vie ? Avait-il enfin appris pourquoi elle l'avait trahi dix ans plus tôt ?

— J'ai payé cher pour apprendre que la vie change, répliqua-t-elle. Qu'on le veuille ou non.

Les mains de Darius se crispèrent sur le volant.

— Très juste.

Letty s'attarda sur son profil, les sourcils sombres, le nez aquilin, la bouche pleine et sensuelle. Elle avait toujours l'impression de rêver. Darius Kyrillos... Après toutes ces années, il était venu l'attendre à la fin de son service et s'apprêtait à l'amener dans son duplex. Lui, son seul véritable amour.

— Pourquoi es-tu venu me chercher ? murmura-t-elle. Pourquoi, après toutes ces années ?

Le regard sombre de Darius se voila.

— À cause de ton message.

— Quel message ?

Elle ne lui avait rien envoyé !

— Comme tu voudras, rétorqua-t-il avec un sourire.

Un *message* ? Letty sentit un frisson la parcourir. Et si son père… Celui-ci voulait qu'elle reprenne contact avec Darius. Depuis qu'il s'était si mystérieusement cassé le bras, sans vouloir expliquer l'accident, il passait ses journées chez elle à avaler des antidouleurs et à surfer sur le vieil ordinateur de sa fille. Aurait-il pu se faire passer pour elle et envoyer un message ?

Elle décida qu'elle s'en moquait. Après tout, si son père s'en était mêlé et que ceci en était le résultat, elle ne pouvait qu'en éprouver de la reconnaissance. Son père avait dû révéler à Darius les raisons qui l'avaient poussée à le trahir ; sinon, il ne serait pas ici avec elle. Mais comment en être sûre ?

— J'ai vu que les journaux parlaient de toi ce matin, commença-t-elle d'une voix hésitante. Il paraît que tu as vendu ta société.

— Ah, fit-il avec une crispation de la mâchoire, d'une voix glaciale. C'est exact.

— Félicitations.

— Merci. Cela m'a coûté dix ans de ma vie.

Dix ans… Ces deux mots s'éternisèrent entre eux, comme un radeau à la dérive sur un océan de regrets.

Ils étaient en plein Manhattan à présent, dont les lumières agressives blessaient Letty. Elle n'y avait pas remis les pieds depuis que son père avait été jugé et condamné, presque dix ans plus tôt. Son pouls s'accéléra en regardant ses mains abîmées par le froid et le travail.

— J'ai pensé à toi bien souvent, en me demandant comment tu allais. En espérant que tu étais heureux.

S'arrêtant à un feu rouge, Darius tourna la tête pour la dévisager. Les éclairages de la ville découpaient la nuit froide et soulignaient les lignes dures de son visage.

— Bien aimable de ta part, rétorqua-t-il à voix basse, cette même voix bizarre qu'elle lui avait entendue tout à l'heure.

Il était 10 heures, et le trafic commençait à peine à se fluidifier. Piquant vers le nord, Darius rejoignit Central Park. Il pénétra sous la porte cochère d'un immeuble neuf, tout de verre et d'acier. Letty n'en croyait pas ses yeux.

— Tu habites ici ?

— Je possède les deux derniers étages, fit-il d'un ton désinvolte, comme si cela pouvait arriver à n'importe qui.

Quand il s'arrêta, un voiturier vint prendre ses clés, le saluant respectueusement par son nom. Darius sortit et alla ouvrir à Letty, lui tendant la main. Elle avala nerveusement sa salive et accepta sa main. De nouveau, elle perçut sa chaleur, sa paume un peu rugueuse contre la sienne.

Il doit savoir la vérité, se répéta-t-elle désespérément. *Sinon, il ne serait pas venu te chercher. Il aurait continué à te haïr.*

Darius lui fit traverser un hall impressionnant de hauteur, meublé de façon luxueuse et minimaliste.

— Bonne soirée, monsieur Kyrillos, fit le réceptionniste.

— Merci, Perry, répondit-il en resserrant son étreinte sur la main de Letty.

Elle était si tendue que la moindre étincelle aurait pu l'embraser, mais elle suivit Darius jusqu'au vaste ascenseur. Il présenta son passe électronique et appuya sur la touche du soixante-dixième étage. Les numéros défilèrent. Letty les fixait d'un air absent, trop consciente de Darius dans ce petit espace. Il la dominait d'une tête et elle n'osait pas lever les yeux vers lui.

Un tintement annonça leur arrivée. Les portes s'ouvrirent.

— Après toi, fit Darius.

Elle lui jeta un regard nerveux et sortit. L'ascenseur donnait directement dans le duplex. Au contact du sol de marbre, ses chaussures de caoutchouc crissèrent. Elle tressaillit, embarrassée, et traversa le hall orné d'un magnifique chandelier. Darius la suivait. Il n'avait pas allumé, ni semblé remarquer le bruit de ses semelles. Il se débarrassa de son long manteau, le regard rivé à elle.

Letty déglutit péniblement et détourna les yeux. Elle s'accrochait à son sac comme à une bouée de secours. Elle pénétra dans la grande pièce sombre, haute de deux étages et meublée sobrement dans les tons gris et noir. Des baies vitrées couraient du sol au plafond sur tout le pourtour.

Elle pivota et aperçut la masse sombre de Central Park, la ligne des gratte-ciel du côté du fleuve et, au-delà, les lumières du New Jersey. Au sud, c'étaient les gratte-ciel historiques : l'Empire State Building et le Chrysler Building. Seules les lumières de la ville éclairaient le duplex, à part la flamme bleue d'un foyer fermé.

— Incroyable…, souffla-t-elle.

Elle marcha vers un pan de baie. Sans réfléchir, elle plaça son front brûlant contre le verre froid et regarda tout en bas. Les voitures et les taxis jaunes étaient si petits qu'on aurait cru des fourmis. Elle avait presque le vertige de se trouver si haut, si loin, presque dans les nuages.

— C'est tellement beau !

— C'est toi qui es belle, fit la voix chaude de Darius derrière elle.

Elle se retourna. Ses lèvres s'écartèrent sous la surprise. Elle avait cru Darius inchangé ? Quelle erreur ! À trente-quatre ans, il n'était plus le mince jeune homme qu'elle avait connu, mais un mâle puissant. Ses épaules s'étaient élargies, son corps s'était musclé. Ses cheveux noirs, bouclés et en désordre à l'époque, étaient coupés court, d'un style aussi sévère que sa mâchoire bien dessinée.

Tout en lui respirait le contrôle absolu, de ses vêtements luxueux — chemise noire dont le premier bouton était ouvert, pantalon de flanelle noire, chaussures de cuir italien — jusqu'à son allure martiale. Autrefois, sa bouche était expressive, douce et tendre ; aujourd'hui, elle n'était qu'arrogance, et peut-être même cruauté. Il la dominait tel un roi au sommet de son empire, avec tout New York à ses pieds.

— Letitia…

— Letty, rectifia-t-elle en s'obligeant à sourire. Personne ne m'appelle plus Letitia.

— Je n'ai jamais pu t'oublier, avoua Darius d'une voix rauque. Ni toi ni l'été que nous avons passé ensemble.

Cet été-là… Un gémissement monta de la gorge de Letty alors que les souvenirs inopportuns affluaient en elle : leur danse dans l'herbe, leur baiser la nuit qui avait suivi le bal, ses efforts pour échapper aux yeux fureteurs des domestiques alors qu'elle se rendait au garage pour se réfugier avec Darius dans l'une des voitures de collection de son père. Elle avait été prête à lui abandonner sa virginité.

— Pas avant que tu sois ma femme, avait-il murmuré alors que leurs corps se cherchaient, désespérément tendus l'un vers l'autre, presque nus à l'arrière de la limousine vintage. Pas avant que tu sois mienne à jamais.

Ce moment-là n'était jamais arrivé. Leur romance était interdite, illicite dès le premier instant : elle avait à peine dix-huit ans et surtout, Darius n'était que le fils du chauffeur de son père.

Après un été brûlant de passion frustrée, celui-ci avait découvert leurs amours. Furieux, Howard Spencer avait chassé Darius de la propriété. Pendant une affreuse semaine, ils étaient restés sans nouvelles l'un de l'autre. Puis Darius l'avait appelée :

— Enfuyons-nous pour nous marier en secret. Je prendrai un travail qui nous aidera à vivre. On s'installera dans un petit studio. N'importe quoi, du moment qu'on est ensemble.

Letty avait craint que cela ne nuise aux ambitions de Darius de faire fortune, mais comment résister ? Ils savaient tous deux qu'il n'y aurait jamais de grand mariage pour eux puisque le père de Letty s'y opposait farouchement. Donc, ils avaient fait le projet de s'enfuir et de se marier aux chutes du Niagara. Mais la nuit où la voiture de Darius l'attendait devant la grille de la propriété, Letty ne s'était pas montrée…

Ensuite, elle avait ignoré ses appels frénétiques ; le lendemain, Letty avait même convaincu son père de renvoyer Eugenios Kyrillos, le père de Darius, leur chauffeur depuis vingt ans.

Pourtant Darius avait refusé d'accepter l'évidence. Il avait continué à tenter de la joindre, jusqu'à ce qu'elle lui envoie un message définitif :

Je t'ai utilisé pour attirer l'attention d'un autre homme.

Il est riche et peut m'offrir la grande vie que je mérite. Nous sommes fiancés. Pensais-tu vraiment que je pourrais me résoudre à vivre dans un studio minable avec quelqu'un comme toi ?

Le message avait atteint son but. Mais il était mensonger. Il n'y avait jamais eu d'autre homme. Et aujourd'hui, à vingt-huit ans, Letty était toujours vierge.

Elle s'était juré de ne jamais révéler à Darius la vérité. Il ne devait jamais savoir qu'elle s'était sacrifiée pour qu'il puisse poursuivre ses rêves sans peur ni culpabilité, même s'il devait la haïr pour cela.

Mais Darius avait dû découvrir la vérité. C'était la seule raison à sa présence.

— Tu sais donc pourquoi je t'ai abandonné il y a dix ans ? fit-elle d'une toute petite voix, incapable d'affronter son regard. Tu me pardonnes ?

— Cela n'a plus d'importance, grinça Darius. Tu es là, à présent.

Le cœur de Letty se serra en lisant la passion brute dans le regard de Darius. Elle pensa à son pauvre uniforme de serveuse avec son nom brodé en rouge sur la poitrine, à l'odeur de café qu'elle emportait toujours avec elle…

— Ce n'est pas possible que… que tu me désires encore ? bredouilla-t-elle.

Il lui fit glisser son sac de l'épaule, ce qui parut à Letty d'un érotisme incroyable.

— Si. Je te désirais alors et je te désire toujours.

Il lui prit le visage entre ses mains. Un frisson la parcourut. Involontairement, elle se passa la langue sur les lèvres. Le regard de Darius tomba sur sa bouche. Il lui glissa la main dans les cheveux, défit sa queue-de-cheval, et ses longs cheveux bruns lui drapèrent les épaules. Il caressa sa joue, puis lui inclina le visage vers l'arrière.

Il était si grand, tellement plus grand qu'elle ! Des papillons dansaient dans son ventre, comme si elle avait remonté le temps et se retrouvait à peine sortie de l'adolescence. Le fait d'être avec lui dissipait l'angoisse et la lassitude de ces dix dernières années, comme si celles-ci n'avaient été qu'un mauvais rêve.

— Cela fait si longtemps que tu me manques, fit-elle d'une voix enrouée par l'émotion. J'ai tant rêvé de toi…

Il lui posa un doigt sur les lèvres. À ce contact, sa bouche s'enflamma. L'incendie se propagea jusqu'à ses seins, et Letty aurait juré que des étincelles crépitaient entre eux dans le sombre duplex alors qu'elle inhalait son parfum de musc boisé. Son bas-ventre se liquéfia.

L'attirant contre lui, Darius posa la bouche sur la sienne.

Son baiser était de braise, exigeant. Letty le lui rendit avec l'énergie du désespoir. Un gémissement sourd monta de sa gorge quand Darius la plaqua contre le mur. Il fit courir les mains sur elle, arracha les boutons de sa robe blanche. Elle retint son souffle pendant qu'il la dénudait, ne lui laissant que son simple soutien-gorge blanc et sa culotte.

— Laisse-moi enlever ça, fit-il en s'agenouillant pour retirer ses chaussures.

Letty était presque nue, face à la baie vitrée qui révélait la ville en contrebas. Darius se releva, puis l'embrassa presque brutalement. Dans ses veines, son sang était devenu lave en fusion. Elle se rendit compte que ses mains, comme mues par une volonté propre, déboutonnaient la chemise de Darius, cherchaient à toucher sa peau. Elle caressa la toison de son torse musclé et se mit à trembler.

C'était comme si elle palpait de l'acier enrobé de soie, dur et doux à la fois.

Elle voulait tellement le sentir contre elle, en elle ! Et elle voulait se perdre en lui.

Elle glissa les mains dans ses cheveux alors qu'il l'embrassait avec un désir sauvage. Elle gémit et, encouragé sans doute par sa réaction, Darius chercha ses seins sous le tissu blanc de son soutien-gorge. Ses mamelons durcirent. Darius défit son soutien-gorge, qui tomba au sol. Elle ne portait plus que sa culotte alors que lui était toujours habillé, chemise ouverte. Il se saisit de ses seins à pleines mains et Letty rejeta la tête en arrière. Le souffle lui manqua lorsqu'il prit en bouche un mamelon dressé et se mit à le sucer. Une longue plainte lui échappa.

À leurs pieds, la nuit new-yorkaise étincelait…

Soudain, Darius se redressa. Letty ouvrit les yeux, déjà en manque. Elle n'eut pas le temps de poser la moindre question : déjà, il la prenait dans ses bras pour la porter dans une chambre immense, de l'autre côté de l'appartement.

Cette pièce aussi était vitrée sur deux côtés et donnait sur la forêt de gratte-ciel entre les deux fleuves, sur lesquels les barges étincelaient, silhouettes mouvantes dans la nuit froide. Darius déposa Letty sur le lit, défit ses boutons de manchette et ôta sa chemise. Ses bras et son torse étaient puissants, ses épaules larges et ses abdominaux dessinés. Il se débarrassa de sa ceinture et de ses chaussures avant de la rejoindre, seulement vêtu de son pantalon. Ses lèvres se firent avides contre les siennes. Letty perçut son désir, qui tendait le tissu de son pantalon de manière impressionnante. Darius la voulait ; elle comptait pour lui !

Toutes ces années, elle avait cru leur amour éteint,

mort à jamais. Mais rien n'avait changé, s'émerveillait-elle en caressant ses cheveux. Ils étaient les mêmes, jeunes encore, éperdus d'amour l'un pour l'autre…

— Tu es mienne, Letitia, murmura-t-il. Enfin…

Elle haletait sous ses caresses, sous les baisers qu'il faisait courir sur sa peau. La même frénésie s'empara de Letty, qui se trémoussa pour l'aider à ôter sa culotte. Bientôt, elle sentit le souffle de Darius entre ses cuisses, et il lui glissa les mains sous les fesses pour la hausser vers lui. Avec une lenteur insupportable, il se pencha…

Letty tenta de se dérober, mais Darius la maintenait à portée de sa bouche. Il la goûta. Le plaisir fut si intense qu'elle eut un hoquet de surprise. Elle ne pouvait bouger et dut accepter la voluptueuse torture à laquelle il la soumettait, enroulant sa langue autour de son clitoris, puis la léchant de haut en bas…

Elle était suspendue au tempo de sa caresse avec la même impuissance qu'un papillon épinglé au mur. Ses hanches ondulèrent, puis le plaisir explosa et elle s'agrippa désespérément aux draps. Les vagues de son orgasme furent l'écho de la joie profonde qui naissait en elle. Elle n'avait jamais cessé d'aimer Darius. Et maintenant, il lui avait pardonné. Il l'aimait aussi ! Elle cria de bonheur, en un moment qui sembla s'éterniser à jamais.

Alors, Darius la souleva et, lui ramenant les poignets au-dessus de la tête, il se positionna au-dessus d'elle. Letty n'était même pas redescendue du septième ciel que son amant la pénétrait, presque rudement, énorme en elle. Le choc et la douleur lui firent ouvrir tout grand les yeux.

Darius se raidit. Elle croisa son regard étonné, presque choqué.

— Tu étais… vierge ?

Elle hocha la tête, puis se détourna pour masquer

les larmes qui menaçaient. Elle ne voulait pas ternir la beauté de l'instant, mais la douleur était vive, même si Darius avait cessé de bouger en elle.

— Ce n'est pas possible, reprit-il d'une voix sourde. Pas au bout de toutes ces années…

Letty rassembla son courage et le regarda en face pour lui dire la seule chose possible, les mots interdits qui étaient imprimés en elle en lettres de feu :

— C'est parce que je t'aime, Darius.

2

Darius n'en revenait toujours pas. Letitia Spencer, vierge ? C'était impossible ! Mais ce qui le choquait le plus, c'était sa déclaration.

— Qu'est-ce que tu veux dire ? Toi, tu m'aimes ?

Les longs cils sombres de Letty tremblèrent contre sa joue pâle.

— Je n'ai jamais cessé de t'aimer, murmura-t-elle.

Son visage d'ange le submergea d'émotion. Mais c'était une émotion mordante, une colère intense qui montait en lui.

À une époque, il aimait tant Letitia qu'il était prêt à mourir pour elle. Il l'adorait comme une déesse et, pour lui rendre hommage, il avait insisté pour qu'ils attendent leur mariage avant de faire l'amour. Car Darius la voulait pour femme.

Le souvenir le lacéra comme une blessure honteuse. Comme elle était tombée bas ! Aujourd'hui, elle lui avait envoyé ce message, le premier depuis qu'elle l'avait si froidement laissé tomber dix ans plus tôt. Pour lui offrir son corps. Contre de l'argent.

Tout l'après-midi, Darius avait tenté d'ignorer ce message. Cela faisait des années qu'il s'était remis de la trahison de Letitia. Il ne payait pas pour le sexe. Au contraire, les femmes se battaient pour attirer son attention ; et les plus spectaculaires se retrouvaient dans son lit. Alors, payer des centaines de milliers de dollars pour coucher avec Letitia Spencer, cela ne l'intéressait pas.

Néanmoins, tout au fond de sa mémoire, quelque chose refusait d'oublier le passé, aussi avait-il été tenté de revoir une dernière fois son premier amour. Pour qu'elle le supplie. Et que, cette fois, ce soit lui qui la rejette.

Tout en signant les contrats qui officialisaient la vente de sa société, au départ une petite application mobile de messagerie devenue un immense conglomérat technologique valant vingt milliards, Darius avait écouté ses avocats d'une oreille distraite. Au lieu de se réjouir de ce que lui rapportaient dix années de travail acharné, il pensait à Letitia. Letitia le suppliant de la conduire dans son lit…

Une fois les formalités terminées, Darius s'était rué dehors, snobant les félicitations et la célébration prévue : il ne pensait plus qu'à Letitia et à son offre.

Ensuite, il avait passé la journée à se convaincre que c'était une mauvaise idée de la revoir. Toutefois, à l'heure où elle quittait son emploi, il s'était trouvé à l'attendre dans la ruelle derrière le restaurant où elle travaillait.

Il n'avait pas eu l'intention d'aller jusqu'à coucher avec elle. Il avait simplement voulu faire en sorte qu'elle se sente aussi humiliée et honteuse que lui après sa trahison. Il avait imaginé qu'elle le supplierait de lui donner du plaisir ; alors, il lui aurait dit qu'il ne la trouvait plus attirante et lui aurait jeté au visage l'argent qu'elle demandait. Il l'aurait vue se couvrir de honte en prenant l'argent et aurait filé sans demander son reste. Jusqu'à son dernier souffle, il aurait su qu'il avait gagné.

Que représentaient pour lui cent mille dollars ?

Rien. Cela valait le coup de les dépenser pour assister à l'humiliation de Letitia Spencer. Car, depuis la trahison calculée de celle-ci, il ne rêvait plus que de vengeance. Pas de sexe.

Du moins l'avait-il cru…

Mais rien ne se passait comme prévu. En la voyant sortir du restaurant, il avait été choqué par son apparence. Elle n'avait pas l'air d'une croqueuse de diamants. On aurait cru au contraire qu'elle cherchait à se rendre invisible dans ce piètre uniforme de serveuse, le visage dépourvu du moindre maquillage. Et pourtant, elle l'avait aussitôt attiré. Elle se débrouillait pour être si incroyablement sexy, féminine et douce que tout homme aurait eu envie de l'aider, la protéger. De l'avoir tout à lui… Alors, en la ramenant à son duplex pour savourer sa vengeance, il s'était autorisé à l'embrasser. Une fois.

Grave erreur.

Car, lorsqu'il avait senti son corps se couler contre le sien, ses projets de vengeance s'étaient évanouis devant les exigences du désir. Au bout de dix ans, elle s'était retrouvée à demi nue dans ses bras, prête à lui céder. La situation ne se résumait plus qu'à deux faits très simples : Letitia se vendait à lui, et il était acheteur.

Pourquoi pas, d'ailleurs ? Pourquoi ne pas profiter de son corps sensuel, et exorciser une fois pour toutes les souvenirs qui encombraient sa mémoire ?

Depuis leurs retrouvailles, et il en avait été surpris, elle avait joué un jeu étrange, celui d'une réunion romantique alors qu'il ne s'agissait que d'une transaction. Et maintenant encore. Nue contre lui, Letty le regardait, de ces yeux lumineux qu'il n'avait jamais pu oublier.

— Dis quelque chose, le pressa-t-elle anxieusement.

Darius serra les dents. Après qu'elle l'avait abandonné,

après dix ans de silence, elle lui révélait soudain qu'elle l'aimait. Que lui dire ? D'aller au diable ?

Letitia Spencer. Si belle. Si traîtresse. Un poison dans sa vie. Mais à présent au moins, il comprenait : elle ne s'était pas jetée dans ses bras pour cent mille dollars ; elle en voulait plus. Cette soirée n'était qu'un avant-goût de ce qui l'attendait s'il tombait dans le piège que lui tendait son joli corps. Car il avait vu son expression au moment où elle quittait son travail. Elle en avait assez. Assez de servir les clients, assez d'être pauvre. Peut-être que son père, tout juste sorti de prison, lui avait soufflé ce moyen de se remettre à flot : devenir Mme Kyrillos.

Elle avait dû lire dans les journaux qu'il allait vendre sa société et cela lui avait paru le moment idéal pour partir à l'assaut de ses milliards. Il ne parvenait même pas à l'en blâmer. Si elle s'était accrochée à sa virginité tout ce temps, autant qu'elle en tire profit.

Elle l'aimait ? Quelle blague ! Une colère sardonique le traversa. Pensait-elle qu'il n'avait rien appris au long de ces dix années ? Elle avait dû croire qu'à l'aveu de son amour, il se pâmerait à ses pieds. Elle imaginait retrouver en lui le jeune homme que l'amour avait rendu naïf. Elle se trompait. Darius l'avait méprisée par le passé et aujourd'hui, c'était bien pire.

Pourtant il la désirait plus que jamais. Il s'était immobilisé en elle, mais son érection se maintenait, sur le point d'exploser. Cela décuplait sa rage. Il voulait qu'elle paie. Et soudain, une nuit d'humiliation lui parut insuffisante. Il voulait une vengeance pleine et entière. La relever de sa misère, lui donner de l'espoir, puis lui couper les ailes et la voir s'écraser aussi durement que lui autrefois. Toute une farandole de projets se bousculaient dans sa tête : la séduire, l'épouser, la rejeter comme une poupée de chiffon usée. Il lui reprendrait tout, la laisserait seule et sans le sou.

Ce n'était même pas se venger d'elle. C'était justice.

— Darius ? reprit Letty, une ombre anxieuse sur son visage.

Il l'embrassa presque tendrement. Elle tremblait dans ses bras, ses seins ronds écrasés contre son torse, les jambes ouvertes pour lui. La voir ainsi offerte, dans le jeu d'ombres et de lumières qui soulignait ses courbes, était d'un érotisme tel qu'il crut qu'il allait perdre la maîtrise de lui-même.

— Je suis désolé de t'avoir fait mal, mentit-il.

Il posa un baiser sur sa joue brûlante et but les larmes qui débordaient de ses paupières.

— Mais la douleur ne va pas durer, reprit-il. Tu verras.

Encore un mensonge : il s'assurerait qu'elle dure une vie entière.

Son visage était l'image même de l'innocence. Elle soupira et s'abandonna, détendue. Alors Darius lui donna un baiser sauvage. Il avait l'expérience du sexe, pas elle. Il saurait la réduire à sa merci, faire en sorte qu'elle meure de plaisir pour mieux pouvoir tout lui reprendre ensuite.

Il la caressa doucement, prenant son temps, jusqu'à ce qu'à nouveau elle l'enserre de ses bras. Il se remit à bouger, lentement, testant sa capacité à l'accepter en elle. Elle gémit, puis bougea doucement les hanches.

Darius mit toute son expertise dans sa conquête : il se retirait en partie, puis entrait en elle un peu plus profond, et ainsi de suite ; il titilla alternativement les pointes de ses seins, jusqu'à ce que les traits de Letitia se détendent. Lorsqu'il sentit les muscles intimes de sa proie se resserrer autour de lui, il sut qu'il avait réussi. Alors, un sentiment de triomphe l'envahit tandis qu'il la chevauchait.

Quand il prit conscience du fait qu'il faisait l'amour à une femme qu'il avait désirée presque un tiers de sa vie, il fut pris d'un vertige. Son corps se mit à trembler d'un plaisir si intense qu'il en était à la limite de la douleur. Ils étaient si imbriqués l'un en l'autre qu'il était difficile de savoir où finissait l'un et où l'autre commençait.

Plaisir et douleur. Haine et désir.

Il augmenta le rythme de ses coups de reins. Son corps transpirait des efforts faits pour garder le contrôle. À chaque assaut, Letty soufflait, puis inspirait pour mieux se préparer au prochain. Ses yeux étaient clos, sa tête renversée en arrière. Elle le saisit aux épaules. Perdu dans l'ivresse de la posséder, Darius sentit à peine qu'elle enfonçait les ongles dans sa peau. Il vivait une expérience incroyable. Chaque parcelle de son âme, qu'il croyait vide, se trouvait miraculeusement remplie et son corps n'était plus que lumière.

Comme venant de loin, un cri déchiré lui parvint. Il réalisa que ce cri montait de sa propre gorge, le délivrant d'une émotion enfermée en lui depuis dix ans. La voix de Letty se joignit à la sienne alors qu'elle exprimait sa propre allégresse, son chagrin et sa douleur.

En un dernier spasme, il se répandit en elle, et leurs corps trempés de sueur fusionnèrent.

Darius ouvrit les yeux. Letitia était assoupie contre lui. Comment avait-il pu se contenter des mannequins pâles, des beautés fades qui avaient peuplé son lit jusqu'alors ? Ces aventures étaient insipides et creuses en comparaison de la déflagration qu'il venait de vivre. Goûter Letitia, la sentir trembler, entendre le cri de son orgasme l'avait poussé dans ses derniers retranchements. Il avait failli perdre le contrôle.

Il en déduisit que c'était l'effet de la *haine*.

C'était la haine qui l'avait poussé à perdre la maîtrise de lui-même à un point aussi inimaginable. Jamais rien de pareil ne lui était arrivé. En prenant possession de son corps, après dix ans de désir frustré, il avait transformé sa soif de revanche en un projet de vengeance maléfique.

Et il venait de vivre la meilleure expérience sexuelle de sa vie…

En se retirant de Letitia, il frémit en constatant que le préservatif s'était déchiré. Avait-il été trop violent dans sa volonté d'assouvir sa soif de possession ? Il avait voulu marquer son ex à jamais, mais avait-il *inconsciemment* voulu aller jusqu'à lui faire un enfant ?

Il grommela un juron et, le cœur glacé, se détacha d'elle pour se lever, toujours nu. Il marcha jusqu'à la baie vitrée et y appuya son front. Quand il se redressa, le reflet de son visage lui fit peur : il était marqué par une rage froide.

Toute cette affaire était un désastre. Rien ne s'était déroulé comme prévu. Il avait commencé par faire l'amour à Letitia et leurs retrouvailles risquaient maintenant d'avoir des conséquences bien plus graves. Son poing se crispa.

C'était la faute de cette sorcière. Depuis le début.

— Tu es debout ? murmura-t-elle. Reviens près de moi…

Elle s'était glissée entre les draps, l'air ensommeillé, adorable avec ses cheveux répandus sur l'oreiller. Le corps de Darius se tendit contre sa volonté. Il venait de la posséder et il en voulait déjà plus ! La prendre. Encore et encore. Il la couvrit d'un regard aussi furieux qu'étonné. Cette femme était un poison violent. Allait-elle prendre possession non seulement de sa fortune, mais aussi de son âme ?

Il se passa une main nerveuse dans les cheveux.

— Darius, quelque chose ne va pas ?

— Tu prétends m'aimer ? demanda-t-il d'une voix blanche.

— C'est vrai, je t'aime, murmura-t-elle.

Il se rapprocha du lit, presque menaçant.

— Qu'est-ce à dire, Letitia ? Que tu as depuis le début le projet de renégocier notre accord ? Tu veux une rente à vie, pas un simple dépannage ?

Elle fronça les sourcils.

— Je ne comprends rien à ce que tu dis.

La mâchoire de Darius était si crispée qu'elle lui faisait mal. Il tira un pantalon de jogging gris de la penderie intégrée au mur et l'enfila. Puis il s'obligea à relaxer ses muscles. Quand il parla, sa voix était tranchante :

— Non, tu ne m'aimes pas. Tu ne sais même pas quel sens a ce mot. Quand je pense qu'à une époque je t'ai adorée… Mais aujourd'hui, toi et moi savons ce que tu vaux.

— Qu'est-ce que tu racontes ? demanda Letty, angoissée.

— Cette nuit. Tu sais très bien ce qu'elle signifie !

— Mais non, je n'en sais rien !

— Ne joue pas l'innocence outragée. Tu m'as vendu ta virginité pour cent mille dollars.

L'écho de sa violence résonna un instant dans la pièce sombre. Chacun d'eux regardait l'autre en silence.

— Qu'est-ce que tu veux dire ? demanda Letty.

— Ton message sur ma boîte mail prétendait que tu devais payer un mafieux qui avait cassé le bras de ton père et le menaçait de pire si tu ne lui versais pas cent mille dollars avant la fin de la semaine. C'est vrai ou c'est juste une excuse facile ?

Letty ouvrit de grands yeux.

— Mon père ne s'est pas fait casser…

Elle se mit à frissonner et se blottit sous les couvertures.

— Je n'ai jamais envoyé aucun message, poursuivit-elle.

— Tiens donc ! ricana Darius, cynique. Et de qui provient le message, dans ce cas ?

Les joues de Letty devinrent cramoisies. Elle se passa une main sur les yeux, comme si une vérité se dévoilait à elle.

— Donc, c'est pour cela que tu es venu me chercher ? Tu t'achetais une nuit avec moi ?

— Qu'imaginais-tu d'autre ?

— Je pensais… Je pensais que tu m'avais pardonné, fit-elle d'une toute petite voix.

— Pour ce que tu m'as fait il y a dix ans ? Mais c'était me rendre service ! Je m'en suis mieux sorti sans toi. Ton fiancé a dû s'en rendre compte aussi puisqu'il ne s'est pas attardé, à ce qu'on dirait. Ce que je ne te pardonnerai jamais, c'est ce que ton père et toi avez fait subir au mien. Le pauvre homme ne s'en est jamais remis. Il avait perdu son emploi, ses économies… Il a fait une crise cardiaque fatale. À cause de vous !

— Darius, je t'en prie… Tu ne peux pas croire à…

— Oh ! c'est ici que tu joues la partition qui va te changer en une sainte toute de pureté et d'innocence ? la coupa Darius. Vas-y, Letty. Explique-moi que ta trahison était un grand sacrifice et comment tu as détruit ma famille par amour.

La voix de Darius ruisselait de mépris. Letty ouvrit la bouche pour s'expliquer, puis la referma.

— C'est bien ce que je pensais, reprit-il, glacial.

Letty cilla à plusieurs reprises, puis elle prit une grande inspiration.

— S'il te plaît…, murmura-t-elle.

Mais la pitié avait déserté le cœur de Darius.

— J'ai pensé que ça m'amuserait de te revoir, expliqua-t-il en haussant les épaules. Je n'avais pas prévu de coucher avec toi mais tu semblais décidée et je me suis dit « Pourquoi pas ? » À présent, tu n'as déjà plus d'intérêt pour moi. Et je vais même te donner un conseil financier : tu t'es vendue pour bien trop peu. Demande plus, la prochaine fois.

Letty secoua la tête, l'air misérable.

— Comment peux-tu te montrer aussi cruel ? Hier, quand je t'ai vu, j'ai cru retrouver le jeune homme que j'aimais.

— Vraiment ? fit-il en haussant un sourcil ironique. Et comme tu avais gardé ta virginité en réserve pour ce moment, tu t'es dit qu'un peu de romantisme ne ferait pas mal dans le tableau, et qu'ainsi je te mangerais dans la main, comme il y a dix ans. « Je t'aime, Darius, je n'ai jamais cessé de t'aimer… »

Il l'imitait d'un ton moqueur et Letty se boucha les oreilles.

— Arrête, je t'en prie !

Elle s'était redressée, découvrant un sein au mamelon rose dont il se rappelait le goût. C'était si bon de l'avoir possédée… Son pouls s'accéléra. Son besoin d'elle n'était pas assouvi, bien au contraire ! Le pouvoir qu'elle avait toujours sur lui le faisait enrager.

Darius se détourna brutalement et marcha jusqu'à son bureau. D'un tiroir, il tira un chèque, qu'il lança sur le lit.

— Tiens, j'honore notre contrat et j'y mets fin avec ceci.

Le visage de Letitia trahit de l'incompréhension alors qu'elle prenait le chèque. Elle le regarda, ferma brièvement les yeux.

— Tu es un monstre, fit-elle enfin.

Un éclat de rire cruel.

— C'est donc moi le monstre ? Moi ?

Sans répondre, elle se leva. Darius se demanda si elle allait lui jeter le chèque à la figure et lui prouver qu'il se trompait. Si c'était le cas…

Mais elle n'en fit rien. Elle se contenta de ramasser sa culotte et de quitter la chambre. Darius ironisa sur sa propre naïveté : comment avait-il pu imaginer un instant qu'elle abandonne cette somme pour sauver son honneur ? Elle n'avait pas une once de fierté.

Il la suivit dans la pièce principale, où elle rassemblait ses vêtements et se rhabillait en hâte. Elle évita de le regarder. Darius voulait l'y forcer. Il voulait l'humilier, lui briser le cœur, et sa fierté réclamait qu'il aille encore plus loin.

Letitia enfila ses chaussures. Elle allait sortir…

— Quel dommage que le préservatif se soit déchiré, dit-il.

Elle se figea, interdite.

— Pardon ?

— Le préservatif. Il n'a pas tenu. Donc si jamais tu tombes enceinte, préviens-moi. Nous arriverons à nous entendre sur une somme suffisante, conclut-il avec un sourire dur.

Il obtint sa récompense car elle se retourna vers lui, l'air égaré.

— Tu me *paierais* ? Pour un enfant ?

— Pourquoi pas ? répliqua-t-il froidement. Je t'ai bien payée pour le créer. Je ne t'épouserai pas, donc tes efforts pour m'escroquer ne te vaudront rien de plus que ce chèque dans ton sac. Sauf si par malheur tu tombais enceinte. Le bébé t'offrirait une chance de te faire payer.

— Tu es malade !

— Et toi, tu me dégoûtes. Jamais je ne permettrai que mon enfant soit élevé par quelqu'un comme toi, à l'aide de ton criminel de père, fit-il en se rapprochant, menaçant. Je mettrai cent avocats sur l'affaire s'il le faut, mais ils auront gain de cause.

Letitia lui jeta un regard éperdu. Au moment où il y discernait la trace d'une larme, elle se détourna en titubant. Décidément, elle était devenue une actrice consommée...

— S'il te plaît, ramène-moi chez moi.

— Te ramener chez toi ?

Darius éclata d'un rire sardonique.

— Tu es mon employée, pas mon invitée, reprit-il avec une expression de mépris. Une employée temporaire qui a fini son contrat. Rentre donc par tes propres moyens.

3

Letty frissonnait au cœur de la nuit noire. Elle marcha jusqu'à la station de métro la plus proche, prit la première rame pour Brooklyn. Il était plus d'1 heure du matin et, presque seule dans le compartiment, elle serra son petit sac contre elle, vulnérable et plus solitaire que jamais.

Une fois sortie, il lui fallut encore arpenter des rues désertes. Tous les magasins avaient tiré leur rideau. Le vent de ce premier mars gelait les pleurs sur ses joues.

Elle avait cru à un miracle en voyant apparaître Darius. Elle s'était imaginé qu'il avait enfin découvert l'étendue de son sacrifice et venait réparer le passé. Lui dire qu'elle l'aimait lui paraissait si juste ! Elle s'attendait à la réciproque… Comment avait-elle pu se tromper si lourdement ?

« Tu me dégoûtes. » Elle entendait encore le mépris dans sa voix. Essuyant ses yeux, titubante, elle se dirigea vers le bâtiment de quatre étages qu'elle habitait. C'était un vieil immeuble, décrépit, et l'escalier de secours était en piteux état, tout comme la façade. Mais la location ne coûtait pas cher. Elle entra.

À l'intérieur, il faisait pratiquement plus froid que dehors. Deux ampoules du couloir étaient hors service mais on y voyait encore assez pour remarquer les prospectus jonchant le carrelage abîmé. Des odeurs aigres venaient de l'escalier. Même au milieu de la nuit, l'immeuble était bruyant : dispute de locataires, aboiements de chiens, pleurs de bébés, c'était tout un vacarme auquel elle était habituée.

Letty grimpa l'escalier d'un pas lourd de fatigue. Son corps et son âme étaient dans le même état d'épuisement. Mais un chagrin incandescent tordait son cœur alors même que son corps lui rappelait la douceur d'avoir fait l'amour.

Le quatrième étage s'ornait d'une moquette défraîchie. Letty chercha sa clé au fond du sac et déverrouilla la porte, qui s'ouvrit sur un grincement.

— Letty, te voilà enfin !

Son père éteignit la télé et lui jeta un regard plein d'espoir. Il l'avait attendue, en pyjama, une couverture sur les genoux pour combattre les insuffisances du chauffage.

— Alors ? demanda-t-il.

Letty le toisa. Elle avait encore du mal à y croire. Elle laissa tomber son sac au sol.

— Comment as-tu pu ? fit-elle d'une voix étranglée.

— Comment j'ai pu te réunir avec Darius ? compléta-t-il avec un large sourire. Mais très facilement. Il me fallait juste un prétexte.

— Tu te moques de moi ? fit Letty, au bord des larmes.

Howard fronça les sourcils.

— Qu'est-ce qu'il y a ? Vous n'êtes pas réconciliés ?

— Mais bien sûr que non ! Comment as-tu pu lui envoyer un message en prétendant qu'il venait de moi ?

— J'essayais d'aider, fit son père d'une voix moins assurée. Cela fait si longtemps que tu l'aimes, et pourtant tu refusais de reprendre contact avec lui. Comme lui avec toi. Donc, je me suis dit…

— ... Que si tu nous forçais la main, nous retomberions dans les bras l'un de l'autre ? acheva-t-elle, abasourdie.

— Eh bien, oui...

Elle fixait son père, encore tremblante du déluge d'émotions qu'elle avait dû affronter pendant la nuit. Soudain, la colère s'empara d'elle.

— Tu ne l'as pas fait pour moi ! lança-t-elle en fouillant son sac pour en extraire le chèque, qu'elle lui brandit sous le nez. Tu l'as fait pour ceci !

La main de son père tremblait en s'emparant du chèque. Il lut le montant et son regard trahit son soulagement.

— Merci, Seigneur...

Letty aurait voulu hurler, le secouer jusqu'à ce qu'il prenne conscience de son abomination.

— Comment as-tu pu ! Tu m'as *vendue* !

Son père la regarda d'un air incrédule.

— Vendue ? Mais pas du tout ! Je pensais que ça vous donnerait l'occasion de parler et de comprendre ce qui s'était passé. Je me suis imaginé que ça vous aiderait à surmonter votre fierté, à faire un pas l'un vers l'autre. Qu'il te donne de l'argent ou pas, au moins, vous seriez à nouveau ensemble. Vous vous aimez.

— Tu as fait tout ça pour voir triompher l'amour, ironisa Letty. Le fait que tu aies lu un article sur la vente de la société de Darius n'a rien à y voir, bien sûr...

Son père tressaillit sous le sarcasme et, la voix un peu tremblante, il répondit :

— Sans doute ai-je pensé qu'il n'y avait pas de mal à tenter de résoudre le problème que j'avais eu avec... un investisseur insatisfait.

Letty lui jeta un regard noir et ouvrit la bouche pour l'accabler. Il méritait ce qu'elle s'apprêtait à lui dire, des mots que ni l'un ni l'autre ne pourraient oublier, et qui allaient se charger de toute la rage qu'elle ressentait pour exploser au visage de Howard Spencer. Mais quand elle le vit, si vieux, usé, ses rares cheveux couvrant à peine un crâne tavelé par l'âge, ridé alors qu'il avait été si bel homme, elle se ravisa. Il avait été celui qu'elle aimait et admirait le plus au monde quand elle était petite. Et il avait comme rétréci sous le poids des années passées en prison.

Howard Spencer, petit gars de l'Oklahoma monté à New York, avait bâti une vraie fortune à partir de sa belle gueule et d'un talent certain pour les chiffres. Il était tombé amoureux de Constance Langford, fille unique d'une famille aristocratique de Long Island. Les Langford avaient connu des jours meilleurs et il ne leur restait que peu d'argent en dehors du vaste domaine de Fairholme, hypothéqué jusqu'au dernier mètre carré de terrain. Mais Howard était si désireux d'épouser Constance qu'il lui avait promis que plus jamais elle n'aurait à se soucier d'argent.

Il avait tenu parole et, tant que sa femme avait vécu, il avait fait attention à ses investissements. Mais après la mort soudaine de Constance, il était devenu imprudent, avait misé sur des affaires de plus en plus risquées, voire illégales, et, sans qu'il semble s'en rendre compte, avait fait partir en fumée huit milliards de dollars.

Les mois de procès qui suivirent l'arrestation de son père furent un crève-cœur pour Letty, ainsi que les années de prison qui suivirent. Mais le pire était peut-être de voir celui qu'il était devenu : veuf, voûté, malade…

La colère de Letty s'évapora, laissant place au chagrin et au désespoir. Elle enfouit son visage dans ses mains.

Les mots de Darius lui revinrent : il avait fait allusion au besoin de payer un mafieux qui aurait cassé le bras à son père. Et, soudain inquiète, elle demanda d'un ton pressant :

— Pourquoi ne m'as-tu pas dit qu'on t'avait cassé le bras ? Pourquoi m'avoir laissé croire à un accident ?

Howard baissa les yeux, l'air coupable.

— Je ne voulais pas te créer de soucis. C'est à un père de s'occuper de sa fille, pas l'inverse.

— Donc, c'est vrai qu'un gangster t'a fait ça et t'a promis pire si tu ne versais pas ce que tu lui dois ?

Howard essaya de sourire pour calmer Letty.

— Mais je savais que je pouvais régler tout ça. Et je l'ai fait, non ? Une fois que ce chèque sera encaissé, tout ira bien.

— Sauf si d'autres anciens « investisseurs », comme tu dis, se présentent pour te faire chanter dès qu'on saura que tu en as payé un.

— Oh non ! C'étaient des gens réglos, pas des violents.

Letty leva les yeux au ciel. Pour quelqu'un ayant passé tant d'années en prison, son père était resté tellement naïf !

— Tu aurais dû me mettre au courant, papa.

— Qu'aurais-tu pu y faire, à part te ronger les sangs ? Tu aurais cherché à contacter cet aigrefin et tu te serais mise en danger. Je ne savais pas si Darius allait ou non te verser de l'argent, mais au moins je savais qu'avec lui tu serais en sécurité. Tu sais, j'ai vraiment cru qu'il vous suffirait de vous revoir pour redevenir amoureux l'un de l'autre.

Letty se laissa tomber sur le canapé défoncé. Son père avait pensé bien faire, il avait cru la protéger, la sauver du destin cruel qui l'avait séparée de celui qu'elle aimait.

— Darius s'est imaginé que je voulais l'escroquer, murmura-t-elle d'une voix sombre.

Howard lui jeta un regard indigné.

— Bien sûr que non ! Dès que tu lui as dit que tu n'avais pas envoyé le message, il a dû…

— Il ne m'a pas crue.

— Oh… Alors… Alors il a sûrement pensé que tu étais une bonne fille qui se souciait du sort de son père. Darius est tellement riche qu'une somme comme celle-ci ne représente rien pour lui. Et après tout ce que tu lui as sacrifié…

— Ça suffit, le coupa-t-elle.

Au simple souvenir du regard de Darius quand il lui avait jeté le chèque, elle avait envie de mourir. Mais après qu'il lui avait parlé des menaces contre son père, quel autre choix avait-elle que de le prendre ?

Howard semblait consterné.

— Tu ne lui as rien dit de ce qu'il s'était *vraiment* passé il y a dix ans ?

— Non. Et je n'en dirai jamais rien. Darius ne m'aime pas, au contraire, il me hait.

Le visage ridé de son père prit une expression désolée.

— Oh ! mon chou…

— Mais je le déteste aussi, à présent, fit Letty en relevant les yeux. C'est le bon côté de ce qui s'est produit ce soir.

— Ce n'était pas du tout ce que je voulais ! s'écria son père, alarmé.

Elle essuya ses yeux et tenta de sourire.

— Mais c'est un résultat positif. J'ai perdu trop d'années à le regretter. Maintenant, la page est tournée.

Et c'était vrai. Le Darius Kyrillos qu'elle avait aimé n'existait plus. Elle avait voulu se donner tout entière à lui, et lui s'était contenté de la séduire froidement. Son amour pour lui venait de s'éteindre. Tout ce qu'il lui restait à espérer, c'était d'oublier cette nuit fatidique au plus vite.

Quatre semaines plus tard, Letty découvrit qu'il lui serait impossible d'oublier et Darius et la nuit où elle avait perdu sa virginité. À tout jamais impossible.

Elle était enceinte.

Elle avait fait le test en étant sûre qu'il serait négatif. Quand elle avait vu le résultat, elle en avait éprouvé un véritable choc. Mais ce choc avait bientôt cédé place à une vague de bonheur. Elle s'imaginait avec un beau bébé dans les bras, le câlinant…

Lorsqu'elle annonça la nouvelle à son père, il s'en montra ravi.

— Je vais être grand-père ! C'est merveilleux ! Et quand tu le diras à Darius…

Ce fut à ce moment qu'elle éprouva son premier frisson de peur. Ce bébé n'était pas qu'à elle, c'était aussi celui de Darius. Un homme qui la haïssait. Qui avait menacé de lui prendre son bébé.

Elle secoua vigoureusement la tête.

— Il ne faut pas qu'il sache, jamais !

Howard lui tapota l'épaule avec chaleur.

— Mais bien sûr que si, il doit savoir. Je sais que tu es en colère contre lui et qu'il t'a blessée. Mais c'est du passé ! Un homme a le droit de savoir qu'il va devenir père.

— Pourquoi ? demanda Letty avec désespoir. Pour qu'il puisse m'enlever mon enfant plus facilement ?

— T'enlever l'enfant ? s'exclama son père en riant. Dès qu'il saura que tu es enceinte, il oubliera sa colère et se rappellera combien il t'aime. Le bébé vous rapprochera.

Letty leva les yeux au ciel.

— Redescends un peu sur terre ! Il m'a dit...

Elle se détourna, minée par le souvenir des cruelles paroles de Darius : « Jamais je ne permettrai que mon enfant soit élevé par quelqu'un comme toi, à l'aide de ton criminel de père. »

— Bref, conclut-elle, il nous faut mettre de l'argent de côté.

— Mais pourquoi ? Une fois que tu seras sa femme, l'argent ne sera plus un problème. Je sais que mon petit-fils et toi serez protégés, fit Howard avec un sourire extatique.

« Je mettrai cent avocats sur l'affaire s'il le faut, mais ils auront gain de cause. » Protégés ? Peut-être, s'ils quittaient la ville au plus vite... Ils iraient au nord, où personne ne les connaîtrait, et elle trouverait un nouveau travail. Il n'y avait qu'un *hic* : déménager coûtait cher. Le transport, la caution, les premiers loyers... Ils n'avaient pas d'économies et peinaient chaque mois pour garder la tête hors de l'eau.

Comment faire ?

Pendant les mois qui suivirent, les craintes de Letty se révélèrent fondées. Elle avait beau travailler encore plus dur, l'argent semblait s'évaporer : les soins de kiné de Howard, la nourriture, les dépenses médicales pour sa grossesse...

Le seul point positif, c'était qu'après avoir payé à son violent débiteur ce qu'il lui devait, son père n'avait reçu aucune autre demande de remboursement.

Avec l'été, les heures supplémentaires qui aidaient tant Letty se firent plus rares : les gens préféraient se balader plutôt qu'aller au restaurant.

Chaque matin, alors qu'elle partait, son père prétendait se plonger dans les petites annonces pour trouver du travail. Mais quand elle revenait, épuisée par sa grossesse, rien n'avait avancé, et il fallait en plus qu'elle cuisine leur repas du soir. Puis venaient la vaisselle et enfin le moment d'aller dormir. Une nouvelle journée prenait alors la relève…

Chaque jour, elle comptait anxieusement les économies placées dans un bocal de la cuisine. Et, chaque soir, elle regardait le calendrier et cochait les jours qui la rapprochaient inexorablement de la délivrance.

Fin août, Letty était devenue folle d'inquiétude. La chaleur poisseuse de New York était insupportable. Elle ne pouvait plus dissimuler sa grossesse ; tout le monde au restaurant la taquinait, y compris Belle, une collègue qui était devenue son amie.

— Je parie que le père est le prince charmant. Je t'ai vue filer, un soir, avec un bel homme, dans une voiture de sport.

Hélas, le père n'avait rien d'un prince charmant. C'était un monstre de froideur qui voulait lui voler son enfant.

Finalement, comme le bail de l'appartement arrivait à son terme, elle décida de prendre le taureau par les cornes. Ils n'avaient pas assez d'argent, mais le temps pressait. Elle donna son préavis au restaurant.

Le 1er septembre, Letty se réveilla, s'aspergea le visage d'eau froide et regarda ses traits tirés dans la glace. Le jour du départ était arrivé. Son père et elle n'avaient pas de quoi louer un camion et partiraient en bus, avec ce qui tenait dans leurs deux valises. Il leur fallait laisser derrière eux tout ce qui rappelait le domaine de Fairholme et sa mère. Elle en avait le cœur brisé.

Elle était enceinte de six mois, à présent. Elle savait grâce à sa dernière échographie qu'elle attendait un garçon et posa une main protectrice sur son ventre. Dans moins de trois mois, fin novembre, elle bercerait son bébé contre elle… Sauf si l'homme au cœur de pierre qui l'avait engendré venait le prendre ! Alors, elle n'aurait pas assez de larmes pour pleurer. Elle entendait encore l'écho de sa voix cynique : « Le bébé t'offrirait une chance de te faire payer. » Pourvu qu'elle ait quitté New York à temps !

Elle se rendit dans la minuscule cuisine, où son père prenait son petit déjeuner, et tenta de parler gaiement :

— Papa, je vais chercher mon dernier salaire et prendre les billets de bus pour Rochester. Tout le monde dit que c'est une ville agréable et mon amie Belle sait où je pourrais trouver du travail. Boucle tes valises.

— J'avais d'autres projets pour la journée, s'irrita son père.

— Sois raisonnable ! Notre bail expire dans deux jours et ce que tu ne prends pas avec toi, je serai obligée de le faire débarrasser par les chiffonniers.

C'était tellement dur d'abandonner tout ce qui lui venait de sa mère ! Hélas, Letty devait s'y résoudre. De la table en Formica usée où il faisait ses mots croisés, son père lui jeta un regard noir.

— Il suffirait de prévenir le père de ton enfant !

Elle grinça des dents. Cela faisait des mois qu'ils se disputaient à ce sujet.

— C'est non, et tu le sais. Impossible.

— Balivernes ! Un homme a le droit de veiller sur son enfant, et tu sais que je ne serai pas toujours là pour t'aider.

Pour *l'aider* ? Letty faillit s'étrangler. Qu'avait-il fait pour elle ces dix dernières années ? C'était elle qui s'était démenée pour le protéger !

— Je me souviens de Darius quand il était enfant, reprit

son père en la regardant avec le plus grand sérieux. Il a bon cœur. Il suffirait que tu l'aides à dépasser sa colère.

— Je ne parierais pas sur son bon cœur, après la façon dont il m'a traitée.

— Je pourrais l'appeler…

— Non ! cria Letty. Si tu outrepasses encore tes droits, je te laisse tomber. C'est bien compris ?

— OK, OK, grommela Howard. Mais il est le père de ton enfant. Tu devrais l'épouser.

Tant d'obstination laissa Letty sans voix. Quand elle la retrouva, elle se contenta de dire :

— Débrouille-toi pour avoir fini ta valise avant mon retour.

Sur ce, elle sortit sous la pluie de septembre, alla prendre son chèque et dit au revoir à Belle. Celle-ci la serra contre son cœur.

— Rappelle-toi bien ceci, lui dit son amie avec force, où que tu sois, si tu as besoin de moi, appelle ! D'accord ?

Letty ne se liait pas facilement, et c'était dur pour elle de quitter Belle. L'idée de se retrouver dans un nouvel appartement et sans amie dans une ville inconnue la remplissait de crainte. Elle essaya bravement de sourire.

— Même chose pour toi, Belle !

Essuyant ses yeux, elle partit pour aller encaisser son chèque et acheter les billets du voyage.

Quand Letty regagna l'appartement, elle n'y trouva pas son père. Et ses valises étaient vides. Le découragement la gagna.

Elle avait soigneusement fait le tri de ce qu'elle pouvait emporter ; le reste, hélas, n'avait de valeur que pour elle : petits animaux en céramique que sa mère lui peignait à chaque anniversaire, bateau que son grand-père avait réussi à faire entrer dans une bouteille, décorations de Noël que sa grand-mère fabriquait... Il fallait se résoudre à tout abandonner puisqu'elle commençait une nouvelle vie. Mais elle était sûre qu'elle pourrait offrir à son fils une enfance aussi heureuse que la sienne, avant la mort de sa mère.

Et si son père n'avait pas le courage de faire ses valises, elle s'y mettrait, puis rangerait si bien l'appartement que le propriétaire n'hésiterait pas à lui rendre sa caution.

Elle s'attaquait à la petite chambre de son père lorsqu'on toqua fermement à la porte. Ah, Howard était revenu à de meilleurs sentiments et venait l'aider ! Ça irait plus vite à deux.

Letty ouvrit la porte. Son cœur manqua un battement.

Darius se tenait devant elle, en jean noir et blouson. Un soupçon de barbe assombrissait son visage. Un instant, malgré la peur et la haine qu'il lui inspirait, Letty fut bouleversée par son incroyable virilité.

— Bonjour, fit-il, avant de poser le regard sur son ventre rond.

Letty tenta de lui fermer la porte au nez. Il la bloqua de l'épaule et entra sans autre forme de procès.

4

Six mois plus tôt, Darius avait étanché sa soif de vengeance. Il avait arraché sa virginité à Letitia Spencer et l'avait mise dehors sans ménagement dans le froid de l'hiver. Séduite, puis insultée. Il lui avait jeté l'argent au visage, la mettant plus bas que terre.

Ç'avait été délicieux.

Mais depuis, et à son grand étonnement, il avait découvert que sa vengeance avait un prix.

Quand il était petit, sur l'île grecque où il était né, sa grand-mère disait que la vengeance se retournait contre ceux qui l'exerçaient. À l'école, lorsque les autres se moquaient de lui, enfant illégitime abandonné par sa mère, aux cris de « Même ta mère ne voulait pas de toi », elle lui avait dit de les ignorer, de marcher la tête haute.

Il avait essayé, mais les moqueries n'avaient fait que continuer, jusqu'à ce qu'il doive en venir aux poings. Tous avaient souffert ce jour-là — Darius le premier, qui faisait face à quatre adversaires. Mais son courage avait porté ses fruits : les garçons ne lui avaient plus jamais posé problème.

Aujourd'hui pourtant, la sagacité de sa grand-mère lui revenait en tête. Sa vengeance contre Letitia s'était retournée contre lui d'une manière spectaculaire. Au lieu d'assouvir son désir, leur nuit passée ensemble n'avait fait qu'attiser de sa passion.

Il la voulait. Tous les soirs, il s'était attendu à ce qu'elle l'appelle. Son précieux orgueil mis de côté, elle ne pourrait résister au désir de le revoir. Si ça n'était pas pour lui, ce serait au moins pour l'argent. Mais le téléphone n'avait jamais sonné. Au souvenir de l'expression hantée qui flottait sur son beau visage, la nuit où elle lui avait avoué son amour, Darius se demandait parfois s'il ne s'était pas trompé. Or comment pouvait-il avoir tort ? Les faits étaient là !

Ces derniers mois, son désir pour elle l'avait rendu plus irritable qu'à son habitude. Il avait souhaité rester quelque temps à la tête de sa société, pour guider ses troupes dans la transition qui suivait la vente. Mais il n'avait réussi qu'à se brouiller avec les pontes du conglomérat à qui il avait vendu, et il avait quitté son poste après quelques semaines. Ayant signé une clause de non-concurrence, Darius ne pouvait pas relancer une affaire dans le même secteur. Privé des quinze heures de travail quotidien auquelles il s'était accoutumé ces dix dernières années, il ne savait plus comment remplir ses journées. Il avait utilisé sa fortune, achetant une voiture de course, puis dix, puis un circuit entier. Il avait encore acheté quatre avions, décorés selon quatre thèmes différents. Puis il s'était essayé aux sports extrêmes : chute libre, ski avec saut depuis un hélicoptère, etc., mais rien ne le contentait. Pire encore, il avait été, comme à son habitude, entouré de femmes magnifiques sans en désirer une seule.

Darius s'ennuyait. Il était frustré et agressif. Tout le temps et l'argent du monde étaient incapables de lui obtenir ce qu'il désirait réellement : Letitia.

Et maintenant, elle se tenait devant lui, splendide.

Et enceinte ! Il se haïssait pour sa rancœur passée. Peu importait qu'elle l'ait clairement méritée. Voilà où la haine et la passion les avaient menés.

Enceinte. De son enfant…

Son T-shirt trop grand et son jean ample n'y changeaient rien : elle était plus sensuelle qu'un top-modèle trop mince en robe de soirée. Ses courbes de grossesse étaient diablement désirables. Ses seins étaient devenus très plantureux, et il lui fallut se forcer pour descendre le regard vers son ventre arrondi.

— Alors c'est vrai, lança-t-il à voix basse. Tu es enceinte.

Elle releva le menton vers lui dans un geste de défi.

— Et alors ?

— Est-ce que l'enfant est de moi ?

Des éclairs semblèrent jaillir de ses yeux, dont les cernes trahissaient son manque de sommeil.

— Qu'est-ce qui te fait croire que l'enfant est de toi ? J'ai pu coucher avec dix hommes depuis. Peut-être même cent !

La pensée qu'elle ait pu coucher avec d'autres que lui rendait Darius malade.

— Tu mens.

— Comment peux-tu le savoir ?

— Parce que ton père me l'a dit.

Elle pâlit.

— Mon… Mon père ? bredouilla-t-elle.

— Au début, il voulait que je paye pour ces informations ; quand j'ai refusé, il a fini par tout déballer gratuitement.

— Qui te dit qu'il n'a pas menti ? tenta-t-elle d'une voix faible, comme sur le point de défaillir.

— Assieds-toi ! ordonna Darius. Je vais te chercher à boire.

Livide, Letty s'enfonça dans le vieux sofa.

Darius n'eut aucun mal à trouver la cuisine. L'appartement était d'une petitesse pathétique. Il jeta un regard interloqué autour de lui. L'héritière des Fairholme, née dans un manoir de quarante chambres, vivait avec son père dans un appartement de la taille de l'appentis où sa mère rangeait jadis les pots de fleurs. Des cartons et des vieilleries jonchaient le sol, souvenirs sans doute de leur ancienne vie.

Dans la minuscule cuisine, les rayons du soleil capturaient la poussière qui flottait dans l'air. De la fenêtre, on voyait distinctement la barre d'immeubles d'en face. Avec les barreaux, on aurait pu se croire en prison.

Ils ne méritent pas mieux, se dit-il avec fermeté. Et c'était toujours mieux que l'endroit où il avait grandi, à Héraklios. Au moins, ils disposaient de l'électricité et de l'eau courante. Au moins, Letitia avait un père...

Ses propres parents l'avaient abandonné, chacun à leur manière. Deux jours après sa naissance, son père, au chômage, l'avait découvert sur le pas de sa porte, pleurant sous la pluie dans un panier à linge. Sa mère, héritière gâtée et capricieuse, avait déposé là le fruit de leur aventure, lui abandonnant l'enfant dont elle n'avait jamais voulu.

Eugenios Kyrillos n'avait pas réussi à retrouver de travail. En effet, les familles riches des environs ne tenaient pas à engager un chauffeur qui ne savait pas se tenir à sa place. Désespéré, il avait fini par partir en Amérique, abandonnant Darius à sa grand-mère, qui vivait dans une masure près de la mer.

Darius avait adressé la parole à son père pour la

première fois à onze ans, lors de l'enterrement de sa grand-mère. Son père l'avait alors arraché à la Grèce et à tout ce qu'il connaissait pour l'emmener aux États-Unis. Darius avait découvert Fairholme, un véritable palais peuplé de gens dont il ne comprenait pas la langue. Son père était le chauffeur d'un roi américain des affaires, Howard Spencer.

Et voilà où en étaient les Spencer, aujourd'hui…

Darius avait fait détruire le taudis de sa grand-mère en Grèce pour ériger une villa à la place. Il avait aussi un duplex à Manhattan et un appartement à Londres. Sa fortune était plus grande que tout ce que Howard Spencer aurait pu imaginer. Et ce dernier vivait dorénavant dans un appartement de la taille d'un mouchoir de poche. Avec Letitia…

Darius aurait dû triompher, mais il était envahi par un sentiment de malaise. Il se hâta de faire couler un verre d'eau pour Letty.

— Qui dort sur le canapé ? interrogea-t-il en le lui donnant.

Les joues de la jeune femme s'empourprèrent, et elle jeta un regard aux coussins défraîchis.

— Moi.

— C'est toi qui payes le loyer et c'est ton père qui dispose de la chambre ?

— Il ne dort plus très bien. Je veux juste qu'il soit installé le plus confortablement possible.

Darius lui jeta un regard incrédule.

— Mais tu es enceinte !

— Qu'est-ce que ça peut te faire ? fit-elle, amère. Tu es juste venu pour me convaincre de me débarrasser du bébé !

Les yeux de Darius tombèrent sur les valises vides.

— Où est-ce que tu comptais aller ?

— Là où tu ne nous retrouverais pas.

Darius fronça les sourcils. Après sa conversation avec Howard Spencer, il avait fait mener une petite enquête sur Letitia : il la savait toujours sans le sou, elle avait récemment quitté son emploi, aucun homme dans sa vie. Contrairement à ce qu'il avait supposé, elle ne se vendait pas pour de l'argent. Il l'avait mal jugée. Après le camouflet subi dix ans auparavant, lorsque Letitia l'avait informé qu'elle le quittait pour un homme plus riche que lui, il avait toujours cru qu'elle n'avait que l'argent en tête.

Cela semblait si normal. Après tout, Calla, sa propre mère, l'avait abandonné parce qu'Eugenios était pauvre. Pour elle, Darius n'était que l'embarrassant produit d'une nuit de folie avec le chauffeur de la famille. Pas question de se marier au-dessous de son rang. Seul l'argent importait, et la position sociale qui en découlait. Mais Letitia n'était pas comme sa mère. Ou tout du moins ne l'était-elle plus…

Letty sursauta lorsque Darius se laissa tomber sur le sofa à côté d'elle.

— Pourquoi n'es-tu pas venue me voir en découvrant ta grossesse ? Tu devais bien savoir que je te donnerais tout ce dont tu avais besoin, et plus encore.

— Toi, donner ? Tu n'aurais fait que prendre ! répliqua-t-elle, incrédule. Tu m'as menacée ! Tu as voulu acheter mon bébé et promis de me le faire retirer si je refusais !

Elle vit sa mâchoire se contracter. Darius n'aimait pas qu'on lui rappelle la cruauté de sa déclaration. Irrité, il lui jeta un regard en biais.

— On aurait pu trouver un arrangement… Bois ton eau.

— Pourquoi ? Qu'est-ce que tu as mis dedans ? Un somnifère ? Je vais me réveiller dans ton duplex ?

Darius laissa échapper un ricanement.

— C'est de l'eau du robinet. Jette-la si tu veux. Je trouvais juste que tu avais l'air pâle.

Elle lui jeta un regard en biais, puis but une gorgée.

— Pourquoi est-ce que tu vis ici ? demanda Darius.

— Toutes les suites présidentielles de la ville étaient réservées, rétorqua-t-elle d'un ton mordant.

— Je voulais savoir pourquoi tu es restée à New York. Tu aurais pu partir, t'inventer une nouvelle vie, loin de ton père.

— Je ne pouvais pas l'abandonner. Je l'aime.

C'était un menteur et un tricheur, mais Letty lui était profondément attachée. Et elle comptait élever leur enfant avec Howard, que Darius tenait responsable de la mort de son propre père. Il serra les dents et changea de sujet.

— Est-ce que tu prends soin de toi ? Tu vois un médecin ?

— Bien sûr ! Comment est-ce que tu peux me demander une chose pareille ?

— Parce que tu as passé toutes tes journées à travailler, jusqu'à récemment. Et à cause de cet appartement…

Il fit un geste qui englobait toute la misère du lieu, avant de conclure :

— Tu ne t'es jamais dit que je voudrais mieux que ça pour notre enfant ?

— C'est moi qui voulais mieux ! Je voulais que mon bébé soit entouré par sa mère et son père, un homme bon à qui il pourrait faire confiance et qu'il pourrait aimer. Et à la place j'ai eu droit à toi, Darius, le pire homme sur terre !

— Ce n'est pas ce que tu pensais il y a dix ans.

Immédiatement, Darius regretta ses paroles. Leur rancœur trahissait qu'il n'avait rien oublié. Ce qui était vrai…

— Ah, ça y est, tu veux parler de ce qui s'est passé il y a dix ans, maintenant ? rétorqua Letty. Alors allons-y. Si je ne t'ai pas rejoint le soir de notre fugue, c'était pour te protéger.

Les lèvres de Darius se tordirent en un rictus moqueur.

— Me protéger ?

— Oui. Le jour où nous avions prévu de nous enfuir, mon père m'a révélé que son fonds d'investissement était vérolé. Il ne gagnait plus d'argent depuis des années, mais continuait à payer ses anciens investisseurs en arnaquant les nouveaux. Le fisc l'avait déjà repéré, je savais ce qui allait arriver. Je ne pouvais t'entraîner là-dedans. Tu venais à peine de lancer ta propre entreprise. Je ne pouvais laisser les crimes de mon père gâcher une autre vie que la mienne, finit-elle en un murmure.

L'espace d'un instant, le cœur de Darius se serra. Et puis il se souvint qu'elle le lui avait brisé.

— Tu mens. Tu m'as quitté pour un autre. Un homme riche qui pouvait… Comment me l'avais-tu présenté déjà ? Te donner le luxe que tu méritais. Une erreur de calcul, ceci dit. Il a dû te lâcher à l'instant où ton père a été arrêté.

— Impossible, répondit-elle avec un petit rire triste. Il n'a jamais existé.

— Pardon ?

— Je l'ai inventé. C'était le seul moyen pour que tu me laisses partir. Je connaissais déjà ta faiblesse, à l'époque.

— Ma faiblesse ? Quelle faiblesse ? s'insurgea-t-il.

— Tu as toujours dit qu'un homme avait la stature de son compte en banque. Je savais que tu n'accepterais pas que je te quitte sans explication. Alors je t'en ai donné une. Je t'ai dit que je voulais quelqu'un de plus riche que toi. Je savais que l'explication te paraîtrait plausible. Tu y as cru. Et au bout d'un moment, tu as arrêté de m'appeler.

Darius blêmit. Elle avait raison. Il l'avait aimée plus que tout au monde. Jusqu'à ce qu'elle lui dise qu'elle ne voulait plus de lui parce qu'il était pauvre. Il n'avait jamais remis son explication en cause. Pour lui, l'argent faisait l'homme. Sans argent, l'on n'était rien.

La gorge inexplicablement nouée, il leva les yeux vers elle. Il ne voulait pas la croire. Pourtant, elle semblait sincère.

— Et mon père ? demanda-t-il. C'était aussi une mesure de protection, le renvoi du fidèle chauffeur ?

— Oui, hélas. J'ai dit à mon père que je ne pouvais plus supporter de voir Eugenios parce que son visage me rappelait le tien. Je l'ai fait renvoyer parce que j'avais peur qu'en désespoir de cause mon père ne finisse par lui demander ses économies. Il était encore persuadé de pouvoir redresser la barre, à cette époque. Et je savais que ton père était prêt à lui donner tout ce qu'il avait mis de côté. C'était l'homme le plus loyal que j'aie jamais vu.

— Oui, il l'était, confirma Darius. Surtout envers Howard.

Eugenios avait toujours fait passer son emploi avant tout le reste, y compris son propre fils. Il n'avait pas assisté aux matchs de foot, aux kermesses de fins d'année ni à sa remise de diplôme. Toujours à l'affût du moindre appel de son employeur, toujours à s'occuper de ses nombreuses voitures, il n'avait pas vu grandir Darius.

Bien sûr, il l'avait nourri, logé et blanchi dans leur petit appartement au-dessus du garage de Fairholme, mais son attention s'arrêtait là. Ils ne se parlaient jamais. Jusqu'à ce jour horrible où Darius avait fini par dire à son père ce qu'il pensait réellement de lui.

Le souvenir le brûlait encore, et Darius l'écarta instantanément de son esprit. Sur le sofa à côté de lui, Letitia laissa échapper un soupir.

— Quand j'ai compris qu'il fallait éloigner ton père de Fairholme avant qu'il ne perde tout, c'était trop tard. Mon père avait accepté son argent, malgré la modestie de la somme. Il pensait lui faire une faveur.

La « modestie de la somme » ? Cela représentait une vie d'économie ! L'arrogance des Spencer prit Darius à la gorge.

— Ton père est un menteur, un criminel ! s'emporta-t-il. Il a détruit des vies entières !

— Je sais, murmura Letty en baissant les yeux. Je crois qu'il n'en a jamais eu l'intention, mais…

— Il mérite de souffrir.

Elle leva vers lui des yeux pleins de tristesse.

— Il a souffert. Lors de son arrestation, puis de son procès, j'ai essayé de rester forte pour lui. Pendant ses années de prison, je n'ai pas manqué un seul jour de visite. Mais tout ce temps, je me suis sentie si seule… J'avais tellement peur.

Elle lui adressa un sourire ému.

— Parfois, ajouta-t-elle, la seule chose qui me tenait, c'était toi.

— Moi ?

— Au moins ne t'avais-je pas entraîné dans ma déchéance. Au moins pouvais-tu poursuivre tes rêves en paix.

Darius fronça les sourcils. N'essayait-elle pas de s'attribuer une part de crédit dans sa réussite ? De lui dire que sans son sacrifice, il n'aurait jamais réussi ? Un carcan de glace se forma autour de son cœur.

— Et je devrais te remercier, donc ?

— Non, je… Je…, bégaya Letty.

— Lorsque tu as découvert la conduite de ton père, tu aurais dû venir m'en parler. J'étais ton futur mari. Au lieu de cela, tu m'as menti. Tu m'as coupé de ta vie. Tu devais me juger vraiment incompétent pour que ton sacrifice t'apparaisse comme la seule chance de me sauver.

— Non ! s'exclama-t-elle. Tu te trompes.

— Tu ne m'as jamais respecté.

— Te respecter ? s'étrangla-t-elle. Je t'aimais ! Mais je savais ce qui allait se produire. Je ne voulais pas te voir te noyer avec nous. Tu n'avais rien.

— Tu as raison, fit-il sèchement. Je n'avais rien. Ni argent ni influence. Tu savais que je ne pourrais pas payer les avocats, ou parler aux juges. Alors tu as décidé que je te serais inutile. Mais tu étais ma fiancée. J'aurais essayé de te protéger, j'aurais pu te réconforter, être là pour toi. Tu ne m'en as pas laissé l'occasion.

Désemparée, Letitia murmura son prénom, mais il leva la main, coupant court à toute tentative d'explication.

— Aujourd'hui, j'ai amassé une fortune. Tout a changé. Et pourtant, tu disparais encore. Tu cherches à me cacher l'existence de mon enfant. Qu'est-ce que tu comptais lui raconter à propos de son père, plus tard ?

— Je ne sais pas, murmura-t-elle.

— Que je n'avais pas voulu d'une telle charge ? Que je l'avais sciemment abandonné, sans m'émouvoir ?

Une vieille blessure d'enfance s'était réveillée en lui et menaçait d'engloutir sa raison.

— Je n'en sais rien ! cria Letty, bouleversée. Tu allais me l'enlever ! Je n'avais pas d'autre choix que de fuir.

Darius plongea ses yeux dans ceux de cette femme qu'il connaissait depuis si longtemps. Il l'avait adorée, pendant un court et merveilleux été. Il la haïssait depuis.

Tous ceux qui auraient dû l'aimer dans l'enfance l'avaient abandonné. Il avait passé la majorité de sa jeunesse déraciné. Et puis Letty était arrivée. Il l'avait aimée sauvagement, fougueusement, sans se soucier de lui-même. Il lui avait tout donné et elle lui avait brisé le cœur. La leçon avait été brutale, mais instructive.

Il serra les dents. Le fruit de leur union n'aurait jamais à connaître une telle douleur. Son enfant devrait être entouré d'amour. Il aurait un endroit où grandir, un foyer, et il n'aurait jamais à remettre en cause sa propre existence. Le bandeau des anciennes douleurs qui l'aveuglait tomba subitement et il regarda Letty. Le calme s'installa, aussi soudain qu'une fin d'averse estivale.

Leur enfant aurait besoin de ses deux parents.

Cela faisait dix ans qu'il tentait d'oublier Letitia. Sa générosité, sa douceur qu'il avait cru n'être qu'une façade. Il venait de comprendre que sa trahison n'avait pas eu pour cause le mépris, mais l'amour. Elle avait essayé de le protéger, comme elle cherchait à protéger son père. De la même manière, elle essayait aujourd'hui, à sa façon, de protéger leur bébé.

Non, Letitia ne l'avait pas trahi. Elle l'avait aimé, comme ils s'étaient aimés cette nuit de février où l'enfant avait été conçu. Sa seule faute avait été d'avoir manqué de discernement dix ans auparavant, en lui mentant et en cachant la vérité sur Howard Spencer. Et cette idée de fuite avec l'enfant était tout aussi malhabile. Un frisson le parcourut à l'idée de ce qui aurait pu arriver si le père de Letitia ne l'avait pas appelé...

Elle était aveuglée par l'amour, et ce sentiment l'affaiblissait. Et, vu les menaces qu'il avait proférées à propos de l'enfant, la peur de Letitia était compréhensible. Cela ne faisait pas d'elle un monstre. Et rien ne justifiait qu'il lui enlève son enfant. Il avait connu le vide d'une enfance sans parents. Leur enfant aurait un père et une mère, ainsi que la chaleur d'un foyer où grandir. Mais pour cela, il fallait que Letitia lui fasse confiance. Il fallait qu'ils prennent des décisions à deux. Il était plus sage, parce qu'il ne laissait jamais ses émotions prendre le dessus. Il gardait les yeux sur l'objectif. Un problème, une solution. Quel était le problème ? Assurer un futur à leur enfant. La solution ? Simple : il fallait l'épouser.

Si Letitia devenait sa femme, il pourrait mettre leur enfant à l'abri. Et elle serait à l'abri, elle aussi… dans son lit. La décharge électrique qui le parcourut à cette pensée conclut l'affaire. C'était décidé.

— Je t'ai mal jugée, commença-t-il. Et mal traitée.

Letty lui sourit.

— Tu le penses vraiment ?

— Laisse-moi me racheter.

Darius se pencha vers elle sur le sofa.

— Je veux que tu m'épouses, Letty.

Darius vit Letitia ouvrir de grands yeux. Il crut que sa mâchoire allait se décrocher.

— T'épouser ? balbutia-t-elle enfin.

— J'ai compris que je rejetais la faute sur toi. J'avais tort. C'était celle de ton père. Il a ruiné ta vie, je ne le laisserai pas ruiner celle de notre enfant.

Elle secoua la tête et posa les mains sur son ventre rond, dans un réflexe primitif de défense, comprit-il.

— Tu es fou ! Mon père aime ce bébé, tout comme il m'aime.

— Et que feras-tu la prochaine fois qu'un mafieux l'attaquera pour récupérer son argent ? Et si celui-ci décide de s'en prendre à sa famille plutôt qu'à lui ?

— Ça n'arrivera pas, affirma Letitia, visiblement troublée.

— Non, effectivement. Parce que toi et le bébé serez en sécurité avec moi. Il faudra signer un contrat de mariage, conclut-il avant de se lever abruptement.

— Non. Je ne t'épouserai pas.

Elle ne plaisantait pas, pensa Darius. Il lui jeta un regard perplexe. Tant de femmes mouraient d'envie de l'épouser ; il avait simplement supposé que Letty serait comme les autres, surtout dans sa situation : pas un sou, sans emploi…

— Bien sûr que tu veux m'épouser, la contredit-il.

— Épouser quelqu'un que je hais ? Qui me hait ? Non merci.

Il n'arrivait pas à croire qu'elle s'opposait à la solution la plus pratique pour tout le monde. Les dents serrées, il comprit enfin : c'était cette fichue notion d'amour qui venait tout compliquer, comme d'habitude.

— Est-ce que tu es sûre de toi ? demanda-t-il en croisant les bras. Je pourrai te traîner en justice. Te faire déclarer inapte à élever cet enfant, dans ce taudis.

Letty bondit elle aussi du sofa pour lui faire face, furieuse.

— Tu peux essayer, le défia-t-elle.

Malgré lui, il faillit sourire. Voilà une autre chose qu'il avait oubliée d'elle. Elle n'était jamais si combative que lorsqu'il s'agissait de défendre les autres.

— Tu penses vraiment pouvoir gagner une bataille

juridique ? Tu penses qu'il existe beaucoup d'avocats prêts à soutenir la fille de Howard Spencer sans être payés, alors qu'ils n'y gagneraient que de la mauvaise publicité ?

Elle continuait à le défier, menton relevé. Mais sous la bravade il sentait poindre sa tristesse. Les yeux de Darius descendirent jusqu'à la rondeur de son ventre, effleurant au passage ses seins gonflés. Il se fit la réflexion qu'il avait devant lui tout ce qu'un homme pouvait demander.

La traîner en justice ? Quels que soient les crimes de son père, et pourvu qu'elle trouve un bon avocat, elle pourrait jouer le rôle de la pauvre serveuse menacée par le millionnaire sans cœur. Même avec toute sa puissance — et peut-être à cause d'elle —, Darius n'était pas sûr de l'emporter.

Subitement, il changea son fusil d'épaule.

— Est-ce que nous voulons vraiment que les parents de cet enfant soient en guerre ? Vivre ici, demanda-t-il en désignant les fissures au plafond, ou vivre dans mon duplex ? Est-ce que cet enfant mérite de grandir dans la pauvreté, sans la protection de mon nom ? Sans mon amour ?

Letty restait immobile.

— Notre enfant pourrait tout de même avoir ton amour.

— Il mérite tout ce que je peux lui apporter. Es-tu assez égoïste pour laisser le bébé payer pour ta fierté ?

Amusé, il regarda des émotions contradictoires jouer sur son visage. Bientôt, il aurait Letitia Spencer à sa merci.

— Nous pourrions faire en sorte que ce mariage fonctionne, murmura-t-il. Notre fille, ou notre fils, serait notre priorité.

— Fils. C'est un garçon, admit-elle avec un petit sourire.

L'image encore nébuleuse de l'enfant se précisa dans l'esprit de Darius. Il l'imaginait déjà sourire, tenter ses premières passes au foot, courir à perdre haleine… Qu'elle ait accepté de révéler le sexe du bébé démontrait son envie d'accepter la proposition. Il fit un pas vers elle.

— Épouse-moi, Letty.

Elle se mordit la lèvre, visiblement en plein doute.

— Ce serait un désastre. Pas seulement pour moi, pour toi aussi. Est-ce que tu sais combien de personnes détestent les Spencer ?

— Tout cessera quand nous serons ensemble, répondit-il, sûr de lui.

— Tu ne comprends pas l'ampleur des rancœurs.

— Je suis sûr que tu exagères.

Il avait gagné. Maintenant que son fils était en sécurité, il pensait déjà à l'étape suivante : Letty s'abandonnant à lui, nue, excitée. Il aurait aimé la ramener chez lui immédiatement, la faire sienne. Puis il se souvint de ses obligations.

— J'organise un dîner de charité ce soir. Un bal d'automne. Nous pouvons l'annoncer au Tout-New York.

— Non, ce serait une erreur.

— Laisse-moi me préoccuper des retombées.

— Mais…

— Mais quoi ? demanda-t-il en fronçant les sourcils.

Une ombre passa dans les yeux de la jeune femme.

— Je ne t'aime plus.

Une sensation étrange crispa le ventre de Darius, mais il la détruisit avant même de pouvoir l'identifier.

— Je n'ai pas besoin de ton amour. Je peux t'assurer que tu n'auras jamais le mien. J'ai juste besoin de ton accord et de ta bonne volonté.

Alors qu'elle hésitait, il recula d'un pas et ajouta :

— Ou je peux te quitter pour filer chez mes avocats.

Dans la lumière grise de la petite fenêtre, Letty soupira tristement.

— Comme tu veux…

— Alors tu m'épouseras ?

Elle hocha la tête. Darius sentit monter en lui l'ivresse de la conquête.

— Tu fais le bon choix.

Sans attendre, il la prit dans ses bras pour faire ce qu'il désirait depuis six mois : l'embrasser. À l'instant où il sentit sur lui la douceur de ses lèvres, de sa bouche, de sa langue, Darius expérimenta une sensation étrange. Il semblait perdu… Alors que Letty se pressait contre lui, son corps et son âme semblèrent émerger d'un profond sommeil, rugissant leur soif de vivre.

Ce fut elle qui brisa leur étreinte.

— Avant toute chose, tu vas m'emmener à ton bal de charité, ce soir. Pour voir l'effet que ça te ferait de m'avoir comme femme. Ainsi, tu ne pourras pas dire que tu n'étais pas prévenu. Tu n'as aucune idée de ce dans quoi tu t'embarques.

5

Malgré la colère qu'elle éprouvait pour son père, Letty gribouilla un mot sur le comptoir de la cuisine :

« Je suis avec Darius. Ne m'adresse plus jamais la parole. »

Darius avait jeté un coup d'œil à la penderie et décidé qu'ils iraient acheter de quoi l'habiller. Il avait étouffé toute protestation : personne ne croirait à leurs fiançailles si elle venait avec une de ses tenues de tous les jours.

Sensible à la logique de l'argument, Letty s'était laissé faire. Au fond d'elle-même, elle n'arrivait pas à se débarrasser de la sensation que sa vie ne lui appartenait plus.

En montant dans la voiture de sport, elle frémit. Avoir Darius si proche d'elle était déconcertant. Tous ses sens étaient en éveil. Alors qu'il engageait le bolide dans le trafic, elle lui jeta un regard en coin. Au volant, il semblait détendu, beaucoup plus calme qu'elle.

Normal : il n'avait aucune raison de s'en faire. Il avait gagné et elle avait perdu. C'était aussi simple que cela. *Ce n'est que le début*, se rassura-t-elle. Darius n'avait pas compris qu'il serait impuissant face au scandale qui avait entaché la famille Spencer. Durant le procès de son père, les journalistes et des victimes de Howard la guettaient à chacune de ses sorties ; et même encore des mois après, alors qu'il était en prison. Lorsque Darius aurait mesuré l'ampleur du problème, il la laisserait tomber. Et il serait ramené à la réalité dès le soir même.

Letty voulait que Darius comprenne ce qu'aurait été sa vie à lui si elle avait suivi son cœur et accepté de l'épouser, dix ans auparavant. Il en tirerait sûrement toutes les leçons.

La pluie s'était arrêtée, rendant tout son turquoise au ciel en ce premier jour de septembre. Les rues de Manhattan étaient pleines de touristes, en plus de la marée habituelle des New-Yorkais indifférents qui affluaient et refluaient des bouches de métro et entrées des grands buildings.

La voiture s'arrêta à un feu et Letty jeta un coup d'œil à la grande limousine arrêtée près d'eux. Derrière son chauffeur, un homme vociférait dans son téléphone tout en consultant une tablette. Les riches vivaient dans un monde à part. Letty ne s'en était rendu compte qu'en le quittant.

Après la confession de son père, elle l'avait supplié de se rendre à la police. Par amour pour elle, il avait fini par s'exécuter quelques mois plus tard. Le procureur n'avait eu aucune pitié, convaincu d'avoir devant lui un fraudeur accompli. Six mois plus tard, Howard Spencer était condamné à neuf ans de prison.

Letty était restée quelque temps dans une des petites villes de Long Island proche de Fairholme, mais la situation était vite devenue intenable. On la reconnaissait dans la rue, et les gens n'hésitaient pas à la prendre à partie. À Manhattan, les choses auraient été pires, et elle n'avait de toute façon plus assez d'argent pour se permettre d'y vivre. Alors elle avait déménagé dans un quartier ouvrier de Brooklyn, qui lui garantissait au moins l'anonymat.

Mais sans argent, sans famille et sans amis, Letty avait appris la vie et les fins de mois difficiles.

« Personne n'aime les gens qui s'apitoient, ma fille. Si tu ne peux pas t'aider, aide quelqu'un d'autre. » Letty pouvait entendre le murmure de la voix de sa mère, réconfortant et chaleureux. Elle se souvenait de ses yeux pleins d'amour. « Si tu es triste, réconforte quelqu'un de plus triste encore. » Un bon conseil...

Avec un soupir, elle se tourna vers Darius.

— Parle-moi de cette œuvre de charité.

— On finance les études supérieures d'orphelins, répondit Darius, les yeux fixés sur la route.

— C'est bien, fit-elle, admirative. Je ne t'aurais jamais cru porté sur ce genre de soirées...

Il haussa les épaules.

— J'ai le temps. Autant qu'il serve à quelque chose.

— Tu pourrais le passer à sortir avec des femmes magnifiques et vider ton compte en banque.

Darius arrêta la voiture devant une boutique de luxe.

— C'est précisément ce que j'ai prévu de faire aujourd'hui.

— Tu vas sortir avec une... Oh...

Elle rougit, comprenant qu'il parlait d'elle. Avant qu'elle puisse répondre, sa portière fut ouverte par un jeune voiturier et Letty descendit sur la Cinquième Avenue, sur laquelle s'alignaient les magasins où le moindre foulard coûtait un mois de son salaire. Son dernier shopping ici remontait à ses dix-sept ans, alors qu'elle cherchait la plus belle robe pour assister à la remise de diplômes organisée par son école privée. Depuis, plus rien. Elle s'était coupée de la haute société. Y retourner lui faisait peur à présent.

— On y va ? demanda Darius, les yeux plissés par

un sourire. C'est bien là que se trouvent les stylistes chics, non ?

— J'ai changé d'avis, murmura-t-elle. Je ne veux plus y aller.

Le sourire de Darius s'effaça.

— Trop tard.

Ignorant ses protestations, il lui saisit la main. Letty tenta d'ignorer la décharge électrique que lui procura ce contact et se laissa entraîner.

Dans la boutique, une femme d'un certain âge s'avança vers eux, affable. Sans doute la gérante, songea Letty.

— J'ai besoin d'une robe de bal pour ma fiancée.

Fiancée… Les mots firent trembler Letty. C'était pourtant vrai : elle venait d'accepter sa demande en mariage.

Cela n'avait rien d'un réel engagement, se rassura-t-elle. Il n'y avait pas de bague à sa main gauche. De toute façon, tout serait fini d'ici la fin de la soirée.

— Couture ou prêt-à-porter, monsieur Kyrillos ?

Ici, on savait déjà qui était Darius…

— C'est pour ce soir.

— Nous pourrons faire les retouches que madame désirera. Si vous voulez me suivre.

On les conduisit dans une partie privée du magasin et on les convia à s'asseoir sur un grand canapé de cuir blanc, face à trois miroirs. Une armée de jeunes vendeuses défilèrent bientôt, les bras chargés de robes à son intention.

— Qu'est-ce que tu aimerais me voir porter ? demanda Letty.

— Je n'ai pas de préférence, mais pour ce soir, il vaut mieux quelque chose d'habillé, répondit-il avec un sourire malicieux, chargé d'une sensualité carnivore.

Il la regardait comme s'il avait devant lui une bombe sexuelle, alors qu'elle était enceinte de six mois et vêtue à la diable ! Elle rougit et regarda un ensemble de soie grège, largement décolleté sous le petit boléro qui accompagnait la robe. Au vu de l'étiquette, elle manqua s'étrangler.

— Le prix de ces tenues est ridicule, chuchota-t-elle à l'oreille de son compagnon. Il ne sert à rien de m'acheter une robe hors de prix alors que c'est peut-être la dernière soirée qu'on passe ensemble.

Darius se colla à elle sur le canapé et leurs genoux se touchèrent. Letty sursauta, troublée.

— Il y aura bien d'autres soirées, dit-il fermement. Tu es avec moi, maintenant.

— Je ne suis pas sous ta responsabilité.

— Si. N'oublie pas l'enfant. D'ailleurs, m'occuper de toi est un plaisir, murmura-t-il, tendant la main pour lui replacer derrière l'oreille une longue mèche de cheveux noirs.

Un plaisir ? Une pensée terrifiante vint à l'esprit de Letty.

— Darius, commença-t-elle sans réussir à le regarder dans les yeux. Tu ne penses tout de même pas que…

Elle s'interrompit pour prendre son courage à deux mains, puis plongea le regard dans le sien. Elle ne pouvait plus voir en lui l'adolescent qu'elle avait un jour aimé. Même s'il avait gardé les mêmes yeux, le même sourire, et la même bonté… apparente !

— Tu ne penses pas que ce mariage va être… *réel*, Darius ?

— Bien sûr qu'il sera réel. Aux yeux de la loi.

Elle se mordit la lèvre. Les vendeuses s'étaient éloignées afin de respecter leur intimité. Darius savait très bien de quoi elle voulait parler, mais il jouait avec elle.

— Le mariage, c'est pour l'enfant, fit-elle. Nous n'allons pas…

— Tu dormiras dans mon lit, Letty. Nue. Chaque nuit.

Ses yeux noirs s'étaient animés d'une étincelle sexy. Sa voix sensuelle s'enroulait autour d'elle comme un serpent. Il fallait qu'elle résiste. Elle n'avait aucune intention de coucher avec lui à nouveau, aussi séduisant fût-il. L'amour qu'elle lui avait porté avait disparu avec sa virginité.

— Je t'ai aimé jusqu'au soir où nous avons conçu cet enfant. Tout a changé, depuis. Contrairement à toi, je ne peux pas faire l'amour le cœur froid, murmura-t-elle. Pas d'amour, pas de sexe.

Il lui prit la main. Le contact de sa paume déclencha un long frisson dans tout le corps de Letty. Darius se pencha vers elle.

— Nous verrons ça, chuchota-t-il.

6

À la fin de l'après-midi, Darius lui avait acheté tant de robes, chaussures et lingerie qu'il avait dû appeler Collins, son chauffeur, à la rescousse. Celui-ci était venu avec la limousine. Il fit plusieurs voyages pour transporter les emplettes jusqu'au véhicule.

Il emmena alors Letty chez un joaillier mondialement connu. Dans un salon privé, il se fit montrer des colliers de diamants de plusieurs carats, présentés sur du velours.

— Tu vas devenir ma femme, tu as besoin de bijoux autant que de tenues, expliqua-t-il devant la mine interdite de Letty.

— Ce sont des diamants ! tenta-t-elle de protester. Tu jettes ton argent par les fenêtres.

— Puisque tu me hais, réjouis-toi de me voir me ruiner…

Il accrocha un joyau à son cou et lui porta un regard admiratif, avant de se retourner vers le joaillier pour acquiescer de la tête. L'homme se retira discrètement.

Letty soupira en regardant la parure qui étincelait à son cou. Le regard de Darius sur elle la comblait. Elle se sentit coupable. Mais ces dernières années, son quotidien avait tenu de la survie plus que du plaisir. Elle ne pouvait se souvenir de la dernière fois que son bonheur avait intéressé quelqu'un. Et la voir heureuse semblait être le premier objectif de Darius. *Parce que je porte son enfant*, se dit-elle. Sans doute aussi parce qu'il la désirait…

« Tu dormiras dans mon lit, Letty. Nue. Chaque nuit. » Elle frissonna.

— Je ne devrais pas porter ça.

— Pourquoi ?

— Tout le monde va me regarder.

— Tout le monde te regardera quoi qu'il arrive.

— Parce que je suis la fille d'un criminel.

— Parce que tu es incroyablement belle.

Letty se détourna pour chasser des larmes naissantes.

— Tu ne te rends pas compte de la haine que je déclenche. Je suis une cible pour beaucoup de gens de ce milieu. Ils ne me feront pas de cadeau. Je ne me plains pas. J'ai l'habitude. Seulement… Je ne veux pas qu'ils disent du mal de toi à ta propre soirée, compléta Letty en baissant les yeux. Et si j'apparais à ton bras, c'est ce qu'ils feront.

Darius lui releva le menton pour l'obliger à lui faire face.

— Je sais gérer ce genre de choses, ma chérie…

Il laissa errer le regard sur les lèvres de Letty, qui sentit son corps réclamer Darius. Elle se demanda s'il allait l'embrasser, au milieu du salon. L'idée ne paraissait pas si désagréable…

Darius lui jeta un regard qui n'avait qu'une seule signification : il était prêt à lui faire sauvagement l'amour sur l'un des canapés réservés à la clientèle ; sans qu'elle ne porte rien d'autre que son collier…

Elle cilla, comprenant subitement qu'elle s'était léché les lèvres, et tenta de reprendre contenance. Que lui arrivait-il ? Était-elle en train de perdre tout sens moral pour un collier et le corps d'un homme dangereusement attirant ?

Néanmoins, Darius n'était pas qu'attirant. C'était aussi le seul avec qui elle ait fait l'amour. Le seul dont elle ait jamais été amoureuse. L'homme dont elle portait l'enfant. Il la voulait dans son lit. Il voulait l'épouser. Toutes ces choses prises ensemble avaient un pouvoir de persuasion inédit. Et chaque seconde semblait la rapprocher de lui, lui rappelait sa vie d'avant. Une vie où l'argent n'était pas un problème. Où les problèmes n'existaient pas. Où on l'aimait, tout simplement.

Cela faisait longtemps qu'elle n'avait plus rien ressenti de tel. Letty avait été une adolescente solitaire, bien plus heureuse lorsqu'elle passait du temps avec les employés de la propriété, ses animaux ou ses livres qu'avec les autres jeunes filles de la bonne société. À quatorze ans, elle était tombée désespérément amoureuse de Darius, le fils du chauffeur de son père, de six ans son aîné. Inatteignable. Letty sourit en se rappelant qu'elle se pensait alors malheureuse. Le malheur n'était pourtant venu que plus tard, lorsque sa mère chérie était tombée malade. En quelques mois à peine, elle les avait laissés, son père et elle, veuf et orpheline.

Howard avait perdu toute raison de vivre. Quelques années plus tard, il partait en prison. Letty avait essayé d'être forte. Elle avait bloqué tout sentiment en elle, pour tenir. Aujourd'hui cependant, pour la première fois depuis bien longtemps, elle goûtait au plaisir d'être un objet d'attentions. Alors que Darius dépensait des milliers de dollars pour elle, elle tentait de se convaincre qu'il ne s'agissait que d'une parenthèse. Elle était Cendrillon. Tout s'évanouirait à minuit.

Darius lui prit la main pour regagner la limousine.

— Y a-t-il autre chose qui te ferait plaisir ?

Émue, Letty se contenta de secouer la tête. Darius avait

passé la journée à ses côtés, prêt à déplacer des montagnes pour la satisfaire. Elle n'était plus seule. Quelqu'un s'occupait d'elle. Quelqu'un de fort, de responsable. Quelqu'un qui la faisait se sentir en sécurité.

En sécurité ? Elle tenta de se reprendre. Darius était dangereux. Égoïste. Froid et arrogant.

— Il se fait tard.

Assis à ses côtés à l'arrière, il fronça les sourcils.

— Tu pleures ?

Elle chassa ses larmes du revers de la main.

— Désolée. C'est juste que… tu as été si gentil.

— En t'achetant des vêtements et un collier ?

Il laissa échapper un petit rire, avant de reprendre, taquin :

— Alors c'est vraiment tout ce qu'il faut pour t'avoir ?

Il lui avait offert bien plus que des cadeaux matériels, mais elle ne pouvait pas le lui expliquer.

— Je ne devrais pas venir avec toi au bal, ce soir, dit-elle. Je ne vais te causer que des problèmes.

Le sourire de Darius s'effaça.

— Arrête d'essayer de me protéger, Letty. Ce n'est pas à toi de le faire, c'est l'inverse. Tu portes notre enfant, c'est dorénavant mon rôle que de faire en sorte que tout aille bien. Si tu insinues que je n'en suis pas capable, tu m'insultes. Plus personne ne te fera de mal. Tu es en sécurité.

Elle aurait tant aimé le croire, comme avant.

La limousine s'arrêta bientôt et Collins vint lui ouvrir la porte. Darius ne semblait pas décidé à sortir. Elle l'interrogea du regard, intriguée.

— Tu as rendez-vous dans un salon d'esthétique. Je vais récupérer mon coupé et je viendrai te prendre pour le bal, expliqua-t-il avec un sourire. Collins va t'apporter ta tenue de ce soir. Allez, file !

Letty s'exécuta. Une fois au salon, elle fut prise en main, baignée, massée et maquillée avec dextérité. Deux heures après, elle était prête, coiffée, parée. Et Darius l'attendait. Elle avait peur qu'il la trouve trop maquillée. Elle n'aurait pas supporté qu'il ait honte d'elle.

Mais lorsqu'il l'accueillit, elle vit un brasier s'allumer dans ses yeux.

— Tu es superbe, murmura-t-il. Si belle !

Elle lui adressa un sourire timide. Elle était incapable de le quitter des yeux. Il était rasé de près, et ses yeux noirs brillaient d'une lueur passionnée. Ses épaules larges étaient magnifiquement mises en valeur par son costume noir, sans doute taillé sur mesure. Sans un mot, Darius lui tendit son bras. Elle le prit, posa sa main sur son large biceps. Cela lui rappela sa peau nue contre la sienne, six mois auparavant. Elle faillit trébucher.

— Navrée, ce sont les talons, mentit-elle en rougissant.

Difficile de lui expliquer que c'était le souvenir de leur nuit qui lui faisait perdre l'équilibre… Une nuit qui ne se reproduirait pas, se morigéna-t-elle en pensée. Une fois la soirée achevée, Darius disparaîtrait de sa vie, ravi de s'échapper.

La limousine les attendait. Collins portait une livrée des grands jours. Le bal avait lieu dans une des salles les plus huppées de la ville. Letty frémit en songeant que tout New York y serait. On avait pris soin de sa peau, mais il lui aurait fallu une armure. Le fait même d'être au bras de Darius la rendait vulnérable. On la remarquerait.

Même si elle n'avait plus de sentiments pour lui, elle ne voulait pas qu'il souffre par sa faute. Et la pensée des heures à venir lui était insupportable.

La limousine arriva bien trop vite devant le tapis rouge, la foule et les paparazzis. Letty n'arrivait tout bonnement plus à respirer. Collins sortit leur ouvrir la porte et elle entendit un rugissement : c'était la foule, amassée derrière les cordons de sécurité, qui attendait l'hôte de la soirée. Darius passa en premier. La gorge serrée, Letty se demanda si elle parviendrait à sortir de la limousine.

Darius lui offrit sa main, avec un regard de défi. Tremblante, Letty vint poser sa main dans la sienne.

Alors qu'elle descendait, un long murmure se répandit dans la foule des journalistes. Puis quelqu'un la reconnut.

— C'est Letitia Spencer !

Comme un essaim, les photographes se précipitèrent et le crépitement des flashs envahit l'espace. Les journalistes et les blogueuses à la mode se mirent à crier dans sa direction.

— Letitia, où étiez-vous ces dernières années ?

— Ça vous gêne que votre père soit allé en prison ?

— Vous vous sentez coupable de porter des diamants alors que certaines victimes de votre père sont encore à la rue ?

— Darius, vous avez la ville à vos pieds, pourquoi sortir avec la fille d'un escroc ?

Darius ne leur accorda même pas un regard et les dépassa, tenant fermement la main de Letty dans la sienne. Ils pénétrèrent dans l'imposant hall de style Arts déco. Letty respira enfin. Immédiatement, Darius l'attira à lui. Elle ferma les yeux, toujours tremblante, et s'autorisa à souffler, réconfortée par sa présence et sa chaleur.

— C'est fini, murmura-t-il avec douceur. Ce n'était pas si dur ?

— Tu crois vraiment que c'est terminé ? demanda-t-elle avec un sourire tremblant. Ça ne fait que commencer.

Darius se renfrogna. Ils furent interrompus par l'arrivée d'une grande et belle femme couverte de joyaux, ses cheveux blancs élégamment sertis de perles. Son visage s'illumina lorsqu'elle vit Darius, et elle quitta son cavalier, bien plus jeune, pour venir lui voler un baiser.

— Darius, quel plaisir ! Et quelle bonne idée d'organiser cet événement. Mais je crains que bien des cœurs ne soient brisés lorsqu'on verra que vous avez amené une…

Elle s'interrompit ; son sourire s'évanouit alors qu'elle se tournait vers Letty. Une expression outragée le remplaça.

— Bonsoir, madame Alexander, commença Letty avec un sourire hésitant. Je ne sais pas si vous vous souvenez de moi, mais je suis allée à l'école avec votre fille, Poppy.

— Je me souviens très bien de vous, grinça la vieille dame en la fusillant du regard. Et je vous interdis de m'adresser la parole. Darius, est-ce que vous savez qui est cette fille ?

Il la fixa froidement.

— Bien sûr, je connais Letty depuis l'enfance. Mais c'est son père, le criminel. Vous ne devriez pas confondre.

Mme Alexander se tourna vers Letty, les sourcils froncés.

— Vous avez du culot de paraître ici. Votre père a volé de l'argent à presque chacun des invités présents ce soir. Et vous, poursuivit-ellc en se tournant vers Darius, vous êtes fou de l'avoir amenée. Renvoyez-la ou vous ne récolterez pas un dollar ce soir. Et pourquoi ce risque ? Pour pouvoir mettre cette traînée dans votre lit ? Mais c'est déjà fait, bien sûr…

Letty rougit alors que le regard de leur interlocutrice se portait sur son ventre. C'était Darius qui avait insisté pour qu'elle porte cette robe moulante. Elle aurait préféré une tenue plus discrète. Le mépris de leur interlocutrice lui donnait l'impression d'être vulgaire et mal fagotée.

Sans laisser à Darius le temps de répondre, Mme Alexander fit volte-face dans un tintement de perles.

— Ne l'écoute pas, fit Darius en posant la main sur l'épaule de Letty, tétanisée. C'est une vieille sorcière.

— Je ne peux pas lui en vouloir, murmura Letty. Sa famille a perdu beaucoup d'argent. Des dizaines de millions.

— Apparemment, ça n'a affecté ni son budget bijoux ni celui de sa chirurgie plastique. Allez, viens, oublions-la.

Prenant son bras, il conduisit Letty dans la salle de bal, et tenta de la distraire. Mais les choses prenaient le tour prévu par Letty. Elle se sentait vidée de toute énergie.

Darius insista pour l'avoir à ses côtés alors qu'il saluait chacun des invités. Tous avaient payé une somme conséquente pour assister au bal, officiellement pour aider des orphelins à accéder à l'université, mais surtout pour être vus, entretenir leur réseau ou exhiber leurs bijoux. Letty sentait sur elle les regards hostiles. Avec Darius à ses côtés, personne ne se permit la même violence que Mme Alexander. Du moins pas en face… Mais le Tout-New York la regardait comme si elle était frappée d'une maladie contagieuse. Comment Darius allait-il expliquer la présence de cette paria parmi eux ?

Lorsqu'il la quitta pour aller chercher des boissons, Letty se sentit vulnérable et terriblement seule. Elle gardait les yeux rivés au sol, tâchant de se rendre invisible. Si personne ne la remarquait, peut-être l'épargnerait-on…

Hélas, ses efforts se révélèrent inutiles. Il suffit de quelques secondes pour que trois jeunes femmes l'entourent.

— Tiens donc, Letitia Spencer, dit la première, vêtue d'une robe haute couture. Quelle surprise ! Quelle audace.

La deuxième lui adressa un sourire ironique. Letty reconnut vaguement deux étudiantes de son école. Elles lui jetaient toutes deux un regard dégoûté. Derrière elles, une troisième se tenait en retrait. C'était Poppy Alexander. Letty et elle étaient dans la même classe lors de leur première année d'université. Poppy se dandinait, visiblement mal à l'aise, comme si elle réprouvait la conduite de ses amies.

— Je ne veux pas de problème, murmura Letty.

— Tu ne veux pas de problème ? s'amusa la première, les lèvres tordues en un rictus moqueur. Ça, c'est drôle !

— Très drôle, répéta la deuxième en écho.

— Dans ce cas, dégage ! Tu es une honte pour notre cercle.

— Si tu avais un tant soit peu de décence, tu filerais d'ici.

Poppy se tenait derrière elles, rougissante, l'air de vouloir disparaître sous terre. Letty ressentait la même chose.

La première jeune femme reprit ses attaques :

— Tu crois être à l'abri au bras de Darius, mais sache que…

— Ah, tu es là, Letty, lança Darius en arrivant derrière le petit groupe.

Se tournant vers les jeunes femmes, il leur adressa un sourire charmeur après avoir donné son verre à Letty.

— Augusta, Caroline, Poppy, je suis ravi que vous teniez compagnie à Letty. Elle s'ennuyait un peu.

— Bonsoir, Darius, lâcha Caroline avec un faible sourire.

Les deux harpies adressèrent un regard venimeux à Letty avant de s'éloigner. Derrière elles, Poppy semblait honteuse. Elle les suivit.

— Tout va bien ? demanda Darius.

Letty soupira.

— Ça ira…

Le reste de la soirée fut pire. On passa à table. À chaque instant, Letty s'attendait à ce qu'un des millionnaires présents ne brise une bouteille de champagne à trois cents dollars pour tenter de lui couper la gorge. Cela aurait été préférable, d'ailleurs, aux vagues de mépris que les murmures de la salle lui apportaient. Durant toute la durée de cet horrible repas, Darius tenta à plusieurs reprises de lancer la conversation. À chaque fois, c'était un succès et les convives lui répondaient avec enthousiasme. Jusqu'à ce qu'il tente d'inclure Letty à l'échange : les réponses mouraient alors dans l'instant.

Au bout d'un moment, c'en fut trop pour elle.

— Excusez-moi, murmura-t-elle en se levant de sa chaise. Je dois…

Sans finir sa phrase, elle se précipita dans le hall, trouva des toilettes et y vomit tout son soûl. Puis elle se rafraîchit, avant de lever les yeux vers son reflet dans le miroir. Retourner là-bas ? Elle aurait préféré mourir plutôt que d'être encore témoin des vains efforts de Darius. Il valait mieux qu'elle s'en aille, discrètement. C'était la meilleure solution. Elle ressortit dans le grand hall aux colonnes de marbre.

Darius l'attendait, adossé à l'une d'elles.

— Est-ce que tout va bien ? Tu es pâle…

Il était en colère, Letty pouvait l'entendre dans sa voix. Elle s'immobilisa, tentant de refouler ses larmes.

— Ça t'a suffi ? finit-elle par demander. Tu n'es tout de même pas stupide au point de m'épouser, après tout cela ?

Il se rapprocha d'elle, sous les lustres étincelants. Elle était tendue. Il allait lui dire qu'il avait fait une erreur, que ce bal était une mauvaise idée et qu'il ne pouvait pas l'épouser, ni même la revoir.

Letty attendit qu'il lui rende sa liberté.

— Je n'avais pas réalisé à quel point cela serait pénible pour toi, déclara-t-il. Je comprends mieux ce que tu voulais me dire.

Elle avait réussi à refouler ses pleurs toute la soirée, mais là, elle atteignait sa limite. Le rêve prenait fin et avec lui, la protection et la sécurité. Letty prit une grande inspiration, malgré le nœud dans sa gorge, et s'essuya les yeux avant que Darius ne puisse voir ses larmes. Elle tenta de sourire.

— Maintenant, si tu peux me ramener chez moi, j'irai à Rochester demain, avec mon père. Tu pourras venir rendre visite à notre enfant quand tu veux. Enfin… Si tu veux.

Soudain, Darius lui attrapa le bras d'un geste décidé, plein d'une froide colère. Elle tenta de se dégager, en vain.

— Mais qu'est-ce que tu fais ?

— Ce que j'aurai dû faire depuis l'instant où je suis arrivé.

Et il la traîna derrière lui jusqu'à la salle de bal.

— Non ! s'étrangla-t-elle en se débattant. S'il te plaît. Je ne veux pas y retourner ! Ne me force pas…

Mais Darius n'écoutait pas. Il la fit entrer et traversa la salle. Letty suivait dans son sillage, tâchant de faire bonne figure. À leur passage, le silence se faisait. Elle sentait l'hostilité monter.

Darius se saisit d'un verre de champagne et, Letty toujours à sa suite, monta les marches qui conduisaient à la scène. Il se saisit du micro qui trônait sur le podium. Letty tremblait de frayeur. Elle aurait donné vingt ans de sa vie pour être de retour dans son petit appartement, cachée sous une couverture, recroquevillée sur son vieux sofa.

— Bonsoir, lança Darius à la salle.

Sa voix impérieuse fit se lever tous les regards.

— Pour ceux que je n'ai pas rencontrés personnellement, commença-t-il, mon nom est Darius Kyrillos. Merci d'être là, au nom de tous les enfants qui grâce à vous et à vos dons pourront entrer dans les meilleurs établissements de ce pays.

De timides applaudissements retentirent, bien moins nourris qu'ils ne l'auraient été si Letty ne s'était pas tenue à ses côtés. Encore une fois, elle ruinait tout, pensa-t-elle. Même pour ces enfants. Elle se haïssait. Au moins autant qu'elle haïssait Darius de l'avoir forcée à le suivre.

Darius se retourna pour la chercher du regard, et elle sentit son cœur s'arrêter de battre. *Voilà, ça arrive. Il va bientôt annoncer qu'il m'avait amenée pour plaisanter et me jeter dehors.* Il n'avait d'autre choix que de se distancier d'elle. Elle était un terrible poison social.

Darius se retourna vers le micro.

— La plupart d'entre vous connaissent la magnifique jeune femme qui est à mes côtés, Letitia Spencer.

Un murmure courroucé parcourut la salle, auquel il répondit par un sourire, avant de poursuivre :

— Puisque nous sommes tous amis ici, je voulais que vous soyez les premiers à savoir que je lui ai demandé sa main.

Les yeux de Letty s'écarquillèrent. Était-il devenu fou ?

— Et elle a accepté, conclut-il calmement. Vous serez les premiers à nous souhaiter le meilleur.

Cette fois, Letty n'avait pu retenir une exclamation. Il n'était pas fou, il était suicidaire ! Le murmure exaspéré s'intensifia ; on commença même à distinguer des insultes proférées à voix basse. Instinctivement, elle protégea son ventre de ses mains. Mais le sourire de Darius grandit, et il se tourna pour poser la main sur son ventre, lui aussi.

— Nous attendons un enfant. Je suis tellement submergé par la joie que j'oubliais presque de vous en parler.

Il fit une pause.

— Certains d'entre vous sont au courant des soucis financiers du père de ma future femme.

Incapable de se contenir plus longtemps, un vieil homme se dressa, le poing tendu en leur direction, pour crier :

— Howard Spencer a volé des milliards de dollars !

Des murmures d'approbation rageurs s'ensuivirent.

— Le père de Letty est un escroc, approuva Darius au micro. Il a abusé de votre confiance, et je sais qu'environ la moitié de ce qu'il a détourné ne vous a pas été rendue. Mais Letty, elle, n'a rien fait de mal. Son seul crime est d'avoir aimé un père qui ne la méritait pas. C'est pourquoi, en tant que son futur mari, j'ai pris une décision.

Le silence retomba subitement sur la salle. Darius leva son verre de champagne.

— Je rembourserai personnellement chaque dollar que son père vous a volé, déclara-t-il solennellement.

Une exclamation collective souleva l'assemblée. Le vieil homme qui s'était levé objecta :

— Mais… On parle de cinq milliards de dollars !

— Ainsi soit-il, confirma Darius d'une voix neutre.

Il toisa l'assistance et poursuivit :

— Si Howard Spencer doit de l'argent à votre famille, je garantis que vous serez payé. Pour laver l'honneur de ma future femme, innocente et injustement blessée.

Il se retourna une dernière fois vers Letty et leva à nouveau son verre, avant de lancer dans le micro.

— À Letitia Spencer.

Alors que les photographes se ruaient au pied de la scène, Letty se sentit défaillir. Les flashs crépitèrent en leur direction, éclatant de toute part. Il y eut un grand brouhaha, alors que les gens se levaient de leur chaise pour tendre leurs verres en direction de la scène.

— À Letitia Spencer ! scanda la foule.

7

On ne dépensait pas cinq milliards sur un coup de tête…

Pourtant, Darius n'avait rien planifié. Il avait seulement prévu une surprise pour Letty. Un écrin de velours noir dans la poche de sa veste, qu'il voulait lui offrir en fin de soirée, lorsque les peurs de sa future femme se seraient révélées infondées.

Mais elles ne l'étaient pas. Il avait eu un aperçu de l'enfer qu'elle traversait depuis dix ans ; pendant que lui avait construit sa fortune en toute tranquillité… Si on la traitait ainsi aujourd'hui, quelle avait été la mesure de la violence subie par le passé, lorsque la rage des spoliés était encore fraîche ?

Si Letty s'était enfuie avec lui, que serait-il advenu de ses propres projets ? Il aurait insisté pour l'épouser — les erreurs de son père n'avaient rien à voir avec leur amour. Mais Darius aurait été au centre du scandale. Les malversations de son beau-père auraient rejailli sur lui. On ne lui aurait pas accordé les prêts qui lui avaient permis de développer son premier logiciel, de louer ses premiers bureaux. Et peut-être vivrait-il lui aussi dans un minuscule appartement, à ressasser ses rêves de grandeur en peinant pour nourrir sa famille. C'était le sacrifice de Letty qui avait rendu son ascension possible. Alors qu'il amassait les dollars, elle avait vécu dans le dénuement, endurant l'humiliation pour des crimes qu'elle n'avait pas commis, gardant ses souffrances secrètes pour qu'il n'ait jamais à se sentir coupable.

Aujourd'hui encore, elle continuait à se soucier de lui. Elle l'avait prévenu des risques encourus s'il se montrait à ses côtés. Il avait vu le vrai visage de ce qu'on appelait à tort la « bonne société ». Il avait entendu le flot d'insultes qu'elle essuyait sans se plaindre. Et il comprenait que sa seule présence ne suffirait pas à la protéger.

Darius avait connu lui aussi insultes et rejet. Il avait été l'enfant le plus pauvre du village, moqué et privé d'amour. C'était maintenant un homme craint et aimé, le plus puissant d'Héraklios. Celui qui avait l'argent donnait les ordres. Celui qui avait l'amour se contentait d'implorer. Darius s'étonnait encore que certains placent l'amour avant leur compte en banque. Des imbéciles ou des masochistes. La vérité, c'était que l'amour menait à la souffrance.

Lorsqu'il avait vu comment les prestigieux invités traitaient Letty, Darius avait senti son âme se glacer. Car cela avait éclairé sa propre attitude à son encontre : après l'avoir ignorée pendant dix ans, il s'était froidement vengé d'elle, la séduisant, l'insultant, pour finir par la menacer.

Il avait alors serré les dents. Et décidé de payer sa dette.

Il n'aimait pas Letty. La partie de son cœur qui éprouvait autrefois des sentiments avait dépéri. Mais il croyait fermement en de vraies valeurs — l'honneur, la loyauté, la justice. Il avait donc décidé de régler ce problème, une bonne fois pour toutes. Dorénavant, Letty serait la femme la plus populaire de la ville. Tous ceux qui avaient craché sur son nom feraient bientôt la queue pour être invités à leur mariage.

Alors qu'il retournait l'opinion publique du haut de

la scène, un désir violent l'envahit : Letty était sienne dorénavant, enceinte et incroyablement sensuelle dans sa robe élégante tendue sur ses seins comme une caresse.

Les reporters se bousculaient pour attirer son attention.

— Mademoiselle Spencer, qu'est-ce que ça fait de savoir que son amour vaut cinq milliards ?

— Le mariage est prévu pour quand ?

— Et le bébé ?

Letty jeta à Darius le regard d'une biche prise au piège, et il comprit qu'elle ne prenait aucun plaisir à ce retournement de situation. Il reprit le micro et répondit pour elle :

— Le mariage ne saurait tarder, mais nous n'avons pas encore de date. Pas plus que pour le bébé. Ce sera tout, merci de votre soutien, conclut-il en s'adressant à la salle. Puisque vous êtes tous plus riches que vous ne l'étiez en entrant, n'oubliez pas les orphelins. Et maintenant, place à la danse !

L'orchestre exécuta les premières mesures d'une valse. Sous les vivats, Darius et Letty ouvrirent le bal.

— Pourquoi font-ils semblant de m'apprécier ? chuchota-t-elle, déstabilisée.

— La courbe de leurs sentiments suit celle de leur portefeuille. Comme je viens de le remplir, ils t'aiment à nouveau.

Letty leva vers lui des yeux pleins d'incompréhension.

— Pourquoi rembourser ces cinq milliards, Darius ?

La musique les enveloppait ; il se pencha vers elle.

— Tu te souviens de cette valse ?

— Bien sûr, fit-elle avec une ébauche de sourire. C'était la nôtre. Avant…

Les longs cheveux de Letty encadraient magnifiquement son visage, effleurant les diamants qu'elle portait au cou.

Le désir de Darius pour elle n'était pas nouveau, mais sentir son corps contre le sien, alors que ses seins gonflés se pressaient contre son torse, renouvela son ardeur. Comme ce soir de printemps, il y avait si longtemps…

Il avait répété cette valse avec Letty à l'approche du bal des débutantes, au printemps de sa dernière année de lycée. Ils s'étaient exercés sans relâche, dans le champ fleuri de Fairholme, soir après soir.

Ils avaient commencé en amis et avaient fini le cœur plein l'un de l'autre. Lorsqu'elle était partie pour le bal, dans sa magnifique robe blanche, Darius s'en était mordu les poings de rage — il n'avait pas le rang social nécessaire pour l'accompagner. Mais Letty était revenue bien plus tôt que prévu, pour lui murmurer à l'oreille : « Je ne voulais danser avec personne d'autre que toi. »

Alors, dans la tiédeur du printemps, le fils du chauffeur avait fait l'impensable : il avait pris la fille du patron dans ses bras et l'avait embrassée. Et aujourd'hui, c'était comme revenir à leur première danse, mais cette fois en pleine lumière.

Il ne faisait pas attention à la foule. Il n'y avait que Letty. Comme avant, lorsqu'il était un jeune homme sûr de son cœur, enthousiaste, confiant en son avenir, qui valsait avec cette princesse, cette fille qui n'était pas de son rang, mais qu'il tenait dans ses bras. Et dont il rêvait chaque nuit…

Il s'arrêta de danser. Plus fort que la musique, il entendait le sang battre à ses tempes, en un rythme syncopé.

Il fallait qu'il la possède.

Maintenant.

La musique se tut et la salle explosa en applaudissements. Sans un mot, Darius entraîna Letty à sa suite, fendant la foule qui s'écartait comme par magie. Les compliments fusaient, les excuses, aussi. Il reconnut Poppy au passage.

— Je suis désolée, Letty, bredouilla la jeune femme. Je savais que ce n'était pas de ta faute, mais j'étais lâche…

— Ça ne fait rien, répliqua gentiment Letty. Je n'en veux à personne. Vraiment.

Darius se dit que Poppy Alexander ne ressemblerait pas à sa mère, et heureusement. Puis, la main de Letty toujours dans la sienne, il reprit sa marche vers la sortie, obsédé par une seule chose : Letty dans son lit, nue.

Dès qu'ils furent installés sur la banquette de la limousine, Darius attira Letty pour l'embrasser sauvagement. Ses lèvres étaient douces comme le péché. Elle tremblait contre lui. Il fallait qu'il la possède.

— Monsieur ? demanda Collins à l'avant.

— À la maison. Le plus vite possible.

Avec un sourire, Collins releva la vitre teintée qui le séparait des passagers. Alors, Darius bascula sa compagne sur le siège. Il dévora ses lèvres, faisant courir les mains sur ses seins gonflés qui semblaient le supplier de les libérer de leur carcan de tissu. Ce qu'il fit.

Letty rejeta la tête en arrière. Si Darius s'était laissé aller à son désir, il l'aurait possédée là, à l'arrière de la limousine. Mais après l'épilogue désastreux de leur première nuit ensemble, il fallait que celle-ci soit parfaite.

Il traiterait Letitia Spencer, cette princesse inaccessible de son enfance, comme elle le méritait. Et ils prendraient du plaisir comme ils le méritaient tous les deux. Il replaça le tissu de sa robe impudiquement baissé sur ses seins juste avant que la limousine ne s'arrête.

Prenant la main de Letty, il tâcha de se composer une

expression neutre. Aucun regard ne fut échangé alors qu'ils passaient devant la réceptionniste de l'immeuble. Ils agissaient comme des gens civilisés. Mais à l'instant où les portes de l'ascenseur se refermèrent sur eux, Darius dévora les lèvres de Letty avec l'énergie du désespoir.

Elle l'écarta et tenta de reprendre son souffle, pantelante.

— Je n'arrive toujours pas à croire que tu aies fait ça.

— T'embrasser ?

— Les cinq milliards. Pourquoi ? Tu hais mon père…

Les lèvres de Darius se retroussèrent en un sourire.

— Je ne l'ai pas fait pour lui.

— Pour tes amis, alors ?

— Ce ne sont pas mes amis.

— Pour les autres victimes de sa fraude, les petits épargnants ?

— Je ne suis pas aussi noble de cœur.

Les portes de l'ascenseur s'ouvrirent. L'appartement aux murs vitrés était baigné par la lumière de la lune. Les talons de Letty résonnèrent sur le marbre du sol.

— Alors pourquoi ? murmura-t-elle. J'ai besoin de savoir.

— Je n'ai pas supporté de les voir te traiter ainsi, expliqua Darius. Ton seul crime, c'est d'avoir donné ton amour et ta loyauté à quelqu'un qui ne les méritait pas.

Elle pinça les lèvres. Darius se demanda depuis combien de temps on ne s'était pas occupé d'elle. Letty s'était toujours sacrifiée pour les autres, et surtout pour son père.

— Je sais que mon père n'est pas parfait…

— Pas parfait ? coupa-t-il. C'est un escroc de la pire espèce ! Je t'ai libérée de son influence néfaste. Tu es sous ma protection.

— Ta protection ou ta possession ? fit Letty, troublée.

— C'est la même chose. Je protège ce qui m'appartient.

— Notre enfant.

Leurs regards se rencontrèrent, s'affrontèrent un instant.

— Et toi.

Letty dévisagea son compagnon, incapable de trouver une réponse appropriée. Elle avait oublié ce que c'était d'être chérie.

— Mais je ne t'appartiens pas, répondit-elle calmement. Pas vraiment. Je suis tombée enceinte par accident. Et toi, tu veux t'engager avec moi pour la vie. Après cette soirée, je pensais que tu comprendrais ton erreur.

Darius lui prit la main, la porta jusqu'à ses lèvres. Letty retenait sa respiration. Il déposa un baiser sur sa paume.

— Je veux te voir ce soir, demain et chaque jour pour le restant de nos existences. Tu m'épouseras, Letty. Dans ton cœur, tu as toujours su que nous étions faits l'un pour l'autre.

L'épouser ? Comment pourrait-elle en être capable ? Même si Darius ne la détestait plus, il ne l'aimait pas pour autant. Et elle commençait à craindre de l'aimer à nouveau.

Quelles étaient leurs chances de bonheur ? Il ne l'aimerait jamais, il ne voulait que la posséder. Il lui offrait du sexe et de l'argent, et en retour, il s'attendait à une dévotion totale. Mais si elle lui donnait son corps, il posséderait son âme. Ces deux choses-là, pour elles, étaient indissociables. Alors pourquoi était-elle si tentée ?

Elle frissonna, partagée entre le désir et la peur.

— Tu as froid ? demanda-t-il de sa voix rauque.

— J'ai… J'ai besoin d'air.

Il lui sourit.

— Viens avec moi.

Elle obéit et pensa, candide, qu'elle s'habituerait bien à suivre son cap. Sa main dans celle de Darius, elle n'avait envie de rien d'autre. Il avait agi de façon incroyable : annoncer leurs fiançailles en public, la défendre et puis dire à tous qu'il allait rembourser ce que son père avait volé…

Darius avait raison : elle lui appartenait. Dès le premier jour, il avait été le seul homme de sa vie. Le seul qu'elle ait aimé. Mais elle ne l'aimait plus. C'était trop risqué !

Un escalier en colimaçon montait sur le toit. Darius l'y mena et poussa la porte d'un jardin privé. Letty poussa un cri étonné à la vue de la pergola couverte de lierre, qui surplombait un bassin illuminé, féerique dans la nuit de septembre. Au-dessus d'eux, les étoiles étincelaient, suspendues dans le ciel comme des diamants. De toutes ses lumières, Manhattan semblait approuver leur union.

— Cette terrasse est absolument magnifique !

— Les fleurs me rappellent la maison, dit-il simplement.

Parlait-il de la Grèce ou bien de Fairholme ? Letty n'osa pas le demander.

— Tu es le roi sur ta montagne, dit-elle doucement en admirant la vue. Tu as une vallée d'immeubles à tes pieds.

Il posa subitement un genou à terre et sortit de sa poche un petit écrin de velours noir.

— Règne avec moi, Letty. Sois ma femme.

Tremblante, elle posa la main sur son cœur.

— J'ai déjà dit…

— Tu m'avais dit oui en pensant que je t'abandonnerais, la coupa-t-il. Je te fais une vraie demande et j'attends une vraie réponse. Letitia Spencer, me feras-tu l'honneur de m'épouser ?

Il ouvrit l'écrin, révélant un énorme diamant taillé en poire qui brillait de mille feux. C'était la plus belle bague qu'elle ait jamais vue. Mais ce n'était rien par rapport au visage de Darius, presque implorant, et dont les yeux étincelaient, braqués sur elle. Pour elle, cet homme avait défié tout Manhattan. Et elle portait son enfant…

L'adolescent qu'elle avait aimé la regardait à nouveau. Le cœur de Letty se serra. C'était une illusion, tenta-t-elle de se convaincre. Ce n'était plus le même homme. Si elle se laissait aller à l'aimer encore, cela la détruirait. Darius se releva. Il lui posa doucement la main sur sa joue.

— Dis oui, murmura-t-il. Dis que tu seras mienne.

Au départ, son baiser fut doux. Elle goûta la chaleur de ses lèvres, la protection de ses bras. Puis son emprise s'affermit. Une faim dévorante la saisit, envoyant dans son corps des ondes chargées de désir. Il s'arracha à elle.

— Accepte, insista-t-il.

— Oui, dit-elle en un souffle.

Elle se tut, surprise par sa reddition. Le triomphe illuminait le visage de Darius.

— Il n'y aura pas de retour en arrière, la prévint-il.

— Je sais, répondit Letty, les yeux humides de larmes.

Elle essayait d'ignorer le trouble qui l'avait saisie. Était-ce de l'excitation ou de la terreur ? Que leur mariage tourne bien ou mal, il n'y avait plus rien à faire. Sa décision avait été prise voici bien longtemps, comprit-elle soudain.

Darius glissa la bague étincelante à son annulaire. Elle lui allait parfaitement. Letty baissa les yeux pour admirer ses reflets chatoyants.

— Comment connaissais-tu mon tour de doigt ?

— C'est la même bague.

Letty fronça les sourcils.

— Que veux-tu dire ?

— C'est la bague que j'ai achetée pour toi il y a dix

ans. Je l'ai simplement fait sertir d'un nouveau diamant. Plus gros.

Letty en eut le souffle coupé. Ainsi, Darius avait conservé la bague tout ce temps… Cela ne voulait-il pas dire qu'il avait gardé des sentiments pour elle ? Un amour perdu pouvait-il renaître ?

— Tu es à moi, reprit-il, inondant de baisers son front et ses paupières. Tu m'appartiens pour toujours.

Une onde de plaisir fit trembler tout le corps de Letty. Les mains de Darius remontèrent jusqu'à ses seins. Elle s'adossa au treillis couvert de lierre. Haletante, elle basculait dans un rêve. Les lèvres de Darius vinrent se poser au creux de son cou, au-dessus du collier de diamants, puis dans la vallée de ses seins gonflés, laissée nue par le décolleté de la robe.

Alors, Darius la souleva pour la prendre dans ses bras. Il la porta derrière la terrasse, dans une véranda chauffée où trônaient deux sofas d'une blancheur immaculée. Il la déposa sur l'un d'eux, puis fit tomber sa robe. Il lui ôta ses dessous. Letty savourait la caresse des doigts de Darius, l'air frais du soir contre sa peau nue.

— Splendide, lâcha-t-il d'un ton admiratif.

— Tu obtiens toujours ce que tu veux, n'est-ce pas ?

— Absolument. Et tu es sur le point d'expérimenter la même chose.

Elle se lécha les lèvres et se délecta de constater que l'expression de Darius changeait, chargée de désir brut à présent. Elle se leva et lui défit sa cravate avec application, avant de s'en saisir pour l'attirer à elle. C'était la première fois qu'elle prenait les rênes ; son compagnon manifesta son approbation d'un bruit de gorge. Incapable de se contenir, Letty lui arracha ses vêtements. Son corps bronzé lui donnait une prestance de statue aux muscles saillants. Elle caressa son torse musclé avant de lever les yeux vers lui.

— Si je t'appartiens, Darius, murmura-t-elle, debout devant lui, alors tu m'appartiens aussi.

Il la captura dans ses bras, son ventre plat contre le sien, arrondi par la grossesse. Le souffle court, il prit ses seins en main et inclina sa tête pour sucer leur bourgeon dressé par le désir.

Tremblante, Letty ferma les yeux. Un instant plus tard, toute pensée rationnelle la désertait : Darius s'était agenouillé, avait rapproché son visage de son entrejambe. Elle sentit son souffle sur elle. Nue, elle avait à ses pieds l'un des plus célèbres milliardaires de New York.

Sa bouche vint la goûter. Il la lécha comme s'il se délectait d'elle et Letty gémit lorsqu'il intensifia son rythme. Bientôt, elle ondulait des hanches sous la ferveur de sa caresse. Le plaisir ne tarda pas à la saisir et elle fut secouée des spasmes de l'orgasme, pantelante.

Elle vacillait lorsque Darius se releva pour la ramener vers le sofa. Il s'y assit le premier, nu contre le cuir blanc, son érection dressée contre ses abdominaux bien dessinés. Elle avança vers lui avant d'hésiter.

— Et je… Je fais quoi ?

Avec un petit rire, il se releva à demi pour la placer au-dessus de lui. Elle se laissa guider et se positionna contre son sexe. Puis elle l'embrassa et ses cheveux vinrent le recouvrir comme un voile.

Les premières secondes, le baiser fut tendre, et elle se relaxa, s'abandonna à l'étreinte de son amant avec un soupir ; son corps épousa le sien. Puis leur baiser s'approfondit, gagna en urgence, en férocité. Une faim dévorante monta en elle. Elle commença à bouger et il la remplit, centimètre par centimètre, dans un mouvement d'une lenteur hypnotisante. De ses mains, Darius accompagnait le mouvement pour qu'elle monte et descende sur lui ; il lui insufflait le rythme qui convenait à leur danse commune. Les yeux fermés, elle le chevaucha, lentement au début, puis plus vite. Le plaisir monta, inexorable…

Ses lèvres s'arrondirent en un cri de jouissance muette lorsque la bulle du plaisir éclata en elle. Puis le son vint, comme un gémissement issu du plus profond d'elle-même, arraché à son corps, sauvage et sensuel. Elle entendit Darius crier lui aussi alors qu'il se répandait en elle.

Letty s'écroula contre lui et ils restèrent silencieux un long moment. Leurs corps étaient toujours imbriqués, brillants de sueur. Sous elle, Darius était solide, puissant. Comme les fondations d'une construction inébranlable.

Elle frissonna dans ses bras. Dans la véranda, la nuit de septembre commençait à fraîchir, mais ce n'était pas la raison pour laquelle elle tremblait.

Devenir la femme de Darius, c'était courir au désastre. En lui offrant son cœur, elle se damnait pour de l'argent. Letty baissa les yeux vers le diamant qui scintillait à sa main.

Si seulement Darius pouvait redevenir le jeune homme de ses souvenirs… Elle lui donnerait tout, sans même y penser. Son corps, bien sûr. Mais surtout son cœur.

8

Je suis un génie, pensa Darius en se réveillant au matin dans la chambre baignée de soleil. Il se tourna pour contempler Letty, endormie à ses côtés, et réprima un sourire. *Voilà cinq milliards on ne peut mieux dépensés !*

Le reste de son existence s'annonçait bien. Le sexe avait été fabuleux. Plus que ça encore. Quelque chose avait changé dans le regard de Letty. Il adorait ce mélange de gratitude et d'espoir timide qu'elle laissait transparaître.

Il l'embrassa tendrement pour la réveiller. Elle bâilla, s'étira comme un chat, les yeux toujours fermés.

— Quelle heure est-il ? murmura-t-elle.

— Tard, répondit-il, amusé. Presque midi.

Elle ouvrit grand les yeux, paniquée.

— Midi ? Il faut que j'aille…

Mais elle se souvint que sa vie avait changé, ces dernières vingt-quatre heures : elle ne serait plus jamais en retard au travail. Elle se mordit la lèvre en rougissant, en une mimique que Darius trouva adorable. Il s'étonna de la force avec laquelle il la désirait encore, alors qu'ils avaient fait l'amour quatre fois avant de s'endormir — sur la terrasse, dans son lit, sous la douche, et une dernière fois quand ils étaient retournés au lit.

Letty était faite pour être sienne. Il n'avait jamais été

aussi satisfait sexuellement. Et pourtant, il en voulait encore plus. Comment était-ce possible ?

— Tu as faim ? demanda-t-il avec un grand sourire.

— Je meurs de faim, admit-elle. Et de soif.

— On va remédier à cela. Viens à la cuisine.

Il se leva, passa un peignoir et lui en tendit un. Elle se leva et cilla, confuse.

— Tu as de quoi faire la cuisine ? Tu veux que je…

— Pas toi. Moi. Je ne suis pas totalement inutile, tu sais…

— Tu sais cuisiner ?

— Tu vas pouvoir en juger.

Quelques minutes plus tard, ils s'attablaient devant une énorme omelette au fromage et bacon, accompagnée d'un pot de café bien noir. À la première bouchée, les yeux de Letty s'agrandirent.

— C'est bon, non ? demanda-t-il, moqueur.

— C'est délicieux, gémit-elle entre deux bouchées. Je veux qu'on en serve à notre mariage.

— J'apprécie le compliment, mais je ne me vois pas fouetter quatre mille œufs, dit-il avec un rire de gorge.

Letty se raidit.

— Quatre mille ? Combien y aura-t-il d'invités ?

Il avala une gorgée de son café et haussa les épaules.

— Notre mariage sera l'événement social de l'année. Tu ne mérites pas moins. Tout New York sera à tes pieds, Letty.

Elle ne sembla pas particulièrement ravie de l'apprendre.

— Ce n'est pas ce que je veux.

— Non ?

Il la fixa, jouant distraitement avec une boucle de ses longs cheveux. Son regard se porta sur son cou, la ligne douce de son épaule, puis le renflement de ses seins sous le peignoir. Il contempla son ventre rond et fut pris d'une envie soudaine de balayer la table d'un revers de la main pour y allonger sa fiancée et lui faire l'amour à nouveau.

— Un mariage devrait être un moment heureux et simple, poursuivit-elle en secouant la tête. Ces gens ne sont pas mes amis, ils ne l'ont jamais réellement été. Pourquoi les inviter ?

— Pour étaler ta victoire aux yeux de tous, non ? Je pensais que tu aimerais être à nouveau la reine de la ville.

— Moi ? ricana Letty. Je n'ai jamais été reine de quoi que ce soit. Adolescente, je ne savais jamais quelle attitude adopter pour me faire une place dans le grand monde. Je n'ai jamais compris ses codes.

Il fronça les sourcils.

— Je ne m'en étais pas rendu compte. Je pensais…

— Tu pensais que j'étais une princesse trop gâtée ? J'étais gâtée, mais pas dans le sens où tu l'entends. J'ai toujours su que j'étais aimée. Mes parents se sont aimés et m'ont aimée.

Le goût de la revanche n'était pas dans les gènes de Letty, comprit Darius. Elle ne se vantait pas, n'essayait pas d'écraser les autres ou de se venger. En cela, ils étaient diamétralement opposés…

— Et puis, j'avais un vrai foyer, à Fairholme, conclut Letty dans un soupir, au souvenir du magnifique manoir au bord de la mer, qui croulait sous les roses au printemps.

— Fairholme te manque toujours, après tout ce temps ?

— J'en ai fait mon deuil, répondit-elle avec un sourire triste. Mais j'y pense toujours. C'est l'endroit où est née ma mère. Quatre générations y ont vécu.

— Ton père a dû le vendre lors de sa débâcle ?

— Oui. Un milliardaire l'a acheté pour pas grand-chose…

— Je suis désolé, murmura Darius.

— Toutes les bonnes choses ont une fin. Précoce, souvent, mais je commence à m'habituer, fit Letty d'un ton amer.

— Les mauvaises aussi finissent par disparaître, répondit-il doucement. Rien ne dure, bon ou mauvais.

— J'imagine que tu as raison… Quoi qu'il en soit, je veux un mariage simple. En famille, avec les amis proches et une seule demoiselle d'honneur, Belle, qui travaillait avec moi au restaurant. Et toi, qui veux-tu de ton côté ?

— Ángel Velazquez, un vieil ami à moi qui déteste les mariages. Il s'est plaint pendant des mois du dernier auquel il a dû assister !

Letty lui jeta un regard incrédule.

— Et tu veux le choisir comme témoin ?

— Il a besoin qu'on l'embête un peu. Tu comprendras quand tu le verras. Très arrogant, toujours sûr de lui.

Elle sourit. Cela lui rappelait quelqu'un…

— Ángel, donc, poursuivit Darius. Et puis ma famille. Ma grand-tante d'Athènes, *theia* Ioanna. Mes oncles, tantes et cousins, ainsi que mes amis d'Héraklios, l'île d'où je viens.

— On pourra tous les faire venir ? Ce serait formidable, approuva Letty. De mon côté, il y aura mon père…

Darius se raidit.

— Non. Il n'est pas invité.

Elle fronça les sourcils.

— Bien sûr que si ! C'est mon père. C'est lui qui me conduira à l'autel. Je sais que tu ne l'aimes pas, mais c'est la seule famille que j'aie au monde.

— Letty, je pensais que tu comprendrais. Cet homme ne s'approchera plus de toi ni de l'enfant. Ça n'est pas négociable. Je rembourserai jusqu'au dernier centime de ce qu'il a volé. Mais ceci est ma condition : il doit disparaître de nos vies.

Il souriait, mais son air était froid et son ton grave. Letty se recula sur sa chaise, horrifiée.

— Mais… C'est mon père ! Je l'aime.

— Il a perdu ses droits à ta loyauté depuis longtemps. Tu crois vraiment que je veux avoir un fraudeur, un voleur près de ma femme et de mon enfant ?

— Il n'a jamais voulu faire de mal à personne, avança-t-elle. Il a toujours cru que le marché lui serait favorable à nouveau et qu'il pourrait rembourser. Et puis ma mère est morte. Et il ne va pas bien depuis la prison. Ce qu'il a vécu là-bas…

— Tu t'attends vraiment à ce que je sympathise avec lui ? Parce qu'il était malade ? Parce qu'il a perdu sa femme ? À cause de lui, nous avons été séparés. À cause de lui, mon père n'a pas pu connaître les joies de la retraite, après s'être tué au travail pendant vingt-cinq ans. Tu crois que je vais laisser cet homme te conduire à l'autel ? Tenir mon fils dans ses bras ? Non. C'est un monstre. Il n'a ni âme ni conscience.

— Tu ne le connais pas comme je le connais, plaida Letty.

Darius se souvint de la faiblesse de la jeune femme lorsqu'on en venait aux erreurs de son père, et il décida d'adoucir son ton.

— Si tu l'aimes, tu m'obéiras. C'est pour son bien.

— Comment est-ce que tu peux dire cela ? s'insurgea-t-elle.

— Lorsque j'aurai réglé toutes ses dettes, il n'aura plus jamais peur que quelqu'un le moleste. Il pourra rester dans votre appartement de Brooklyn et le loyer sera payé. Il aura toujours de quoi manger et s'habiller, j'y veillerai. Mais il doit assumer les conséquences de ses actes. Il a assez profité de toi. Ton futur est à mes côtés, pas aux siens.

Il repoussa son assiette, se leva, et prit le téléphone de Letty pour le lui tendre.

— Appelle-le, intima-t-il. Tu verras ce qu'il te dit de faire.

Sonnée, Letty resta immobile de longues secondes. Elle ne savait plus quoi faire. Finalement, elle saisit le téléphone.

— Bonjour, papa... Oui, désolée, j'imagine que tu as dû t'inquiéter... Ah, tu as vu nos fiançailles dans la presse !

Elle leva les yeux et dit à Darius à mi-voix, la main sur le micro :

— Papa est ravi.

— Pas étonnant, lâcha Darius, acerbe.

Letty revint à sa conversation téléphonique.

— Oui, nous sommes très heureux. Simplement, papa, il y a... un problème. Un gros problème. Et je... Je ne sais pas trop comment t'annoncer ça...

Elle prit une grande inspiration, avant de murmurer :

— Je ne vais plus pouvoir te voir. Ni te laisser voir le bébé.

Darius vit le visage de sa fiancée se décomposer alors qu'elle écoutait la réponse de Howard Spencer. Il s'interdit toute sympathie. Il fallait sauver Letty de sa propre faiblesse, de ses émotions.

— Non, je ne t'abandonne pas... C'est juste que...

Elle fit une nouvelle pause et son expression changea. Elle avait l'air assommée par le chagrin. Finalement, elle articula, d'une voix presque trop douce :

— D'accord, papa. Très bien. Je t'aime aussi. Au revoir.

Les larmes coulaient maintenant sur son visage. Elle les essuya et tendit le téléphone à Darius.

— Il veut te parler.

Darius haussa un sourcil. Il ne s'attendait pas à ça.

— Que voulez-vous ? demanda-t-il froidement en prenant l'appel.

— Darius Kyrillos…

La voix de Howard Spencer était plus tremblante que dans son souvenir, mais il pouvait presque entendre le vieil homme sourire au téléphone.

— Je me souviens de toi lorsque tu n'étais qu'un enfant, à ton arrivée à Fairholme. Tu parlais à peine anglais, mais déjà à l'époque tu étais un brave garçon.

Des souvenirs non désirés revinrent à la mémoire de Darius : son arrivée à Fairholme avec Eugenios, ce père qui n'était encore qu'un étranger pour lui, enfant d'à peine onze ans traumatisé par la mort de sa grand-mère. L'Amérique lui faisait peur, la Grèce lui manquait. À l'époque, Howard Spencer ressemblait au monarque d'un pays lointain.

Toutefois, il l'avait accueilli avec chaleur. Il avait même demandé à sa fille de veiller sur lui, malgré leurs six ans de différence. Letty, le cœur sur la main, avait très vite fait de Darius un ami, partageant ses jouets, lui faisant découvrir les champs de fleurs et les escalades de rochers sur la plage. Howard lui avait offert des cadeaux à Noël et lui avait dit qu'il pourrait faire ce qu'il voulait de sa vie, ici, en Amérique.

Indirectement, Howard Spencer avait même aidé Darius à lancer sa première entreprise. Adolescent, Darius était fasciné par les ordinateurs. Il avait appris seul à coder, et s'était bientôt retrouvé à l'initiative de toute la technologie, dans le domaine de la sécurité notamment, de la propriété de Fairholme. Howard Spencer avait décidé de l'engager et avait payé ses études à l'université la plus proche.

Son estomac se tordit. La culpabilité ? Non. Certes, Howard l'avait encouragé et aidé à payer ses études, mais avec de l'argent sale.

— Un bon garçon, reprit la voix faible de Howard. Têtu et fier comme un Grec ! Il fallait toujours que tu fasses tout toi-même. Il n'y avait que Letty que tu laissais approcher. Et même avec elle, il fallait que tu sois aux commandes. Tu n'as jamais reconnu sa force.

— Où voulez-vous en venir ? demanda froidement Darius.

Il entendit le vieil homme prendre une grande inspiration.

— Prends bien soin de ma fille. De ma fille et de mon petit-fils. Je sais que tu le feras, c'est la seule raison pour laquelle je les laisse partir.

La ligne se coupa subitement.

— Qu'est-ce qu'il a dit ? demanda Letty, l'air malheureux.

— Que…

Darius regardait le téléphone, sous le choc. Il serra les dents. Au diable le vieil homme ! Il essayait de jouer le long terme. Il devait penser qu'après le mariage, Letty finirait par obtenir son retour et son pardon. Or Darius ne pardonnerait pas. Il mourrait plutôt que de voir ce profiteur revenir dans leur vie.

— Qu'il nous donnait sa bénédiction, acheva-t-il.

Les épaules de Letty s'affaissèrent.

— C'est aussi ce qu'il m'a dit, murmura-t-elle.

Howard Spencer était malin, pensa Darius avec mépris. Il savait parfaitement manipuler sa fille. Mais il avait en face de lui quelqu'un de plus coriace. Il finirait seul, privé de l'amour de ses proches. Il ne méritait rien d'autre. Et eux vivraient heureux, ensemble.

Darius posa un regard tendre sur Letty. Elle finirait par partager l'opinion qu'il avait du vieux Spencer. Et ce serait à lui, à lui seul, qu'elle serait loyale.

Il ne pourrait jamais l'aimer, puisqu'il savait à présent que l'amour était un fantasme enfantin. Mais l'amour signifiait toujours quelque chose pour Letty ; c'était le seul moyen pour qu'elle se lie à lui, et soit heureuse dans son mariage. Pour le bonheur de leur enfant, il fallait qu'il provoque son amour. Les choses ne faisaient que commencer…

— Tu as fait ce qu'il fallait, murmura Darius.

Il la prit dans ses bras et l'embrassa sur le front, se délectant de la pression de son corps contre le sien, de ses seins gonflés et du ventre qui abritait leur enfant.

— Tu ne le regretteras pas, reprit-il.

— Je le regrette déjà.

Il se pencha, baisant doucement les larmes qui roulaient sur ses joues. Elle tremblait dans ses bras.

— Laisse-moi te réconforter, murmura-t-il.

Leurs lèvres se rencontrèrent et ils échangèrent un baiser passionné. Un soupir lui échappa alors qu'elle l'enlaçait. Darius défit la ceinture de son peignoir et vint plaquer ses mains sur son corps nu. Et subitement, d'un large revers de la main, il débarrassa la table. La vaisselle se fracassa au sol. Il souleva sa future femme pour l'installer sur la table et lui fit longuement l'amour, comme il le désirait depuis plus d'une heure. Jusqu'à ce qu'elle en pleure. Des larmes de joie, se rassura-t-il. Rien que des larmes de joie.

Letty n'avait jamais été le genre à rêver de mariage. En tout cas plus depuis qu'elle avait dix-huit ans, alors que son rêve de fuite amoureuse s'était si mal terminé.

Pourtant, si elle devait se marier un jour, elle n'imaginait rien que de très simple : une robe, un gâteau, un bouquet. Et son père, pour la conduire à l'autel.

Son mariage n'avait ressemblé à rien de tout cela. Deux jours après la demande de Darius, ils venaient de s'unir. Probablement la pire cérémonie au monde.

C'était sans doute de sa faute, avait pensé Letty devant le juge, en prononçant ses vœux d'une voix morne. Elle ne pouvait en vouloir qu'à elle-même. Et à Darius, bien sûr.

Après le coup de téléphone de son père, Letty avait été trop affectée pour préparer le mariage. Darius lui avait fait l'amour sur la table de la cuisine et elle n'avait rien ressenti, à part de la tristesse et du vide. Darius avait alors tenté de lui vendre un mariage au soleil.

— Si tu ne veux pas d'une grande cérémonie, alors partons ! Tu aimerais te marier sur la plage ? En Argentine ? À l'opéra de Sydney ? Dis-moi ce que tu veux, je le réaliserai.

— Ce que je veux, c'est que mon père soit là. Et tu ne m'aimes pas assez pour me l'accorder. Alors le reste m'importe peu.

— Puisque c'est ainsi, autant se marier à l'hôtel de ville, avait-il lancé, vexé et ironique.

— Très bien, avait-elle répliqué sur le même ton.

Ils avaient patienté trois heures à la mairie en attendant leur tour. Letty était épuisée. Elle n'avait pas dormi la nuit précédente. Ni Darius ni elle ne s'étaient habillés pour l'occasion. Elle portait un chemisier blanc et l'un de ses pantalons de maternité, il avait passé une simple chemise noire sur un jean. Ils avaient demandé à Belle

Langtry et Ángel Velazquez de leur servir de témoins, mais il n'y avait aucun invité à la noce.

Les choses auraient pu être si différentes, songea Letty avec tristesse en sortant de la mairie. Si son père avait été là, si Darius et elle s'étaient aimés. À croire que certains rêves ne devaient pas se réaliser…

Ils avaient été les derniers à être appelés, et Letty avait débité sur un ton monocorde les mots qui la lieraient pour la vie. Elle se reprochait de trahir son père. L'homme qui lui avait appris à faire du patin à roulettes à Fairholme, qui savait si bien consoler ses pleurs de fillette…

— J'ai tout gâché, lui avait dit Howard en sortant de prison. Mais je te jure que je me rattraperai, Letty.

Il n'avait fait aucun commentaire sur sa grossesse. Il s'était simplement montré ravi de devenir grand-père. Son mariage le comblait. Bien sûr la joie de son père était retombée lorsqu'elle lui avait appris les conditions de Darius.

— Épouse-le, avait-il pourtant répondu. N'hésite pas. Tu l'as toujours voulu. Je serai en paix à te savoir heureuse.

Darius avait à son tour récité ses vœux. On les avait déclarés unis. Ils avaient signé le certificat de mariage. La cérémonie n'avait pas pris cinq minutes.

Belle avait applaudi alors que Darius se penchait vers elle pour l'embrasser. Instinctivement, elle s'était détournée et le baiser avait échoué sur sa joue. Darius lui avait jeté un regard noir. Et là, sur le perron de la mairie, sous la pluie de ce jour froid et gris, elle gardait la tête baissée.

— Je suis si heureuse pour vous, soupira Belle, toujours aussi romantique. Vous faites un couple parfait.

— Et vous, Belle, vous vivez dans les nuages, commenta Ángel. C'est évident qu'ils se supportent à peine. Tu l'as épousée parce qu'elle est enceinte ?

Cette remarque s'adressait à Darius, qui lui décocha un regard courroucé.

— Ángel, je sais que tu es allergique aux mariages, mais ne me force pas à te mettre mon poing dans la figure aujourd'hui.

— Parce que je suis la seule personne ici qui dise la vérité ? répliqua Velazquez en haussant les épaules.

— La vérité, c'est qu'un mariage se construit sur l'amour et l'engagement, rétorqua Belle. Mais vous ne devez rien connaître de tout cela…

— La limousine arrive, les interrompit Letty, d'autant plus soulagée de mettre fin à la querelle qu'elle savait que l'ami de Darius avait raison.

— Où va-t-on ? demanda Belle.

— Où vous voulez, rétorqua Darius. Nous vous remercions de tout cœur, mais Letty et moi partons pour la Grèce. Maintenant.

Belle fronça les sourcils.

— Nous aurions pu dîner ensemble…

— L'avion n'attend pas. Ma famille est impatiente de rencontrer ma nouvelle épouse.

— Dans ce cas…, marmonna Belle, l'air dépité. Bien sûr, je comprends. Et je vous souhaite une très belle lune de miel. Tu mérites ton bonheur, ma chérie !

Elle serra Letty dans ses bras. Belle avait raison, songea tristement Letty alors que la limousine démarrait. Elle recevait le bonheur qu'elle méritait pour avoir abandonné son père en faveur de Darius : aucun.

La pluie fine tombait sans discontinuer. Letty perdit son regard dans le paysage terne et gris. Darius resta silencieux pendant tout le trajet qui les menait à l'aéroport. Ils montèrent à bord de son jet sans qu'il lui accorde un regard.

Très bien, pensa Letty, *je m'en moque*. Elle se sentait désespérée, vide, épuisée. Très vite, elle se leva pour rejoindre la chambre à l'arrière du jet et ferma la porte derrière elle. Grimpant dans le lit, elle remonta la couverture, luttant pour retenir ses larmes. Et elle ferma les yeux.

Letty se redressa, stupéfaite. Elle n'était plus dans le jet ! La chambre dans laquelle elle venait de se réveiller était spacieuse et baignée de soleil. Le plancher était d'un bois presque rouge et les murs blancs. Au dehors, on entendait le flot d'une conversation ponctuée de rires et le chant des oiseaux. Où était-elle ? Une exclamation lui échappa : elle ne portait que son soutien-gorge et sa culotte. On l'avait déshabillée dans son sommeil !

Elle s'était endormie en pleurant, sombrant dans un profond sommeil après la violence de la journée. Et ils avaient survolé l'Atlantique… Comme dans un rêve, des bribes de souvenirs lui revinrent : les bras de Darius qui la portaient, ses paroles réconfortantes, murmurées à l'oreille.

— Tu es réveillée.

Letty leva les yeux vers la porte. Son mari venait d'entrer, habillé d'un T-shirt noir et d'un pantalon de coton blanc. Le soleil l'encadrait, laissant son visage dans l'ombre.

— Où sommes-nous ?

— Sur l'île d'Héraklios. Dans ma villa.

— Je ne me souviens pas de l'arrivée.

— C'est la fatigue de m'avoir épousé, la taquina-t-il.

— Quelle heure est-il ?

— Ici ? Presque 2 heures de l'après-midi. Il y a une

salle d'eau, si tu veux te doucher, fit-il en désignant une porte. Tes vêtements sont déjà dans le dressing.

— C'est toi qui m'as déshabillée, hier ?

— Je voulais que tu dormes confortablement.

Elle se mordilla la lèvre.

— Et… Tu as… Nous avons partagé le lit ? bafouilla-t-elle.

Il se raidit.

— Si tu te demandes si j'ai profité de toi dans ton sommeil, la réponse est non.

À moitié soulagée, elle tenta de se défendre :

— Je ne voulais pas dire que…

— Habille-toi et rejoins-nous sur la terrasse quand tu seras prête. Ma famille t'attend.

Dans l'élégante salle de bains, Letty prit une longue douche chaude. Puis, se regardant dans le miroir duquel elle venait d'enlever la buée, elle se trouva pâle et triste. Pile alors qu'elle allait rencontrer sa belle-famille…

Il ne leur faudrait qu'un regard pour se rendre compte, comme Velazquez, que Darius ne l'avait épousée que pour l'enfant. Pourquoi sinon choisir une femme à ce point ordinaire, alors que Darius était si beau et riche ? Il avait pris un risque en l'emmenant sur son île. Elle pourrait le plonger dans l'embarras, leur manquer de respect à tous. Elle pourrait expliquer le chantage qui avait conduit à leur mariage.

Letty se passa une main lasse sur le visage. Elle ne voulait pas faire de mal à Darius. Elle voulait simplement qu'il pardonne à son père. Peut-être pourrait-elle commencer par traiter sa famille avec le même respect qu'elle aurait aimé pour son père…

Après un rapide brushing, elle s'habilla, se maquilla légèrement, puis choisit une belle robe d'été et des sandalettes dans la penderie. Une gouvernante l'attendait à la sortie de la chambre pour la conduire à la terrasse. L'estomac noué, elle prit une grande inspiration et la suivit.

De grands bougainvilliers roses couvraient la terrasse, qui surplombait la mer et la plage. Au loin, sur la ligne d'horizon, on pouvait distinguer le vert des forêts d'une autre île. Le paysage resplendissait de couleurs vives : bâtiments bleu et blanc, ciel et mer turquoise, fleurs roses, terre brune… La chaleur tombait comme une chape ; Letty dut plisser les yeux tant la luminosité était vive.

Darius se leva avec vivacité de la table qu'il occupait avec sa famille. Le silence tomba chez les convives. Sans un mot, il marcha jusqu'à elle. Il l'embrassa sur la joue avant de se retourner vers les autres et d'annoncer :

— Voici Letitia, ma femme. Tout le monde l'appelle Letty.

Une dame très âgée se leva à son tour. Elle s'avança et examina Letty des pieds à la tête, en passant par son ventre rond. Puis, après un temps qui lui sembla infini, son visage s'illumina d'un large sourire. Elle pinça la joue de Letty et fit une remarque en grec que celle-ci ne comprit pas.

— Ma grand-tante dit que tu as l'air enfin heureuse, traduisit Darius. Comme une belle épouse.

— C'est très gentil. Est-ce que je l'ai déjà vue ? demanda Letty, interloquée.

— Elle t'a vue quand tu es arrivée. Elle a dit que tu ressemblais à un cadavre.

— Elle n'a jamais dit ça, protesta Letty, sourcils froncés.

Le visage de Darius se fendit d'un sourire.

— Elle dit que l'île t'a revigorée, grâce au soleil et à l'air marin. Sans compter, bien sûr, le fait de m'avoir épousé.

La vieille dame parla à nouveau. Darius décocha à Letty un sourire indulgent.

— *Na, theia Ioanna.*

— Qu'est-ce qu'elle a dit ?

— Elle a dit que le fait de t'avoir épousée me réussit aussi.

Il hésita un moment avant de poursuivre :

— Même si notre mariage était…

— … horrible.

— Raté, confirma-t-il avec un petit sourire coupable. Il faudra se rattraper sur la lune de miel, murmura-t-il.

Letty sentit le souffle de Darius contre sa peau, le frôlement de ses lèvres contre son oreille et une décharge d'électricité la traversa à la pensée des nuits qui l'attendaient dans l'île.

Elle se laissa présenter aux invités réunis autour de la table — les oncles, les tantes et les innombrables cousins. Tout en adressant à chacun de timides sourires, elle se maudit de ne pas avoir appris au moins quelques mots de grec. L'une des jeunes femmes la prit par le bras et la fit asseoir en bout de table. On lui servit de toutes les spécialités apportées pour elle : feuilles de vigne farcies, salade de concombres, tomates et feta, viande grillée en brochettes, fruits de mer frais et pâtisseries d'une légèreté divine. Après avoir dormi si longtemps et sans avoir mangé la veille, elle dévora tout ce qu'on lui présentait avec un appétit d'ogre, suscitant les exclamations approbatrices des femmes de la famille.

Darius s'assit à ses côtés, tout sourires.

— Ils aiment te voir manger d'aussi bon cœur, lui dit-il.

Letty laissa échapper un rire. Dans cette atmosphère

baignée de soleil, elle se sentait étrangement heureuse. Au bout d'un moment, rassasiée, elle repoussa sa chaise et se tourna vers Darius.

— Comment est-ce qu'on dit « merci » en grec ?

— *Efkharisto.*

— *Efkharisto* ! répéta-t-elle avec chaleur.

Un par un, les membres de sa famille la prirent dans leurs bras. Puis ils étreignirent Darius, avant de s'éclipser peu à peu vers la villa.

— Ta famille est merveilleuse, déclara Letty dès qu'ils furent seuls.

— Ils t'aiment déjà, puisque tu es ma femme. Et puis, tu es la première personne que je leur présente, ajouta-t-il.

Letty fit les yeux ronds.

— Vraiment ?

— Pendant des années, ils ont eu vent de mes aventures dans la presse à scandale, et désespéraient de me voir un jour m'installer. Ma grand-tante Ioanna a failli faire une attaque lorsqu'elle a appris à la fois le mariage et le bébé. Je ne l'ai jamais vue aussi heureuse. Dans son esprit, notre union était prédestinée et notre amour a passé l'épreuve du temps. Tu fais partie de la famille, désormais.

C'était vrai, réalisa Letty. Pour commencer, elle avait un nouveau nom de famille. Lorsqu'elle renouvellerait son passeport, elle ne serait plus Letitia Spencer, fille de criminel en col blanc, mais Letitia Kyrillos, femme de milliardaire. En se mariant, elle était devenue une nouvelle personne. Étrange…

Après tout, peut-être que Letitia Kyrillos réussirait à être heureuse. Peut-être que leur mariage, qui semblait si triste pour l'instant, les comblerait-il un jour. Il fallait juste qu'elle réussisse à faire changer d'avis Darius à propos de son père. Et ça, ce n'était pas gagné…

L'une des cousines de Darius revint sur la terrasse pour adresser quelques mots à celui-ci.

— Nous sommes censés aller nous promener, à présent. Ils ont besoin de tranquillité pour préparer la fête.

— Une fête ?

— En l'honneur de ton arrivée. Pour la famille et les amis.

— Ah, ça reste entre nous, soupira Letty, soulagée.

— Ce qui veut dire qu'on s'attend à voir arriver l'intégralité de l'île, ainsi que les amis des îles voisines, précisa Darius.

Un nœud se forma dans la gorge de Letty. Tous ces inconnus qui jugeraient si elle méritait Darius…

— Et s'ils ne m'aimaient pas ? murmura-t-elle.

— Ils me font assez confiance pour t'aimer d'emblée.

Letty sourit, rassérénée.

— Demande à ta famille comment je peux me rendre utile.

— Impossible ! Ils se vexeraient.

— On ne peut pas leur laisser tout faire, tout de même.

— Regarde ce que ça donne si on essaie…

Darius se leva pour lancer en anglais :

— Athina ? Passe-moi ton balai, je vais t'aider.

— Certainement pas, répliqua sa cousine dans un anglais teinté d'accent chantant. C'est grâce à toi que mes enfants vont à l'université, je te rappelle !

— Tu m'as donné un travail quand j'étais au chômage, ajouta un cousin qui apportait des lampions. On se charge de tout.

Darius se retourna vers Letty et haussa les épaules.

— Tu vois ? Je n'ai plus qu'à te faire découvrir l'île.

Après tout, c'est notre lune de miel, ajouta-t-il avec un sourire.

Elle frissonna à l'idée de ce qui se passerait le soir même, après la fête, quand on aurait rangé les tables et les lampions. Darius devait y songer aussi car ses yeux brillaient d'une lueur qu'elle commençait à bien connaître...

Ils sortirent de la luxueuse villa et empruntèrent le chemin qui menait vers les collines. Autour d'eux, les champs étaient couverts d'oliviers. De petites maisons ajoutaient leur note blanche au décor d'un charme absolu. Letty se retourna pour profiter du paysage. Cependant, un détail l'intriguait.

— Où sont les routes ? Les voitures ? Je n'en vois aucune.

— Nous n'en avons pas. Héraklios est trop petite et trop escarpée, et il n'y a qu'une centaine de résidents sur l'île.

— Mais comment s'y déplace-t-on ?

— À dos d'âne. Et en bateau.

Letty faillit trébucher et lui jeta un regard incrédule.

— Tu plaisantes ? Nous ne sommes pas arrivés à la rame !

Darius sourit.

— J'ai fait installer une petite piste pour les avions, mais elle n'est pas utilisable lorsqu'il y a trop de vent. Ici, les hommes et les marchandises se transportent par la mer.

Alors qu'ils approchaient d'un village encastré dans une falaise blanche, il désigna une petite bâtisse sur les hauteurs.

— C'était mon école.

— C'est minuscule ! On dirait qu'il n'y a qu'une pièce.

— C'est exactement cela. Après les premières années en primaire, les enfants prennent le ferry pour rejoindre une plus grosse école, sur une île proche.

Ils avaient atteint le village et y déambulèrent. Au détour d'une rue, Darius indiqua une taverne.

— C'est ici que j'ai bu ma première gorgée de *retsina*. C'est du vin grec, très fort. J'ai tout recraché ! Et je n'aime toujours pas ça.

— Et tu te dis grec ! le taquina-t-elle.

— Je t'inviterais bien à entrer pour y goûter toi-même si M. Papadakis n'était pas déjà à la villa…

Il lui montra la porte close.

— Tout le village ferme pour la réception ? s'étonna Letty.

— C'est une petite île. Et je jouis d'une certaine réputation.

Ils eurent vite traversé le village. Letty désigna une imposante villa en ruine, un peu à l'écart.

— Et là-bas, qu'est-ce que c'est ?

Darius se rembrunit.

— C'était la maison de ma mère.

Letty savait qu'elle l'avait abandonné à la naissance, mais Darius ne parlait presque jamais de sa mère, déjà lorsqu'ils étaient adolescents.

— Oh… Plus personne n'y vit ?

— Ma mère a quitté l'île après ma naissance ; ses parents n'ont pas tardé à la suivre. Apparemment, ils ne supportaient pas la honte de ma naissance, ajouta-t-il d'un ton détaché.

Le cœur serré, Letty lui adressa un sourire compatissant.

— Ma mère s'est installée à Paris, reprit-il. Elle est morte dans un accident de voiture quand j'avais quatre ans. J'ai appris que ses parents étaient décédés il y a peu.

— Je suis navrée.

— Pourquoi ? Je ne les aimais pas, je ne les pleure pas. Calla Halkias est morte dans une limousine, probablement de la manière dont elle aurait aimé partir : dans le luxe, conclut-il froidement.

La gorge serrée, Letty pensait à Darius enfant, rejeté par les siens, expulsé de l'imposante villa dont il contemplait les ruines. Incapable de trouver les mots pour le réconforter, elle prit sa main dans la sienne.

— Tu ne leur as jamais pardonné ? finit-elle par demander.

— Ma mère m'a donné la vie, je lui en suis reconnaissant. Mais ce n'est pas ma famille. De ce que j'en sais, c'étaient des gens assez affreux. Comme…

Il hésita, mais elle avait compris.

— Comme la mienne ?

— Ta mère était une grande dame. Elle s'est toujours montrée bonne envers tout le monde.

— C'est vrai, approuva Letty, émue.

— Ma grand-mère paternelle m'a élevé. Il n'y avait pas d'électricité dans la maison, ni d'eau courante, mais son amour me suffisait. Lorsque j'ai finalement fait fortune, j'ai fait raser sa vieille maison pour construire la villa à la place. La plus grosse villa que cette île ait jamais vue. Lorsque j'étais enfant, la famille de ma mère était la plus puissante de l'île. Aujourd'hui, c'est moi.

Letty nota qu'il n'avait pas dit leur avoir pardonné…

— Dans ta revanche, y a-t-il place pour le pardon ?

— Le passé est passé. Je vis dans le présent. Pour le futur.

Il prit ses mains dans les siennes et lui adressa un regard d'un extrême sérieux.

— Promets-moi, Letty. Promets-moi que tu feras toujours ce qu'il y a de mieux pour notre famille.

— Je te le promets, répondit-elle du fond du cœur.

— Je fais le même vœu.

Il l'embrassa tendrement, comme pour sceller leur promesse, mais le baiser s'intensifia. Letty s'accrocha à lui, plaqua les cuisses aux siennes, soudain éperdue de désir. Darius était son mari, dorénavant.

Il rompit leur étreinte et lança :

— Suis-moi.

Darius la conduisit au bout de la route poussiéreuse aux pavés mal scellés. Ils débouchèrent bientôt dans un champ d'oliviers et prirent un chemin escarpé. À quelques mètres, une crique déserte les attendait, bordée de sable blanc.

Letty laissa échapper un cri d'admiration. À Fairholme, les plages étaient bondées ; ici, la crique était vide.

— Où sont les touristes ?

— Il n'y a pas d'hôtel sur l'île, expliqua Darius en souriant. Les touristes sont à Corfou. Ici, tout le monde se connaît. C'est une communauté. Une grande famille.

Pas étonnant que l'île lui ait semblé hors du temps, songea Letty en regarda le sable d'une blancheur éclatante, visible sous l'eau d'un bleu cristallin. Son cœur se serra au souvenir d'une autre plage, celle de son enfance.

— Fairholme te manque, remarqua Darius en l'observant.

Letty s'assit pour jouer avec le sable.

— Ça fait dix ans. C'est stupide. N'importe quel psy dirait qu'il est temps de faire mon deuil.

— À moi aussi, Fairholme me manque, dit-il en s'asseyant près d'elle. Tu te souviens de la plage, là-bas ? Rien que des rochers.

— Oui. Et derrière, le champ où tu m'as appris à danser…

— Et la mare où j'essayais d'attraper des grenouilles que tu baptisais. Tu voulais toujours les ramener à la maison.

Leurs deux voix se mêlèrent.

— Et quand on faisait du roller dans le hall.

— Le passage secret derrière la bibliothèque où tu te cachais quand tu étais en colère.

— Le jardin de roses de ta mère, lança Darius avec un rire. Quand elle m'y avait surpris en train de fumer !

— Et Mme Pollifax qui nous grondait quand on salissait la cuisine, dit Letty en souriant. Mais elle finissait toujours par nous donner du lait et des cookies une fois qu'on avait nettoyé.

Ils se sourirent l'un à l'autre, sur la plage déserte.

— Mais Fairholme, c'est du passé, conclut Letty. Vivons dans le présent, comme tu disais il y a un instant.

Darius enleva ses chaussures.

— Qu'est-ce que tu fais ? demanda Letty, surprise.

— La mer doit être chaude ! J'y vais.

Il se pencha pour lui enlever ses sandales, avant d'ajouter :

— Et tu viens avec moi.

Pieds nus, ils rejoignirent l'eau. Letty se délecta de la mer qui lui léchait les orteils, puis les tibias, les genoux. Elle avait envie de se laisser tomber dans l'eau, de laisser son corps arrondi flotter comme une plume. Elle avança encore, jusqu'à ce que la mer atteigne le bas de sa robe.

Darius la prit soudain dans ses bras. Alors que les vagues clapotaient autour d'eux, il l'embrassa et ils restèrent enlacés, invisibles sauf aux yeux des oiseaux qui filaient dans le ciel. Leur baiser avait un goût d'éternité et de sel.

Puis ils revinrent s'allonger sur le sable.

— La maison de notre enfance appartient au passé, fit doucement Darius, mais nous sommes toujours ensemble.

Le soleil commençait à décliner, soulignant le contour de ses cheveux noirs, de sa mâchoire volontaire. Il avait l'air d'un ange. Ce fut à ce moment que Letty réalisa le pire.

Elle l'aimait.

Profondément, intensément. Elle aimait l'homme qu'il avait été, celui qu'il était, celui qu'il pouvait devenir… Depuis cette nuit de février où ils avaient conçu l'enfant, Letty avait tenté de se convaincre qu'elle le haïssait. Elle se mentait. Même dans ses plus intenses moments de douleur, elle n'avait jamais cessé de l'aimer. Comment aurait-il pu en être autrement ? Darius était l'homme de sa vie.

Avec un regard vers le soleil couchant, il soupira.

— On ne peut pas être en retard à notre propre soirée. Il va falloir rentrer et nous changer. Et puis, après la réception, ajouta-t-il d'une voix rauque en déposant un baiser sur son épaule nue, nous pourrons commencer vraiment notre lune de miel. J'ai hâte de vous faire l'amour à nouveau, madame Kyrillos.

En remontant vers la colline, Letty trébucha.

— Est-ce que tu t'es fait mal ? s'inquiéta Darius.

— Non, murmura-t-elle.

Elle ne mentait pas. Elle n'avait pas mal. Pas encore, mais ce n'était qu'une question de temps.

Elle était mariée depuis vingt-quatre heures à peine, et déjà perdue, corps et âme.

9

Lorsque Letty arriva à la réception, le cœur de Darius manqua un battement. Elle était tellement belle qu'elle semblait flotter dans la brise nocturne. Elle portait une robe blanche très simple qui épousait parfaitement ses seins et son ventre rond. Le tissu vaporeux mettait en valeur le grain de sa peau et l'éclat brillant de ses yeux. Ses longs cheveux étaient piqués d'une kyrielle de petites fleurs roses.

À son arrivée, les trois cents personnes assemblées sur la terrasse éclatèrent en applaudissement.

La gorge nouée, Darius se dit qu'elle n'avait rien à envier à la déesse Aphrodite. Et le fait que ce genre de pensée poétique lui vienne en tête était tout sauf normal. Alors qu'elle s'approchait, il tenta de reprendre contenance.

— Tu es... très bien, fit-il observer en se raclant la gorge.

— Merci, répondit-elle avec un sourire timide.

Il ne la toucha pas. Il avait presque peur de le faire. Elle était tout simplement trop désirable, et après ces longues minutes à s'embrasser dans l'eau de la crique, il ne savait trop s'il pourrait résister au simple contact de sa peau. Leur mariage avait déjà vingt-quatre heures, mais ils n'avaient pas encore fait l'amour...

De ce point de vue, la réception fut une véritable torture. La soirée lui parut interminable, comme si les invités avaient décidé de tester ses limites. Dans n'importe quelle autre situation, il aurait renvoyé tout le monde et porté sa femme dans le lit conjugal.

Mais tous ces gens étaient sa famille. Son village. Il ne pouvait se permettre de rejeter leur accueil chaleureux. Pourtant, son corps lui criait le contraire et la douleur devenait presque physique. Il se félicita d'avoir choisi un pantalon large, évitant ainsi que le village ne commente avec malice l'évidence de son désir pour la mariée.

La soirée était endiablée, comme les fêtes de village de son enfance. On y buvait, on y chantait, on dansait. Sa famille avait préparé un festin. Les convives se précipitaient pour parler à Letty en grec, et elle annonça bientôt qu'elle allait se mettre à l'apprendre. Les cousins crièrent leur approbation, et lorsque Darius traduisit ce qu'elle venait de dire à sa grand-tante, *theia* Ioanna, la vieille dame se dressa sur la pointe des pieds pour déposer deux baisers sonores sur les joues de Letty. Elle avait gagné l'affection de sa famille.

Ce qui n'était pas étonnant en soi. Letty était une jeune mariée parfaite. Elle serait aussi une parfaite épouse et mère. Maintenant qu'il l'avait éloignée de son père, il n'y aurait plus de mauvaise influence pour la détourner du bonheur.

Darius serait le seul à exiger sa loyauté. Et, à ce qu'il voyait dans ses yeux lorsqu'elle le regardait — un mélange d'excitation, d'admiration et de crainte —, il se sentait étrangement vulnérable, se rappelait l'insécurité qu'il avait ressentie quand, adolescent, il était tombé amoureux d'elle.

Ça n'a rien à voir, se répéta-t-il. Aujourd'hui, il ne faisait que la désirer. Il appréciait qu'elle se comporte avec douceur et respect envers sa famille. Et il espérait qu'elle finirait par l'aimer. Cela ne rendrait leur vie que plus agréable.

Darius ne comptait pas lui retourner son amour. Le risque était trop grand. En tant que chef de famille, en tant que mari et père, il était de son devoir de rester fort. Le cœur de Letty était son point faible. Il était ravi de lui laisser ce défaut.

Aux alentours de minuit, sa grand-tante alla se coucher, bientôt suivie par ceux de sa génération, mais l'ouzo coulait toujours à flots, et les autres invités prolongèrent la soirée jusqu'à ce que les musiciens commencent à s'endormir sur leurs instruments. Alors les derniers convives prirent congé, avec force remerciements et félicitations aux jeunes mariés.

Bientôt, Darius et Letty furent seuls sur la terrasse, baignés par le clair de lune, au milieu des verres vides et des cotillons. Elle détacha ses cheveux. Quelques fleurs s'éparpillèrent…

Sans un mot, Darius prit la main de sa femme et l'entraîna vers l'aile sud de la villa, où était située leur suite. Il y entra avec elle et ouvrit la porte vitrée qui donnait sur le balcon. Le vent filait sur la mer, écrêtant les vagues en longues traînées d'écume argentées par l'éclat de la lune.

Il se retourna vers Letty et lui releva les cheveux sur la nuque, avant de défaire sa robe. Dans la lueur bleutée de la nuit, elle était belle comme une apparition.

La robe tomba au sol. Letty leva les yeux vers lui, souriante, avant de lui enlever sa veste et de déboutonner sa chemise. Ses mains frôlaient son torse et il les lui attrapa bientôt, les emprisonnant dans les siennes. Un étrange sentiment naissait dans le cœur de Darius. *Du désir. Je la désire.* Il lui embrassa les doigts l'un après l'autre. La brise marine vint soulever les longs cheveux de Letty et précipita d'autres pétales de fleurs au sol, comme une invitation. Sans un mot, il l'entraîna vers l'immense lit.

Ils ne parlèrent pas cette fois en faisant l'amour. Leurs corps se suffisaient à eux-mêmes, se répondaient, dansaient ensemble. On n'entendait que le son du plaisir.

Darius avait connu l'extase dans son duplex de Manhattan en lui faisant l'amour. Cette incroyable plénitude était toujours là, mais quelque chose s'y ajoutait. Pourquoi ? Parce que Letty lui appartenait aux yeux de la loi ? Parce qu'elle le connaissait mieux que quiconque ? Parce qu'elle était entrée dans la famille ?

Sans parvenir à comprendre, il continua à lui faire l'amour, saisissant au tout dernier moment, juste avant l'orgasme, ce que cette nuit de noces avait de sacré.

On aurait dit… le bonheur.

Après qu'ils eurent explosé tous les deux, tremblants dans les bras l'un de l'autre, Darius la garda endormie dans ses bras. Les yeux fixés sur le plafond, les mots qu'elle avait prononcés sur la plage lui revinrent en mémoire : « Fairholme, c'est du passé. »

Il avait entendu la tristesse dans sa voix, presque l'acceptation d'un échec. Darius fronça les sourcils. Il n'acceptait pas ce renoncement. Soudain, il avait envie de rendre à Letty tout ce qu'elle avait perdu. Et plus encore.

Faisant attention à ne pas la réveiller, il se leva et sortit sur le balcon ; les primes lueurs de l'aube commençaient leur combat éternel contre la nuit. Sans se soucier du décalage horaire, il sortit son portable pour appeler

Mildred, son assistante à New York. Elle travaillait pour lui depuis sept ans, cela ne risquait pas de la surprendre.

— Vous faites la couverture du *Daily Post*, déclara Mildred. Vous y êtes comparé Robin des bois, défenseur des victimes.

— Heureux de ne pas être en ville, alors, répondit Darius. Autre chose de neuf ?

— L'appartement de Brooklyn a été acheté. Suivant vos souhaits, votre beau-père…

— Ne l'appelez pas comme ça !

Mildred s'éclaircit la gorge.

— … M. Spencer a été averti qu'il pourrait rester dans l'appartement autant qu'il le désirerait, tous frais payés. Mais il y a autre chose que vous devriez savoir.

— Je vous écoute.

— Le détective l'a vu se rendre chez un cancérologue, régulièrement. Il serait malade. Peut-être mourant.

Darius fronça les sourcils.

— C'est une ruse.

— Ce n'est pas ce que le détective pense. Il a mis la main sur le dossier médical.

— Spencer aura payé le médecin pour en écrire un faux.

— Peut-être, répondit Mildred. Mais, si c'était mon père, je préférerais en être sûre.

Darius se tourna vers le lit où sa femme reposait paisiblement. Mildred avait raison : Letty voudrait savoir. Mais il ne pouvait rien dire. Pas alors que le vieil homme ne faisait que tenter de semer le trouble. Sans doute Howard Spencer n'avait-il qu'un rhume et cherchait à en tirer profit.

— Mais ce n'est pas votre père dont il s'agit, décréta-t-il.

— Comme vous voudrez, monsieur Kyrillos.

— Je vous ai appelée pour une autre raison. Je veux un cadeau de mariage pour ma femme.

— En plus des milliards pour le fonds de remboursement des victimes de M. Spencer ? Tout votre personnel, moi y compris, travaille d'arrache-pied pour déterminer ce que vous devez à chacun…

— Vous vous en sortirez très bien, Mildred. Je vous enverrai à Miami pour une semaine, lorsque tout ceci sera terminé. Vous pourrez vous reposer.

— Rome, répondit-elle fermement. Pour deux.

Il sourit. Mildred connaissait sa valeur et il respectait cela.

— C'est noté, répondit-il, mais j'ai besoin d'un service. Je veux acheter une maison.

— Votre duplex a rapetissé ?

— Arrêtez l'ironie et aidez-moi. J'ai un endroit en tête. Trouvez-moi son prix.

Il lui expliqua et elle siffla dans le combiné du téléphone.

— Très bien, patron. Je vous rappelle dès que j'ai du nouveau. Vous avez un plafond de dépense ?

— Aucun.

Après avoir raccroché, Darius retourna s'allonger près de sa jeune épouse. Il passa la main sous le drap et la posa sur son ventre. Dehors, une lueur orange teintait déjà l'horizon.

Letty blottie contre lui, Darius était apaisé. Il touchait les dividendes de ses bonnes actions. Il avait Letty, le reste viendrait. Un foyer. Un enfant. De la joie. Toutes choses auxquelles il avait arrêté de croire voilà bien longtemps. Mais l'espoir renaissait. Et il détruirait ceux qui oseraient lui barrer la route. Y compris cet escroc de Howard Spencer.

Alors que le jet privé entamait sa descente à travers les nuages qui surplombaient New York, Letty ressentit un curieux mélange de soulagement et de regret.

Elle était déjà nostalgique de cette petite île grecque où on l'avait immédiatement acceptée et intégrée à la famille. Ces deux semaines de lune de miel avaient été les plus enchanteresses de sa vie. Mais elle était heureuse de se rapprocher de son père. Darius lui avait assuré qu'il allait bien. Il vivait dans l'appartement racheté par ses soins et rénové.

— Ton père passe ses journées à jouer aux échecs avec ses amis, au parc, avait-il déclaré sans réussir à chasser une pointe d'irritation de sa voix.

Letty en conclut qu'il devait le faire suivre, mais elle était tout de même contente d'apprendre qu'il allait bien. Elle se sentait si mal d'être coupée de lui… Elle espérait toujours fléchir Darius, sans savoir comment s'y prendre.

La crise cardiaque qui avait emporté Eugenios était un tragique accident, pas la faute de Howard. Darius en voudrait-il à Howard pour le restant de ses jours ? Letty aimait trop son mari pour y croire. Bientôt, la famille serait réunie.

Et la famille restait la chose la plus importante pour elle. Comme elle l'avait promis à son mari en Grèce, elle la ferait toujours passer avant le reste. Ses yeux rencontrèrent ceux de Darius, assis en face d'elle dans le jet.

Il avait passé la plus grande partie du vol à pianoter sur son ordinateur portable, jetant les premières bases d'une nouvelle affaire à laquelle il réfléchissait. Mais lorsque leurs regards se croisèrent, elle devina qu'elle avait toute son attention. Quand il la regardait, son corps entier vibrait.

Il haussa un sourcil.

— Tout va bien ?

— J'ai adoré le séjour. Mais je suis contente de rentrer.

Elle fit une pause, se mordillant la lèvre avant de reprendre :

— Maintenant que nous sommes de retour à New York, peut-être pourrais-tu parler à mon père, entendre sa version de l'histoire... Il n'a jamais voulu faire de mal à personne.

Darius ferma son ordinateur avec un claquement sec.

— Arrête.

— Le pardon, ça soulage vraiment. Peut-être qu'un jour, tu devras demander pardon à quelqu'un et...

Elle entendit le désespoir dans sa propre voix et s'arrêta.

— Je ne compte commettre aucun crime, nous voilà donc rassurés sur ce point.

Le ton de Darius signifiait que la discussion était close. La déception serra le cœur de Letty. Il lui faudra être patiente. Elle se força à prendre une inspiration et changea de sujet.

— Je suis heureuse d'avoir rencontré ta famille. Peut-être ta grand-tante pourrait-elle venir nous voir à New York ?

L'expression de son mari se détendit et il sourit.

— *Theia* Ioanna déteste prendre l'avion. Mais, après la naissance, nous pourrions retourner à Héraklios.

— Ça me plairait beaucoup. Entre-temps, je vais essayer de me mettre au grec. Tu pourrais m'aider, non ?

Les yeux de Darius brillèrent de satisfaction. À cet instant, le pilote demanda de boucler les ceintures pour l'atterrissage. Letty regarda le paysage qui grandissait dans le hublot.

— Mais... Ce n'est pas le bon aéroport !

— Non, répondit Darius d'un ton mystérieux.

Interloquée, Letty reconnut la piste. De nombreuses années auparavant, sa famille utilisait cet aéroport pour ses voyages. Elle leva les yeux vers lui, sourcils froncés.

— Long Island ? Je ne comprends pas.

— Attends de voir…

Après que l'avion se fut posé, les jeunes mariés embarquèrent dans une limousine avec chauffeur qui les attendait sur le tarmac.

— Pourquoi sommes-nous ici ? insista Letty.

— Tu verras, se contenta de répondre son mari.

— C'est très vexant, ton petit jeu.

— Vexant ? s'amusa-t-il. Et ça, c'est vexant, aussi ?

Il l'embrassa, et Letty se détendit instantanément. Mais lorsque la limousine prit la route de la côte, route qu'elle ne connaissait que trop bien, elle se crispa de nouveau. Ils se rapprochaient du front de mer, avec sa baie gris et bleu… et de Fairholme ! Letty se tourna vers Darius, en colère.

— Pourquoi venir ici ? s'exclama-t-elle. Juste pour me faire du mal ? On ne peut même pas voir la maison de la route !

— Ce problème n'en est plus un aujourd'hui.

Ils arrivèrent à la grille du domaine, et Letty, les yeux écarquillés, vit s'ouvrir devant eux les deux lourdes portes de fer forgé. La limousine entra, remonta la grande allée qui menait au manoir balayé par le vent océanique.

Fairholme…

La gorge nouée par l'émotion, Letty sortit de la limousine et posa, pour la première fois depuis dix ans, les yeux sur son foyer tant aimé. La vision brouillée par les larmes, elle reconnut le manoir de pierre grise aux hautes tourelles. La porte était ouverte, comme en signe de bienvenue. Elle se tourna vers Darius.

— Je ne comprends pas…

— Je te donne ce que tu désirais le plus.

Elle poussa un cri étranglé et se rua à l'intérieur, dans le grand hall où elle avait tant joué, enfant.

— Papa ? appela-t-elle aussitôt. Papa ? Où es-tu ?

Son cœur débordait de joie à l'idée de revoir son père. Darius avait accompli son désir le plus cher. Elle se mit à courir de pièce en pièce. Ici, elle avait joué aux pirates avec son père. Là, ils avaient glissé en chaussettes sur le marbre pour voir lequel des deux irait le plus loin et ferait rire sa mère le plus fort.

Ici, elle s'amusait avec les chats du jardinier.

Là, elle jouait à cache-cache avec Darius.

Mais où donc était son père ?

Letty grimpa les marches de l'escalier quatre à quatre en appelant à tue-tête : il était certainement dans sa chambre. Brusquement, elle s'arrêta. Elle n'entendait que l'écho de sa propre voix. Son père n'était pas là. Ses épaules s'affaissèrent. Elle se tourna vers Darius, resté sur le seuil. Tout sourire avait déserté le visage de celui-ci.

— Comment peux-tu imaginer que j'aie invité ton père ?

— Mais tu as dit…, commença-t-elle à bégayer. Tu… Tu viens de dire que tu me donnais ce que je voulais le plus…

— Cette maison ! lança Darius d'un air outragé. La maison de ton enfance ! Il a fallu que je débourse une fortune pour que le propriétaire cède et parte en temps voulu. Je voulais que tu retrouves ce dont tu rêvais. Ce que tu avais perdu.

Ce qu'elle avait perdu… Letty s'accrocha à la rampe et s'assit sur l'une des marches. Un chagrin immense s'était emparé d'elle. Elle avait placé ses espoirs trop haut. Elle se mordit l'intérieur de la joue, consciente de se conduire comme une enfant. Darius lui avait donné les étoiles, et elle réclamait la lune. Elle aurait dû être folle de joie. Fairholme ! Son foyer.

Letty prit une grande inspiration et regarda autour d'elle. Elle était à la maison. Darius lui avait rendu la demeure de sa famille. Le cadeau était magnifique. Elle chassa les larmes qui perlaient au coin de ses yeux et tenta de sourire. Le beau visage de Darius était blanc de fureur. Comment lui en vouloir ? Il avait remué ciel et terre pour lui faire cette incroyable surprise et elle avait tout gâché.

Letty se redressa et descendit les dernières marches pour le rejoindre. Il restait planté sur le seuil, le regard noir.

— Merci, murmura-t-elle en le regardant. C'est un merveilleux présent.

— On ne dirait pas que tu l'apprécies.

Elle rougit gênée, et l'enlaça pour lui offrir un tendre baiser.

— Je suis très heureuse. C'est un miracle d'être ici.

Il accepta son baiser, avant d'ajouter, sur un ton boudeur :

— J'ai même engagé la vieille Mme Pollifax pour qu'elle redevienne notre gouvernante.

— Quoi ? Vraiment ?

Darius sourit, visiblement content de sa réaction.

— Avec tous les membres de l'ancienne équipe qui étaient disponibles. En les augmentant, bien sûr. J'ai aussi ouvert un compte en banque à ton nom.

— Pour quoi faire ?

— Il te faudra un peu de temps et pas mal d'argent

pour relooker l'endroit à ta guise, glissa-t-il, malicieux. Utilise ce que tu voudras.

— Pour la maison ? Et pour l'enfant ?

— Bien sûr. Et pour toi aussi, Letty. Tout ce que tu veux. Bijoux, livres, voitures… Tu n'as pas à me demander. Achète ce que tu veux. Dépense comme tu l'entends.

— Je pourrais envoyer de l'argent à mon père.

Elle comprit son erreur à la seconde où elle parlait. Elle se figea. *Quelle idiote !* Darius se rembrunit à nouveau.

— Je commence à m'irriter d'entendre son nom toutes les cinq minutes ! On a conclu un marché, toi et moi.

— Je sais, mais…

— Ton père dispose déjà de bien plus qu'il ne mérite, coupa-t-il, agacé.

— Si je pouvais juste le revoir, m'assurer qu'il va bien…

— Il va bien.

Letty chercha son regard, espérant un peu de réconfort.

— Il va bien ? Tu en es sûr ?

— Oui, répondit Darius, sans oser la regarder dans les yeux.

— Il me manque, murmura-t-elle.

Letty soupira, avant de se rappeler ce que Darius lui avait offert. Elle lui prit la main pour la presser contre sa joue.

— Ce que tu as fait pour moi aujourd'hui, racheter Fairholme, je ne l'oublierai jamais.

Ils restèrent quelques instants silencieux, enveloppés par l'air marin qui entrait par la porte ouverte. Tout cela lui avait tant manqué — la senteur de sel de l'océan, le sucre du parfum des roses ; une vie de souvenirs.

— Merci, répéta-t-elle. Merci de me ramener à la maison.

— Tu vaux bien ça, répondit-il à voix basse. Pour toi, je serais prêt à payer n'importe quel prix.

Il l'embrassa, réclamant sa bouche comme il avait déjà réclamé son âme. Trois mots vinrent flotter au bord des lèvres de Letty, sans qu'elle puisse les retenir. Des mots qu'elle n'avait plus dits depuis cette nuit horrible de février. Des mots qui venaient droit du cœur.

— Je t'aime, Darius.

Il lui adressa un sourire étrangement timide.

— C'est vrai ?

Elle ravala ses larmes en un sourire et hocha la tête. Son sang cognait à ses oreilles dans l'attente de ce qu'il répondrait. Sans un mot, il l'embrassa.

Dans le manoir de Fairholme, dans la chambre qui devenait la leur, les lèvres de son mari sur les siennes, Letty se dit qu'elle pouvait commencer à croire aux miracles. Ils étaient mariés. Attendaient un enfant. Il avait lavé l'honneur de son père en rachetant ses dettes. Il venait de lui offrir la maison de son enfance. Elle l'aimait. Et un jour, il l'aimerait. Tant de choses incroyables s'étaient déjà produites, alors pourquoi pas cela ?

Darius oublierait sa rancœur envers Howard. Ce dernier réintégrerait la famille. Darius était trop généreux pour ne pas accorder son pardon, surtout en sachant combien le vieil homme comptait pour Letty. C'était la seule chose qu'il ne lui avait pas encore donnée. Ça, et trois petits mots…

Ce n'était pas la même chose, songea-t-elle. Lorsqu'il pardonnerait à son père, elle saurait qu'il l'aimait.

Elle se dégagea de son étreinte et le fixa.

— Cette maison redeviendra comme dans nos souvenirs.

— Il nous reste à ajouter quelque chose à nos souvenirs, chuchota Darius d'un ton sensuel.

Letty fondit sous les baisers de son mari. Darius allait réaliser tous ses rêves.

10

Quelle joie de se sentir enfin chez soi !

Letty regarda autour d'elle, empreinte d'un immense sentiment de satisfaction. Les travaux de décoration venaient de s'achever : Fairholme avait retrouvé sa splendeur d'antan.

Par ce froid jour de novembre, le salon semblait particulièrement chaleureux. Un feu crépitait dans la cheminée, le parquet en chêne brillait, agrémenté de chauds tapis. Le canapé et les fauteuils étaient moelleux, les luminaires diffusaient une lumière accueillante. Un mur était désormais décoré de photos de famille et de tableaux.

Letty se rapprochait de l'accouchement, plus heureuse encore qu'elle n'aurait pu l'imaginer. La chambre de l'enfant était prête. C'était l'endroit où elle dormait petite, comme sa mère et son grand-père avant elle. Fraîchement repeinte et décorée, avec son berceau en bois clair, le rocking-chair et tous les jouets, elle n'attendait plus que le bébé.

Letty se renfonça dans les coussins du canapé. Son mari, assis à ses côtés, pianotait sur son ordinateur portable.

— Bientôt, murmura-t-elle pour elle-même en caressant son ventre. Bientôt.

— Tu parles encore au bébé ? la taquina Darius.

— Je vais lui lire une histoire, fit-elle en désignant un de ses vieux livres d'images, posé sur la table basse.

Il haussa un sourcil amusé.

— Encore un conseil de tes blogs ?

Letty sourit et lui tira la langue. Son addiction aux blogs sur la grossesse était devenue source de plaisanteries entre eux.

— Il a été prouvé que les bébés peuvent entendre depuis le ventre de leur mère. Donc pourquoi pas une histoire ?

Darius leva les yeux au ciel, avant de poser une main sur le ventre arrondi de Letty :

— Ne t'inquiète pas, petit. Je vais te raconter quelque chose de bien plus intéressant que les histoires de ta mère.

Il se tourna vers son ordinateur et commença à lire tout haut les dernières nouvelles économiques et financières. Ce fut au tour de Letty de lever les yeux au ciel. Mais la voix de Darius était profonde et rassurante. Il était bon que le bébé entende aussi son père.

Elle se blottit contre lui et mordit dans l'un des cookies qu'elle avait préparés plus tôt dans l'après-midi. Son appétit semblait insatiable ces derniers temps ; elle avait encore faim, alors qu'elle avait copieusement dîné d'un ragoût d'agneau accompagné de petites pommes de terre, son plat préféré, préparé comme dans son enfance par Mme Pollifax.

La gouvernante était partie avant le repas, invoquant un ami malade auquel il fallait rendre visite à l'hôpital. Le regard étrange que la vieille dame lui avait adressé lorsqu'elle lui avait demandé la permission de s'absenter avait poussé Letty à l'indulgence :

— Prenez tout le temps qu'il vous faudra pour votre ami.

— C'est bien ce que je compte faire, avait répliqué

Mme Pollifax avec une certaine aigreur. Puisque sa propre famille ne vient même pas lui rendre visite…

— Pauvre homme, avait-elle compati.

Quel genre de famille pouvait refuser de rendre visite à l'un des siens hospitalisé ? Le fil de ses pensées conduisit Letty à imaginer la solitude de son père. Il lui manquait : elle ne l'avait pas vu depuis plus de deux mois. Darius refusait toujours de lui pardonner. Mais Letty était convaincue qu'après la naissance de leur fils, son cœur serait si plein de joie qu'il serait enfin prêt à le faire.

Autour d'eux, la pièce était comme un cocon chaleureux. Le crépitement de la cheminée couvrait le vent de novembre qui claquait aux fenêtres. Letty commençait à s'endormir, bercée par la voix de Darius, sa main toujours sur son ventre.

— Letty, l'appela-t-il doucement. Tu dors ?

— Presque, répondit-elle dans un bâillement. Je vais aller me coucher. Pourquoi ?

Il resta silencieux un long moment.

— Rien, finit-il par dire. Ça attendra. Bonne nuit, ma chérie.

Le lendemain matin, elle déposa un baiser sur les lèvres de son mari avant qu'il ne parte pour Manhattan, où il travaillait du lundi au jeudi. Il avait lancé un nouveau projet, basé sur un logiciel qui aidait à apprendre les mathématiques. Chaque jour, Darius employait plus de monde ; pour l'instant, il payait les salaires de sa poche.

— Peut-être ne ferons-nous même pas de profit, lui avait-il confessé un soir. Mais je veux que mon travail serve à quelque chose.

Elle n'avait jamais été aussi fière de lui. Le matin,

quand il la quittait, il y avait une étincelle habitée dans son regard.

Une fois Darius parti, Letty descendit à la cuisine pour établir les menus du jour avec Mme Pollifax. Elle s'arrêta sur le pas de la porte en apercevant la vieille gouvernante assise la tête dans les mains.

— Qu'est-ce qui ne va pas ? s'exclama Letty en se précipitant auprès d'elle. Vous vous êtes fait mal ?

Leur employée leva sur elle des yeux pleins de larmes.

— Mon ami. Il est en train de mourir…

— Je suis navrée, murmura Letty.

À travers ses larmes, Mme Pollifax lui jeta un regard accusateur.

— C'est que… Letty, lâcha-t-elle enfin, il s'agit de votre père.

Muette, Letty dévisagea la gouvernante, incapable d'enregistrer l'information que celle-ci venait de lui communiquer.

— Je suis désolée, je ne peux pas me taire plus longtemps, poursuivit la vieille dame. Vous avez tort de le laisser mourir seul. Vous allez le regretter toute votre vie.

— Mon…

Letty déglutit avant de reprendre.

— Mon père… Mon père est en train de mourir ?

Mme Pollifax la dévisagea, interloquée.

— Vous ne le saviez pas ?

Sous le choc, Letty secoua la tête.

— Il doit… Il doit y avoir une erreur. Mon père n'est pas malade. Il va bien, il… Il joue aux échecs tous les jours, il…

— Ma pauvre chérie, répondit la vieille dame en posant une main compatissante sur son épaule. Je vous ai mal jugée. Je pensais que vous saviez. Votre père a fait une crise, il est à l'hôpital. Il ne lui reste peut-être plus que quelques semaines.

Les oreilles de Letty bourdonnaient. Elle cillait, immobile, sans comprendre.

— Non… C'est impossible !

Letty repoussa la main de la gouvernante pour se précipiter sur son téléphone. Elle tenta de joindre Darius mais n'obtint que son répondeur.

Les mains tremblantes, elle composa le numéro du vieil appartement de Brooklyn. Les sonneries retentirent dans le vide, et lorsque le répondeur prit le relais, Letty entendit la voix de son père. Une voix faible, fragile, qu'elle ne reconnaissait pas. La terreur lui glaça les os.

Au bord du malaise, elle leva les yeux vers Mme Pollifax.

— Quel hôpital ?

— J'appelle Collins, il vous y conduira. Chambre 312. Voulez-vous que je vous accompagne ?

Letty refusa et sortit en courant.

Le trajet jusqu'à Brooklyn lui sembla prendre des heures. Lorsqu'ils arrivèrent enfin devant l'hôpital, elle se précipita dans le bâtiment et courut jusqu'à l'ascenseur, les mains soutenant son ventre douloureux. Au troisième étage, elle suivit les flèches jusqu'à la chambre 312 et passa devant le bureau des infirmières sans s'arrêter.

— Je suis sa fille, lança-t-elle avant d'ouvrir à la volée la porte de la chambre.

Le lit était vide. Letty regarda autour d'elle, désemparée. Est-ce que… Mon Dieu, son père était-il…

— Je suis navrée, fit une voix de femme derrière elle.

— Vous pouvez ! répondit celle de son père, dans son dos.

Ravalant ses sanglots, Letty pivota. Dans l'encadrement de la porte, son père, amaigri mais bien vivant, jetait un regard noir à une jeune infirmière en difficulté avec son fauteuil roulant.

— Vous avez failli me faire rentrer dans un mur ! Où avez-vous appris à conduire ?

Letty fondit en larmes. Son père nota alors sa présence et son visage s'illumina.

— Letty ! Ma chérie, tu es venue !

Elle se jeta dans ses bras, laissant libre cours à ses pleurs.

— À la seconde où j'ai appris que tu étais malade ! Quand j'ai vu le lit vide, j'ai pensé… J'ai pensé…

— Que j'étais mort ? Pas encore !

Avec un regard vers l'infirmière, il ajouta en souriant :

— Quoique certains ici semblent s'y employer.

— C'est la dernière fois que j'accepte de vous aider à gagner une course de fauteuils, Howard ! lança l'infirmière.

Letty recula d'un pas, incrédule.

— Une course de fauteuils roulants ?

— C'est un moyen comme un autre de passer le temps, au lieu de s'abrutir devant les programmes de l'après-midi, expliqua son père d'un ton goguenard.

— Mais c'est absolument interdit, décréta l'infirmière. Je n'arrive pas à croire que vous m'ayez persuadée de faire ça. Demandez à quelqu'un d'autre de mettre son emploi en danger, la prochaine fois.

Howard lui décocha son célèbre sourire charmeur.

— La course était une bonne chose. On a remonté le moral de tous les patients de l'aile sud.

L'infirmière grimaça.

— C'est ce que je dirai au directeur, quand il me convoquera, conclut-elle en se retirant.

Howard se tourna vers Letty.

— Pourquoi est-ce que tu pleures ? Nous sommes réunis, à présent.

Elle tenta de sourire.

— Toi aussi tu pleures, papa.

Il porta la main à ses joues humides et lui adressa un sourire ému.

— J'imagine que je suis heureux de te voir. Je commençais à me demander si tu viendrais jamais me rendre visite.

— Je suis venue dès que j'ai appris ton hospitalisation, murmura-t-elle.

Elle se sentait affreusement coupable. Howard hocha la tête.

— Je savais qu'il finirait par te le dire.

— Qui ça ?

— Darius. Bien sûr, j'avais promis de ne pas te contacter. Mais rien dans notre accord ne m'interdisait de le contacter lui. Je lui ai laissé un message, il y a quatre semaines, quand je me suis réveillé à l'hôpital. Je me suis écroulé dans la rue apparemment, et on m'a amené ici.

Letty écarquilla les yeux, comme frappée par la foudre. Darius savait que son père était à l'hôpital depuis un mois, à une heure à peine de Fairholme… ?

— Mais Darius était au courant de mes problèmes de santé depuis plus longtemps, poursuivit Howard. J'ai un de ses hommes aux basques depuis le jour où tu es partie avec lui. Son détective a dû lui rapporter que j'allais chez le médecin trois fois par semaine depuis le mois précédent.

Letty étouffa un cri. Deux mois ? Darius savait que son père était malade, mourant, et il lui avait sciemment caché cette information ?

« Ton père passe ses journées à jouer aux échecs avec ses amis, au parc. » Menteur ! Encore la veille, alors qu'ils étaient blottis sur le canapé, Darius lui mentait. Pendant qu'elle mangeait des cookies, son père gisait sur son lit d'hôpital. Seul. Sans sa fille.

Une sueur froide lui glaça les os. Elle tremblait des pieds à la tête. Darius lui avait menti, sans aucun scrupule. L'homme qu'elle aimait depuis l'enfance. Le sujet de ses fantasmes d'adolescente romantique. Comment avait-il pu être aussi cruel ? Aussi calculateur, aussi égoïste ?

La réponse s'imposa comme une évidence : il ne l'aimait pas. Il ne l'aimerait jamais.

Un cri monta de sa poitrine, rageur et angoissé.

— Il ne t'a pas avertie ? s'enquit Howard, le front plissé. Alors comment as-tu su que j'étais ici ?

— Par Mme Pollifax.

— Je vois… Bon, tu es là, c'est l'essentiel. Et tu vas accoucher bientôt, fit-il en contemplant son ventre, le visage soudain illuminé. Je parie que c'est pour dans quinze jours !

— C'est ça.

— Et j'ai tenu ! Les médecins ont dit que j'étais bon pour y passer, mais je me suis promis de n'aller nulle part avant d'être grand-père.

Letty tremblait encore, secouée de rage et de chagrin. Elle se tourna vers la fenêtre. Au-dehors, la pluie de novembre se confondait avec les eaux grises de l'East River. La ligne des immeubles de Manhattan était floutée par le brouillard. Darius était quelque part là-bas, dans ses nouveaux bureaux.

— Je suis déterminé à voir mon petit-fils avant de mourir, continua Howard.

Letty se retourna vers lui.

— Arrête de parler de mourir !

— Je suis désolé, mais je n'en ai plus pour très longtemps, chuchota-t-il d'une voix étranglée.

— Il n'y a vraiment plus d'espoir ? Une opération ? Un deuxième avis ?

Les mots restèrent bloqués dans la gorge de Letty. Doucement, son père secoua la tête.

— J'ai pris plusieurs avis. Il n'y a rien à faire.

Dévastée, Letty pensa à l'homme qu'elle aimait et qui l'avait trahie, la privant des derniers jours de son père.

Howard sourit avant de reprendre fièrement :

— Me faire casser le bras est la meilleure chose qui me soit arrivée, puisque cela vous a réunis, Darius et toi, et que tu attends cet enfant. Je peux partir en paix.

— Darius ne m'a jamais dit que tu étais malade, dit-elle, la gorge nouée. Je ne lui pardonnerai jamais.

— Pardonne-lui. Il te protégera mieux que je ne l'ai jamais fait. Merci, Letty.

— Merci ? Mais de quoi ?

Elle avait l'impression d'être la pire fille au monde.

— D'avoir cru en moi. Même quand il n'y avait plus aucune raison de le faire. De m'avoir aimé quand même.

Letty regarda son père, la vue brouillée par les larmes. Elle ne supportait pas de l'imaginer passant ses derniers jours dans cet environnement froid et aseptisé.

— Tu dois absolument rester à l'hôpital ?

Il haussa les épaules.

— À part me donner des médicaments, les médecins ne peuvent plus grand-chose pour moi.

— Alors tu rentres avec moi ! affirma-t-elle, déterminée.

Son père lui jeta un regard incrédule.

— À l'appartement ? Non merci. Au moins ici, quelqu'un m'apporte mes déjeuners.

— Pas à l'appartement. À Fairholme.

— Fairholme ? s'exclama-t-il, les yeux brillants. Mais… Mais Darius ?

— Je m'occupe de Darius.

Elle embrassa son père sur le front. Ses derniers jours seraient heureux, elle s'en faisait le serment. Il mourrait dans la maison qu'il avait tant aimée, là où il avait vécu entouré de sa femme et de sa fille. Letty s'occuperait de lui, comme il s'était occupé d'elle lorsqu'elle était enfant.

Quant à Darius, elle en faisait son affaire. Elle avait aimé son mari de tout son cœur, mais voyait aujourd'hui l'ampleur des sacrifices auxquels elle avait consenti *pour rien*.

Darius entra d'un pas léger dans son bureau de Manhattan. Il était tard, mais il avait une bonne raison d'arriver en fin de matinée. Il s'était arrêté chez son joaillier préféré, sur la Cinquième Avenue, pour acheter un cadeau à sa femme.

Puisque la naissance se rapprochait, il fallait tout prévoir, et il comptait lui offrir ce présent après l'accouchement. Il avait trouvé le cadeau idéal : des boucles d'oreilles en émeraude qui s'accorderaient magnifiquement avec ses yeux.

Darius se rendit compte qu'il sifflait inconsciemment l'air de la comptine que Letty chantait le matin sous la douche.

Il adorait sa voix. Il adorait leur maison. Et il aimait le fait d'avoir presque sacrifié une matinée de travail pour lui trouver ce bijou. Jamais auparavant il ne s'était accordé le moindre privilège de ce genre. Ce n'était pas en flânant qu'on bâtissait des empires. Mais ni le succès ni l'argent ne lui avaient amené le bonheur. Il avait passé dix ans enchaîné à son bureau et lorsqu'il avait vendu sa société, il s'était senti plus seul que jamais. Aujourd'hui, tout avait changé, heureusement. Son travail comme sa vie de famille.

Darius mettait sur pied une nouvelle société destinée à aider les gens dans la création de logiciels et de codes informatiques. Il ne cherchait pas à amasser de l'argent — il en avait assez pour plusieurs vies.

Letty lui rappelait ce que c'était d'être heureux. Elle embellissait de jour en jour, plus ronde et rayonnante. Elle lui disait qu'elle l'aimait. Il pouvait le percevoir, cet amour, réconfortant comme la chaleur d'une flamme en hiver.

Il n'y avait qu'un seul problème. Un secret qu'il gardait. Capable de ruiner sa vie entière.

Il ralentit son pas alors qu'il entrait dans les bureaux. Au début, il avait refusé d'y croire. Des semaines durant, il avait attendu que le plan machiavélique de son adversaire se dévoile.

— Appelez-moi quand il sera mort, répondait-il cyniquement à son détective.

Et puis il avait fini par recevoir un message de Howard Spencer lui-même, le prévenant qu'il était à l'hôpital. Son détective lui avait confirmé la gravité de la situation. Darius n'avait plus d'autre choix que de faire face au problème.

Il fallait qu'il dise la vérité à Letty.

Mais comment ? Comment lui expliquer le silence qu'il avait conservé pendant plus de deux mois, alors que la santé de son père se dégradait ?

Darius était toujours convaincu d'avoir fait le bon choix. Letty et lui avaient passé un accord : pas de contact avec son père. Il n'avait fait que s'en tenir à ce qu'il avait dit. Il n'avait pas à se sentir coupable. Après tout, n'avait-il pas assumé les factures et les dépenses de Howard Spencer, jusqu'à ses frais hospitaliers ? Il s'était presque conduit comme un saint !

Malheureusement, Letty risquait d'avoir un autre point de vue sur la question. Darius redoutait sa réaction. Il avait failli tout lui révéler la veille, juste avant qu'elle n'aille se coucher ; il s'en était empêché par peur que le choc ne provoque un problème par rapport à la grossesse. Il ne voulait pas lui faire courir de risque, à elle ou à l'enfant. Après la naissance, s'était-il promis. Lorsque la mère et l'enfant seraient hors de danger.

Elle le haïrait, il le savait. Mais après quelque temps, elle comprendrait qu'il avait agi dans son intérêt. Il l'avait protégée. Et puis Letty l'aimait : elle lui pardonnerait.

Rasséréné, il salua son assistante.

— Bonjour, Mildred.

— Votre femme est au téléphone.

— Ma femme ?

— Elle dit que vous ne répondez pas sur votre portable.

Instinctivement, Darius porta la main à sa poche. Vide. Il avait dû oublier son portable dans la voiture.

— Mme Kyrillos semble tendue, reprit Mildred.

Letty n'appelait jamais au travail. Il n'y avait qu'une seule explication, à une date si proche de l'accouchement.

— Je prends l'appel dans mon bureau, lança-t-il en se précipitant pour décrocher. Letty ? Le bébé arrive ? Tu as perdu les eaux ?

— Non.

La voix de sa femme semblait étrangement neutre.

— Je te quitte, reprit Letty. Je demande le divorce.

Darius resta accroché au téléphone, hagard, incapable d'assimiler ce qu'il venait d'entendre.

— De… De quoi tu parles ? Tu plaisantes ? bafouilla-t-il enfin.

— Non.

Il prit une grande inspiration.

— J'ai lu des choses sur les hormones de grossesse…

— Mes hormones de grossesse n'ont rien à y voir ! explosa Letty à l'autre bout de la ligne. Je te quitte parce que tu m'as menti, Darius ! Mon père est mourant ! Mourant ! Et toi, tu n'as rien dit !

Le cœur de Darius chavira.

— Comment l'as-tu su ? murmura-t-il.

— Mme Pollifax n'arrivait pas à comprendre comment je pouvais être à ce point sans cœur. Mais je n'étais pas responsable de ce manque absolu d'humanité.

Il leva les yeux vers la fenêtre. Au dehors, on voyait la pointe sud de Manhattan, l'Atlantique. La pluie tombait, brouillant formes et couleurs.

— Letty, je comprends que tu sois en colère…

— En colère ? le coupa-t-elle. Je ne suis pas en colère. Je suis soulagée.

— Si tu me laissais le temps de m'expliquer…

— Tu m'as déjà tout expliqué depuis longtemps, Darius. Tu m'as fait comprendre que tu aimerais l'enfant, mais pas moi. Je n'écoutais pas. Aujourd'hui, je comprends, et c'est un soulagement. Je veux que tu sortes de ma vie pour toujours.

— Non.

— J'ai ramené mon père à Fairholme.

Les jointures blanches tant sa main se crispait sur le téléphone, Darius faillit perdre l'équilibre.

— Howard Spencer ? Chez moi ?

— Oui, confirma-t-elle d'un ton glacial. Je ne le laisserai pas à l'hôpital. Il va vivre le temps qu'il lui reste auprès de sa famille, dans la maison où il a été heureux, marié à ma mère.

— Ce n'est pas une décision que tu peux prendre seule ! J'ai acheté cette maison et…

Il s'interrompit, prenant trop tard conscience de la petitesse de son argument.

— Bien sûr, persifla-t-elle. Parce que l'argent fait l'homme et lui donne le droit de décider. Tu penses que tu peux tout acheter ? C'est-ce que tu fais, finalement. Acheter, acheter. Tu as acheté ma virginité et tu as continué à m'acheter. Avec le mariage. Avec l'argent. Tu n'as jamais compris que ce n'était pas cela que je voulais.

Sa voix se brisa subitement.

— C'était toi que je voulais, Darius, reprit-elle doucement. Le rêve que je me faisais de toi. Du garçon fantastique que tu as été. Celui que je pensais épouser.

— Je suis toujours cet homme, répondit-il, interdit. J'allais te prévenir, mais je ne voulais pas te stresser avant que tu n'accouches.

— Bon sang, mon père est en train de mourir, Darius ! hurla-t-elle.

Darius cilla.

— J'ai peut-être fait une erreur, mais j'essayais de te protéger.

— Et tu as pensé que je te pardonnerais ?

— C'est ce que tu fais d'habitude, bredouilla-t-il, secoué.

Sa réponse provoqua un rire méprisant.

— C'est tellement facile. Il n'y a que ceux qui aiment qui peuvent pardonner. Des imbéciles. Mais toi, tu ne risques rien puisque tu n'aimes personne.

Ce n'était pas sa femme qu'il entendait au téléphone, pas la Letty pleine de joie qui l'embrassait tous les matins avant qu'il parte au travail, qui donnait tant d'elle-même et ne demandait rien en retour.

Lui qui n'avait peur de rien fut pris de terreur.

— Si tu m'écoutes juste un instant, je...

— J'ai fait emballer tes affaires. Collins les portera à ton duplex. Ne t'inquiète pas, je ne resterai pas éternellement à Fairholme. Tu pourras récupérer la propriété après...

Darius comprit qu'elle ne réussissait pas à verbaliser la mort prochaine de son père.

— Pour le divorce, reprit-elle, tu peux tout prendre, je ne veux rien. Le bébé et moi quitterons New York.

— Tu n'es pas sérieuse.

— Poppy Alexander habite Los Angeles. Elle m'a offert du travail il y a quelque temps. Je vais accepter.

— Non. Tu ne peux pas tout...

— Essaye de m'en empêcher, Darius ! Essaye seulement ! lança-t-elle, rageuse. Tu as traité mon père de monstre. Or il n'y a qu'un seul monstre ici, et c'est toi. Parce que tu sais ce que c'est, de savoir son père seul au moment de sa mort. C'était par rapport à Eugenios que tu voulais te venger. C'était pour ça que tu m'interdisais tout contact avec mon père. Il a failli mourir sans m'avoir revue. Par ta faute.

— Letty...

— Reste loin de nous, conclut-elle à voix basse. Je ne veux plus jamais te voir. Je préfère que mon fils n'ait pas de père plutôt qu'un homme aussi méprisable que toi.

Sur ces mots, elle lui raccrocha au nez.

Hébété, Darius contemplait le téléphone dans sa main, incapable de bouger. Letty était passée à son bureau quelques semaines plus tôt pour lui donner une photo de leur lune de miel en Grèce. Il l'avait posée à côté de l'ordinateur, avec une des échographies de son fils.

Il ne s'était jamais senti aussi mal. La douleur était absolument insoutenable, physique autant que morale. Il dut poser la main sur son bureau pour ne pas s'effondrer.

Howard Spencer avait franchi la ligne blanche après avoir perdu sa femme. Étrangement, Darius le comprenait, désormais. Il avait envie de mettre le feu à tout ce qu'il possédait.

Lentement, comme s'il avait vieilli de cinquante ans en cinq minutes, il sortit de son bureau.

— Tout va bien, monsieur ? demanda Mildred depuis son bureau. Vous allez à l'hôpital pour Mme Kyrillos ?

Mme Kyrillos. Le nom faillit le faire rire. Elle n'avait jamais été sa femme, pas vraiment. Elle avait vu clair dans son jeu dès le départ. Il mesurait sa vie à l'aune de son compte en banque, elle l'avait toujours su.

Darius jeta un regard circulaire à ses bureaux. Les briques rouges, les plafonds hauts, les espaces de travail parsemés d'employés affairés devant leurs ordinateurs…

— Non, dit-il doucement. Je pars.

Son assistance fronça les sourcils.

— Pardon ?

— Je ne veux plus rien de tout cela.

Darius se sentait épuisé après une longue course.

— Vous pouvez tout prendre. La société. Je n'en veux plus.

Il quitta l'immeuble sans un regard en arrière.

Darius passa le reste de son après-midi au comptoir d'un bar de Manhattan, tâchant de se soûler le plus consciencieusement possible. Il aurait pu appeler Ángel, mais ce n'était pas le genre d'amis auprès de qui on pouvait s'épancher. D'ailleurs, Darius n'avait jamais confié ses sentiments qu'à Letty. Peut-être le whisky lui serait-il d'agréable compagnie… ?

Ce ne fut pas le cas. Au bout de quelques heures, il abandonna. Il était seul. Il serait toujours seul. Il fallait l'accepter. La ville était illuminée, mais Darius ne voyait que des ténèbres. Un taxi le déposa à son duplex, tard dans la nuit. Trois valises l'attendaient, dans le hall, à côté de l'ascenseur. Letty avait tenu parole.

« Tu penses que tu peux tout acheter ? C'est-ce que tu fais, finalement. Acheter, acheter. »

Lentement, Darius passa en revue son appartement sans chaleur, à la décoration impersonnelle. Tout était noir et blanc. Il avait acheté cet endroit deux ans auparavant, comme on affiche un trophée. C'était un pied de nez à l'enfant pauvre qu'il avait été. Et aussi à Letty qui, comme il le croyait à l'époque, l'avait quitté pour plus riche que lui.

Mais ce duplex n'était plus son foyer. Il habitait Fairholme, dorénavant.

Darius ferma les yeux, repensant au manoir de pierre grise, à ses grandes fenêtres donnant sur la baie et l'océan. Il revit les roses, les champs, la plage ; l'endroit où il avait appris à danser avec Letty. À aimer.

Letty.

Darius ouvrit les yeux avec un long soupir.

Letty était son foyer.

Durant leur bref mariage, son bonheur avait dépassé toutes ses espérances. Il y avait trouvé l'amour, donné par une femme qui faisait passer son époux avant elle, qui l'attendait chaque soir, qui l'embrassait avec passion, qui se couchait à ses côtés toutes les nuits. Elle lui rappelait l'adolescent qu'il avait été.

« Tu n'as jamais compris que ce n'était pas ton argent que je voulais. C'était toi, Darius. Le rêve que je me faisais de toi. Du garçon fantastique que tu as été. »

Et qu'il n'était plus… Letty avait toujours protégé ceux qu'elle aimait. Aujourd'hui, elle protégeait leur fils. Et elle le protégeait de son père, tout comme il avait essayé de la protéger de Howard.

« Tu as dit que mon père était un monstre. Il n'y a qu'un seul monstre ici, et c'est toi. »

Il posa le front contre le verre froid de la fenêtre. Howard Spencer avait été un homme bien, des années auparavant. Un bon employeur, un bon père, dévoué aux siens. Il avait changé après la mort de sa femme adorée.

Quelle était l'excuse de Darius ? Pourquoi avait-il été si déterminé à se venger de Howard, sans se soucier du mal qu'il causait à Letty ? Darius avait réussi à se convaincre qu'il faisait bien de la tenir à l'écart de son père seulement parce qu'il en voulait à celui-ci pour la mort du sien.

Il aurait dû lui dire la vérité, dès le début. Il aurait dû la prendre dans ses bras. Tomber à genoux. Lui crier qu'il était désolé, qu'il ferait tout ce qui était en son pouvoir pour réparer son erreur. Pourquoi était-il resté muet ? Bon sang, qu'est-ce qui clochait chez lui ?

En fait, comprit-il, avant même de mentir à Letty, il s'était menti à lui-même. La vérité, c'était qu'au fond de son cœur, Darius ne blâmait qu'une seule personne pour la mort de son père : *lui-même*. Et s'y confronter avait été trop douloureux ; jusqu'à ce soir.

Il ferma les yeux pendant que le souvenir qu'il avait évité tant d'années lui revenait en mémoire.

Eugenios avait appelé Darius au milieu de la journée.

— J'ai tout perdu, fils, lui avait-il dit d'une voix blanche, lui d'habitude si distant et taiseux. Je viens de recevoir une lettre. Mes économies : envolées. J'avais tout investi dans l'affaire de M. Spencer.

Darius travaillait alors dans son premier bureau, un entresol sans fenêtre à Manhattan. Il n'avait pris que trois heures de sommeil la nuit précédente. C'était la première fois depuis plusieurs mois qu'Eugenios cherchait à le joindre. Entendre la voix de son père avait ravivé ce qu'il essayait ardemment d'oublier : la trahison de Letty. Des années de ressentiment étaient remontées à la surface.

— J'imagine que te voilà récompensé pour une vie de loyauté envers Howard Spencer ! Toutes ces années à le faire passer avant tout le monde, même avant moi, ton propre fils.

Darius était encore jeune, et déjà inébranlable dans ses convictions.

— C'était pour mon travail, avait répondu la voix de son père, tremblante à l'autre bout du fil. Je voulais être sûr de ne jamais perdre mon emploi. Pour ne plus jamais revivre l'angoisse de ce jour où nous t'avions trouvé, ma mère et moi, sur le pas de la porte. Je n'avais pas d'argent. Pas de travail. M. Spencer m'en a donné, évitant à ma famille de mourir de faim.

Son père ne s'était jamais autant confié que ce jour-là, mais la réponse de Darius avait été sans appel.

— Tu n'avais rien avant lui, c'est cela ? Eh bien, par sa faute, tu n'as plus rien aujourd'hui non plus. Tu m'as ignoré toute mon enfance, tout ça pour quoi ? Pour rien.

Et il avait raccroché. Une heure plus tard, son père s'éteignait, terrassé par une crise cardiaque.

Darius serra les poings. Eugenios n'avait jamais été du

genre démonstratif. Lorsque Darius était enfant, il n'y avait pas d'embrassades, pas d'encouragements. Même les critiques étaient rares : on ne faisait pas attention à lui.

Mais sa grand-mère et lui n'étaient pas morts de faim. Eugenios avait toujours ramené du pain à la table. Il avait travaillé dur pour que son fils vive une meilleure vie que la sienne. Et après toutes ces années, après avoir perdu son emploi et son argent, son fils l'avait renié.

La honte envahit Darius. Il avait tenté d'oublier la dureté des derniers mots adressés à son père, préférant rejeter la faute sur Howard Spencer. Il s'était dit qu'il fallait être riche et le rester, pour ne pas souffrir. Et ne surtout aimer personne.

Regarde-toi aujourd'hui, pensa-t-il, amer. *Tu baignes dans la richesse et tu es seul.*

Letty lui manquait. Désespérément.

Il l'aimait.

Darius leva les yeux, choqué de ce qu'il réalisait. Il n'avait jamais cessé d'aimer Letty. Depuis des années, il essayait de prétendre le contraire. Il avait tenté de la contrôler, de la posséder, il avait voulu la rejeter. Il avait ignoré ses sentiments, terrifié à l'idée de la honte et de la souffrance qu'il encourrait en l'aimant, alors qu'elle avait été prête à lui donner tout l'amour du monde.

Il pensait que Letty était faible ? C'était la personne la plus forte qu'il connaissait. Elle lui avait offert son sacrifice, sa loyauté, sa bonté. Elle lui avait offert son cœur et son âme. Et en échange, il lui avait donné de l'argent.

Darius se passa une main nerveuse dans les cheveux. Elle avait raison : il avait essayé de l'acheter. Mais on ne mesurait pas une personne à l'étendue de son compte en banque. On la mesurait à l'amour qu'elle pouvait donner.

Darius aimait Letitia. Il était fou d'elle. Il voulait être

son mari. Vivre avec elle. Élever leur fils. Être heureux, en famille.

Il fronça les sourcils. Comment faire ? Comment lui montrer qu'il avait plus à offrir que son argent ? Comment la convaincre de lui pardonner ? Ce que lui-même refusait de faire depuis des mois, il allait bientôt la supplier de le lui accorder…

Mais pour elle, il était prêt à tout. Pour obtenir son pardon, il ferait preuve de la même détermination avec laquelle il avait construit son empire.

Le mois qui suivit sa prise de conscience, Darius essaya tout pour fléchir celle qui était encore sa femme.

Il respecta la distance qu'elle lui avait demandée, même après que Belle lui eut fait parvenir le faire-part de naissance de son fils, qui pesait trois kilos cinq cents. La mère et l'enfant se portaient bien, précisait Belle sans autre commentaire.

Darius avait été submergé par l'envie de se précipiter à l'hôpital et de les prendre dans ses bras. Mais il savait qu'agir ainsi n'aurait abouti qu'à aggraver la situation. Alors il s'était retenu, se contentant de faire livrer fleurs et cadeaux à l'hôpital sans donner son nom.

Puis il avait attendu, avec espoir. Il n'avait appris que plus tard la réaction de Letty : elle avait tout fait envoyer à l'aile des enfants malades de l'hôpital. *Bien joué,* avait-il pensé avec un soupir. Mais il n'en avait pas terminé. Il avait appelé Mildred et celle-ci avait fait livrer à Letty les boucles d'oreilles qu'il avait laissées sur son bureau, le soir où sa femme l'avait quitté. Envoi anonyme, une fois de plus.

Quelques jours plus tard, il recevait une lettre de remerciement de Mme Pollifax, qui expliquait que les boucles avaient été vendues au profit d'une œuvre de charité.

Il avait serré les dents et continué. La semaine suivante, il envoyait une carte et des vêtements pour le bébé, avec un assortiment de tartes du pâtissier préféré de Letty. Les gâteaux avaient fini dans l'estomac de sans-abri, les vêtements avaient été donnés à des familles nécessiteuses.

Alors que les pluies hivernales tournaient à la neige, Darius avait commencé à perdre confiance. Un soir, dans un moment de faiblesse, il avait conduit jusqu'aux grilles de Fairholme. Mais on ne voyait que le parc de l'extérieur…

Darius avait alors abandonné les cadeaux. Comme Letty refusait chacun de ses appels, il avait cessé de lui téléphoner. Il continuait à lui écrire, des lettres de plusieurs pages, mais elles lui revenaient toutes, encore cachetées. Il avait donc arrêté cela aussi.

Son fils avait maintenant quatre semaines. Darius ne l'avait jamais vu. Cette pensée le terrassait de chagrin. Il ne connaissait même pas son prénom. Sa femme voulait le divorce. Son fils n'avait pas de père. Darius avait le sentiment d'être un raté.

Autrefois, il aurait fait fructifier sa rage en engageant le cabinet d'avocats le plus retors de Manhattan pour contester la garde. Ç'aurait été la guerre.

Mais il ne voulait rien de tout cela. Il ne voulait que Letty. Il voulait sa famille.

Finalement, alors que Noël approchait, il tomba à court d'idées. Il n'avait plus qu'une carte à jouer. Mais lorsqu'il en avisa son avocat, celui-ci se récria.

— Monsieur Kyrillos, si vous faites ça… c'est que vous êtes devenu fou !

Il avait raison. Darius était fou. Fou de désespoir.

Mais il était assez courageux pour tenter le tout pour le tout. Un dernier pari, qui lui vaudrait de reconquérir sa femme… Ou de tout perdre.

L'après-midi du 24 décembre, Darius reçut les papiers de son avocat. Comme un lion en cage, il faisait les cent pas dans son duplex, réfléchissant sur la conduite à tenir, lorsque le téléphone sonna. Sur l'écran s'affichait le numéro de Fairholme.

Son cœur s'arrêta. Il décrocha si vite qu'il faillit faire tomber le combiné, le rattrapant à la dernière minute pour le coller à son oreille.

Mais ce n'était pas sa femme. À l'autre bout du téléphone, la voix appartenait à la dernière personne à laquelle il aurait pu penser.

11

— C'est ton premier Noël, susurra Letty à son bébé, vêtu d'un ravissant petit ensemble de Père Noël.

Elle traversa le grand hall de Fairholme en le tenant dans ses bras. Pour ce repas du 24 décembre, elle s'était habillée élégamment d'une longue robe de velours cramoisi et d'escarpins en daim de même couleur.

Elle avait demandé à Mme Pollifax de préparer tout ce que son père aimait — jambon rôti, pommes de terre soufflées, *plum-pudding* —, dans l'espoir d'aiguiser son appétit déclinant. La table de la salle à manger avait été dressée face à la grande cheminée, ce qui leur permettrait de dîner devant la flambée, à côté du gigantesque sapin.

Letty voulait que ce Noël soit parfait, car elle savait que pour son père, ce serait le dernier. Le médecin avait dit que le corps de Howard lâchait peu à peu. C'était une question de jours, à présent…

Le chagrin lui serrait le cœur. Son seul réconfort était d'avoir tout tenté pour faire de ses dernières semaines un vrai moment de bonheur.

Sa gorge se noua tandis qu'elle montrait au bébé le magnifique sapin décoré de lumières scintillantes et de petits personnages, certains tout neufs et d'autres très anciens, fabriqués par sa grand-mère. Letty les adorait depuis l'enfance. Et maintenant, ils étaient pour ainsi dire revenus chez eux… C'était bizarre de penser qu'elle devait leur sauvetage à Darius. S'il ne l'avait pas empêchée de prendre le bus pour Rochester, les décorations auraient depuis longtemps rejoint la décharge.

Sans Darius, elle ne serait pas ici. Son père n'aurait pas pu regagner Fairholme pour son dernier Noël, et son bébé ne passerait pas son premier dans la demeure de ses ancêtres. Tout cela, elle le devait à Darius.

Il lui manquait. Elle avait essayé de se convaincre du contraire, mais rien n'y faisait. Chaque fois qu'elle avait reçu de lui un cadeau attentionné, elle s'était accrochée aux images de son père à l'hôpital, hâve et esseulé, pour ne pas fléchir. Elle se remémorait le dédain de Darius pour Howard, ses mensonges. Elle perdrait son temps si elle continuait à aimer quelqu'un d'incapable de lui retourner ses sentiments.

Mais quand les cadeaux s'étaient espacés, que les coups de fil avaient cessé et qu'il n'y avait plus eu de lettres au courrier, elle n'avait éprouvé aucun sentiment de triomphe. Bien au contraire…

— Je le déteste, dit-elle à haute voix. Je ne veux plus jamais le revoir.

Elle prit une des décorations les plus anciennes, une petite colombe en tissu, et la fit virevolter devant son bébé.

— Regarde, c'est tout doux, fit-elle en lui souriant.

— Ga, répondit-il en agitant ses petites mains comme pour l'attraper.

— Tu es un petit malin !

Elle le laissa toucher le tissu duveteux, mais remit la colombe en place avant qu'il ne la porte à la bouche.

— C'est ton arrière-grand-mère qui l'a fabriquée, expliqua-t-elle au bébé. J'aurais tant aimé qu'elle puisse te connaître !

L'enfant d'un mois et demi lui sourit en retour, Letty en aurait juré — même si Darius prétendait que les sourires des bambins n'étaient que crispations des intestins. Letty savait qu'il n'en était rien. Elle connaissait son enfant, quand même ! Darius, lui, ne le connaissait pas…

Cette pensée importune lui donna le frisson. Mais elle ne pouvait pas laisser un homme aussi froid approcher de son bébé. Même s'il en était le père.

Darius n'avait pas posé les yeux sur l'enfant une seule fois, il ne l'avait pas tenu dans ses bras, ni entendu ses petits gargouillements, qui tournaient vite aux pleurs quand il avait faim. Il avait déjà tant manqué de son fils ! Six semaines de nuits sans sommeil, de fatigue et de questionnements…

Mais aussi six semaines à découvrir une adorable petite personne. Dès l'instant où, à l'hôpital, on avait placé son fils dans ses bras, Letty avait senti son cœur s'emplir d'allégresse. Darius n'avait pas pu éprouver ce merveilleux sentiment. Et c'était par sa faute à elle…

Un soir, deux semaines plus tôt, le bébé était irritable ; à minuit, il ne dormait toujours pas. Alors Letty l'avait chaudement vêtu, enveloppé dans un châle et l'avait promené sur la grande allée qui menait de la maison à la grille d'entrée. De loin, elle avait vu passer devant le portail une voiture de sport noire, qui roulait lentement.

Darius ? Elle avait couru jusqu'à la grille ; quand elle l'avait atteinte, la voiture était passée depuis longtemps. Elle était restée là de longues minutes, le regard perdu. Et pour la première fois, elle avait compris combien la maison était vide sans son époux. Le bébé, son père et la présence du personnel n'y changeaient rien : Darius lui manquait.

Et aujourd'hui encore, en ce jour où les familles se

réunissaient, elle éprouvait la douleur de son absence. Mais comment pouvait-il lui manquer alors qu'elle avait tant à faire, entre son nouveau-né et son vieux père ? Et si Darius n'avait pas encore demandé le divorce ou engagé un avocat, c'était parce qu'il n'en avait pas eu le temps. Pourtant...

Pourtant rien, se reprit-elle. Inutile d'espérer. Ce qu'elle avait dit ne serait jamais pardonné. Elle avait fait des choix et le rameau d'olivier qu'il lui tendait, elle s'en était servie pour le frapper au visage... Il ne voudrait plus rien avoir à faire avec elle.

Elle remonta son fils dans sa chambre, et le berça jusqu'à ce qu'il s'endorme. En sortant dans le couloir après avoir tout doucement refermé la porte sur l'enfant assoupi, elle tomba sur la vieille photo de famille qui décorait le mur. On l'y voyait toute petite, souriant aux anges entre ses deux parents.

La gorge serrée, elle s'apprêtait à regagner le hall lorsqu'elle entendit des voix masculines venant de la chambre de son père. Elle reconnut celle de Howard, mais de qui venait la deuxième ? Fronçant les sourcils, elle se rapprocha.

— Oui, c'est une bonne petite, disait son père d'une voix faible. Elle l'a toujours été. Vous n'êtes pas un méchant garçon non plus. Juste un peu susceptible, comme votre père. Eugenios a pourtant été le meilleur de mes employés. On parlait souvent de vous. Il vous aimait.

— Il avait une curieuse de façon de le montrer...

Cette fois, la voix était plus claire, et les genoux de Letty fléchirent. Que faisait Darius ici ? Et comment était-il entré ?

Howard partit d'un rire qui s'acheva en un sifflement rauque.

— À notre époque, les pères aimaient différemment.

— Letty a toujours su que vous l'aimiez.

— Mais je n'ai pas eu les mêmes conditions de vie que votre père. Dès l'âge de quinze ans, il a été le seul soutien de famille pour votre grand-mère. Et quand vous lui avez été confié, il a dû abandonner toute idée de demeurer en Grèce.

— Je le sais.

— Sa grande peur, c'était de ne pas arriver à vous élever, d'être à court d'argent. Peut-être que si j'avais été un peu plus sérieux, à sa manière, j'aurais pu éviter de laisser ma fille dans la misère alors que j'étais en prison. C'est grâce à vous que nous sommes de retour ici aujourd'hui. C'est pour cela que je vous ai appelé. Je vous suis reconnaissant.

— Alors, il vous faut convaincre Letty de rester ici, fit la voix de Darius, implacable.

— Mais où irait-elle ailleurs qu'ici ?

— Elle dit qu'après... après vous, elle quittera New York.

Howard rit à voix basse.

— C'est bien elle, aussi stupide que son vieux père ! Elle est incapable de voir l'amour qu'elle a sous le nez, il faut qu'elle fuie le bonheur de peur de le perdre un jour. Un peu comme vous, au fait, quand j'y pense...

Le cœur de Letty battait la chamade. La main posée sur la grande porte de chêne, elle écoutait de toute son âme. Pendant un moment, le silence se fit. Puis la voix de Darius reprit, presque en un murmure :

— Je suis désolé de vous avoir blâmé pour la mort de mon père. En fait, la personne que je haïssais vraiment, c'était moi-même. Je lui ai dit des choses terribles avant sa mort. Je ne me le pardonnerai jamais.

— Je suis certain que votre père vous aura pardonné, lui. Il savait que vous l'aimiez, tout comme lui vous aimait. Il était fier de vous. Et à vous voir ici ce soir, alors que ça a dû vous être difficile de venir, je suis fier moi aussi.

Letty avala sa salive, étouffant un petit cri. Son père était fier de celui qui avait mal traité sa fille, qui lui avait menti ?

Il y eut un autre silence derrière la porte, puis la voix de Howard se fit entendre :

— Letty, je sais que tu es là. Entre.

Elle aurait voulu s'enfuir mais savait qu'elle aurait semblé ridicule, et lâche. Le cœur serré, elle se décida à entrer…

La chambre était baignée du doux soleil de cette fin d'après-midi. Son père était assis dans son lit, appuyé sur une pile d'oreillers. Le visage tiré, il lui sourit faiblement, le regard empli d'amour.

Letty prit son courage à deux mains et osa regarder celui qui se tenait de l'autre côté du lit.

Grand, large d'épaules, vibrant d'énergie, Darius était l'incarnation même de la puissance. Elle le dévora du regard. Il était vêtu simplement d'un jean et d'une chemise noirs. Quand il la vit, il tendit les mains vers elle, comme s'il ne pouvait se retenir de la toucher, puis elles retombèrent à ses côtés mais ses yeux sombres ne la lâchèrent pas. La souffrance et le désir qu'elle y lut la blessèrent profondément. Son corps réagit sans qu'elle l'ait voulu, et son cœur se brisa sous l'émotion. Le regret. Le désir.

— Que viens-tu faire ici ? murmura-t-elle.

— Il vient voir son fils, répondit son père.

— Papa !

Elle s'était tournée vers lui brusquement, se sentant trahie.

— Et je veux qu'il reste pour notre dîner de Noël, poursuivit calmement Howard.

— Non ! cria-t-elle choquée par cette demande.

Son père tenta une version affaiblie de son ancien sourire le plus charmeur.

— Tu ne vas pas refuser à ton père mourant d'exaucer son souhait pour Noël ?

Bien sûr que non, comment l'aurait-elle pu ?

— Il m'a éloignée de toi pendant deux mois, protesta-t-elle.

— À peine plus longtemps que tu ne l'as tenu éloigné de son fils, répliqua Howard.

— J'aimerais le voir, intervint calmement Darius. Mais si tu ne veux pas que je reste, je partirai immédiatement après.

Tremblante, elle le regarda bien en face, comme pour le défier.

— Est-ce que mon père t'a dit le prénom du bébé ?

— Non.

— C'est Howard, fit-elle en croisant les bras sur sa poitrine. Howard Eugenios Spencer.

À sa grande surprise, Darius ne cilla pas. Il n'avait pas réagi, mais son regard brûlait de désir.

— Ce n'est pas le nom que j'aurais choisi, fit-il enfin.

Un sentiment de triomphe envahit Letty : enfin, il allait montrer son vrai visage à son beau-père, celui d'un homme plein de haine et de ressentiment.

— Non, je pense que son nom de famille devrait être Kyrillos.

Letty écarquilla les yeux, soufflée. Ainsi, il ne se souciait pas qu'elle ait donné à son fils le prénom de l'homme qu'il avait eu toute sa vie pour ennemi ?

— Tu n'es pas… furieux ? balbutia-t-elle.

Il secoua doucement la tête.

— Beaucoup moins qu'avant, fit-il en s'approchant.

Il fallut à Letty toute la force de sa volonté pour ne pas reculer. Ce n'était pas de lui qu'elle avait peur, mais bien d'elle-même. Tout son corps tremblait du besoin qu'elle avait de lui. Mais elle ne céderait rien. Elle avait fait son choix : elle ne pouvait vivre avec un homme qui ne l'aimait pas.

— S'il te plaît, demanda-t-il humblement, amène-moi voir mon fils.

— Accepte, plaida son père.

Les deux hommes étaient ligués contre elle.

— Très bien, c'est par là.

Elle sortit en vacillant, sans vérifier qu'il la suivait.

Tout le temps que Letty avait tenu Darius loin d'elle, elle l'avait imaginé arrogant, en colère, endurci. C'était pour cela qu'elle n'avait jamais ouvert ses lettres. Mais jamais elle ne s'était représenté Darius avec ce regard torturé. Il trahissait un besoin désespéré qui allait au-delà du désir. Cette expression, elle ne l'avait plus vue depuis… Ah, non ! Elle n'allait pas commencer à fantasmer ce qui n'existait pas !

Elle poussa doucement la porte de la chambre d'enfant et lui fit signe de la suivre. La pièce était plongée dans la pénombre et il avança sur la pointe des pieds. Ils se penchèrent tous deux sur le berceau ; à cet instant,

Letty commit l'erreur de lever les yeux vers lui. C'était la première fois qu'il voyait son fils…

Une expression d'amour violente, presque sauvage, était peinte sur le visage de Darius alors qu'il fixait le bébé endormi. Tendrement, il caressa le duvet de ses cheveux.

— Mon fils, murmura-t-il. Mon petit garçon…

La gorge de Letty se serra à l'en étouffer. Et elle comprit soudain que Darius n'était pas le seul à s'être montré sans cœur. Aveuglée par la colère, elle l'avait privé de son propre fils, et ce pendant six semaines !

Une vague d'angoisse la traversa. Darius ne pourrait jamais l'aimer, mais il était évident qu'il aimait leur enfant. La souffrance et le regret la terrassèrent tandis qu'il caressait doucement le bébé à travers le tissu de son petit costume de Père Noël. Elle n'avait pas le droit de lui voler son fils.

— Je suis navrée, laissa-t-elle échapper d'une voix étranglée.

— Oh ! Letty, dit-il en soupirant, il y a une chose que tu dois savoir.

Il contourna le berceau pour s'approcher et lui poser la main sur l'épaule. Elle frissonna à son contact. Cependant, elle fit l'effort de le regarder. Alors, quelque chose dans son regard noir ébranla le monde des certitudes qu'elle s'était forgé. Un sentiment de panique l'envahit. Voir Darius faire la paix avec son père et contempler leur enfant avec une indicible tendresse faisait craquer l'armure qui la protégeait. Et tous les sentiments dont elle avait eu peur s'engouffraient par la brèche.

Elle avait traité Darius de monstre, et c'était vrai qu'il n'aurait jamais dû mentir au sujet de Howard. Mais quand elle lui avait soustrait l'enfant, il n'avait pas fait appel à ses avocats. Il avait fait ce qu'elle demandait et s'était mis en retrait. Le coût émotionnel pour lui avait dû être énorme…

Quand les lèvres sensuelles de Darius s'écartèrent et qu'il prit une inspiration rauque, elle devina que ce qu'il allait dire bouleverserait le cours de sa vie. Qu'elle avait gagné. Qu'il abandonnait. Il allait prendre acte de leur séparation et parler raisonnablement de garde partagée.

À force de colère et de fierté, elle avait détruit leur union. Elle s'était juré qu'elle n'avait pas besoin de lui. Et maintenant, elle ne pouvait supporter d'entendre les mots qui allaient mettre fin à leur mariage…

— Non, lâcha-t-elle d'une voix blanche.

Elle quitta la chambre en courant et descendit quatre à quatre les marches de l'escalier, la fièvre au cœur.

— Letty ! lança Darius.

Elle ne s'arrêta pas et se précipita dehors, dans la neige.

Le jardin de roses de sa mère était nu en hiver ; il ne restait que les branches noires et les feuilles mortes, couvertes de neige. Cherchant son souffle, les pieds nus dans ses escarpins, Letty avait du mal à progresser. Sa robe écarlate faisait comme une tache de sang sur la neige.

Darius la rattrapa et la saisit aux poignets. Elle se débattit, mais il ne lâcha pas prise. Elle fut envahie par sa chaleur et la force du désir qu'elle ressentait toujours pour lui, contre toute raison. Elle l'aimait sans rien y pouvoir.

— Laisse-moi ! cria-t-elle.

— Pardonne-moi, répondit-il à voix basse.

Il abaissa le front contre le sien et elle entendit sa respiration rauque.

— Tu avais raison, Letty. Pour tout. Je suis navré.

Elle ne pouvait croire que Darius s'accuse ainsi de tous les maux et reconnaisse ses torts.

— Tu es navré ? Alors que je t'ai soustrait ton fils ?

— Tu avais raison de me chasser de ta vie. Je t'ai accusée de tant de choses, et ton père aussi… En fait, je blâmais tout le monde pour éviter d'affronter la vérité. Je suis coupable.

— Darius…

— Non, laisse-moi parler. Je ne sais pas si j'en aurai encore l'occasion.

Il prit le visage de Letty entre ses mains. Tout autour d'eux, dans le silence du jardin désert, la neige se remit à tomber. Le pouls de Letty s'accéléra. C'était maintenant qu'il allait lui dire qu'ils vivraient mieux séparés…

— J'ai essayé de t'acheter, reconnut-il. Parce que je croyais ne rien avoir à offrir d'autre que de l'argent. Je pensais pouvoir m'assurer de ton amour égoïstement, sans m'engager… Je voulais me protéger, mais j'ai échoué. Cela fait longtemps que je traîne cet échec, en fait.

Il eut un rire cassé et ses yeux se mirent à briller, comme humides. Était-il possible que Darius Kyrillos, l'impitoyable milliardaire grec, laisse des pleurs monter jusqu'à ses yeux ? Non, c'était sûrement l'effet du froid…

— Je t'aimais, Letty, et cela me terrifiait. De toute ma vie, la seule facette de l'amour que j'aie connue était la perte. T'avoir perdue toutes ces années m'avait pratiquement détruit. Je ne voulais plus jamais ressentir cela, alors j'ai enserré mon cœur dans de la glace. Et quand je t'ai retrouvée, quand je t'ai mise dans mon lit, tout a été remis en question. Contre ma volonté, la glace se craquelait. J'étais paniqué. Mais c'est fini. Je n'ai plus peur. Je sais que le véritable amour est infini. Comme celui que nos pères ont eu pour nous, comme l'amour de tes parents l'un pour l'autre. Et si tu veux divorcer, si tu ne veux plus me revoir, je t'aimerai quand même. Car tu m'as sauvé, tu m'as réappris les sentiments, tu m'as donné un fils. Alors quoi qu'il arrive, je t'en serai toujours reconnaissant. Et je t'aimerai à jamais.

La main de Darius était chaude sur la sienne. Sous l'effet de sa chaleur, Letty ne sentait même pas la neige.

— Darius, que cherches-tu à me dire exactement ?

— Si tu veux me quitter, tu n'auras pas besoin d'avocats, fit-il en retirant de son pardessus une page soigneusement pliée en quatre. Tout est à toi, Fairholme, les actions, les comptes. Tout ce que je possède t'a été transféré, lis.

Bouleversée, elle n'arrivait pas à déchiffrer un seul mot du papier qu'il lui avait tendu.

— Mais tu sais bien que l'argent ne signifie rien pour moi !

— Je le sais. Mais tu sais ce qu'il signifie pour moi.

Elle le savait. Sa fortune représentait dix ans de travail acharné, sans repos, sans vacances, sans un moment pour se détendre ou voir des amis. Il avait pris des risques financiers terribles, en sachant qu'il devrait rembourser si les choses tournaient mal. Mais à force de travail, tout avait bien tourné pour lui. Le garçon pauvre abandonné par sa mère s'était bâti un empire. Celui-là même qu'elle tenait en main…

— Mais je ne t'offre pas que ma fortune, reprenait Darius doucement. Je t'offre tout. Ce que je suis, ce que j'ai été. Je t'offre mon cœur.

Il avait posé la main de Letty sur sa joue ombrée de barbe, et elle se rendit compte qu'il pleurait.

— Darius…

— Attends, mon amour, ne dis rien. Je sais que j'ai perdu ta confiance, que tu ne peux plus m'aimer, mais je ferai tout pour te regagner. Même si cela me prend cent ans, même si…

— Arrête ! intima-t-elle en lui plaquant le papier contre le torse.

Darius, une expression de désespoir indicible sur le visage, ne s'en saisit pas et la page tomba dans la neige.

— Je n'en veux pas, fit-elle en l'enlaçant. Je te veux toi.

La joie qui étincela alors dans les yeux de Darius était plus brillante qu'un soleil.

— Je ne te mérite pas…

— Je ne suis pas si parfaite, tu sais.

Il commençait déjà à protester, mais elle le coupa.

— Cela ne fait rien, mon chéri. Nous pouvons nous aimer, tels que nous sommes, défauts compris.

Alors, Darius la prit dans ses bras et l'embrassa passionnément. Dans ce baiser, il y avait une promesse d'éternité : les bons moments comme les mauvais, le rire et la colère, le plaisir et le pardon, ils les vivraient ensemble, jusqu'à ce que la mort les sépare.

Leur amour était leur destin.

Ils restèrent longtemps enlacés. Quand Darius se détacha d'elle, il riait au milieu de ses larmes.

— Ah, Letty, je sais que je ne serai jamais parfait, mais je peux te jurer que je vais passer le reste de ma vie à essayer.

Le printemps arriva en avance à Fairholme.

Darius entra chez lui d'un pas léger, un bouquet de fleurs à la main. Il était heureux de pouvoir rentrer tôt, ayant dû travailler ce samedi car le développement de son site Web lui prenait beaucoup de temps. Les fleurs aideraient sûrement Letty à lui pardonner d'avoir manqué à la tradition familiale qu'il avait instaurée, à savoir un petit déjeuner cuisiné par ses soins, composé de gaufres et de bacon. Leur fils adoré, qu'ils avaient surnommé Howie, le regardait alors confectionner les gaufres avec un visible intérêt, et c'était un bonheur pour Darius de le voir grandir dans un foyer heureux. C'était grâce à Letty, à ce qu'elle leur apportait et qui lui permettait d'envisager l'avenir avec confiance.

C'était elle, par exemple, qui l'avait encouragé à rappeler Mildred pour s'excuser d'avoir mis fin à leur collaboration et lui demander de reformer leur ancienne équipe.

— Tout va bien au bureau, avait-elle répliqué. J'ai fait tourner la boutique suivant vos souhaits. Je savais bien que vous finiriez par reprendre vos esprits et que je n'avais pas travaillé pour vous toutes ces années en vain.

Darius avait étouffé un rire et lui avait dit, la voix empreinte d'une sincère gratitude :

— Je ne sais pas ce que je ferais sans vous.

— Oh ! vous en aurez une idée très précise cet été, lui avait répondu Mildred d'une voix ferme, lorsque vous nous enverrez, mon mari et moi, passer quatre semaines d'une croisière de luxe en Méditerranée. J'ai déjà réservé.

Darius ne put se retenir de sourire alors qu'il se remémorait leur conversation. Il avait de la reconnaissance pour Mildred et pour tous ceux qui, ses employés comme sa famille, voyaient ses défauts mais étaient prêts à s'en accommoder. Car ce n'était pas l'argent qui faisait l'homme, il le savait à présent. Ce qui comptait, c'était ce qu'un homme faisait de sa vie, de son temps, de ses sentiments.

Son beau-père était mort en janvier, entouré de sa famille. Au dernier moment, un pâle sourire avait éclairé son visage.

— Tu es là…, avait-il murmuré, une étincelle de joie presque mystique dans le regard.

— Il a vu ma mère avant de mourir, avait murmuré Letty, son beau visage sillonné de larmes. Je suis si heureuse de savoir qu'ils seront ensemble…

Darius ne savait pas si elle avait raison, mais il savait désormais que l'amour pouvait faire des miracles. Il en était la preuve : il vivait avec Letty, dans ce beau domaine, dans cette maison aux vases emplis des fleurs qui poussaient dans le jardin.

Bientôt, d'autres membres de la famille Kyrillos seraient témoins de leur bonheur. Il avait envoyé son avion personnel à Héraklios, et le lendemain, *theia* Ioanna, accompagnée de quelques cousins, débarquerait pour passer un mois avec eux — sa peur de l'avion avait cédé devant son désir de connaître son arrière-petit-neveu. Cela faisait tellement plaisir à Darius de les recevoir ! Heureusement que Fairholme ne manquait pas de chambres…

L'amour était partout, et rien ne valait l'amour. Sa femme contribuait en tout premier à celui dans lequel baignait la famille. Son cœur généreux attirait les gens à elle, et sa loyauté les retenait. Elle était au centre du monde de Darius.

— Letty ! appela-t-il, son bouquet toujours à la main.

— Elle est dehors, monsieur Kyrillos, répondit Mme Pollifax depuis la cuisine. Comme il faisait beau, elle est allée avec le bébé dans la prairie, pour lui donner son goûter.

Darius posa le sac qui contenait son ordinateur et sortit. Les premières tulipes pointaient leur nez sous le soleil, malgré la fraîcheur de l'air. Il descendit jusqu'à la prairie, foulant l'herbe grasse, et retrouva sa femme et son fils à l'endroit où il avait appris à Letty à danser ; alors qu'elle lui apprenait à rêver…

Le ciel était d'un bleu vif et, au loin, on apercevait la mer. Letty, son beau visage illuminé de plaisir, chantait en grec une chanson à leur fils. Howie, ravi, se tortillait et riait dans ses bras. Elle se leva et se mit à danser avec lui.

Letty dansait. Letty chantait. Letty était l'amour même.

Darius les regarda, éperdu, et se demanda ce qu'il avait bien pu fairc pour mériter tant de bonheur.

Alors, il courut les rejoindre.

DANI COLLINS

Le rêve d'une maîtresse

Traduction française de
FRÉDÉRIQUE LALLEMENT

HARLEQUIN

Titre original :
HIS MISTRESS WITH TWO SECRETS

Ce roman a déjà été publié en 2018

Prologue

La clinique privée était célèbre ; et la salle d'attente des consultations prénatales, bien remplie. Pourtant, Cinnia Whitley remarqua tout de suite la grande jeune femme postée près de la porte. Malgré une sensation de déjà-vu, elle ne parvenait pas à l'identifier. Pourquoi attendait-elle debout, au lieu de s'installer dans l'un des confortables fauteuils mis à la disposition des patientes ?

Comme l'inconnue semblait étudier du coin de l'œil chacun de ses mouvements, Cinnia pensa soudain qu'elle devait être garde du corps. Son attitude sérieuse et attentive ainsi que sa tenue sobre et décontractée lui rappelaient en effet les gardes qui l'avaient suivie pendant deux ans. La personne que cette femme protégeait devait être en consultation.

Après avoir averti la secrétaire de son arrivée, Cinnia s'assit et choisit une revue, sans toutefois parvenir à se concentrer sur sa lecture. Elle était trop inquiète à l'idée du résultat de l'échographie prescrite par son médecin généraliste. Bien que sa mère lui ait certifié qu'il n'y avait jamais eu de grossesse gémellaire dans la famille, elle était étonnée d'avoir pris autant de poids et de volume. Henri, qui avait un vrai jumeau ainsi que deux sœurs vraies jumelles elles aussi, pouvait-il avoir transmis cette hérédité à leur progéniture ?

Inutile de songer à lui, d'autant qu'il ne lui manquait pas. Pourquoi alors passait-elle ses moments libres à scruter sur Internet les ragots mondains, à la recherche de la moindre information le concernant ?

À vrai dire, rien d'excitant n'avait été publié à son sujet depuis leur séparation plus de deux mois auparavant — et c'était heureux, car entendre dire qu'il avait repris ses aventures éphémères lui aurait été très pénible.

On ne parlait que des frasques de son frère, Ramon, chouchou des médias pour sa vie amoureuse mouvementée et ses courses de voitures. En fait, il était parfois capable d'attirer délibérément leur attention sur lui pour la détourner de ses sœurs. Cinnia se souvint qu'il n'y avait pourtant pas toujours réussi. Peu de temps avant sa rupture avec Henri, une photo d'Angelique dans les bras du prince d'Elazar avait défrayé la chronique. Cinnia s'était demandé s'il ne s'agissait pas plutôt de Trella, mais n'ayant rencontré cette dernière qu'à deux reprises, et sachant qu'elle évitait de se montrer en société, elle en avait conclu s'être trompée.

Chassant la famille Sauveterre de son esprit, Cinnia repensa au motif de sa visite. Si l'échographie confirmait une grossesse gémellaire, elle allait devoir envisager son futur sous un angle différent. Elle était déjà en train de réviser son programme pour les vingt-deux semaines qui la séparaient de l'accouchement, lorsque l'infirmière vint l'avertir que le médecin était prêt à la recevoir.

Elle se leva et, en se dirigeant vers la salle de consultation, heurta la patiente qui venait d'en sortir.

— Je suis désolée, dit-elle avant de reconnaître son interlocutrice. Angelique ! Quelle surprise !

La jeune femme avait gardé son physique de mannequin et ses traits aristocratiques. Toutes deux s'étreignaient comme deux amies perdues de vue depuis longtemps, lorsque Cinnia sentit la sœur d'Henri tressaillir au contact de son ventre arrondi.

Une brusque panique l'envahissant à l'idée de voir son secret découvert, elle recula d'un pas et se rendit compte que, sous le coup de la surprise, elle avait cette fois encore confondu les jumelles.

— Excuse-moi, je t'ai prise pour ta sœur.

— Ce n'est pas grave.

Trella ne sortait jamais sans être accompagnée de l'un de ses frères ou de sa sœur, aussi Cinnia jeta-t-elle un coup d'œil inquiet autour d'elle, afin de s'assurer qu'aucun d'eux n'était arrivé entre-temps. Comme elle croisait à nouveau le regard de la garde du corps, elle se souvint alors de l'avoir entrevue dans la propriété des Sauveterre, en Andalousie.

Que faisait donc Trella en sa seule compagnie et, qui plus est, dans le service des consultations prénatales de cette clinique ? Le sourire coupable qu'elle affichait et sa tentative maladroite pour dissimuler une ordonnance dans son dos avaient valeur d'aveu.

Comment une jeune femme menant une vie de recluse et sous surveillance constante avait-elle pu tomber enceinte ?

— Tu vas bien ? lui demanda Cinnia d'un ton hésitant.

Haussant les épaules, Trella laissa échapper un petit rire nerveux, avant de désigner le ventre de Cinnia d'un geste du menton.

— Oui, et toi ? Tu…

Cinnia comprit, lorsqu'elle s'interrompit brusquement pour lancer un coup d'œil furtif alentour, que Trella aussi avait gardé sa grossesse secrète. Elle s'apprêtait à l'assurer de sa discrétion lorsque cette dernière esquissa une grimace.

— Peut-être vaudrait-il mieux ne parler à personne de notre rencontre, déclara-t-elle d'un air gêné.

— Excellente idée, tu peux compter sur mon silence.

Rassurée par leur accord, Cinnia maîtrisa une brusque envie de la prendre dans ses bras. Trella avait donc enfin réussi à surmonter sa peur des hommes ainsi que son agoraphobie !

Henri, une fois le choc surmonté, serait fier d'elle, lui qui s'inquiétait toujours pour les jumelles et leur mère. Leur assurer sécurité et bien-être représentait une telle responsabilité qu'il avait par réaction choisi de ne jamais se marier, et de ne pas avoir d'enfants.

Cinnia sentit les battements de son cœur s'accélérer à l'idée de sa réaction, le jour où il apprendrait son état et celui de sa sœur.

— Mademoiselle Whitley, dit l'infirmière en s'approchant d'elle, je suis désolée mais le professeur vous attend.

— J'ai été vraiment heureuse de te rencontrer, dit Cinnia à Trella, vous m'avez tous manqué. Je te demanderais bien de transmettre mes amitiés à ta famille, mais...

— Rien ne nous empêche de rester en contact, répondit Trella avec un petit sourire conspirateur. Puis-je t'appeler pour que l'on se voie ?

Consciente de ne pouvoir dissimuler éternellement sa grossesse à Henri, Cinnia fut heureuse de se voir offrir quelques jours supplémentaires afin de peaufiner son plan. Même si Trella avait elle aussi décidé pour l'instant de cacher son état à sa jumelle et à ses frères, elle était trop proche d'eux pour garder le secret très longtemps.

Le sien serait alors révélé ! Il était donc important qu'elle revoie Trella au plus vite.

— Bien sûr. Si tu es encore à Londres en fin de semaine, pourquoi ne dînerions-nous pas ensemble ?

1

Deux ans auparavant…

— J'ai réussi à obtenir deux billets pour l'inauguration de ce nouveau night-club dont tout Londres parle !

Cinnia sourit à sa colocataire qui, brandissant une enveloppe à la main, venait d'entrer en trombe dans l'appartement.

— Vera, tu sais bien que je ne suis pas d'humeur à sortir en ce moment. Sois gentille, trouve quelqu'un d'autre pour t'accompagner.

— Impossible, j'ai dû utiliser ton titre afin de convaincre le propriétaire.

— Mon arrière-grand-mère était une lady, pas moi ! Tu exagères !

— Peut-être, mais si je n'avais pas mentionné ta famille, nous n'aurions jamais été invitées. Il ne nous reste plus qu'à trouver des tenues vintage pour le thème de la soirée : gangsters et garçonnes des années 1920. Tu verras, nous allons nous amuser.

Cinnia soupira. Elle n'avait que ses week-ends de libres, aussi préférait-elle les consacrer à la création de sa société de gestion de patrimoine. Si elle voulait l'ouvrir dans les délais qu'elle s'était fixés, elle n'avait pas de temps à perdre, surtout en mondanités.

— Tu pourras certainement rencontrer des clients potentiels parmi toutes les célébrités qui seront présentes, insista Vera.

— Détrompe-toi, les grands de ce monde n'ont pas besoin de mes services.

Lorsque Cinnia en parla au téléphone avec sa mère, celle-ci réagit de façon beaucoup plus enthousiaste qu'elle.

— C'est merveilleux, ma chérie, je suis ravie que tu puisses utiliser la tiare de ta grand-mère et ma robe charleston. Tu vas voir, tu seras éblouissante !

Cinnia se souvint d'une année où sa mère avait organisé une soirée Années folles pour son anniversaire et s'était fait faire cette fameuse robe, afin de pouvoir arborer le bijou familial.

— Tu as refusé de vendre la tiare lorsque nous étions ruinées, mais tu veux la sortir du coffre pour que je la porte dans une boîte de nuit ? demanda Cinnia, interloquée.

— Je la conservais justement pour une occasion spéciale comme celle-ci. Je veux que tu ailles à cette soirée et que tu t'amuses. Il y aura sûrement des hommes charmants.

— Tu veux dire : « de riches maris potentiels » ?

Milly Whitley, issue de l'aristocratie anglaise, rêvait de bons partis pour chacune de ses quatre filles, afin que la famille retrouve la position sociale qui avait été la sienne avant le décès de son mari. Cette soirée, qui ferait sans aucun doute l'objet d'articles dans la presse, représentait donc à ses yeux une chance pour Cinnia d'être remarquée et l'opportunité de montrer que les Whitley conservaient un certain rang.

— Il y aura en tout cas des hommes plus intéressants

que les copains fauchés avec lesquels tu as l'habitude de sortir, rétorqua Milly.

Cette dernière restait persuadée que ses filles avaient besoin d'hommes aux poches bien garnies, même si Cinnia s'évertuait à répéter qu'avant tout un bon travail leur assurerait toujours l'indépendance.

Deux de ses sœurs cadettes ne partageaient pourtant pas son avis.

Priscilla, la plus jeune des deux, avait arrêté ses études deux ans auparavant, mais n'arrivait pas à percer dans le mannequinat, malgré sa beauté racée. Elle refusait néanmoins d'envisager toute formation, sous prétexte qu'une nouvelle coupe de cheveux ou de belles tenues suffiraient un jour à attirer l'attention sur elle.

Nell, une jolie brune pulpeuse, avait également décrété qu'elle n'aurait pas besoin de travailler non plus, car les hommes la comblaient déjà de cadeaux et elle était convaincue que le prince charmant ne tarderait pas à se présenter. En attendant, Cinnia faisait son possible pour la persuader de ne pas abandonner ses études avant d'avoir obtenu son diplôme.

Seule Dorry semblait avoir les pieds sur terre. Depuis son adolescence, elle gagnait son argent de poche en faisant du baby-sitting et mettait chaque sou de côté, tout en continuant à étudier. Cinnia était certaine que si un problème l'empêchait un jour d'aider financièrement sa famille, la benjamine serait capable de prendre le relais.

Quand sa mère s'était retrouvée veuve, rongée par le chagrin et totalement incapable de s'occuper de la succession, Cinnia avait délaissé un temps la faculté, afin de la régler elle-même. Très vite consciente de la situation désastreuse dans laquelle les avait laissées son père, elle s'était rendu compte que si Milly avait eu un travail, la famille ne se serait pas retrouvée du jour au lendemain dans l'obligation de louer des chambres à des étudiants pour arriver à joindre les deux bouts. Dieu merci, leur manoir était assez grand pour leur permettre d'avoir des locataires tout en conservant leur intimité.

Forte de cette leçon, et de l'intérêt qu'elle venait de se découvrir pour la gestion de patrimoine, elle avait ensuite repris ses études, déterminée à obtenir ses diplômes le plus vite possible, afin de ne jamais se retrouver elle-même dans une telle situation.

Dès sa sortie de l'université, elle avait trouvé un travail intéressant et stable à Londres, qui la satisfaisait aussi bien sur le plan financier qu'intellectuel et lui permettait d'aider sa mère. Mais elle rêvait d'ouvrir sa propre agence, afin de devenir totalement indépendante.

Depuis que cette idée avait pris forme, elle y consacrait son temps et son énergie. Contrairement à Vera, elle n'aimait pas la vie nocturne et encore moins sortir dans l'espoir de rencontrer un chevalier servant.

Cependant, lasse d'entendre son amie la harceler et lui énumérer les noms d'invités célèbres pour la convaincre, Cinnia finit par lui promettre de l'accompagner, à la grande joie de sa mère.

Le night-club, aménagé dans un ancien bâtiment industriel tout de verre et d'acier, était décoré d'œuvres d'art modernes, savamment disposées entre la salle principale et l'étage supérieur.

Ce soir-là, afin de créer une ambiance de cabaret des années 1920, les tables avaient été recouvertes de nappes en velours moiré. Une lumière rouge, spécialement installée pour l'occasion, projetait des ombres de boas, de chapeaux cloches et de longs porte-cigarettes sur les murs. Le DJ alternait vieux morceaux de jazz et tubes modernes, tandis qu'un videur gardait l'escalier menant à la galerie circulaire réservée aux invités les plus importants.

À en juger par les journalistes ou même les vedettes du cinéma qui n'y avaient pas accès, elle était de toute évidence occupée par des personnalités de haut rang ou extrêmement riches.

Bien que ni l'argent ni la célébrité n'impressionnassent Cinnia, elle aurait bien sûr été ravie de compter un jour ces personnes parmi ses clients. Cependant, elle était suffisamment lucide pour savoir que celles-ci n'étaient pas intéressées par les services d'une petite agence débutante. Cette soirée allait lui apporter tout au plus quelques heures de divertissement ainsi qu'une éventuelle apparition dans le compte rendu mondain, grâce à la tiare de sa grand-mère.

Cinnia venait juste d'accepter une coupe de champagne que lui proposait un des barmans en veston et gants blancs qui circulaient parmi les invités rassemblés autour de la piste de danse, lorsque sa curiosité s'éveilla. Les jumeaux Sauveterre faisaient leur entrée.

À l'époque où leur sœur Trella avait été kidnappée, Cinnia, qui n'avait pourtant que onze ans, avait suivi le déroulement des événements, inquiète du sort de la fillette de deux ans plus jeune qu'elle.

Depuis le drame, les différents membres de la famille apparaissaient régulièrement dans les magazines people et sur Internet, aussi reconnut-elle immédiatement les deux frères, encore plus séduisants de visu.

Contrairement à la plupart des hommes, vêtus de costumes à fines rayures, tous deux portaient une ample chemise blanche aux manches roulées, rentrée dans un pantalon noir retenu par des bretelles et tombant sur des bottines bicolores.

Avec leur fière allure, leur carrure impressionnante et leurs borsalinos masquant la moitié de leurs visages, on aurait dit deux redoutables gangsters scrutant la salle à la recherche de leur proie.

Cinnia s'amusa un moment de leurs attitudes identiques, jusqu'à ce que l'un d'eux pose les yeux sur elle.

Bien que gênée de s'être fait surprendre à les observer, elle soutint son regard. Soudain, une pensée saugrenue la fit sourire : *Voilà mon riche mari, maman.*

Sauveterre inclina légèrement la tête en guise de salut.

— À qui souris-tu ? demanda Vera. Oh ! mon Dieu…, ajouta-t-elle dans un murmure.

Tandis que les jumeaux s'approchaient de la piste de danse, Cinnia tenta de se ressaisir, étonnée du trouble qui l'avait envahie.

— Il faut absolument qu'on réussisse à leur parler, déclara son amie.

— Inutile de rêver, contentons-nous de circuler pour bavarder avec les invités.

Cinnia évolua dans la salle, à la fois nerveuse et excitée, sans toutefois pouvoir éviter de suivre du coin de l'œil les jumeaux, et surtout celui des deux qui avait attiré son attention.

— C'est le moment de tenter notre chance, chuchota soudain Vera. Les fils Sauveterre sont près du bar. Suis-moi. Et puis comme ça, nous prendrons une nouvelle coupe avant le début du feu d'artifice.

Cinnia la suivit, amusée de l'intérêt que son amie suscitait. Tous les hommes en effet se retournaient sur son passage. À l'université déjà, la plupart des étudiants étaient amoureux de cette jeune femme séduisante, pleine d'humour et d'entrain.

Bien que plus réservée, Cinnia rencontrait un certain succès, elle aussi. Vera ne cessait de vanter « ses traits de madone et son port aristocratique ». Mais elle n'en restait pas moins persuadée que personne ne lui adresserait la parole jusqu'à la fin de la soirée.

Soudain, le propriétaire du club annonça au micro que le feu d'artifice n'allait pas tarder à commencer.

— Il ne nous manque plus que deux séduisants jeunes hommes avec qui regarder le spectacle, tout en dégustant une coupe de champagne, fit Vera.

Sachant que son amie s'amusait à la provoquer, Cinnia se contenta de sourire, lorsqu'une voix masculine s'éleva derrière elles.

— Accepteriez-vous de nous accompagner, mesdemoiselles ?

Tandis qu'ils se dirigeaient vers l'escalier, afin de rejoindre le salon qui leur avait été réservée, Henri aperçut la jolie jeune femme blonde qu'il avait remarquée de loin en entrant dans le night-club. Une magnifique robe vintage noire bordée d'une frange en passementerie — qui aurait fait pâlir d'envie ses sœurs, pourtant férues de mode — soulignait sa silhouette parfaite.

Bien qu'habitué à être l'objet de l'attention des femmes, il avait peiné à détourner les yeux, lorsqu'elle lui avait souri.

Comme il approchait, il nota son élégance discrète, son maquillage léger. Ses boucles, qui auréolaient l'ovale de son visage, étaient retenues par une fine tiare en diamants, ornée sur un côté d'une arabesque en filigrane, dans laquelle était plantée une plume.

Il était à présent captivé par sa robe à la coupe droite, dont le tissu fluide laissait deviner des fesses fermes et dévoilait de longues jambes fines. Une tenue bien plus suggestive et érotique qu'une tenue moulante.

— Que dirais-tu d'un peu de compagnie ? suggéra-t-il à Ramon.

Suivant son regard, son frère jeta aussitôt son dévolu sur la pétillante jeune femme brune.

— Très bon choix, mon cher.

Ils s'arrêtèrent derrière elles, juste au moment où la brune exprimait son souhait d'être en bonne compagnie pendant le feu d'artifice. Le vigile, qui les avait tout de suite reconnus, s'empressa de décrocher le cordon bloquant l'accès à l'escalier.

— Accepteriez-vous de nous accompagner, mesdemoiselles ? demanda Ramon.

La brune lui décocha aussitôt un charmant sourire enjôleur.

— Très volontiers, répondit-elle, de toute évidence ravie d'avoir éveillé l'intérêt d'un homme aussi séduisant que célèbre.

Sa compagne afficha quant à elle un air confus, certainement gênée à l'idée qu'ils aient entendu la remarque de son amie. Henri remarqua toutefois qu'elle les observait à la dérobée. Se demandait-elle lequel l'avait surprise en train de le fixer un peu plus tôt ?

Même si Ramon et lui ne s'étaient jamais disputé une conquête, il n'avait aucune envie que son jumeau jette son dévolu sur cette beauté, dont le sourire l'avait d'emblée séduit.

— Venez regarder le feu d'artifice de la terrasse de notre salon, proposa Ramon. Cela m'évitera d'avoir l'impression d'être face à mon propre reflet.

— Si votre frère et vous ne vous habilliez pas de manière identique, cela ne se produirait sans doute pas ! fit la brune.

— Nous ne le faisons pas exprès, répliqua Ramon. Cela nous arrive même lorsque nous sommes à des milliers de kilomètres l'un de l'autre. Nous n'y pouvons rien.

— C'est incroyable !

La jeune femme blonde se mordit la lèvre nerveusement, alors que son amie prenait le bras de Ramon. Ce geste furtif sembla à Henri si érotique qu'il s'imagina écraser les siennes sur sa bouche.

— Désirez-vous vous joindre à nous ? lui demanda-t-il.

— Est-il vrai que vous êtes toujours habillés de la même façon ? demanda-t-elle en lui emboîtant le pas.

Henri détestait parler de lui-même et plus encore de sa famille, mais tous ceux qui n'ont pas de jumeau raffolent de petits détails à ce sujet, aussi avait-il appris à accepter leurs questions de bonne grâce.

— Je vous assure que oui, dit-il à son oreille, en lui prenant le bras.

— Difficile à croire.

Il se contenta de hausser les épaules, troublé par la caresse de ses boucles sur sa peau et le léger parfum fleuri qui émanait d'elle.

Malgré leurs personnalités différentes, Ramon et lui parlaient souvent de concert ou suivaient la même logique pour arriver immanquablement à un résultat identique. Lorsque Henri avait appelé son frère pour lui suggérer de participer à la saison mondaine à Londres plutôt qu'à Paris ou Madrid ainsi qu'ils en avaient l'habitude, Ramon venait justement d'accepter l'invitation à l'ouverture de ce night-club.

— Je m'appelle Henri, dit-il en lui tendant la main, une fois qu'ils furent arrivés en haut de l'escalier.

— Et moi, Cinnia Whitley.

Sa peau était douce, mais sa poignée de main étonnamment franche, et il regretta de ne pouvoir la conserver plus longtemps dans la sienne lorsqu'elle se dégagea. Il la vit jeter un coup d'œil derrière elle à Guy, qui les avait suivis, puis à Oscar qui sortait à cet instant du salon devant lequel Ramon et la brunette attendaient.

— Vous avez des gardes du corps ?

— Oui, ils nous accompagnent partout où nous allons. Simple précaution.

Guy sortit son téléphone mobile et, devinant qu'il souhaitait envoyer une demande de renseignements sur les deux jeunes femmes, Henri l'aida en faisant les présentations. Il apprit ainsi que la compagne de Ramon s'appelait Vera Phipps.

Ces jeunes femmes étaient peut-être intéressées par leur statut social et leur réputation, pourtant elles lui parurent inoffensives.

Vera lança un regard victorieux à Cinnia, lorsqu'un maître d'hôtel entra dans le salon avec un seau contenant une bouteille de champagne. Puis elle se tourna vers Ramon en voyant sur la table basse deux pochettes contenant les cadeaux offerts aux invités de marque.

— Oh ! vous avez vu ? Elles sont dorées ici, alors que celles d'en bas sont argentées ! Je peux regarder ce que contient la vôtre, elle est si grosse !

— Très volontiers, répliqua-t-il avec un petit sourire malicieux, on me l'a souvent dit.

— Je n'en doute pas.

Visiblement gênée de voir son amie flirter de manière aussi éhontée, Cinnia remercia poliment le maître d'hôtel qui lui tendait une coupe avant de se diriger vers la terrasse. De là, le ponton flottant au milieu de la Tamise d'où allait être tiré le feu d'artifice était bien visible.

L'air était doux, et le ciel parsemé d'étoiles.

— Je suis surprise que vous soyez resté si longtemps en bas, dit-elle à Henri qui l'avait suivie. La vue est tellement impressionnante d'ici.

— Nous avons croisé des amis. Et c'est une chance, car sinon je ne vous aurais pas rencontrée.

Comme elle ne répondait pas, il regarda les invités se masser soudain sur la terrasse en contrebas, dont on venait d'autoriser l'accès. Aussitôt, le son de la musique s'amplifia. Alors que Ramon aimait la foule et la fête, lui préférait les endroits plus tranquilles. Étonné de l'attirance qu'il éprouvait pour sa compagne, il l'observait à la dérobée, heureux qu'elle ne se comporte pas comme une midinette.

— Vous n'êtes pas d'accord avec moi ?

— J'ai l'impression que votre frère et vous jouez une comédie bien rodée, répliqua-t-elle.

Puis elle détourna le regard vers l'assiette de canapés que le maître d'hôtel venait de poser sur une table, à côté d'eux.

— Il me semble que votre amie et vous en faites tout autant.

Cinnia lui lança un regard noir, mais au même instant Vera éclata de rire en réponse à un mot de Ramon. Tous deux étaient enlacés dans une position ne laissant aucun doute sur leurs intentions.

— Pouvez-vous encore le nier ? fit gentiment remarquer Henri.

— Si je m'en souviens bien, c'est vous qui nous avez approchées.

— Vous m'y aviez invité du regard.

— Non, je n'ai fait preuve que de curiosité.

Pourtant elle lui avait souri, il se le rappelait parfaitement. Mais il se garda de le lui faire remarquer pour ne pas ajouter à son embarras. Le rouge aux joues, la jeune femme avait en effet détourné les yeux vers la Tamise.

Un hélicoptère surgit soudain dans un grand bruissement de pales et braqua ses projecteurs sur le night-club. Cela déclencha les applaudissements des invités et permit surtout à Henri d'admirer les longs cils de Cinnia, ainsi que sa peau lumineuse dénuée de maquillage. Sa beauté si naturelle le subjuguait.

— Avez-vous d'ailleurs songé que ce n'était peut-être pas moi que vous avez regardé, mais mon frère ? ne put-il s'empêcher de lancer, provocant.

Il était facile de les différencier, une fois qu'on avait compris qu'Henri était gaucher et Ramon droitier, ou que le premier avait tendance à s'exprimer plus volontiers en français et le second en espagnol, mais il fallait pour cela disposer d'un peu de temps en leur compagnie et avoir l'esprit observateur.

— Votre ressemblance est saisissante, mais…

Un cri de joie émanant de Vera l'interrompit. Cinnia jeta un coup d'œil dans le salon où, sans doute, la jolie brune s'émerveillait de la pochette que Ramon avait ouverte pour elle.

Henri profita de cette distraction pour lire discrètement le message qui s'affichait sur son téléphone. Son intuition se révélait exacte : Cinnia, loin de mener une vie débridée, travaillait dans une société de gestion de patrimoine et était réputée pour son sérieux. Quant à sa mère, Mme Whitley, certes veuve et ruinée, elle était issue d'une excellente famille.

— Vous n'avez pas achevé votre phrase, reprit-il après avoir rempoché son téléphone. Qu'est-ce qui vous a permis de nous différencier ?

— Je ne sais pas. Et d'ailleurs, peu importe.

Malgré sa réponse désinvolte, elle le fixait, l'air embarrassée.

Était-elle consciente de leur attirance mutuelle ? Voilà qui rendait cette rencontre d'autant plus intéressante…

De délicieuses perspectives lui vinrent alors à l'esprit, éveillant en lui un désir intense. Enhardi, il s'accouda à la balustrade tout près de sa compagne, ravi de la voir frissonner à cette proximité.

— J'aimerais pourtant savoir ce qui vous a permis de me reconnaître, avant même que nous nous soyons parlé. Essayez de m'expliquer, Cinnia.

— Je n'en vois pas vraiment l'intérêt.

L'air détaché qu'elle affichait ne réussit pas à le tromper. Il reconnaissait chez elle les signes du désir : le pouls qui battait plus vite à la naissance de son cou, le regard qui passait de sa bouche à son torse. Surtout, elle ne s'était pas éloignée de lui.

Henri lui accorda donc quelques instants de silence, la laissant prendre conscience de ses sensations.

— Si je comprends bien, vous avez décelé en moi un trait unique qui me différencie de mon frère, insista-t-il. Puis-je savoir lequel ?

— Je n'ai jamais dit ça !

— C'est pourtant ce que j'ai ressenti.

— Vous vous trompez, lui assura-t-elle avec véhémence. Tout comme lorsque vous avez cru connaître la raison de ma présence ici. Aussi, je vous conseille d'oublier vos idées préconçues et de ne pas prendre vos rêves pour des réalités.

Elle était sur la défensive. Sans doute n'était-elle pas habituée à sortir en galante compagnie, ni à éprouver des émotions aussi fortes avec un inconnu. Flatté et plus encore séduit, Henri se hâta de la rassurer.

— Je pensais simplement que vous étiez venue regarder le feu d'artifice.

— Vous ne croyez pas si bien dire.

— Écoutez, dit-il en effleurant du doigt son bras nu, j'ai peut-être été maladroit. Me croirez-vous si je vous dis que je suis un gentleman et n'ai pas l'habitude de forcer une femme à venir dans mon lit ?

Prenant sa coupe de champagne sur la table, il indiqua d'un geste circulaire ce qui les entourait.

— J'ai la chance d'avoir un style de vie agréable, alors profitez-en le cœur léger, sans vous sentir la moindre obligation envers moi.

— Vous n'attendrez rien de moi après ?

— Par « rien », vous entendez cela ?

Il jeta un rapide coup d'œil en direction de Ramon et Vera qui s'embrassaient avec fougue, allongés sur l'un des canapés.

Avec un soupir, Cinnia détourna à nouveau les yeux vers le fleuve.

— Cela dit, je vais tout de même garder espoir, reprit-il.

— Et devoir vous en contenter !

Réprimant un petit rire, Henri porta sa coupe à ses lèvres. Il ferait tout pour séduire cette étonnante jeune femme pleine de charme.

— L'avenir nous le dira, ma chère.

2

Vera et Ramon décidèrent de partir ensemble avant même le début du feu d'artifice.

— Il m'a semblé vous entendre parler en espagnol, murmura Cinnia à son amie, alors que toutes deux disposaient de quelques instants en tête à tête sur la terrasse. Était-ce pour discuter de projets inavouables ?

— Tu as deviné, plaisanta Vera. Comme je te le dis toujours, une bonne maîtrise des langues étrangères est un atout considérable. Et toi, tu n'es pas tentée de succomber au charme d'Henri ? Il serait temps que tu te sortes Avery de l'esprit.

Bien sûr qu'elle était tentée. Sans avoir autant d'expérience que Vera, Cinnia avait eu jusque-là deux longues relations, qui s'étaient malheureusement mal terminées. James, son premier amour, avait décidé à la fin de leurs études secondaires de s'inscrire dans une université différente d'elle et, l'éloignement aidant, il avait fini par la tromper. Même si la rupture avait été douloureuse, Cinnia avait compris avec le recul qu'ils avaient été trop jeunes et immatures pour s'engager sérieusement.

Sa relation avec Avery avait été différente. Tout au long de leurs années de fac, puis lorsqu'ils s'étaient ensuite installés ensemble à Londres dans un logement précaire, il avait prétendu l'aimer. Peu de temps après avoir hérité d'une coquette somme d'argent venant d'une donation de ses parents, il l'avait accusée de vouloir profiter de lui. Puis il lui avait assené le coup de grâce : il n'avait pas l'intention d'entretenir la famille Whitley ni de résoudre ses problèmes financiers. Ulcérée par sa mauvaise foi, Cinnia avait néanmoins eu le cœur brisé quand il avait rompu.

Fort heureusement, son amie Vera l'avait recueillie chez elle, soutenue, et grâce à elle Cinnia avait surmonté cette épreuve. Depuis, elle se tenait à distance des hommes, estimant plus sage de se concentrer sur sa carrière.

Si elle était certaine qu'Henri ne lui proposerait aucune relation sérieuse, elle devait pourtant reconnaître être à la fois subjuguée par son charme et intriguée par sa personnalité. Chaque fois qu'il posait le regard sur elle, elle sentait des nuées de papillons entamer une danse endiablée dans son ventre. Si tentée qu'elle fût de lui céder et de passer la nuit avec lui, elle redoutait qu'il ne la croie intéressée. Cette seule idée ravivait l'insécurité qu'Avery avait fait naître en elle.

— Avoir son nom dans ton carnet de bal sera un plus, murmura Vera avec un petit sourire entendu. Imagine la joie de ta mère. De plus, la pochette regorge de cadeaux tous plus beaux les uns que les autres. Ramon m'a donné la sienne, essaye de convaincre Henri d'en faire autant avec toi !

Ce dernier, qui s'était éloigné un instant pour prendre un appel téléphonique, revint à ce moment précis. Pourvu qu'il n'ait pas entendu Vera, songea Cinnia, sans quoi elle passerait pour une opportuniste à ses yeux.

Ramon arriva à son tour.

— Viens, le chauffeur nous attend, dit-il à Vera. Je suis ravi d'avoir fait ta connaissance, Cinnia.

Après leur départ, Henri s'assit sur un tabouret devant la table haute face à Cinnia et fit signe au maître d'hôtel de remplir leurs coupes.

— Votre frère vous a-t-il dit où ils allaient ?

— À l'hôtel le plus proche, j'imagine.

Cinnia baissa les yeux, gênée. Elle aurait mieux fait de se taire.

— Cela vous choque ? demanda-t-il, l'air amusé.

— Je n'ai rien dit de tel.

— Seriez-vous en train de les juger ?

— Vera est libre de faire ce que bon lui semble, mais je ne voudrais pas que son comportement vous amène à vous faire de fausses idées sur moi.

Les horribles accusations d'Avery lui revenant à l'esprit, elle craignait qu'Henri ne pense qu'elle était attirée par son statut social.

— Je ne suis pas du genre à coucher avec un homme pour une pochette de cadeaux. J'ai un travail honnête qui me permet de vivre confortablement et je me passe du superflu.

— Que faites-vous dans la vie ?

Pourquoi avait-elle l'impression qu'il doutait de son indépendance ? Elle faillit le provoquer en répondant qu'elle s'occupait d'arrangements funéraires, mais se retint à temps.

— J'ai un diplôme en administration des affaires, avec une spécialité en gestion fiduciaire et de patrimoine.

Henri haussa un sourcil, l'air surpris. De toute évidence, il l'avait sous-estimée et risquait à présent de la trouver très ennuyeuse, ou pis trop ambitieuse. Certes, elle essayait de se hisser dans la société, mais par son travail. Ses aspirations restaient réalistes.

Henri et elle n'appartenaient pas au même monde, elle ne devait pas l'oublier. Cet homme était hors de sa portée.

De toute façon, elle ne voulait pas de lui.

Vraiment ?

Mal à l'aise, elle saisit sa coupe de champagne avant de la reposer pour prendre à la place un verre d'eau. Il valait mieux qu'elle garde les idées claires.

— Je ne m'attendais pas à ça, déclara Henri.

— J'aurais pu être secrétaire, hôtesse de l'air ou créatrice de mode, tous les métiers sont respectables.

— Tout à fait, et pourquoi pas mannequin ? Vous êtes très belle.

— Quant à vous, j'imagine que votre physique était si parfait que Dieu n'a pu résister au plaisir de le dupliquer !

— Un point pour vous, concéda-t-il avec un sourire amusé aux lèvres. La personnalité est cependant plus importante que l'apparence physique, vous ne croyez pas ?

Cinnia acquiesça.

— Mon frère et moi avons par exemple des caractères très différents, poursuivit-il. Et je déteste être considéré comme l'un des jumeaux Sauveterre.

— Je comprends. Être en permanence sous les feux des projecteurs doit être très pénible. J'imagine que ce qui est publié sur Internet ou dans les journaux à sensation, est souvent inexact ou exagéré.

Henri garda le silence quelques secondes, tandis que son regard se faisait intense. On aurait dit qu'il cherchait à la mettre en garde.

— Je ne parle jamais de ma famille. Cela dit, je n'en changerais pour rien au monde. J'estime avoir beaucoup de chance et j'ai appris à vivre avec l'intérêt constant et souvent exaspérant que l'on nous porte.

— Message reçu, dit-elle en souriant, vous avez raison

de protéger votre intimité. J'espère simplement que votre sœur va bien.

Depuis qu'à l'adolescence cette dernière avait disparu de la vie publique, tout le monde était intrigué.

Cinnia fut tentée d'expliquer à Henri comme elle avait admiré ces jumelles si belles et charmantes qui, à ses yeux d'enfant, menaient une vie idyllique. Puis à quel point elle avait été choquée, lorsque Trella avait été kidnappée. Mais elle préféra respecter son souhait. Leur courte discussion avait changé sa vision de lui. Elle ne le voyait plus comme un simple séducteur, mais comme un homme aussi capable d'émotions.

Le maître d'hôtel venant de leur apporter un nouveau plateau de canapés, elle en profita pour changer de conversation.

— Ces blinis au caviar sont exquis.

— Pourquoi avez-vous choisi d'étudier la gestion de patrimoine ?

Elle fut flattée de l'intérêt qu'il semblait lui porter.

— Plusieurs raisons y ont contribué. Après le décès de mon père, je me suis occupée de la succession et me suis alors interrogée sur certaines décisions qu'il avait prises. S'il avait été plus prévoyant, ma mère aurait pu avoir par la suite une vie plus facile. Cela a éveillé mon intérêt pour cette profession qui avait en plus l'avantage de permettre des horaires flexibles, de travailler à distance, le tout sans nécessiter un trop gros investissement au départ. Sans compter que c'est un métier rentable, car tout le monde est amené un jour ou l'autre à avoir besoin d'un conseiller patrimonial afin d'assurer le bien-être des générations futures. Son seul défaut est sans doute d'être considéré par beaucoup comme très ennuyeux.

— Inconvénient que vous compensez largement avec votre personnalité vive et votre physique avantageux.

Cinnia sentit ses joues devenir écarlates. À cet instant, un bouquet de couleurs éblouissantes illumina le ciel, tandis qu'une salve d'applaudissements s'élevait du rez-de-chaussée. Elle tourna alors la tête en direction du fleuve, admirant le feu d'artifice afin de dissimuler son embarras.

Plus sensible cependant à la présence d'Henri qu'au spectacle, Cinnia frémit lorsqu'il posa la main sur son bras pour attirer son attention sur la flottille de bateaux venus participer à la fête.

Tout son être réagissait dès qu'elle était proche de lui. Son souffle s'accélérait, sa peau devenait ultrasensible, ses tétons s'étaient même dressés sous sa robe légère. Elle s'imagina soudain l'embrasser, sentir son corps puissant contre le sien.

À cette idée, une brusque chaleur l'envahit, et elle serra les jambes pour tenter d'étouffer le désir qui venait de se nicher au cœur de sa féminité.

Le feu d'artifice se termina trop vite à son gré. Après le tour plus intime que venait de prendre leur conversation, rester seule avec cet homme trop séduisant devenait délicat.

Le maître d'hôtel fit alors irruption pour leur proposer des fraises à la crème, ainsi qu'une nouvelle bouteille de champagne.

— Non merci, répondit-elle vivement.

— Laissez-vous tenter, lui conseilla Henri, vous n'avez pas de raison de vous inquiéter pour votre ligne.

— C'est plutôt une question de survie. Je suis allergique aux fraises et dois toujours avoir sur moi un kit d'auto-injection.

— C'est grave à ce point ?

— Oui, j'ai failli mourir un soir chez des amis qui en avaient mis dans leur sangria.

Henri refusa d'un signe de tête la proposition du maître d'hôtel.

— Vous pouvez en prendre si cela vous fait plaisir, protesta Cinnia.

Il s'inclina vers elle.

— Mais je ne pourrai pas vous embrasser si j'en mange, n'est-ce pas ? murmura-t-il.

Le cœur battant, Cinnia soutint son regard, s'efforçant de ne pas trahir le trouble qui s'était emparé d'elle.

— Vous gardez donc encore espoir ? demanda-t-elle en abaissant les yeux vers sa bouche.

— Plus que jamais.

Faute de trouver une repartie adéquate, Cinnia prit le prétexte d'aller se rafraîchir et quitta la terrasse. Il était temps de partir, songea-t-elle tout en avisant son reflet dans la glace, car elle sentait ses défenses tomber les unes après les autres.

Lorsqu'elle revint, Henri avait fermé la baie vitrée et regagné le salon. La lumière tamisée et la musique, parvenant à présent atténuée du rez-de-chaussée, y créaient une atmosphère intime.

Il avait sorti de la pochette de cadeaux une boîte de chocolats belges, qu'il avait entamée.

— J'aime les friandises, avoua-t-il l'air contrit. Voulez-vous une truffe ? J'ai vérifié, il n'y a pas de fruits rouges.

— Non, merci. Je préfère partir, il est tard. J'ai été ravie de vous rencontrer.

— J'appelle mon chauffeur et je vous raccompagne.

— Ce n'est pas la peine, je peux rentrer seule.

— Je vous ai déjà dit que je ne vous obligerais à rien. Je suis capable de vous reconduire devant chez vous sans vous sauter dessus. J'ai fait acte de présence ici et ne compte pas rester plus longtemps.

Ce n'était pas l'attitude d'Henri qui inquiétait Cinnia, mais plutôt le violent désir qui s'était emparé d'elle et qu'elle avait de plus en plus de mal à maîtriser.

Elle aurait aimé pouvoir mettre sa réaction sur le compte de cette soirée exceptionnelle, de la douce brise nocturne et du champagne qui l'avait aidée à se décontracter, mais savait qu'il n'en était rien. Son attirance pour Henri était aussi puissante qu'inédite, et elle le devinait capable de combler ses fantasmes les plus fous. Mieux valait donc rassembler le peu de courage qu'il lui restait et prendre congé de lui.

— Il vaut mieux que nous en restions là.

— J'espère que vous n'êtes pas allergique aussi au chocolat, murmura-t-il.

— Dieu merci, non, répliqua-t-elle en riant. De toute façon, j'ai déjà rédigé mon testament ! Et quelle histoire à raconter à mes petits-enfants, si je survivais à…

Cinnia s'interrompit brusquement, réalisant qu'elle venait de consentir à ce qu'il l'embrasse. Soudain pétrifiée, elle regarda Henri s'approcher d'elle, comme au ralenti, et poser les mains sur sa taille pour l'attirer contre lui.

— Il ne me reste plus qu'à rendre cette soirée mémorable.

Joignant le geste à la parole, il inclina la tête et effleura la bouche de Cinnia qui entrouvrit les lèvres.

Envoûtée par la douceur de son baiser, elle s'abandonna entre ses bras puissants et enroula les siens autour de son cou. Déjà, ils se laissaient tous deux entraîner par la passion. Cinnia, sentant alors l'érection d'Henri presser son ventre, eut un léger mouvement de recul. Elle s'apprêtait à se séparer de lui lorsque, devinant son intention, il la plaqua contre le mur avant de couvrir sa gorge de baisers avides. Dans le même temps, sa main s'emparait de l'un de ses seins et en faisait doucement rouler le bout entre ses doigts experts.

Son corps s'embrasa sous cette délicieuse caresse, un gémissement lui échappa. Comme elle remontait une jambe le long de celle d'Henri, il passa aussitôt un coude sous son genou. Puis il lui saisit les fesses pour la presser plus encore contre lui et s'empara à nouveau de sa bouche. Stupéfaite de l'ardeur avec laquelle elle répondait à ses attentions et du désir qui l'habitait, Cinnia détourna soudain la tête.

Elle ne pouvait pas se donner à lui avec une foule d'invités à quelques mètres d'eux ! Comprenant sa réticence, Henri tendit la main pour verrouiller la porte.

— Nous sommes seuls à présent, murmura-t-il.

— Je ne…

— Si, je sais que tu es prête. Laisse-moi te donner du plaisir, murmura-t-il alors en caressant son intimité à travers la fine soie noire de son string.

— Oh ! gémit-elle lorsqu'il glissa un doigt sous le tissu.

— Tu aimes ? demanda-t-il tout en la pénétrant avec douceur. Viens, je veux que tu jouisses.

Sur le point de perdre tout contrôle, Cinnia eut un éclair de lucidité.

— Tu as un préservatif ?

Henri s'immobilisa.

— Tu veux faire l'amour ?

Elle essaya d'ouvrir son pantalon, mais tremblait tant qu'elle en était maladroite.

Henri se sépara d'elle pour lui enlever son string et ôter ensuite son pantalon. Incapable de détourner les yeux, Cinnia admira l'intensité de son désir, tandis qu'il enfilait un préservatif.

Sachant que plus rien ne pouvait désormais l'arrêter, elle releva sa robe. Henri se positionna alors entre ses cuisses, et elle enroula une jambe autour de sa taille pour mieux s'offrir à lui.

Celui-ci fit alors glisser le bout de son érection contre son intimité avant de s'introduire en elle.

— Je t'ai fait mal ? demanda-t-il comme elle poussait un petit gémissement.

— Non... C'est si bon.

Henri entama un lent va-et-vient tout en reprenant sa bouche. Cinnia n'avait jamais été en proie à un tel désir, surtout debout contre un mur avec un inconnu. Elle s'arc-bouta pour le sentir encore plus profondément en elle, et Henri se mit à bouger plus vite, leurs corps se mouvant en parfaite harmonie.

Sentant le plaisir monter, elle lui mordilla le lobe de l'oreille, puis lui saisit la main pour la guider vers sa poitrine.

— Continue, murmura-t-elle, encore, ne t'arrête surtout pas.

— Je ne vais pas pouvoir me retenir plus longtemps. Es-tu prête ?

— Oui, gémit-elle avant de s'accrocher à son cou. Oh ! oui, Henri, c'est si bon !

— Viens, ma chérie, avec moi !

Et en quelques puissants coups de reins, il les emporta tous deux au royaume de l'extase.

3

Quelques semaines après l'inauguration du night-club, Henri fut convié à la soirée de fiançailles d'un ami. Fidèle à son habitude, il se fit communiquer la liste des invités et, constatant que le nom de Cinnia Whitley y figurait, il confirma sa présence.

À l'idée de revoir celle qui ne cessait d'occuper ses pensées, il décida aussitôt de la séduire à nouveau le temps de comprendre l'étrange fascination qu'elle exerçait sur lui, certain de réussir ensuite à la chasser de son esprit.

Contrairement à son amie Vera, qui avait posté sur différents réseaux sociaux le selfie qu'elle avait pris d'eux quatre lors de la soirée, Cinnia avait fait preuve d'une rare discrétion. À un journaliste qui l'avait interrogée le lendemain, à la sortie de son travail, elle s'était contentée de répondre : « Je n'ai rien à dire, nous nous sommes juste croisés », ce qu'Henri avait beaucoup apprécié.

Bien que leur rencontre ait été fugace, il ne parvenait pas à en oublier l'intensité. Avait-il été stimulé de la voir résister à ses tentatives de séduction, ou excité de découvrir avec quelle passion elle s'était abandonnée au plaisir entre ses bras ?

Une autre raison ramenait sans cesse ses pensées vers Cinnia. Après avoir fait l'amour, encore enivré de douces sensations, il s'était senti… étrangement satisfait.

En paix même.

Lorsqu'il avait entendu la sonnerie attribuée à Trella sur son téléphone, son sens du devoir et de la responsabilité avait cependant pris le dessus. Il s'était écarté de Cinnia pour se rhabiller en vitesse et prendre l'appel sur la terrasse.

De retour dans le salon, il avait constaté que sa compagne lui avait faussé compagnie. Regrettant un instant de ne plus avoir la possibilité de l'inviter à passer le week-end avec lui, il s'était ensuite dit que c'était probablement mieux ainsi, puis avait commandé des fraises.

Celles-ci lui avaient paru à la fois douces et acides, leur goût s'imprimant profondément dans son souvenir. Il en était même arrivé à imaginer qu'il penserait pendant très longtemps à cette étonnante jeune femme chaque fois qu'il mangerait ce fruit. Une idée ridicule, bien sûr.

Même si leurs corps s'étaient merveilleusement accordés, il ne voulait pas de relation suivie. Compte tenu de la vie qu'il menait ainsi que des responsabilités qui pesaient sur ses épaules, il n'en rechercherait jamais.

Comme il entrait dans la salle de gala de l'hôtel où avaient lieu les fiançailles de son ami, Henri repéra Cinnia au milieu d'un petit groupe d'invités.

Elle était aussi belle que dans son souvenir.

Sa robe blanche vaporeuse, dévoilant ses jambes au galbe parfait, découvrait ses fines épaules, et ses cheveux relevés en un élégant chignon laissaient entrevoir de ravissantes boucles d'oreille Art déco en argent.

En la voyant bavarder avec un beau et grand jeune homme qui n'avait d'yeux que pour elle, un brusque sentiment de possessivité s'empara de lui. Il savait quelle passion se dissimulait sous son allure sage et n'avait pas l'intention de laisser cet inconnu le découvrir à son tour !

À la réception du carton d'invitation, Cinnia n'avait pas été dupe. Depuis que la photo de Vera et elle en compagnie des jumeaux Sauveterre avait été publiée sur Internet, d'anciennes connaissances avaient curieusement repris contact avec elle. Malgré son désir de décliner l'invitation, elle avait vu là l'opportunité de rencontrer des clients potentiels parmi les amis fortunés du jeune couple. À cette fin, elle avait choisi sa tenue avec grand soin, dans l'espoir d'offrir la meilleure impression d'elle.

Dès son arrivée, les célibataires en mal d'aventures l'avaient tout de suite accaparée. Gerald, qui lui parlait en cet instant, en était le parfait exemple. Il avait ignoré ses tentatives de mettre fin à la discussion, et elle se promit, s'il lui demandait son numéro de téléphone, de lui donner sa carte de visite professionnelle et de lui dire de l'appeler le jour où il serait prêt à discuter de ses dernières volontés.

— Ne te retourne pas, murmura soudain sa voisine, je crois que tu connais l'homme qui vient d'arriver. Devine de qui il s'agit !

Cinnia ne put bien sûr s'empêcher de jeter un rapide coup d'œil par-dessus son épaule, et sentit son cœur faire un bond dans sa poitrine.

Henri la fixait, superbe dans un costume en lin blanc cassé, dont la veste était ouverte sur une chemise noire.

— Ah ! l'un des jumeaux Sauveterre, répondit-elle aussitôt, priant pour que ses joues écarlates ne la trahissent pas. Je ne les connais pas vraiment, nous n'avons échangé que quelques phrases ensemble.

Elle répétait ce mensonge à qui voulait l'entendre. Vera s'étant vantée d'avoir couché avec Ramon, les amis de Cinnia étaient curieux de savoir si elle en avait fait autant avec Henri.

Elle refusait cependant d'admettre la vérité, et n'arrivait toujours pas à comprendre comment cet homme avait pu la troubler au point de lui faire abandonner sa réserve légendaire et ses principes les plus élémentaires.

— Il doit être ami avec le futur marié, j'imagine, murmura Gerald. Ce que l'on raconte à votre sujet n'est donc pas vrai, alors ?

— La preuve, répondit-elle d'un ton sec, je ne suis même pas certaine de savoir de quel jumeau il s'agit.

En réalité, elle était persuadée que c'était Henri, car son corps avait réagi à sa présence. Et elle espérait de tout cœur que son trouble n'était pas visible.

Elle songea un instant à quitter la réception en douce, mais eut peur que sa fuite ne dénonce son intérêt pour lui.

— Qu'avez-vous offert aux futurs mariés ? demanda-t-elle pour changer le sujet de la conversation.

— Il vient vers nous, murmura son amie avant d'afficher un large sourire. Monsieur Sauveterre, quel plaisir de vous voir.

— Je suis enchanté de vous rencontrer ici, répondit-il tout en posant une main au creux du dos de Cinnia.

Elle sentit comme une décharge électrique lui parcourir le corps.

— Ravi de te revoir, Cinnia.

Le cœur battant, elle fronça les sourcils.

— Tu es... Henri, n'est-ce pas ?

Il lui lança un regard appuyé, tandis que la pression de sa main s'intensifiait.

— Comme si tu ne le savais pas !

Très à l'aise, il engagea ensuite la conversation avec les personnes de leur groupe, les questionnant sur leurs centres d'intérêt respectifs, sans toutefois offrir le moindre détail intime sur sa vie.

Cinnia restait immobile, comme pétrifiée, le corps brûlant de désir et incapable de rompre le contact.

— Je suis désolé de vous abandonner, déclara soudain Henri en lui prenant la main, mais je voudrais présenter Cinnia à des amis.

Dès qu'ils se furent suffisamment éloignés, elle tenta de libérer sa main.

— J'étais sur le point de partir.

— Parfait, moi aussi. Allons dire au revoir à nos hôtes auparavant.

Bien qu'outrée qu'il s'affiche avec elle comme s'ils formaient un couple, elle le suivit, préférant éviter de faire une scène. Ils bavardèrent ainsi quelques minutes avec les fiancés, puis quittèrent la salle, laissant place aux inévitables commérages.

— Dans quel but fais-tu cela ? demanda-t-elle. Tu es en train de ruiner ma réputation.

— Faux. Tout ce que touchent les Sauveterre se transforme en or. Tu pourras me remercier plus tard.

Il la guida jusqu'à l'entrée de l'hôtel, devant laquelle une limousine noire attendait.

— Je veux rentrer chez moi, réussit-elle à dire d'un ton déterminé.

— Pourquoi es-tu si distante ? Tu ne peux pas m'en vouloir de la manière dont nous nous sommes quittés, puisque c'est toi qui es partie.

— Écoute…

— Poursuivons cette conversation ailleurs, au lieu de nous donner en spectacle, l'interrompit-il.

Un groupe de paparazzis s'était formé autour d'eux, et les flashs qui crépitaient décidèrent Cinnia à s'engouffrer dans la voiture.

— Je ne m'attendais pas à un accueil aussi froid, reprit-il, une fois à l'abri derrière les vitres teintées.

— Sache que je me suis donnée à toi l'autre jour dans le seul but d'oublier une histoire malheureuse. Rien d'autre.

Elle aurait tellement aimé que ce soit vrai !

— Pardon ?

Le ton d'Henri était devenu glacial.

— Je comprends que tu trouves cela insultant et, crois-moi, j'en suis désolée, répondit-elle en lui lançant un regard faussement contrit. Mais au moins, je n'ai pas répondu au téléphone alors que nous étions encore…

Elle ne put finir sa phrase, encore trop choquée par ce souvenir.

Avoir succombé à son charme et accepté de faire l'amour avec cet homme qu'elle connaissait à peine était impardonnable, mais cette expérience avait été si intense et unique qu'elle n'avait éprouvé aucun regret. Jusqu'à ce que la sonnerie du portable d'Henri retentisse…

Celui-ci s'était alors empressé de se rhabiller avant d'ouvrir son mobile et de répondre d'une voix joyeuse : « Comment vas-tu, Bella ? », puis de sortir discuter sur la terrasse.

Humiliée, Cinnia avait remis sa robe en toute hâte et s'était enfuie, persuadée qu'il en avait fini avec elle.

— Oh ! mon Dieu, qu'as-tu imaginé ? murmura-t-il. C'était ma sœur qui téléphonait.

— Rien ne m'oblige à te croire, déclara-t-elle en tournant la tête vers la vitre.

— Je comprends que cela t'ait paru grossier. Je suis navré de t'avoir blessée et que tu sois partie à cause d'un malentendu, mais sache que je ne peux pas me permettre d'ignorer un appel de Trella, que nous avons surnommée Bella.

— Merci pour cette explication. Maintenant, dis à ton chauffeur que j'habite de l'autre côté de Londres et qu'il a pris la mauvaise direction.

— Cinnia, s'il te plaît, j'aimerais que tu comprennes. J'ai des raisons sérieuses de prendre soin de ma sœur.

Encore si longtemps après le kidnapping ? Elle lui jeta un coup d'œil à la dérobée, surprise de le voir troublé. Se souvenant alors de l'avoir entendu dire qu'il ne parlait jamais de sa famille, elle soupira.

— Je pourrais te demander de m'expliquer pourquoi, mais tu ne le ferais pas, n'est-ce pas ?

— En effet.

Cinnia haussa les épaules, s'efforçant de ne pas paraître blessée par son manque de confiance.

— Tu as sans doute raison. À quoi bon chercher à vouloir te comprendre ? Même si nous nous étions séparés de façon plus chaleureuse ce soir-là, tu ne m'aurais jamais appelée. Alors qui se soucie de la manière dont nous allons nous quitter aujourd'hui ?

— Moi, de toute évidence.

— Faux ! s'exclama-t-elle avec un petit rire amer. En me voyant tout à l'heure à la réception, tu n'as songé qu'à réitérer l'expérience. C'est gentil, mais je n'y tiens pas.

Elle devait se montrer forte et ne surtout pas succomber une deuxième fois à son charme ravageur.

— Je suis venu ce soir parce que tu figurais sur la liste des invités.

Un tourbillon d'émotions traversa Cinnia, mais elle résista à la tentation de le croire.

— Tu aurais mieux fait de t'abstenir. Après avoir vu une photo de nous, mon supérieur m'a harcelée pour que je te présente notre société. J'imagine maintenant sa réaction, si les photographes qui attendaient devant l'hôtel en publiaient une deuxième.

— Tu veux que je vienne dans vos bureaux pour écouter son baratin ? Parfait.

— Surtout pas, cela tournerait à mon désavantage. Je ne veux pas que les gens recherchent ma compagnie parce que nos noms ont été associés une fois, ni qu'ils essayent de m'utiliser pour s'approcher de toi. Et je souhaite encore moins une faveur de ta part.

Un flash brilla soudain dans la nuit. À travers la vitre, Cinnia aperçut un scooter qui les doublait et un paparazzi assis à l'arrière qui braquait son objectif dans sa direction.

— C'est infernal ! s'exclama-t-elle. Ils ne se lassent donc jamais ?

— Non, rien ne les arrête, répondit Henri avec un soupir. Trella souffre encore de troubles liés à son enlèvement. La présence constante des médias autour de notre famille ne l'aide pas à les surmonter. Tout ce que je puis te dire est que je me suis engagé à toujours être disponible pour elle. Libre à toi de publier cette information sur le Net, si cela te permet de te sentir mieux.

— Tu sais bien que j'en suis incapable. Pourquoi blesser quelqu'un que je ne connais même pas ? Ce n'est pas mon genre.

Aucune information n'avait jamais filtré sur les conditions de captivité de Trella, mais Cinnia espérait qu'aucune des terribles hypothèses avancées dans les journaux n'était exacte. En apercevant le regard préoccupé d'Henri, elle éprouva un tel désir de le réconforter qu'elle dut se retenir de lui prendre la main.

— C'est rare de rencontrer une personne aussi discrète que toi, dit-il soudain. As-tu été importunée par des journalistes ?

— À part une tentative d'interview, et la réaction de mon supérieur, ce sont essentiellement les amis et la famille qui m'ont posé des questions. Ils en ont été pour leurs frais.

Comme il lui lançait un regard interrogateur, elle poursuivit :

— Dans ma profession, les clients souhaitent une totale discrétion. Personne ne désire confier son portefeuille à une personne qui étale sa vie privée sur les réseaux sociaux. Je veux être reconnue pour mon travail et non pas parce que je connais un membre de la famille Sauveterre.

— As-tu dénoncé la tentative de harcèlement au directeur des ressources humaines ?

— Ça n'aurait servi à rien.

— Si, crois-moi. En tant que dirigeant d'une grande société, je peux affirmer que seuls les problèmes exposés ont une chance d'être résolus.

Cinnia, qui n'avait pas vu la situation sous cet angle-là, avait préféré se taire en songeant qu'elle allait bientôt quitter ce cabinet.

— Je vais y réfléchir.

— Parfait.

— Pourrais-tu me ramener chez moi, à présent ?

— J'aimerais dîner avec toi.

— Voyons, Henri, sois honnête ! Tout ce que tu veux, c'est m'attirer dans ton lit.

— En effet, mais si tu me dis que cela ne t'intéresse pas à la fin du repas, je te raccompagnerai chez toi. Sois honnête toi aussi.

Cinnia eut du mal à soutenir son regard brûlant, qui pourtant la captivait. Sentant à nouveau ses défenses tomber, elle préféra se montrer ferme.

— Tu n'aurais pas dû venir à cette réception, et surtout

pas pour me voir comme tu l'affirmes. Tu ne m'as pas appelée après notre première rencontre, et je sais que tu ne le feras pas non plus demain.

— Je n'en aurai pas besoin, puisque tu seras avec moi.

— Quelle arrogance, monsieur Sauveterre ! s'exclama-t-elle. Tu n'avais d'ailleurs pas l'intention de rester avec moi, l'autre soir.

Henri garda le silence quelques secondes.

— Je te rappelle que tu ne m'en as pas laissé le choix. Cela dit, je suis toujours très méfiant envers les femmes, car elles ont l'habitude de m'utiliser. Au début, j'ai cru que tu résistais dans le seul but d'attiser mon intérêt. Mais après notre premier baiser, j'ai compris que tu n'avais pas agi par calcul. La passion qui t'a emportée était bien réelle. Découvrir ensuite que tu n'avais pas pris la pochette de cadeaux en partant, a été une preuve supplémentaire de ton honnêteté.

Il sourit, avant de poursuivre :

— Imagine ma surprise de rencontrer une partenaire qui, en plus de se laisser aller entre mes bras avec une fougue délicieuse, ne s'est pas épanchée sur les réseaux sociaux le lendemain ! Alors oui, j'ai beaucoup apprécié notre première rencontre et je souhaite de tout cœur renouveler cette expérience.

Ainsi, Henri gardait un souvenir chaleureux de leur soirée et, plus important encore, il avait compris qu'elle était désintéressée. Rassérénée, Cinnia se sentait malgré tout gênée.

— J'ai honte de m'être comportée de la sorte.

— Pourquoi ?

— Parce que tu t'attendais que je cède.

— Non, je l'espérais, ce qui est différent. Cela dit, je n'ai porté aucun jugement, car j'avais terriblement envie de faire l'amour avec toi. Tu sembles avoir des idées préconçues sur la nature des rapports entre hommes et femmes…

— Peut-être. Je n'ai eu que deux relations jusqu'à présent, et jamais d'aventure.

Sur ces mots, la limousine s'arrêta devant un hôtel.

— Que faisons-nous ici ? demanda Cinnia.

— J'ai réservé une table pour dîner.

Elle se réjouit aussitôt de passer plus de temps en sa compagnie, tout en mesurant le danger. À chaque instant, sa résolution de le tenir à distance faiblissait.

— Un rendez-vous galant a sa place dans ton schéma relationnel, n'est-ce pas ?

Avant même qu'elle puisse répondre, elle le vit sortir de la voiture, puis en faire le tour. Lui ouvrant la portière, il lui tendit galamment la main pour l'aider à descendre.

Il garda les doigts fermement entrelacés aux siens, tandis qu'ils franchissaient les quelques mètres les séparant de l'entrée de l'hôtel sous un nouveau crépitement de flashs.

Henri avait raison, il ne pouvait faire un pas sans être harcelé par les journalistes.

Le chef en personne les accueillit à l'entrée du restaurant, et les installa à une table située dans un coin tranquille de la salle, à l'abri des regards. Il leur présenta une sélection de plats puis, une fois leur choix fait, se retira.

— À l'issue du repas, j'espère ne pas être contrainte de te suivre dans la chambre que tu as certainement retenue dans ce palace, lança-t-elle d'un ton aussi ferme que possible.

— Et moi, j'espère que tu m'y accompagneras de ton plein gré.

4

Le serveur leur apporta sans attendre une bouteille de champagne ainsi que des amuse-bouches concoctés par le chef. Henri enchaîna alors sur une anecdote au sujet d'un voyage qu'il venait d'effectuer. Amusée et très vite à l'aise, Cinnia en partagea une autre avec lui, et la conversation se poursuivit gaiement pendant tout le repas.

Ils discutèrent d'art, de musique, de politique, et même de gestion de patrimoine, lorsqu'il lui demanda son avis sur un placement. Bien que les trusts internationaux ne soient pas sa spécialité, Cinnia avait heureusement certaines connaissances en la matière et se réjouissait qu'Henri s'intéresse à son travail. Comme lors de leur première rencontre, il évita soigneusement les sujets personnels, mais se montra si charmant qu'elle se détendit totalement, à nouveau conquise par cet homme séduisant et cultivé.

À la fin du repas, il l'entraîna sur la piste de danse. Il conserva tout d'abord une distance respectueuse jusqu'à ce qu'une musique plus langoureuse lui permette de se rapprocher d'elle. Leurs pas s'accordaient de façon très naturelle, et leurs corps en s'effleurant créaient une douce intimité. Comme il se penchait pour lui murmurer un compliment sur son parfum, leurs hanches se frôlèrent. Surprise de sentir l'intensité de son désir, elle tressaillit.

— Je n'y peux rien, ma chérie, s'excusa Henri avec

un sourire charmeur mais dénué d'embarras. Tu sais très bien quel effet tu me fais.

Reprenant un air sérieux, il la regarda droit dans les yeux.

— Je meurs d'envie de t'embrasser, Cinnia. Accepterais-tu de me suivre dans ma chambre ?

— Oui, murmura-t-elle sans même prendre le temps de réfléchir.

Ils partirent alors main dans la main tandis que Guy, le garde du corps d'Henri, leur emboîtait le pas.

Une fois dans la suite, ils purent enfin laisser libre cours au désir qui les torturait depuis l'instant même où ils s'étaient revus.

Cinnia se réveilla au milieu de la nuit. Henri, nu contre elle, avait passé un bras passé autour de sa taille, et leurs jambes étaient enlacées. Se remémorant la passion dont ils avaient fait preuve, elle sentit une douce chaleur se diffuser dans son corps et posa une main sur son sexe viril, qui se raffermit à sa première caresse.

— Oui, soupira Henri dans un demi-sommeil, continue, c'est si bon.

Cinnia ne se fit pas prier. Heureuse de sentir son érection palpiter sous sa paume, elle laissa glisser ses lèvres de son cou à son torse.

— Tu es en train de me rendre fou, ma chérie. Attends, je veux moi aussi m'occuper de toi.

Et, s'agenouillant au bout du lit, il lui écarta doucement les jambes.

Consciente qu'Henri voulait ainsi se déclarer maître de son corps, Cinnia s'abandonna à sa bouche et à ses doigts experts, gémissant sous ses caresses, si excitantes que ses dernières inhibitions s'évanouirent. Au moment où elle allait le supplier de la prendre, il s'écarta d'elle.

— Je ne peux plus attendre, ma chérie.

Roulant sur le côté, il la fit mettre à quatre pattes et la pénétra d'une seule poussée. Il saisit alors les bouts de ses seins entre ses doigts, les titilla puis entama un lent va-et-vient en elle. Cinnia l'encouragea de petits soupirs rauques avant de laisser échapper un long cri, vite rejointe dans l'orgasme par Henri.

Lorsque la lumière du jour pointa, elle se glissa hors du lit, un peu honteuse d'avoir, une fois de plus, été incapable de résister à cet homme fascinant et de s'être abandonnée dans ses bras avec une telle fougue.

Henri maîtrisa son envie de rejoindre Cinnia sous la douche, pour considérer la décision qui s'était imposée peu à peu à lui au cours de la nuit.

Il n'avait jamais eu de relation durable, car il les évitait depuis…

Depuis ce jour fatidique où, dans le hall du pensionnat, Diana lui avait demandé s'il l'aimait. Il en avait été tout remué, car il rêvait depuis des semaines d'embrasser la ravissante adolescente aux yeux couleur caramel et à la bouche en cœur.

À cet instant précis, Trella était venue lui dire qu'elle souhaitait aller l'attendre dehors avec ses amies.

« D'accord, vas-y », lui avait-il lancé avant de soupirer et d'ajouter à l'intention de Diana : « Les petites sœurs sont si pénibles ! »

Trella s'était alors éloignée d'un pas guilleret vers le triste destin qui l'attendait. Elle avait été kidnappée à la place d'Angelique par le professeur particulier de mathématiques de cette dernière.

« Oui, je t'aime », avait alors répondu Henri d'une voix timide, persuadé d'être en effet amoureux, tant la présence de Diana le troublait.

C'est alors qu'il avait entendu Saliq hurler que Trella avait été enlevée.

Lorsque sa sœur avait enfin été libérée, après des journées d'angoisse insupportable, il avait repris le chemin du collège et s'était arrangé pour éviter d'adresser à nouveau la parole à Diana jusqu'à la fin de l'année. Depuis cette histoire traumatisante, il s'était bien sûr accordé des moments de plaisir avec des femmes, mais sans jamais laisser aucune d'elles s'immiscer dans sa vie.

L'amour était une faiblesse qu'il ne pouvait se permettre, avait-il décrété.

Avoir une maîtresse n'impliquait toutefois pas de sentiments tant qu'il restait sur ses gardes, songea-t-il. À moins qu'il ne cherchât à justifier la décision qu'il avait prise au cours de la nuit ?

Il s'habilla rapidement, décrocha le téléphone de la chambre pour commander le petit déjeuner et demander à la boutique de l'hôtel de lui apporter une sélection de vêtements. Puis il alla prendre les journaux posés devant sa porte.

— Bonjour, Pierre, dit-il au garde du corps qui avait remplacé Guy au cours de la nuit. Quoi de nouveau aujourd'hui ?

— Quelques photos de vous prises hier soir ont été publiées, accompagnées des commentaires habituels. Rien de plus pour l'instant.

Henri hocha la tête, pensif.

— Merci, tenez-moi au courant.

Ses relations ayant été jusque-là éphémères, les jeunes femmes dont le nom était brièvement associé au sien avaient peu de chance d'être prises pour cibles. Si Cinnia acceptait sa proposition, la situation serait différente et, dès l'instant où les médias en auraient vent, il allait devoir lui fournir une garde rapprochée.

Il survola les unes des journaux, puis saisit son portable sur lequel l'attendait un message de Ramon : un simple point d'interrogation. Ce dernier avait de toute évidence déjà lu les gros titres et se demandait pourquoi son frère revoyait la jeune femme du night-club.

Henri ignora ce SMS, mais décida d'appeler Angelique.

— As-tu un problème ? demanda-t-il en français. Ton message est mystérieux. Tu m'as semblé inquiète, mais je n'ai rien compris à ton histoire au sujet de Trella et Saliq. Vivraient-ils une histoire romantique ?

— Absolument pas ! J'ai cru comprendre qu'il était tombé amoureux d'une princesse du Zhamair. Étais-tu au courant ?

Saliq avait beau être le meilleur ami des jumeaux, aucun d'eux ne discutait jamais de leurs sentiments, limitant leurs conversations aux affaires.

— Non, il ne m'a rien dit. Tu en as parlé à Trella ?

— Pas vraiment.

Angelique marqua une pause, semblant réfléchir. Tout comme lui, elle était calme et aimait la solitude, tandis que Trella et Ramon étaient spontanés et exubérants.

Henri avait souvent pensé que si elle s'était trouvée devant l'école le jour du kidnapping, elle n'aurait pas rejoint son professeur qui l'appelait, mais aurait plutôt attendu que Ramon l'accompagne. Sa timidité était parfois un frein, mais avait l'avantage de la protéger.

Trella, impulsive qu'elle était, s'était précipitée vers le professeur, pour lui dire qu'elle n'était pas Angelique.

Malgré ses hurlements il l'avait poussée dans une camionnette et séquestrée cinq jours durant. Quinze ans plus tard, elle souffrait encore de terribles angoisses après ce traumatisme.

Henri ne comprenait cependant pas en quoi Saliq, grâce à qui sa sœur avait été sauvée, pouvait à présent représenter une menace pour elle.

— Je lui ai simplement dit qu'un jour Saliq souhaiterait se marier, reprit Angelique. Elle est restée très calme, mais… je l'ai sentie contrariée. Je crois qu'elle s'inquiète déjà à l'idée de ne pas être capable d'assister à la cérémonie, lorsqu'il décidera de prendre une épouse.

— Il sera temps de s'en occuper si leur relation évolue. Merci en tout cas de m'avoir prévenu.

L'état de Trella avait commencé à se stabiliser, et tous espéraient que ses attaques de panique allaient enfin disparaître définitivement.

Il vit alors Cinnia entrer dans le salon, vêtue d'un peignoir de l'hôtel.

— Excuse-moi, je venais juste chercher mon téléphone, dit-elle.

Elle se dirigea vers son sac qu'elle avait abandonné sur le canapé, la veille au soir.

— Qui est avec toi ? demanda Angelique.

— Une amie.

Belle comme une déesse. Ils avaient partagé une nuit torride, durant laquelle il lui avait fait l'amour plusieurs fois avec un plaisir sans cesse accru. Il n'était pas prêt à attendre encore de longues semaines, voire une vie entière, avant de recommencer.

— Je te rappelle plus tard, dit-il à Angelique. Préviens-moi s'il y a du nouveau.

Posant son téléphone, il invita Cinnia de la main à le rejoindre. Mais elle ne bougea pas, se contentant de resserrer les bras autour d'elle.

— À qui parlais-tu ? lui demanda-t-elle.

— Gili, enfin Angelique.

— Vous semblez très unis tous les quatre.

— Mon frère et mes sœurs sont les seules personnes à qui je fasse totalement confiance.

— Je parle français, avoua alors Cinnia en baissant les yeux. Malgré moi, j'ai entendu une partie de votre conversation.

— Et ?

— J'ai souvent pensé à quel point il devait être difficile à ta sœur de surmonter les traumatismes liés à la terrible épreuve qu'elle a endurée. Le souvenir doit toujours la hanter. J'en suis désolée pour elle.

En voyant l'expression compatissante de Cinnia, Henri comprit que poursuivre leur relation présentait un risque, car il allait devoir communiquer davantage, voire se confier à elle. Y était-il prêt ? Oui, si cela lui permettait de vivre régulièrement des nuits aussi excitantes que celle qu'ils venaient de passer !

— Es-tu aussi désolée pour la nuit dernière ? demanda-t-il en souriant.

— Un peu…

— Pourquoi ?

Il la prit dans ses bras, l'obligeant à le regarder. La vulnérabilité qu'il lut dans ses yeux le troubla. Il n'était pas le seul à être perturbé par le degré d'intimité qu'ils avaient atteint. Ému, il s'efforça de la rassurer.

— Il n'y a pas de honte à se donner mutuellement

du plaisir et, crois-moi, j'adore la passion dont tu fais preuve. Si tu ne me promets pas d'oublier ta timidité, je te fais l'amour tout de suite, sur le tapis.

Cette menace arracha un sourire à Cinnia. Sans doute aurait-elle été prête à se laisser faire, si la sonnette n'avait retenti au même moment.

— Ce doit être notre petit déjeuner, expliqua Henri en la lâchant à regret.

Un employé entra, poussant une table roulante couverte de plats surmontés de cloches en argent. Une jeune femme le suivait, les bras chargés de vêtements qu'elle posa dans un fauteuil. Alors, elle entreprit de présenter les différents modèles à Henri, qui les écarta les uns après les autres avant de jeter son dévolu sur une robe bleue.

Il choisit ensuite pour lui une chemise blanche classique, puis congédia d'un geste discret l'employée de la boutique.

— Cette robe t'ira très bien, j'en suis sûr, dit-il en se tournant vers Cinnia. Elle a la couleur de tes yeux.

— Mais je n'ai besoin de rien !

— Laisse-moi te faire plaisir, fit Henri tout en s'installant à table. Tant que tu es avec moi, je veux pouvoir te faire des cadeaux.

Gênée, Cinnia resta silencieuse.

— Tu ne viens pas me rejoindre ? Tu dois avoir aussi faim que moi après nos ébats nocturnes.

— Cesse de me taquiner.

— Pourquoi cela te dérange-t-il tant, d'avoir passé une nuit à faire l'amour et d'en parler ?

Cinnia vint s'asseoir face à Henri. Elle avait la sensation qu'en plus de son corps il avait pris possession de son âme. Or, persuadée qu'il la quitterait tôt ou tard, elle sentit une soudaine tristesse la submerger.

— Je t'ai déjà expliqué que je n'avais pas l'habitude de coucher avec un homme que je viens juste de rencontrer.

— Et moi, je te répète que les moments que nous avons passés ensemble ont été très spéciaux pour moi.

Ne sachant que dire, elle saisit la tasse de café qu'il lui tendait et se hâta d'en prendre une gorgée, tandis qu'il la regardait d'un air mystérieux.

— Tu sous-estimes l'effet que tu me fais, reprit-il. Nous avons une entente unique.

Elle attendit qu'il poursuive. Son visage avait une expression très sérieuse, et il semblait choisir ses mots avec soin.

— Nous pourrions nous quitter ce matin et reprendre le cours de nos vies jusqu'à ce que je t'appelle lors de mon prochain passage à Londres.

Après avoir eu tant de mal à l'écarter de ses pensées depuis la soirée au night-club, certaine de ne jamais le revoir, elle avait cédé lorsqu'il était revenu la chercher. Et voilà qu'il s'attendait qu'elle accepte de poursuivre leur relation sur les mêmes bases !

Au lieu de s'offusquer, elle garda ses yeux brûlants de larmes rivés sur sa tasse, honteuse de l'avoir laissé prendre un tel ascendant sur elle.

— Cinnia, regarde-moi. Est-ce que cet arrangement te conviendrait ?

— Je n'ai pas l'intention de passer mon temps à t'attendre, mentit-elle.

— C'est exactement ce que j'espérais t'entendre dire.

Il posa les coudes sur la table, ses mains encerclant son assiette.

— J'apprécie que tu sois très indépendante, mais je

ne compte pas laisser le hasard décider de nos futures rencontres. J'avais l'intention de te proposer un arrangement différent.

Cinnia soutint le regard d'Henri. Quoi qu'il ait en tête, et si tentée qu'elle fût de continuer à le voir, elle devait rester prudente.

— Que suggères-tu ?

— Après des années de relations éphémères, la nuit passée avec toi m'a laissé entrevoir les avantages d'une liaison à long terme.

Cinnia en resta sans voix pendant quelques secondes, le cœur battant à tout rompre, tandis que la perspective de dîners romantiques et de délicieuses nuits entre ses bras lui traversait l'esprit. Mais, apercevant alors la robe bleue qu'il voulait lui offrir, elle se rebella.

— Si tu penses me convaincre grâce à un cadeau, tu fais fausse route. Tu peux trouver sans problème une femme prête à te tenir compagnie quand bon te semblera, en échange de ce genre de faveurs.

— Cela n'a rien à voir, tu ne pouvais simplement pas quitter l'hôtel ce matin en tenue de soirée. C'est toi que je veux et personne d'autre.

— C'est possible, mais je ne suis pas à vendre.

— Prenons notre petit déjeuner, proposa Henri, l'air sombre soudain.

Surprise de son changement d'attitude, Cinnia accepta l'assiette d'œufs brouillés qu'il lui tendait, et tous deux mangèrent en silence, avant qu'il revienne à la charge.

— Que les choses soient claires, Cinnia. Je n'ai jamais eu de mal à trouver de la compagnie, même si jusqu'ici, j'ai privilégié ma liberté.

— Je préférerais que tu te dispenses de ce genre de commentaire.

— Ce que je te propose aujourd'hui, poursuivit-il sans tenir compte de son interruption, est une relation suivie. Je tiens cependant à te préciser d'emblée que je ne me marierai jamais. En revanche, comme je souhaite une liaison exclusive, je veux être en mesure de t'offrir quelque chose en retour.

— Ton charme ne suffit pas ? demanda-t-elle feignant la surprise.

— Certaines femmes provoquent leurs amants dans le seul but de recevoir une fessée. Est-ce cela que tu attends ?

Cinnia sentit ses joues se colorer à cette idée érotique.

— Cessons ce petit jeu, Henri, déclara-t-elle après s'être ressaisie. À mon tour maintenant de te fournir quelques précisions.

— Je t'écoute.

Au point où elle en était, autant abandonner toute fierté et lui expliquer ce qu'elle attendait de la vie. Elle s'appuya alors contre le dossier de sa chaise pour se donner le courage d'aborder son passé.

— Comme je te l'ai déjà dit, nous nous sommes retrouvées dans une situation critique à la mort de mon père. Ma mère a eu du mal à changer de niveau de vie et s'accroche depuis à l'espoir que l'une de ses filles fasse un beau mariage, afin de résoudre nos problèmes. J'ai aussi évoqué une histoire malheureuse avec mon précédent petit ami. Si je t'en parle maintenant, c'est pour t'aider à comprendre mon attitude.

— Il a refusé de t'épouser ?

— La question ne s'est pas posée. Pendant nos études, nous vivions simplement et lorsque nous nous sommes installés à Londres, c'est moi qui ai assuré notre loyer pendant un certain temps. Je croyais qu'Avery m'aimait et que nous allions nous marier. Le jour où ses parents ont vendu une propriété et partagé l'argent entre leurs enfants, j'ai eu la naïveté de penser qu'avec cette somme il pourrait enfin acheter la maison dont nous rêvions et demander ma main.

— Et ?

— Il s'est empressé de vider la moitié de notre compte commun, puis de me jeter hors de l'appartement la veille du jour où nous devions reconduire le bail.

Elle soupira, avant de poursuivre :

— Je dois reconnaître que ma mère s'était montrée très maladroite. Toute au bonheur de nous voir bientôt mariés, elle avait aussitôt suggéré à Avery d'investir une partie de son argent dans notre propriété et de venir nous y installer avec elle. Je n'aurais bien sûr jamais accepté cela.

Comme Henri restait silencieux, Cinnia se sentit mal à l'aise et joua avec la ceinture de son peignoir afin d'occuper ses mains qui tremblaient. Meurtrie après cette triste histoire, elle avait perdu confiance en elle, doutant même de pouvoir être aimée.

Plutôt que de s'apitoyer sur son sort, elle prit une profonde inspiration, décidée à poursuivre son récit avant que son courage l'abandonne.

— Le pire reste à venir. Avery m'a ensuite accusée d'avoir agi par intérêt, car c'est moi qui avais conseillé à ses parents de partager leurs biens de leur vivant. Je tiens à préciser que je l'avais fait *à leur demande* et, soit dit en passant, bénévolement.

— Quel est le nom de ce garçon ? demanda Henri.

— Peu importe.

— Est-ce la raison pour laquelle tu refuses que je t'offre une robe ?

— Entre autres. Je gagne ma vie, Henri. J'aime mon travail actuel, mais mon but est d'ouvrir ma propre agence, et je ne veux pas entendre dire que j'ai réussi parce que je couchais avec toi.

— On accuse sans cesse mes sœurs de devoir le succès de leur maison de couture au soutien financier de Sauveterre International. Sais-tu comment elles réagissent ?

— Non.

— Elles ignorent ces calomnies. Tu ne dois d'explications à personne. Le jour où tu ouvriras ton agence, et où qu'en soit notre relation, tu pourras nous envoyer à Ramon et à moi ton plan de développement d'entreprise. Nous sommes des professionnels de l'investissement et avons participé à la création de la Maison des Jumelles parce que Trella avait établi un plan solide, qui a même dépassé nos attentes. Si le tien est prometteur, nous pourrons envisager un prêt. Lorsqu'il s'agit d'argent, nous ne faisons preuve ni de favoritisme ni de sentimentalisme. C'est pour cela que nous sommes riches.

Il ne plaisantait pas !

— J'y penserai, murmura-t-elle.

— J'aime l'idée que tu travailles à ton compte.

— Pourquoi ?

— Parce que je suis très occupé et qu'il serait difficile de trouver du temps à passer ensemble, si tu avais des horaires fixes.

— Tu parles comme si j'avais accepté d'être ta… Laisse-moi utiliser le terme français : ta courtisane.

Un sourire aux lèvres, Henri riva le regard au sien.

— Tu veux dire une femme cultivée, qui a conscience de sa valeur et assume sans honte ses pulsions sexuelles ? Tu m'en vois ravi !

Furieuse de s'être elle-même tendu un piège, Cinnia secoua la tête.

— Je plaisantais, se hâta-t-elle de préciser.

— Pas moi. À présent, écoute-moi bien. Je suis basé à Paris, me rends à New York environ une fois par mois et en Espagne quand ma mère ou mes sœurs ont besoin de moi. Ayant aussi un bureau ici à Londres, je m'arrangerai pour y travailler plus souvent, si tu me promets de te libérer lorsque j'y suis. Tu pourrais aussi m'accompagner dans certains de mes voyages.

— À supposer que je veuille passer du temps avec toi.

— Regarde-moi, lui ordonna-t-il d'un ton si sévère qu'elle obtempéra. Nous avons passé une nuit merveilleuse ensemble. Si tu n'as pas envie de recommencer, très bien, lève-toi et pars. Je ne t'importunerai plus jamais.

Le cœur battant, Cinnia se dressa d'un bond avant de se figer. La gorge nouée, les yeux envahis de larmes, elle n'arrivait plus à bouger.

Elle s'était juré d'être autonome et de ne rien devoir à un homme, pourtant elle se sentait incapable de quitter celui qui lui offrait de passer de délicieux moments en sa compagnie, tout en lui refusant son cœur. L'horrible impression que tout s'écroulait autour d'elle la submergea.

— Calme-toi, lui dit-il en la prenant dans ses bras jusqu'à ce que ses sanglots s'apaisent. Ça va mieux ?

— Oui, murmura-t-elle.

— Laisse-moi réfléchir… Comment pourrais-je ramener un sourire sur tes jolies lèvres ?

Et sans attendre sa réponse, il passa la main dans l'échancrure de son peignoir, prit l'un de ses seins en coupe et en titilla le téton entre ses doigts. Comme Cinnia tendait les hanches vers lui, il la caressa longuement avec encore plus de douceur.

— Tu aimes ça ?

— Oh oui ! gémit-elle.

— Attends.

Après avoir enlevé son pantalon, il enfila un préservatif et s'assit sur sa chaise.

— Viens, murmura-t-il en l'attirant à lui.

Subjuguée, Cinnia s'installa à califourchon sur ses genoux et le sentit si ferme en elle que toutes ses craintes s'envolèrent.

Henri écarta alors complètement son peignoir et lui prit les fesses en coupe.

— Nous n'avons plus besoin de nous presser, nous avons tout notre temps, murmura-t-il à son oreille.

Mais Cinnia avait trop envie de lui. Elle déboutonna sa chemise, et promena les lèvres sur son torse, saisissant entre elles ses tétons dressés. Le sentant palpiter en elle, elle s'accrocha à ses épaules et entama un doux va-et-vient, dont le rythme se fit de plus en plus rapide, jusqu'à ce qu'un puissant orgasme l'emporte.

— Tu es si belle, murmura Henri un moment plus tard en lui caressant le visage.

— Et toi très doué. À présent, je veux te donner du plaisir, moi aussi.

— Plus tard, nous avons tout le temps devant nous.

— Tu ne doutes jamais de toi ! Tous les moyens sont bons pour obtenir ce que tu désires.

— Tu es bien difficile, si tu n'acceptes même pas que je t'offre un orgasme !

Elle baissa la tête et posa le front contre son torse, humant sa douce odeur virile.

— Cesse de me taquiner. De toute manière, je sais que tu ne m'épouseras jamais.

— En effet, répondit-il d'un ton ferme.

Sa réponse avait le mérite d'être claire et franche. Il lui offrait une relation sensuelle sans promesse d'avenir, mais qui pourtant ne ressemblait à rien de ce qu'elle avait connu jusque-là.

Cinnia décida alors de faire preuve à son tour d'honnêteté.

— Je veux me marier et avoir des enfants plus tard. Je n'ai pas l'intention de te donner mes meilleures années, pour que tu finisses ensuite par me laisser tomber.

Il lui prit la tête entre les mains pour la regarder droit dans les yeux.

— Reste avec moi jusqu'à ce que tu te sentes prête à réaliser ton rêve, et ce moment venu je te laisserai partir. Pour l'instant, avoue que tu as autant envie que moi de poursuivre cette relation.

— Je vous trouve bien sûr de vous, monsieur Sauveterre !

— Pas tant que cela, en fait. Ce que je ressens en ta présence est très inhabituel pour moi. Je n'ai pas l'habitude de céder à mes pulsions et encore moins d'inviter une jeune femme telle que vous dans ma vie, mademoiselle Whitley.

Il lui décocha un sourire charmeur.

— Mais puisque tu refuses de me donner une réponse, ajouta-t-il, je vais essayer de trouver des arguments capables de te convaincre.

Sur ses mots, il la souleva dans ses bras et se dirigea sans attendre vers la chambre.

5

Paris, deux ans et demi plus tard…

— Killian ! s'exclama Henri comme le propriétaire de la société Tec-Sec était introduit dans son bureau. C'est toujours un plaisir de te voir.

Cet homme charmant et brillant s'était présenté huit ans auparavant chez les Sauveterre pour leur demander d'investir dans l'entreprise de sécurité qu'il venait de créer. Le financer avait été le premier gros risque qu'avaient pris Henri et Ramon après le décès de leur père. Mais la société avait rapidement connu un bel essor, et les jumeaux avaient même par la suite utilisé ses services pour leur propre famille et se félicitaient chaque jour d'avoir pris cette décision.

— Comment vont Melodie et le bébé ? demanda-t-il.

— Très bien, je te remercie.

Henri apprécia de ne pas s'entendre vanter les mérites du mariage ou de la paternité. Depuis que Cinnia l'avait quitté dans le but de fonder la famille dont elle rêvait, ce sujet lui était devenu particulièrement pénible. Il souffrait de leur séparation et plus encore de l'imaginer entre les bras d'un autre. À cette seule pensée, son sang ne fit qu'un tour. Soulagé de pouvoir se distraire en parlant affaires, il indiqua un fauteuil à Killian avant de s'asseoir lui-même.

— Puis-je t'offrir un café ?

— Non, merci, je ne peux pas m'attarder.

— Venons-en au fait alors, il doit s'agir d'un sujet sérieux pour que tu aies pris la peine de venir m'en parler de vive voix.

— En effet, et j'irai droit au but. Un garde affecté au service d'un membre de ta famille a découvert un problème.

Henri croisa les doigts d'un geste nerveux, lui indiquant du regard de poursuivre.

— Il a pris connaissance d'une situation délicate dont il ne peut te parler, car elle a un rapport avec la vie privée de l'un de vous.

— Lequel d'entre nous ?

— Je travaille pour chacun de vous, Henri. Je ne peux pas trahir la confiance de l'un au bénéfice de l'autre.

— Ramon a un enfant illégitime ?

À cette idée, Henri ressentit une brusque et inexplicable jalousie.

— Si tel était le cas, je m'adresserais à lui, tu ne crois pas ?

Henri observa Killian, dont le visage sérieux était impassible. Il avait toujours apprécié sa discrétion ainsi que le fait qu'il ne porte aucun jugement et sache dissimuler ses émotions. Pourtant en cet instant, il se prit à souhaiter lui voir faire une entorse à ses principes en sa faveur.

— S'agit-il d'une des filles ?

Trois mois plus tôt, Trella avait assisté à un gala de charité et, alors qu'elle se faisait passer pour sa jumelle, avait été photographiée en train d'embrasser le prince d'Elazar. Par la suite, elle lui avait juré que leur relation était terminée et promis de ne jamais plus sortir incognito sans l'avertir au préalable.

Quant à Angelique, elle s'était retirée dans leur propriété andalouse depuis sa rupture avec Kasim afin de surmonter son chagrin. Même s'ils avaient récemment repris leur relation, Gili était trop prudente pour se retrouver enceinte sans le vouloir.

Il ne restait donc qu'une personne…

— Cinnia est la seule femme avec qui j'ai…

Le souvenir du jour de leur rupture lui revint aussitôt à l'esprit.

« Je ne t'ai pas demandé si tu voulais m'épouser, mais si tu m'aimais », lui avait-elle dit.

« Et tu me poses la question parce que tu veux voir changer notre relation. Je t'ai déjà dit que je ne t'épouserai jamais. »

« J'ai toujours voulu des enfants, Henri. Tu m'as promis de me laisser partir lorsque je serais prête à fonder une famille. Vas-tu tenir parole ? »

Cinnia l'avait totalement pris au dépourvu ce matin-là. Ils avaient une relation harmonieuse qui le satisfaisait pleinement et partageaient d'intenses moments de passion, ainsi qu'une grande complicité. L'entendre lui demander s'il l'aimait l'avait rendu furieux, éveillant en lui un douloureux souvenir. Il ne pouvait pas se permettre de tomber amoureux !

Incapable de lui en expliquer les raisons, il avait donc tenu sa promesse et l'avait laissée partir, sans un geste ni une parole pour la retenir. Sans même lui demander pourquoi elle avait choisi ce moment précis de leur liaison pour rompre. Et surtout sans lui montrer à quel point cette rupture était douloureuse pour lui.

Henri avait préféré quitter Londres au plus vite, pour laisser à Cinnia le temps d'enlever ses affaires de l'appartement. Il n'avait pas cherché à la suivre sur les réseaux sociaux, et encore moins à savoir avec qui elle sortait.

À présent, il savait.

Elle n'avait personne d'autre dans sa vie, car elle portait son enfant.

L'idée qu'il ne soit peut-être pas de lui l'effleura, mais il la chassa aussitôt. Killian en savait certainement plus qu'il ne lui en avait confié et avait dû vérifier cette information avant de venir la lui communiquer.

De plus, Cinnia avait beau être indépendante et déterminée, elle était avant tout honnête. Elle ne l'aurait pas trompé. Ce bébé était bien le sien.

Pourquoi ne lui avait-elle rien dit ?

Que s'était-il passé ? Elle savait qu'il ne voulait pas d'enfants, et avait affirmé prendre la pilule. Sa grossesse était-elle délibérée ?

Non, elle ne pouvait pas lui avoir fait cela sciemment. Mais pourquoi ne lui avait-elle rien dit non plus ?

Il se sentit soudain trahi.

— Je pense que tu as besoin de réfléchir calmement à tout cela, dit alors Killian en se levant.

— En effet, répondit Henri en se dressant à son tour, l'esprit en ébullition. Je compte sur toi pour que le garde du corps reçoive un bonus en remerciement de cette information.

— J'y avais déjà songé.

— Et je vais avoir besoin de tes services pour assurer à présent la sécurité de ma future famille, lança-t-il d'un ton qu'il voulait léger.

— Nous nous en occuperons en temps voulu. Tiens-moi au courant de tes décisions, d'accord ?

— Je vais me rendre à Londres dès que le jet sera prêt à décoller. J'imagine que tu l'as fait surveiller dès que tu as appris qu'elle était enceinte.

Henri faisait un énorme effort pour se contrôler et organiser ses idées.

— Je n'ai été informé que ce matin et suis venu aussitôt. J'ai cependant cru comprendre que mon garde le savait depuis plusieurs semaines. Une rapide enquête a déjà révélé que Cinnia paye un de nos concurrents pour garder les paparazzis à distance et exercer une discrète surveillance. Une dernière chose : elle a quitté Londres et s'est installée chez sa mère.

Henri hocha la tête.

— Merci Killian, dit-il en lui serrant la main. Ramon ou l'une des filles sont-ils au courant ?

— Oui, répondit Killian sans toutefois préciser de nom.

Une fois seul, Henri appela son pilote puis informa son chauffeur londonien de son arrivée et de son programme. Il n'avait pas une minute à perdre. Si Cinnia était enceinte, il ne serait pas tranquille tant qu'il ne l'aurait pas mise à l'abri entre les murs sécurisés des Sauveterre.

Pendant le vol, qui lui sembla interminable, Henri essaya de deviner qui était au courant de la situation.

Vera, l'amie de Cinnia, avait peut-être contacté Ramon. Non, impossible, son frère l'aurait aussitôt averti. En plus, cela ne le concernait pas.

Quant à ses sœurs, elles étaient trop sensibles pour lui dissimuler une nouvelle de cette importance, surtout en sachant à quel point la sécurité de la famille l'obsédait. Comment d'ailleurs auraient-elles pu en avoir connaissance ? Là non plus, il ne voyait pas de lien avec leurs vies privées.

En proie à une totale confusion, Henri ferma les yeux. Pourquoi Cinnia lui avait-elle caché son état ?

Les deux petits êtres qui grandissaient en elle lui prenant beaucoup d'énergie, Cinnia était en permanence fatiguée, mais sa lucidité et sa détermination lui avaient jusqu'alors permis de surmonter les problèmes. En revanche ce matin-là, elle avait l'impression d'être dépassée par les événements.

Nell, qui vivait à présent dans son appartement, l'avait appelée de son lieu de travail pour l'informer d'une panne de réseau dans leur quartier. Il n'y avait donc, pour un temps indéterminé, ni accès Internet ni téléphone chez elle ainsi que dans son bureau situé au-dessous.

En attendant que les lignes soient rétablies, les tâches qu'effectuait d'ordinaire son associée chargée d'assurer la permanence à Londres en son absence lui incombaient.

Pour comble de malchance, sa sœur Dorry qui faisait souvent office de standardiste, afin que Cinnia puisse se concentrer sur ses dossiers, passait un examen. C'était donc Milly, peu habituée à traiter avec les clients, qui la remplaçait.

Lorsque cette dernière entra pour la énième fois sans frapper, Cinnia s'impatienta :

— Maman, pourrais-tu arrêter de me déranger à tout bout de champ ? Je travaille !

— Tu aurais préféré que je le mette à la porte ?

Levant les yeux, Cinnia aperçut alors Henri à côté de

sa mère. Stupéfaite, elle resserra les bras autour d'elle, dans l'espoir de dissimuler son trouble.

Que faisait-il là, toujours aussi séduisant dans un costume bleu marine et une chemise d'un blanc immaculé qui faisait ressortir son teint mat ? Elle ne s'était pas préparée à cette rencontre !

Un petit coup de pied à l'intérieur de son ventre l'aida soudain à deviner la raison de sa présence, et un seul son sortit de sa bouche.

— Oh !

— Ravi de te revoir aussi, lança-t-il, l'air tendu.

— C'est toi qui lui as dit de venir ? demanda-t-elle à Milly d'un ton sec.

Sa mère et ses sœurs lui avaient promis de garder le silence, et Cinnia avait fait preuve d'une telle discrétion pour cacher sa grossesse qu'elle ne voyait pas comment il avait pu la découvrir.

— Absolument pas ! s'indigna sa mère en relevant le menton sous l'affront. Mais il est temps qu'il sache, n'est-ce pas ? Je vais donc vous laisser discuter et retourner à mes occupations.

— Merci.

Elle attendit que sa mère soit sortie pour s'adresser à Henri.

— C'est Trella qui t'a averti ?

— Non, pourquoi ? demanda-t-il, l'air surpris. Comment diable ma sœur…

Il s'interrompit quelques secondes, avant de reprendre :

— Là n'est pas le problème.

Cinnia sentit sa gorge se nouer. Sans le vouloir, elle venait de trahir Trella. Elle posa instinctivement la main sur son téléphone, prête à prévenir son amie que son frère bien-aimé était sur le sentier de la guerre, mais se ravisa. Il valait mieux attendre de savoir ce qu'Henri avait à lui dire.

L'expression de ce dernier était glaciale.

Si Trella ne lui avait rien dit, se pouvait-il qu'il ignorât encore que toutes deux étaient enceintes ?

Le temps de reprendre contenance, elle empila ses dossiers, ajusta les pans de sa veste devant sa poitrine afin d'en dissimuler les nouvelles rondeurs, puis rabattit l'écran de son ordinateur portable.

— Que me vaut cette surprise ? demanda-t-elle d'une voix aussi calme que possible.

— Tu dois bien t'en douter.

Il traversa alors la bibliothèque et plaqua les mains sur le bord du vieux bureau Chippendale.

— Lève-toi.

— Tu es venu me donner une leçon de savoir-vivre ? Je suis désolée de ne pas m'être précipitée à ta rencontre !

Il eut un petit rire.

— C'est exact, tu as manqué de la courtoisie la plus élémentaire.

Elle avait su qu'il serait furieux en apprenant qu'elle était enceinte, pourtant son expression la fit frissonner.

Depuis son arrivée chez sa mère, Cinnia s'efforçait de trouver le courage d'appeler Henri, mais sa fierté l'en avait jusque-là empêchée. Elle avait trouvé dégradant d'affronter cet homme qui l'avait laissée partir, après plus de deux ans d'une relation intense, sans manifester le moindre regret ou sentiment. À présent, elle n'avait plus le choix !

Repoussant son fauteuil, elle se leva lentement. Henri laissa glisser son regard sur son corps et, visiblement choqué, fit un pas en arrière.

— Ton enthousiasme fait plaisir à voir.

Soudain livide, il se passa une main dans les cheveux.

— Pourquoi m'as-tu fait ça ?

Même si elle s'était attendue à cette accusation, Cinnia sentit la colère la gagner.

— Crois-tu vraiment que je t'aie tendu un piège ?

— Tu m'avais affirmé prendre la pilule.

— Ce que je faisais. Mais souviens-toi de la forte grippe qui m'a clouée au lit pendant plus d'une semaine, avec une fièvre si forte que je délirais.

— J'ai utilisé des préservatifs après.

— Je sais, j'ignore ce qui s'est passé.

Il est vrai qu'ils faisaient l'amour tout le temps, partout, songea-t-elle, amère. Et le pire, c'est qu'elle avait encore envie de lui en cet instant, malgré son attitude glaciale. Il était encore plus séduisant que dans son souvenir.

Furieuse de sentir ses joues devenir écarlates et son corps s'éveiller au désir, elle baissa rapidement ses yeux, qui s'étaient remplis de larmes.

— Je n'ai jamais voulu de cette responsabilité ! s'exclama Henri. Tu le savais parfaitement.

— Alors, tu aurais dû t'abstenir de me faire l'amour !

Il lui lança un regard assassin, comme s'il lui en voulait de l'avoir tenté.

— Mais ne t'inquiète surtout pas, je te décharge de toute responsabilité, déclara-t-elle avant de faire le tour du bureau pour se diriger vers la porte. Je suis parfaitement capable d'élever des enfants sans toi.

Elle lui indiqua d'un geste la sortie.

— Va-t'en l'esprit tranquille, tu es libre, je ne te demanderai rien, car je n'ai pas besoin de toi.

Comme Henri restait planté là, les bras croisés et l'air buté, elle poursuivit, sans se soucier de sa mère qui devait écouter :

— Je suis sérieuse. Comme tu peux le constater, j'ai commencé à travailler ici, car ma mère et Dorry ont accepté de m'aider après la naissance. Mon bureau à Londres marche bien, produit même des bénéfices, et je n'ai plus de loyer à payer puisque Nell a repris mon appartement avec une amie. Je donne bien sûr une partie de mes revenus à ma mère qui a dû se débarrasser de ses locataires, mais je ne me fais aucun souci quant à ma capacité à assumer seule ma nouvelle vie. Et pour ta gouverne, j'ai déjà fait équiper la maison d'un système de sécurité…

— Tu crois que je vais être rassuré, en imaginant mon enfant dans une maison où défilent des étrangers, excuse-moi, des *clients potentiels* ?

— Au lieu d'imaginer, tu devrais plutôt admettre que je n'ai pas fait exprès de tomber enceinte comme ton attitude glaciale et ton arrivée intempestive semblent le suggérer. Et si tu penses quc l'argent m'a motivée, souviens-toi que je t'ai rendu les bijoux que tu m'avais offerts au lieu de les garder pour les vendre et en tirer une coquette somme capable de me faciliter l'existence. Je ne t'ai jamais rien demandé, Henri, et ce n'est pas aujourd'hui que je vais commencer, tu peux être tranquille.

— Calme-toi, grommela-t-il.

— Facile à dire, je n'ai jamais voulu d'une grossesse accidentelle ! Je voulais un enfant, désiré, avec l'homme que *j'aimerais* !

Cinnia remarqua le mouvement de recul d'Henri. Blessée, se sentant affreusement vulnérable, elle se protégeait en l'agressant.

— Je ne t'ai jamais rien demandé, insista-t-elle, sauf le matin de notre rupture. Je me serais alors contentée de t'entendre dire que tu tenais à moi et ne voulais pas me quitter. Mais cela t'était complètement égal que je veuille mettre un terme à notre relation. Et je constate aujourd'hui que seuls les problèmes que peut te causer ma grossesse t'inquiètent.

Elle marqua une pause avant de poursuivre :

— Tu peux toujours essayer de cacher *ça* aux paparazzis ! fit-elle en indiquant son ventre. Toutes mes félicitations, tu es aussi lâche que je m'y attendais.

— Ça y est, tu as fini ?

— Non, pas encore ! Je te conseille aussi d'abandonner ce ton paternaliste avec moi. J'ai le droit d'être hors de moi parce que, pendant que tu passais ton temps en galante compagnie, j'ai dû remanier ma vie. Oui, j'ai travaillé dur, figure-toi, afin que tu ne supportes pas les conséquences de ce que nous avons fait ensemble. À présent, tu peux me remercier d'avoir tout géré seule, avant de disparaître de ma vue.

— Tu n'as pas l'impression de te poser en martyre ? Excuse-moi, mais je ne vois pas en quoi je devrais t'être reconnaissant, dans la mesure où je n'étais au courant de rien. Tu m'as tenu à l'écart de tout cela.

— En effet, mais je te rappelle que lorsque tu as eu l'occasion de rester avec moi, tu ne l'as pas saisie. Aujourd'hui, c'est moi qui choisis de poursuivre ma vie sans toi. Je n'ai plus rien à ajouter et dois reprendre mon travail, alors laisse-moi.

— Ça suffit, Cinnia, l'avertit-il avec un regard menaçant, sois raisonnable.

— Tu préfères te retrouver lié à une femme dont tu ne veux pas ?

— Ne me fais pas dire ce que je n'ai pas dit, répliqua-t-il aussitôt en lui saisissant le bras.

Elle se dégagea, sans parvenir à arrêter les larmes qui coulaient le long de ses joues.

— Je sais que tu voulais une famille nombreuse, reprit-il. Je m'occuperai de ce bébé, mais je te préviens, il n'y en aura pas d'autres.

— Trop tard !

— Pardon, ai-je bien compris ?

— Parfaitement. Toi qui te targues de toujours faire les choses au mieux, tu peux être content : tu m'as donné des jumeaux !

Elle refréna une brusque envie de lui marteler le torse de ses poings, afin de briser cette carapace qui le protégeait de tout le monde.

Et surtout d'elle.

Cinnia sentit soudain ses jambes flageoler, puis Henri lui passer un bras autour de la taille pour la conduire jusqu'au petit salon. Là, il la fit asseoir sur le canapé avant de prendre place à côté d'elle.

Épuisée, elle ne chercha pas à maîtriser ses tremblements ni ses larmes, mais tenta simplement de conserver le peu de lucidité qui lui restait.

Henri posa les coudes sur ses genoux et se prit la tête entre les mains.

Cinnia était consciente d'avoir eu des mois pour s'habituer à l'idée d'être enceinte, qui plus est de jumeaux. Même si elle comprenait qu'Henri ait besoin de temps pour digérer cette nouvelle, il lui était impossible de le prendre en pitié. Il aurait pu s'y préparer, s'il avait essayé de la retenir et de conserver ce qui les unissait.

Pourtant, qu'avaient-ils partagé au juste ensemble ? Une partie de leur temps, des fous rires, d'excellents repas ainsi qu'une parfaite entente physique, mais sans qu'il n'avoue jamais le moindre sentiment. Pendant deux ans, elle s'était heurtée à sa réserve. Bien qu'il lui ait confié de nombreux détails inconnus de tous sur sa famille, lui montrant ainsi à quel point il avait confiance en elle, il s'était bien gardé de lui ouvrir son cœur.

Comment avait-elle pu accepter sa retenue, alors qu'elle s'était donnée à lui corps et âme ?

Cinnia attrapa un mouchoir dans la boîte posée sur la table basse pour essuyer ses larmes et s'efforça de se ressaisir. Lorsque sa mère l'avait accusée de garder sa grossesse secrète dans le seul but de punir Henri, elle avait vivement nié. Milly avait pourtant en partie raison…

Une telle rancune l'animait, qu'elle avait voulu attendre de le sentir vulnérable pour lui annoncer qu'elle attendait des jumeaux.

Elle avait voulu se venger.

Comme elle se levait, Henri essaya de la retenir.

— Je dois aller me rafraîchir, lâcha-t-elle.

Une fois seule, elle observa son reflet dans le miroir et prit le temps de réfléchir.

Venant d'une famille unie et aimante, Cinnia avait toujours rêvé d'en fonder une identique. Elle n'avait jamais été à l'aise avec son statut de maîtresse ; or, Henri la présentait toujours comme son amie, sa compagne, voire parfois son amante. Elle avait voulu croire qu'il l'aimait et refusait de se l'avouer. Puis elle avait espéré, en voyant leur intimité et leur complicité grandir, qu'il accepterait un jour de s'engager. Mais elle avait dû se rendre à l'évidence : leur relation n'évoluerait jamais. Sa grossesse l'avait forcée à réagir et, par orgueil, elle avait pris la décision de le quitter.

Sachant qu'en apprenant son état il s'empresserait de l'emmener pour la mettre à l'abri sous constante surveillance, elle n'avait cessé de repousser le moment de l'avertir. La perspective de vivre à nouveau à ses côtés, alors qu'il n'éprouvait aucun sentiment à son égard, lui était intolérable.

Depuis son retour, elle avait trouvé la force de lui résister, mais combien de temps encore y parviendrait-elle ?

6

Millicent Whitley entra avec un plateau sur lequel étaient disposées une théière, des tasses ainsi qu'une assiette de sandwichs. Elle installa le tout sur la table basse et servit le thé, sans un mot.

Henri, que le tintement de vaisselle avait tiré de sa rêverie, était conscient du comportement hostile de Milly à son égard. Celle-ci avait harcelé Cinnia à maintes reprises, à propos de son refus de lui offrir une bague de fiançailles, mais ses bonnes manières l'avaient cependant retenue d'aborder directement le sujet avec lui.

— Merci, maman, dit Cinnia d'une voix sombre en revenant dans le salon.

— N'oublie pas de manger, lui intima Milly. Et tâche de changer d'attitude, ton comportement est inacceptable.

— Tu as raison, je risque d'anéantir mes chances d'obtenir une proposition de mariage ! rétorqua-t-elle d'un ton ironique.

Sa mère referma la porte, l'air exaspéré.

— Comment te sens-tu ? demanda alors Henri, que l'atmosphère tendue rendait soucieux.

Cinnia vint s'asseoir sur le bord du canapé à côté de lui puis, d'un geste distrait, saisit un délicat triangle de pain de mie.

— Comme un charme. Je prends du poids, ce qui est normal, mais m'efforce de manger sainement.

Henri approuva de la tête, tout en la regardant mordre dans son sandwich au concombre. Il aurait volontiers, lui, mordillé ses lèvres si désirables !

— Je voudrais préciser une chose, commença-t-il d'une voix peu assurée.

— Laquelle ?

— Depuis que tu m'as quitté, il n'y a eu personne d'autre dans ma vie.

Visiblement surprise, Cinnia se hâta de saisir sa tasse de thé.

— Je suis sans doute naïve, mais jusqu'à un certain point. Sois honnête, tu veux bien ? J'ai vu certaines photos qui démentent tes propos.

— Au cas où tu m'aurais aperçu en galante compagnie, je précise que cela était dans le seul but de détourner l'attention des journalistes. Je te demande de me croire.

Curieusement, il était offensé qu'elle l'ait cru capable d'avoir des aventures si tôt après leur séparation.

— Notre séparation a déclenché d'innombrables commentaires, reprit-il, et je ne pouvais donner l'impression d'en être affecté, sous peine de te mettre en danger.

Il avait néanmoins été déchiré entre le souhait de la savoir heureuse avec un homme qui prendrait soin d'elle et lui donnerait les enfants qu'elle désirait, et la jalousie qui, à cette idée, le rongeait.

— Eh bien, je dois avouer que tu t'es montré très convaincant.

Il attendit qu'elle le regarde, mais elle conservait les yeux rivés sur son assiette.

Ses traits étaient doux, plus beaux encore qu'avant car imprégnés d'une toute nouvelle féminité. Elle ne portait aucun maquillage, avait relevé ses cheveux en une simple queue-de-cheval, et il trouvait sa classe naturelle plus fascinante que jamais.

Son désir pour elle s'intensifiant, Henri se leva et arpenta la pièce afin de se soustraire à la tentation de la prendre dans ses bras pour l'embrasser. Il s'habituait à peine à l'idée de la grossesse de Cinnia, sans parler de la perspective d'avoir des jumeaux, et la colère qu'elle avait déversée sur lui l'avait ébranlé.

— Je te répète que je n'ai couché avec aucune autre femme depuis ton départ.

À quoi bon lui avouer qu'il avait l'impression de la tromper chaque fois que l'une d'elles posait simplement la main sur son bras ? S'il avait pensé réagir un jour de la sorte, jamais il n'aurait cherché à la revoir, après la soirée au night-club !

Cinnia l'avait pourtant séduit dès leur première rencontre et continuait de l'envoûter. Un lien puissant les unissait, il en était persuadé. Il le ressentait de façon si viscérale qu'il acceptait presque l'annonce de sa paternité avec plaisir, ravi d'avoir trouvé la parfaite excuse pour la ramener dans son lit.

Comme elle se contentait de le regarder d'un air suspicieux, il poursuivit :

— Je vais te dire pourquoi tu es partie sans me révéler ton état : tu étais tellement certaine de me voir te quitter tôt ou tard que tu as préféré prendre les devants !

— Je t'en prie, épargne-moi ta philosophie douteuse, je…

— Combien de temps pensais-tu pouvoir me dissimuler ta grossesse ? l'interrompit-il, incapable de s'arrêter. Si tu n'avais attendu qu'un seul enfant, tu aurais peut-être pu convaincre la presse qu'il était d'un autre homme, mais avec des jumeaux tout le monde va comprendre que je suis le père ! Au fait, sont-ils monozygotes ?

— Oui. Ta famille va encore y gagner en notoriété. Un joli scoop en perspective !

Manifestement consciente que sa plaisanterie était mal venue, Cinnia reporta son attention sur sa tasse de thé.

Henri remarqua la petite ride qui apparut sur son front, comme chaque fois qu'elle réfléchissait, et se souvint qu'il éprouvait toujours le besoin de déposer un baiser dessus. Dès qu'il le faisait, elle lui reprochait en souriant d'interrompre le cours de ses pensées. Ce qui ne manquait pas d'arriver, car elle lui rendait alors son baiser et… qu'ils se retrouvaient la plupart du temps à faire l'amour.

Ce devait être pour cela qu'il aimait tant embrasser sa petite ride.

En voyant Cinnia se masser le front du bout des doigts, comme si elle avait deviné sa pensée, Henri sentit aussitôt son corps s'embraser. Accepterait-elle de refaire l'amour avec lui ?

Leurs moments de tendresse lui avaient toujours apporté un sentiment de paix grâce auquel il abordait ensuite avec sérénité les soucis quotidiens. Honteux de s'égarer dans de telles rêveries, en cet instant susceptible de bouleverser leurs existences, il se ressaisit.

— Quand avais-tu l'intention de m'informer de ta grossesse, Cinnia ?

— J'étais consciente de devoir le faire, marmonna-t-elle d'un ton las, mais je repoussais chaque jour l'échéance, par crainte de ta réaction. Je savais ce que tu allais dire…

Elle laissa tomber la main avant d'ajouter d'un ton ferme :

— Je ne veux pas t'épouser.

Henri accusa le choc. Cette phrase rejoignit dans son esprit celles qui avaient marqué sa vie : « Trella a été enlevée », « Ton père est mort. »

Il comprit alors soudain la raison de la colère de Cinnia à son égard : il avait dédaigné l'amour qu'elle lui offrait. Il l'avait laissée partir sans chercher à la retenir, croyant généreux de lui accorder sa chance de fonder la famille dont elle avait toujours rêvé. En lui demandant s'il l'aimait, ce jour-là, elle l'avait mis à l'épreuve, et il n'avait pas réussi le test !

En la rejetant, avait-il détruit les sentiments qu'elle éprouvait pour lui ?

Peu importait, il n'avait pas de temps à perdre en conjectures et devait la convaincre d'accepter sa décision. S'il avait apprécié auparavant la docilité de Cinnia, en ce moment précis elle lui était indispensable pour mener à bien le plan qu'il avait élaboré.

— Cinnia, je te laisserai poursuivre ta carrière si tu le désires et suis prêt à me montrer flexible sur de nombreux points. Il y a cependant un sujet sur lequel je refuse de négocier : je veux que tu viennes avec moi aujourd'hui même. Car il en va de ta sécurité ainsi que de celle de nos futurs enfants.

— Écoute-moi, Henri, bien que j'aie déjà mis en place une protection suffisante, libre à toi de m'entourer d'une armée de gardes du corps. Mais rien ne m'obligera à vivre avec toi. Je me sens tout à fait capable d'élever seule mes enfants.

— Vraiment ? demanda-t-il en jetant un coup d'œil en direction de la fenêtre. Veux-tu que j'ouvre les rideaux, afin de te montrer combien de paparazzis attendent devant la porte ?

— Ne me dis pas que tu les as laissés te suivre !

À vrai dire, Henri avait été trop pressé d'arriver chez Cinnia pour se préoccuper de semer ceux qui l'avaient pris en chasse à sa sortie de l'aéroport.

— Tu sais à quoi ressemble ma vie.

— Oh que oui ! J'ai supporté tes gardes du corps et l'incessante ingérence des médias dans ma vie sans jamais me plaindre, parce que j'avais choisi d'être avec toi, mais je refuse d'accepter cela pour le restant de mes jours.

— Crois-tu vraiment que nous ayons le choix ? Je sais aussi bien que toi à quel point c'est pénible ! Maintenant, à ton tour de m'écouter.

Cinnia s'enfonça sur le canapé, visiblement impressionnée par son ton péremptoire.

— Trella a été kidnappée à cause de notre fortune, mais également de l'intérêt qu'a toujours suscité notre famille — intérêt qui a d'ailleurs redoublé après ce drame. À l'époque, nous ne pouvions faire un pas sans être entourés de journalistes à l'affût du moindre cliché, de l'information la plus anodine mais susceptible d'être présentée comme un scoop, et ce harcèlement constant était terrible. Toute la pression que mon père a ensuite subie pour tenir sa famille à distance de ces vautours a probablement causé son décès prématuré. À présent, c'est moi qui la subis.

Il lança un doigt accusateur en direction des rideaux fermés.

— Je déteste tous ces paparazzis qui ne cherchent qu'à tirer profit de nous sans se soucier du mal qu'ils peuvent causer. Seule, tu n'as aucune chance de les tenir à distance, tu n'as même pas idée de ce dont ils sont capables. Que tu le veuilles ou non, tu fais désormais partie des nôtres, et il est hors de question que je te laisse livrée à eux. Tu vas venir à Paris avec moi et *je* vais m'occuper de votre sécurité.

Henri se passa la main dans les cheveux, soudain épuisé par le flot d'émotions qui s'était emparé de lui.

— C'était pour cela que je ne voulais pas d'enfants, précisa-t-il. Je savais à quoi je m'exposais. Mais puisque nous sommes devant le fait accompli, nous allons faire ce qui s'impose : nous marier.

— Non, répondit-elle aussitôt.

— As-tu compris ce que je viens de t'expliquer ? Tu ne peux pas rester ici.

— J'ai très bien entendu et te remercie de cette noble proposition, mais je ne t'épouserai pas. Je me contenterai de vivre à tes côtés.

— Que veux-tu dire par là ? Tu ne veux plus dormir avec moi ?

Henri sentit son cœur se serrer.

— Non.

— Je ne te crois pas.

— Tout ce que je peux te promettre est de venir habiter chez toi, si le médecin accepte de me laisser voyager, et de m'organiser en fonction de ton emploi du temps pour aller à mon bureau. De toute façon, j'avais prévu de m'arrêter de travailler quelques mois après la naissance des bébés. En aucun cas, cependant, je ne reprendrai notre liaison.

— Il ne s'agit plus de liaison mais de mariage, Cinnia. Essayes-tu encore de prouver ton honnêteté pour contrer l'opinion de ton ancien amant ? Je n'ai rien à voir avec cet homme.

Et je lui tordrais volontiers le cou, eut-il envie d'ajouter.

Cinnia lui lança un regard soudain glacial.

— Mon refus n'a rien à voir avec le comportement d'Avery, il te concerne *toi*. Si je n'étais pas enceinte, serais-tu là aujourd'hui ? Si tu m'avais croisée dans la rue, te serais-tu au moins arrêté pour me parler ? Je n'en suis pas certaine. Alors, sois honnête. Si tu avais vraiment *envie* de m'épouser, Henri, tu mettrais un genou à terre, et me demanderais ma main.

Sans lui laisser le temps de réagir, Cinnia se leva et quitta la pièce.

Henri comprit qu'elle avait besoin d'un peu de solitude pour se remettre de ses émotions. Lui aussi, d'ailleurs.

Il était clair qu'elle lui en voulait, pourtant il gardait bon espoir de la ramener à de meilleurs sentiments. Oui, elle finirait bien par lui donner raison.

Pour l'instant, ils devaient tous deux se calmer avant de reprendre cette conversation sur de meilleures bases.

En attendant que Cinnia revienne dans le salon, il se servit une tasse de thé, bientôt emporté par ses pensées et ses souvenirs.

Il devait s'habituer à l'idée de devenir père, même si cette responsabilité allait à l'encontre de sa volonté, et surtout combattre ses angoisses.

Seul Ramon pouvait le comprendre, car ils avaient éprouvé le même sentiment de panique au moment du décès de leur père. En plus du chagrin qui les avait affectés, son frère et lui, alors à peine âgés de vingt et un ans, ils avaient dû faire face seuls au regain d'intérêt des médias. Ils s'étaient efforcés de protéger leurs sœurs si vulnérables à l'adolescence, en particulier Trella, tout en se battant pour conserver le contrôle de Sauveterre International. Car les partenaires de leur père — et soi-disant amis — avaient alors tenté de s'emparer de l'entreprise.

Tandis que les jeunes gens de leur âge profitaient de la

vie et flirtaient, Ramon et lui s'étaient retrouvés du jour au lendemain propulsés à la tête de l'entreprise familiale.

Le travail avait été un exutoire à leur chagrin. Ramon, plus communicatif, s'était occupé de défendre leurs intérêts tandis que lui s'était attelé à la partie administrative et financière. Ils avaient lutté des mois durant aux côtés de leurs avocats avant de gagner la partie, sans compter leurs heures ni s'apitoyer sur leur sort.

Henri n'avait jamais oublié la pression qui avait pesé sur ses épaules pendant ces années, si lourde qu'il craignait souvent de ne plus arriver à la supporter. Cela avait conforté sa décision de ne pas avoir d'enfants dont il devrait assurer éducation et sécurité.

Il s'enfonça sur le canapé en soupirant et ferma les yeux. Il était sûr d'arriver à surmonter son angoisse de devenir père de famille, mais n'était plus certain de réussir à convaincre Cinnia de l'épouser.

Pourquoi refusait-elle aussi toute intimité ?

Malgré sa colère et sa peine, elle ne pouvait avoir oublié leur ancienne complicité ni surtout leur parfaite entente physique. Si tel avait été le cas, elle aurait pu mettre fin à sa grossesse pour être libre de chercher la relation idéale dont elle rêvait.

Il se souvint soudain de sa question — « Est-ce que tu m'aimes ? » — et se leva d'un bond comme pour éviter d'y répondre. *Assez !* Il devait cesser de s'appesantir sur un passé qu'il ne pouvait changer, pour s'occuper plutôt du présent.

Il décida de lancer sur-le-champ un appel vidéo à Ramon.

Afin que son frère et lui maîtrisent parfaitement les deux langues, leur mère leur avait toujours parlé en espagnol, tandis que leur père s'adressait à eux en français. Avant d'entrer à l'école, les deux enfants trouvaient normal de changer de langue en fonction de leur interlocuteur, et plus tard leurs sœurs, à leur grand amusement, les avaient imités. Tous les quatre conservaient cette habitude dans leurs conversations privées.

— Salut, Ramon ! déclara Henri en français. Cinnia est enceinte.

— *¡ Qué desastre !* Qui est le père ?

— Moi, bien sûr, répondit Henri d'un ton sec, offusqué que son frère puisse penser autre chose. Les enfants sont de moi.

Parler de *ses enfants* à son frère lui permettait de rendre plus réelle une situation qu'il avait encore du mal à assimiler.

— *¡ Dios mio !* Ne me dis pas que vous attendez des jumeaux ! s'exclama Ramon avant d'éclater de rire.

— Oui, et comme il ne lui reste que quatre mois avant d'accoucher, nous allons devoir discuter toi et moi de la restructuration de nos emplois du temps. Car je vais être obligé de limiter mes déplacements, cette année. Les médias vont s'en donner à cœur joie, ça va être un véritable cauchemar.

Penser à la presse qui avait tellement traumatisé Trella lui fit alors songer à sa sœur.

— Bella semble être au courant, ajouta-t-il. T'a-t-elle dit quelque chose ?

— *Nada*. Comment aurait-elle su que Cinnia était enceinte ?

— Est-elle encore à Paris ?

— Non, en Espagne, mais elle va très bien en ce moment, alors vas-y doucement. Ne l'agresse pas, je n'ai pas envie de la voir rechuter.

L'avertissement était pure hypocrisie de la part de

Ramon, qui ne pouvait s'empêcher de répondre aux provocations de Trella tandis qu'Henri, toujours pragmatique et calme, refusait en général d'entrer dans son jeu.

Eux seuls avaient le privilège de joutes verbales avec leur sœur. Ils savaient qu'en les déclenchant Trella cherchait en général à surmonter une angoisse ou à évacuer une frustration.

— Je n'ai pas l'intention d'être dur avec elle, même si son attitude a été irresponsable. J'ignore quelle explication elle va me fournir pour m'avoir laissé dans l'ignorance, mais elle a intérêt à en avoir une bonne ! Si un malheur était arrivé…

— Ne pense pas à ça, et tâche de rester calme quand tu l'appelleras.

— Oui, bien sûr. J'emmène Cinnia à Paris dès qu'elle aura fini ses valises et obtenu l'autorisation de voyager du médecin. Je t'appelle à notre arrivée.

Henri raccrocha et passa un appel vidéo à Trella. Après quelques sonneries, celle-ci apparut sur l'écran en compagnie d'Angelique. Toutes deux semblaient mal à l'aise.

— J'avais oublié que tu étais aussi en Andalousie, Gili, dit-il. Maman est près de vous ?

— Non, elle se repose dans sa chambre, répondirent-elles en chœur.

Henri regarda ses sœurs, étonné du changement qui s'était opéré en Trella. Ses joues étaient plus pleines, sa peau semblait plus lumineuse, mais ses yeux étaient cernés.

— Je suis chez la mère de Cinnia, précisa-t-il.

— Je sais, l'interrompit Trella, Cin m'a envoyé un message.

Elle n'a pas perdu de temps, songea Henri, contrarié.

— J'imagine donc que tu connais la raison de mon appel. Et toi, Gili, étais-tu aussi au courant de la nouvelle ?

— Pas pour Cinnia. Trella vient juste de m'avertir. Félicitations, Henri, je suis tellement heureuse pour toi ! Et des jumeaux en plus, c'est merveilleux. On va en avoir un chacune !

En la voyant applaudir, Henri sentit sa colère diminuer. Ramon et lui avaient eu la même réaction, lorsque leur mère avait donné naissance aux jumelles, et chacun d'eux avait développé par la suite une relation particulière avec l'une des petites filles.

Après avoir levé les yeux au ciel, il se souvint de la première réflexion de sa sœur.

— Tu viens de dire que tu n'étais pas au courant pour Cinnia. Qu'y a-t-il d'autre ?

Angelique se tourna vers sa sœur, qui se mordilla la lèvre.

— Tout va bien se passer, Bella, lui dit-elle en mettant la main sur son épaule. Tu peux le lui dire.

— Cinnia t'a-t-elle raconté où nous nous sommes croisées, par le plus grand des hasards ? demanda Trella tout en cherchant du coin de l'œil le soutien de sa sœur.

— Ici à Londres, j'imagine, puisque tu y es souvent en ce moment. Pourquoi cette question ?

— J'ai créé des robes de maternité pour Cinnia. Elle ne peut pas en acheter dans le commerce sans alerter les médias, alors…

— Bella, l'interrompit-il. Je m'efforce de rester calme, mais ne vois pas où tu veux en venir. Qu'as-tu à me dire, au juste ?

Trella soupira.

— Nous nous sommes rencontrées à la clinique, dans le service des consultations prénatales. Je suis enceinte.

Henri sentit sa tête se mettre à tourner. En plus de son travail, il allait devoir s'occuper de Cinnia et bientôt des deux bébés, assurer leur protection ainsi que celle de la famille Whitley au complet, tout en redoublant d'attentions envers sa petite sœur si fragile et vulnérable qui elle aussi était enceinte…

— Comment est-ce arrivé ?

— Un don du ciel, visiblement, comme pour Cinnia, répondit Trella d'un ton légèrement mordant. Rassure-toi, personne ne m'a forcée. J'ai rencontré lors d'une soirée…

— Le prince d'Elazar, c'est ça ? Vous avez été photographiés ensemble, il y a quelques mois.

Ses sœurs étaient très difficiles à différencier, surtout en photo, mais Henri avait su d'emblée qu'il s'agissait de Trella, surprise en train d'embrasser cet homme que personne dans sa famille ne connaissait. Dire que c'était lui qui lui avait conseillé un jour de se faire passer pour Angelique, afin de se rendre à un défilé de mode qu'elle voulait absolument voir sans pour autant supporter l'idée d'attirer l'attention des journalistes.

— J'ai besoin de temps pour décider de ce que je vais faire à présent, murmura Trella.

— Ne prends pas de décision hâtive, ma puce, s'empressa de dire Henri, mais je t'en prie, avertis le père. Je viens de manquer les premières semaines de la vie de mes enfants et ne souhaite la pareille à aucun autre homme.

— Pour l'instant, ce petit être qui grandit dans mon ventre accapare tout mon temps et mon énergie. Cinnia vit la même chose, à la différence près qu'elle attend deux enfants. Si tu as manqué le début de sa grossesse, tu ne peux t'en prendre qu'à toi, Henri : tu n'as pas saisi la chance qu'elle t'a donnée de rester avec elle. Mais je te rassure, je lui ai offert d'engager moi-même des gardes du corps, au cas où elle n'en aurait pas les moyens. Oups ! J'ai oublié d'envoyer un mail pour une commande. Désolée, il faut que je le fasse immédiatement.

Elle s'éloigna en courant, tandis que Gili lançait un regard compatissant à son frère.

— Les femmes enceintes sont distraites et sujettes à des sautes d'humeur, Henri. Garde cela à l'esprit en ce qui concerne Cinnia.

— Comment va Bella ?

— Bien. Elle est forte, refuse de se reposer sur quiconque, et encore moins sur moi, et ne veut pas encore avertir le père. Laisse-lui un peu de temps, d'accord ?

— Parfait. J'ai suffisamment de préoccupations en ce moment, mais préviens-moi si elle a besoin de moi.

— Promis.

— Et toi, comment vas-tu ?

— Je me porte comme un charme. Tu as dû le voir sur la photo que je t'ai envoyée hier. Kasim a malheureusement dû rentrer au Zhamair, et nous ne pourrons pas nous retrouver avant la fin du mois. C'est très sérieux cette fois, entre nous : nous avons l'intention de célébrer nos fiançailles dans l'intimité le plus vite possible, ici.

— J'en suis très heureux pour toi, Gili.

— J'espère que Cinnia pourra être des nôtres.

— Bien sûr, si le médecin lui en donne l'autorisation.

— Tenez-moi au courant.

— Compte sur moi.

La maison dans laquelle ils avaient passé leur enfance étant leur havre de paix, Henri avait l'intention de s'y installer avec Cinnia, le temps de choisir l'endroit où ils s'établiraient ensuite. Il savait que sa mère serait ravie de les savoir à nouveau ensemble et surtout auprès d'elle pendant quelques semaines. La joie de Mme Sauveterre n'en serait que plus grande à l'idée de devenir enfin grand-mère, non pas d'un mais de deux bébés. De trois même, avec celui de Trella.

— Juste une question avant de te quitter, poursuivit-il, pris d'un doute. Vous n'avez rien dit à maman, n'est-ce pas ?

— Non, bien sûr.

— Parfait, je préférerais attendre d'être avec Cinnia pour l'avertir.

Après avoir raccroché, il décida de rapporter le plateau à la cuisine, dans l'espoir d'obtenir le soutien de Mme Whitley, qui serait certainement trop heureuse de plaider sa cause auprès de Cinnia.

— Merci, mon cher, murmura Milly, occupée à feuilleter l'annuaire téléphonique.

— Inutile de chercher les coordonnées de l'église, votre fille a accepté de venir vivre avec moi, mais pas de m'épouser.

Il s'abstint de préciser qu'elle avait également refusé de reprendre leur relation physique, décision aussi douloureuse que vexante pour lui.

— Elle est malheureusement aussi têtue que son père. Mon mari s'obstinait à croire qu'il savait tout mieux que quiconque, pourtant il nous a laissées dans un beau pétrin à sa mort.

Henri ne put s'empêcher de voler au secours de Cinnia.

— Vous avez eu beaucoup de chance que votre fille s'occupe de vos affaires. Et regardez comme elle se débrouille bien, depuis qu'elle s'est mise à son compte. Vous devriez être fière d'elle.

— Je le suis. Vous avez raison, qui sait où nous en serions aujourd'hui sans elle ? Cette expérience l'a cependant rendue tellement indépendante qu'elle me répète à tout bout de champ qu'une femme ne devrait jamais compter sur un homme.

Oui, songea Henri, Cinnia avait dû affronter très jeune, comme lui, les conséquences du décès de son père, et il imaginait sans peine comme il avait dû lui être difficile de faire face à tant de responsabilités.

— Quel âge avait-elle lorsque votre mari est mort ?

— Dix-huit ans.

Cinnia ne lui avait jamais raconté en détail cette période de sa vie. Elle lui avait souvent reproché de ne pas parler de lui, alors qu'elle-même avait fait preuve d'une grande discrétion au sujet de son passé.

— Elle était déjà très mûre et responsable, reprit Milly. Lorsqu'elle a compris que j'étais incapable de remplir le moindre document, et que je devais m'occuper de ses jeunes sœurs, elle a décidé de s'absenter de l'université quelques semaines, le temps de gérer nos affaires. Grâce à elle, nous avons pu garder la maison, car elle a eu l'idée de réorganiser les lieux afin de louer des chambres à des étudiants.

Henri se remémora alors la réaction de Cinnia lorsqu'il lui avait proposé de regarder son plan de développement d'entreprise. Elle lui avait opposé un refus catégorique, sous prétexte de vouloir en assurer le financement avant de le lui montrer. Elle s'était par la suite montrée tout aussi secrète avec sa recherche d'appartement, ne l'informant qu'après avoir signé le bail et choisi celui situé au-dessus de son bureau.

— Le besoin d'indépendance de votre fille ne vient pas uniquement de la délicate situation dans laquelle vous a laissées votre mari, n'est-ce pas ? Parlez-moi de son petit ami, avec qui elle vivait à Londres.

— J'ai toujours pensé qu'Avery ne valait pas grand-chose, mais Cinnia n'a jamais rien voulu entendre. James, son premier soupirant, était différent. Même s'il n'était pas prêt à s'engager, j'avais tout de suite compris qu'il avait de la valeur et de la personnalité. Vous me faites penser à lui, par certains côtés.

Henri n'était pas certain de savoir comment interpréter cette information, mais s'abstint d'interroger Milly.

Pour sa part, Cinnia était la seule femme en qui il ait eu suffisamment confiance pour la présenter à sa mère. Il l'avait tout d'abord emmenée assister à des courses de voitures auxquelles participait Ramon, puis avait profité d'un week-end à Paris pour organiser un dîner avec Gili. Ensuite, il avait attendu presque un an avant de franchir un grand pas. Il lui avait proposé de l'accompagner en Espagne où toute sa famille se réunissait pour son anniversaire, afin de lui faire rencontrer Trella et sa mère.

Cinnia avait également patienté plusieurs mois avant de l'inviter à venir chez elle faire la connaissance de Mme Whitley et de ses sœurs.

— James aurait été parfait pour elle, poursuivit Milly avec un soupir, mais ils étaient trop jeunes à l'époque. Avery lui a par la suite semblé capable de la rendre heureuse, mais il a pourtant fini par lui briser le cœur.

Entendre parler des précédents amants de Cinnia dérangeait Henri, non pas parce qu'ils avaient fait partie de sa vie un certain temps, mais plutôt parce qu'ils l'avaient marquée, en particulier Avery. Celui-ci était en effet à l'origine du comportement qu'elle avait avec *lui*.

— Avery était un enfant gâté et se reposait complètement sur Cinnia qui, elle, avait besoin de prouver qu'elle ne dépendait pas d'un homme financièrement. Il a vécu à ses crochets, et l'a en quelque sorte utilisée avant de la laisser tomber sans le moindre scrupule.

Les propos de Milly lui donnaient à réfléchir. Henri avait effrayé Cinnia en perdant son calme ; elle ne le tenait pas à distance par désir d'autonomie mais par manque de confiance en lui. Il lui faudrait donc la rassurer et lui faire comprendre que jamais il ne l'abandonnerait.

En attendant, elle *devait* venir vivre avec lui.

— J'ai mon opinion sur vous aussi, Henri, reprit Milly en le regardant droit dans les yeux. Et j'ai longuement réfléchi. Si ma fille décide de ne pas vous épouser, c'est son choix, et je la soutiendrai. Cependant, si elle accepte de vous suivre, je serai dans l'obligation de reprendre des locataires.

Elle posa alors le doigt sur une page de l'annuaire, à la rubrique « Annonces ».

— Voilà ce que je cherchais !

7

Cinnia rangea son ordinateur et ses documents importants dans son sac de voyages, puis mit dans sa valise ses affaires de toilette, quelques livres, ainsi que les jolies robes de grossesse que Trella lui avait offertes.

Depuis que toutes deux s'étaient retrouvées à la clinique, cette dernière était venue lui rendre visite à chacun de ses passages à Londres, et son soutien lui avait permis de ne pas sombrer dans le désespoir.

S'immerger dans le travail l'avait également aidée à éloigner Henri de ses pensées, ainsi qu'à remettre chaque fois à plus tard l'aveu qu'elle devait lui faire, se donnant ainsi l'illusion d'être toujours maîtresse de son existence.

Tandis qu'elle s'affairait dans sa chambre, ses peurs revinrent soudain en force. Avoir accepté de partir avec Henri, dans le seul but de lui permettre d'assurer la sécurité de ses enfants, et la sienne au passage, allait changer sa vie de manière irrévocable. En plus de l'arrivée des jumeaux, elle allait cohabiter avec Henri et se retrouver par la force des choses dans une situation de dépendance vis-à-vis de lui. Leur relation serait très différente.

Jusque-là, ils avaient mené des existences séparées, se retrouvant chaque fois qu'ils en avaient envie pour d'intenses moments de passion. Cinnia faisait alors toujours en sorte d'être disponible pour lui. Même si elle avait réussi à conserver une certaine indépendance et gardait à l'esprit le caractère éphémère de leur relation, elle était très vite tombée amoureuse.

Le fameux matin où elle lui avait demandé s'il l'aimait, voyant qu'il évitait de répondre, elle avait dû se résoudre à accepter l'évidence : il ne tenait pas à elle et ne l'épouserait jamais.

Henri avait bien sûr remarqué son manque d'entrain et sa distraction des deux semaines précédant leur rupture. Les attribuant à un léger surmenage, il lui avait conseillé de se reposer. Elle n'avait pas eu le courage de lui annoncer sa grossesse par crainte de sa réaction, mais avait ressenti un immense bonheur à l'idée de porter l'enfant de cet homme pour qui elle éprouvait des sentiments si profonds. Néanmoins, elle avait décidé de lui éviter de se sentir manipulé et forcé de l'épouser.

Henri avait sans doute eu raison de lui dire qu'elle s'attendait tant qu'il la laisse tomber, qu'elle avait provoqué la rupture en le privant volontairement d'explication.

Elle aurait certes pu lui avouer qu'elle l'aimait mais, doutant que cela puisse changer la situation, avait choisi de n'en rien faire pour lui lancer un dernier défi : « Tu m'as promis de me laisser partir lorsque je serais prête à fonder une famille. Vas-tu tenir parole ? »

« Bien sûr. »

Deux mots pour toute réponse, aucun geste pour la retenir, pas la moindre manifestation de la tendresse dont il avait pourtant fait preuve jusque-là. Il ne lui avait même pas demandé ce qu'elle comptait faire à l'avenir, ni même si elle l'abandonnait pour un autre homme.

À quoi bon rester, entretenir pour lui des sentiments qui n'étaient pas réciproques ? s'était-elle demandé, avant de rassembler son courage pour le quitter.

Cinnia avait le cœur lourd. Depuis l'instant où Henri l'avait retrouvée, il n'avait montré que colère et ressentiment, se préoccupant de sa santé sans toutefois trahir un quelconque plaisir de la revoir.

Rien n'avait donc changé.

Alors qu'elle avait jusque-là réussi à contrôler ses émotions en se réfugiant dans le travail et en se préparant à devenir mère, elle sentit sa gorge se serrer et ses yeux se remplir de larmes.

Puisqu'elle n'avait pas cessé de l'aimer, comment allait-elle parvenir à se protéger, si elle vivait avec lui et partageait son quotidien ? Elle eut soudain l'impression que le monde s'écroulait autour d'elle et enfouit le visage entre ses mains, tandis qu'un sanglot lui échappait.

— Cinnia !

S'approchant d'elle, Henri la souleva dans ses bras avant de la déposer sur le lit, où il s'allongea à côté d'elle.

— Je suis désolé, ma chérie, murmura-t-il en la serrant contre lui. Je n'aurais pas dû m'emporter. Je te promets de prendre soin de toi et des bébés.

Cinnia se mordilla la lèvre. Il n'avait de toute évidence pas compris les raisons de sa tristesse, mais elle était si troublée de sentir la chaleur de son corps contre le sien qu'elle se laissa aller à pleurer sans retenue, tandis qu'il lui caressait les cheveux.

— Calme-toi. Tu peux me faire confiance, je suis là à présent.

— Oui, mais par obligation.

— Tu as raison de m'en vouloir. Après le kidnapping de Trella et la terrible angoisse que nous avons vécue pendant cinq jours, je m'étais juré de ne jamais avoir ni femme ni enfants, afin de me protéger d'une telle souffrance. Par la suite, devenir responsable de ma mère et de mes sœurs n'a fait que me conforter dans cette idée, même si cela peut te sembler lâche.

Il lui prit alors le visage entre les mains et plongea le regard dans le sien.

— Tu m'as pris au dépourvu, et je me suis emporté, paniqué à l'idée d'être désormais également responsable de ces deux petits êtres jusqu'à la fin de mes jours. Mais, crois-moi, je suis heureux d'être leur père.

Un tout nouvel espoir réchauffa le cœur de Cinnia.

— Tu as fait le choix de garder ces enfants, poursuivit-il en posant une main sur son ventre, et je les désire aussi. Je suis certain que nous ne regretterons jamais ce cadeau du destin.

À cet instant, comme s'ils avaient deviné la présence de leur père, les bébés s'agitèrent dans le ventre de Cinnia.

— Tu as senti ? dit-elle en laissant échapper un petit rire.

Henri semblait retenir son souffle, en proie à une forte émotion, jusqu'à ce qu'une nouvelle légère pression contre sa main le fasse sursauter.

— Ce sont vraiment eux ? murmura-t-il, l'air émerveillé.

Soulagée, Cinnia le regarda, un sourire aux lèvres. Il avait un sens de la famille si développé qu'il ne pouvait pas refuser son amour à ses enfants. Peut-être l'avait-elle toujours su.

— Tu n'as pas à chuchoter, ils ne dorment pas. C'est incroyable, n'est-ce pas ?

— Je n'aurais jamais imaginé que cela puisse être si émouvant.

— Tu ne m'en veux pas, alors ?

— Bien sûr que non.

Cinnia aurait aimé qu'il profite de ce moment à la fois tendre et poignant pour parler de sentiments, mais Henri n'avait jamais été démonstratif, et elle comprenait à quel point cette nouvelle responsabilité était lourde pour lui. Le sachant toutefois sincère, elle passa un bras autour de sa taille et enfouit le visage dans son cou.

— Puis-je espérer que tu changes d'avis, demanda-t-il en lui caressant le dos, et que nous fassions l'amour ?

Malgré le désir qui s'était éveillé au plus profond de son corps, Cinnia préféra mentir.

— Non, répondit-elle en s'écartant.

Vivre avec lui et lutter au quotidien contre leur puissante attirance allait être une véritable torture, songea-t-elle avec angoisse. Combien de temps serait-elle capable de résister ?

Comme Cinnia s'assoupissait entre ses bras, Henri se dégagea doucement pour la laisser se reposer.

En plus de son épuisement moral manifeste, les transformations que subissait son corps devaient la troubler. Et elle avait visiblement peur qu'il lui en veuille. Même si ce n'était pas le cas, et bien qu'il fût certain de parvenir à la rassurer à ce sujet dès qu'ils vivraient ensemble, il ne pouvait pas lui offrir l'amour dont elle avait tant besoin.

Rongé par la culpabilité il se dirigeait vers le salon quand il croisa Dorry. Une idée lui traversa alors l'esprit, qui pourrait lui permettre de se racheter aux yeux de Cinnia.

— Viens t'asseoir avec moi, dit-il à la sœur de Cinnia, j'ai une proposition à te faire.

Il lui laissa le temps de s'installer avant de s'expliquer :

— Je souhaite établir notre résidence principale en Espagne. Ma mère sera là pour jouer son rôle de grand-mère. Nous allons aussi avoir besoin d'une jeune fille au pair pour soulager Cinnia. Puisque tu avais prévu de l'aider, pourquoi ne viendrais-tu pas nous rejoindre au moment de la naissance ?

— Ne vaudrait-il pas mieux engager une spécialiste de karaté ? le provoqua Dorry.

— Les enfants auront leurs propres gardes du corps, j'ai déjà tout organisé. Mais j'imagine que Cinnia sera triste d'être loin de sa famille et qu'elle serait heureuse de t'avoir auprès d'elle. J'ai confiance en toi, et nous entendons bien tous les deux, non ?

— Et je te promets que le frère d'Henri n'essayera pas de te draguer, rajouta Cinnia d'un ton joyeux.

Elle avait apparemment quitté la chambre pour revenir dans le salon.

— Dans ce cas, ne comptez pas sur moi !

Les deux sœurs éclatèrent de rire, et Henri se réjouit que son idée ait été acceptée aussi facilement.

Milly approuva également cette initiative et insista ensuite pour qu'Henri et Cinnia dînent avec elles avant de partir. Tandis que les deux jeunes Whitley rêvaient déjà de découvrir l'Espagne, Henri réussit à persuader Milly d'accepter la présence d'une équipe de sécurité autour du manoir, ainsi que du personnel pour l'aider à s'occuper de ses futurs locataires. Pour finir, il lui promit de lui trouver un appartement près de chez eux en Andalousie, afin qu'elle puisse venir chaque fois qu'elle souhaiterait voir sa fille et ses petits-enfants.

Ces détails réglés, ils prirent la route et arrivèrent à Londres tard dans la soirée. Cinnia partit se coucher sans attendre, dans la chambre d'amis. Dès son réveil le lendemain matin, elle téléphona pour prendre rendez-vous chez son médecin. Après l'avoir auscultée, celui-ci lui donna l'autorisation de voyager et lui donna l'adresse de l'un de ses confrères à Paris.

Henri aimait l'appartement londonien dans lequel Cinnia et lui se retrouvaient souvent du temps de leur liaison, mais il lui préférait son penthouse parisien avec ses pièces lumineuses, sa grande terrasse surplombant la Seine et sa vue magnifique sur la tour Eiffel. Sa famille y était bien sûr la bienvenue, mais n'y séjournait presque jamais. Sa mère et ses sœurs restaient en général dans l'appartement des jumelles, situé au-dessus de leur maison de couture, tandis que son frère était un habitué des palaces de la capitale française, où il pouvait emmener ses conquêtes en toute discrétion.

Dès leur arrivée, Cinnia enleva sa veste qu'elle mit sur un cintre avant de refermer la penderie.

Henri la regarda faire, avec un pincement au cœur en se souvenant des moments qu'ils avaient partagés ensemble dans la Ville Lumière, alors qu'il prenait encore pour acquise la place de Cinnia dans sa vie. Elle avait toujours été une compagne parfaite, à la fois discrète et sociable, capable de transformer les soirées de cocktail ou de gala auxquelles il était obligé d'assister en des moments agréables. Malgré tout, il était chaque fois soulagé, à leur retour chez lui, de refermer la porte sur le monde extérieur.

Le jour de leur rupture, aussi déçu que furieux de constater qu'elle n'était pas satisfaite de leur arrangement, il l'avait laissée mettre fin à leur relation, sans rien faire pour la retenir, persuadé de très vite surmonter son départ.

Les semaines et les mois suivants lui avaient donné tort. L'absence de Cinnia l'avait miné, et il s'était rendu compte qu'il n'éprouvait plus aucun intérêt pour les autres femmes.

Et cela n'avait pas changé depuis !

En plus de posséder une intelligence et un courage indéniables, Cinnia était féminine à souhait, si belle avec ses traits fins, sa bouche pulpeuse, et ses longs cheveux blonds qui retombaient en boucles soyeuses dans son dos et dansaient au-dessus de ses fesses rondes et fermes...

Sentant son sexe palpiter, il se rendit compte que son désir pour elle n'avait jamais faibli. Elle l'avait séduit dès l'instant où il avait posé les yeux sur elle pour la première fois et ne cessait de le fasciner depuis.

En dépit de sa longue abstinence, et seul à présent avec elle dans son appartement parisien, il devait pourtant garder la tête froide !

Au diable les résolutions ! Décidant qu'il n'était pas interdit de tenter sa chance, il s'approcha d'elle par-derrière et referma les bras autour de sa taille.

Son léger parfum aux senteurs fleuries le transporta aussitôt dans un autre monde.

— Qu'est-ce qui ne va pas ? demanda-t-il en remarquant son visage tendu et pâle dans le miroir de la penderie.

— Rien.

Persuadé d'être responsable de son expression triste, presque amère, il la serra contre lui avant de chercher à la rassurer.

— Tu ne peux pas m'en vouloir de ne pas t'avoir retenue lorsque tu m'as annoncé vouloir me quitter, ma chérie. Tu m'en avais donné la raison, et j'ai respecté ton souhait.

— Avais-je le choix, sachant que tu ne voulais pas d'enfants ?

Il lui caressa le ventre avec douceur.

— Tu aurais pu être honnête et me faire confiance au lieu de te taire.

Les lèvres de Cinnia se mirent à trembler.

— C'est long, deux années à être une simple courtisane, Henri. Il m'était impossible de te parler sans savoir auparavant ce que je représentais pour toi. Et tu m'as donné la réponse, je n'étais qu'une partenaire de plaisir.

— Tu représentes beaucoup plus, Cinnia.

Elle soutint son regard dans le miroir.

— Vraiment ? Et pour me le prouver, tu m'as offert des voyages, des nuits torrides, des bijoux et enfin une paire de bébés ! Mais que m'as-tu donné de toi ?

— Plus que tu ne le crois. Tu me fascines assez pour que je prenne le risque de vivre avec toi à temps complet à partir de maintenant.

Son désir s'amplifiait au contact des fesses de Cinnia.

— Contrairement à ce que tu penses, notre liaison signifiait beaucoup pour moi, poursuivit-il. J'étais sans doute parfois distant, car j'avais peur de devenir dépendant, mais je t'ai toujours désirée. Et je ne vais pas faire amende honorable pour cela, parce que je sais que tu me désirais tout autant !

Croisant son regard noir dans le miroir, il laissa échapper un petit rire.

— Les bouts de tes seins sont durs, ma chérie, lança-t-il tout en les prenant en coupe, crois-tu que je ne l'aie pas remarqué ?

Cinnia tenta aussitôt de se dégager.

— Je t'ai fait mal ? demanda-t-il en la lâchant aussitôt.

— Ma poitrine est sensible.

Voyant ses yeux brillants de larmes, il la fit pivoter sur elle-même.

— Que t'a dit le médecin ? Peux-tu faire l'amour ?

Comme elle se crispait, Henri se prépara à un nouveau rejet, mais elle baissa soudain les yeux.

Il lui prit alors le visage entre les mains pour déposer un doux baiser sur ses lèvres. Les sentant s'entrouvrir sous les siennes, il l'attira contre lui avant de l'embrasser avec passion, heureux de la sentir réceptive.

Éperdu de désir, il laissa alors glisser les lèvres sur son cou gracile, en cet endroit qui la faisait toujours frissonner. *Elle est à moi*, songeait-il avec délices lorsqu'elle le repoussa soudain.

— Non, Henri.

— Je t'en prie, Cinnia, accompagne-moi dans ma chambre. J'aimerais tellement dormir avec toi, sentir ton corps contre le mien, et je sais que tu en as envie aussi.

— Non, répondit-elle d'une voix assurée, je veux plus que du sexe.

8

Cinnia finit par trouver le sommeil, après avoir résisté à la tentation d'aller rejoindre Henri. Lorsque celui-ci frappa à sa porte le lendemain matin — sans toutefois oser entrer —, elle se leva tout de suite. Elle irait prendre son petit déjeuner dans la cuisine avant de faire sa toilette.

En passant devant le salon, elle l'aperçut de dos alors qu'il téléphonait. Une fois de plus, elle ne put s'empêcher d'admirer ses larges épaules dont les muscles se dessinaient sous sa chemise blanche et ses fesses fermes, moulées dans son élégant pantalon noir. L'espace d'un instant, elle regretta de ne pas lui avoir cédé la veille, mais se ressaisit aussitôt. Accepter de faire l'amour avec Henri donnerait à ce dernier plus encore de pouvoir sur sa vie ; or, elle ne pouvait se permettre pareille faiblesse.

Elle se prépara un jus d'orange et des œufs brouillés avant de regagner sa chambre.

Douchée et habillée, elle apportait la dernière touche à son maquillage lorsqu'Henri frappa à sa porte. Entrant cette fois-ci sans attendre, il s'approcha d'elle de sa démarche féline.

— Ramon ne devrait pas tarder à arriver ainsi que la personne que je viens d'engager pour s'occuper des relations publiques. Un travail délicat l'attend, car notre arrivée n'est pas passée inaperçue : les médias assiègent déjà l'immeuble. Une conférence de presse doit être organisée au plus vite. Je vais aussi avoir besoin de ta présence dans différentes réunions. Es-tu prête ?

— Presque, donne-moi cinq minutes.

— Parfait.

— Tiens, ajouta-t-il en posant une enveloppe sur la coiffeuse, cela t'appartient.

Cinnia la reconnut tout de suite : c'était celle dans laquelle, juste après leur rupture, elle avait rassemblé les bijoux qu'Henri lui avait offerts, avant de la laisser dans l'appartement.

Préférant ne pas réagir, elle referma son tube de mascara avant de jeter un coup d'œil à sa tenue dans le miroir : une robe en soie bleue qui, comme toutes les créations de la Maison des Jumelles, était élégante et flatteuse. Henri la trouvait-il toujours belle ?

— Tu peux vérifier, rien ne manque. Sais-tu à quel point j'étais furieux lorsque j'ai trouvé ça ? demanda-t-il d'un ton sec en vidant le contenu de l'enveloppe sur la coiffeuse.

Cinnia sursauta et, toujours silencieuse, garda les yeux rivés sur la glace.

— Au cas où tu persisterais à croire que mes cadeaux étaient intéressés, je vais te rappeler la signification de celui-ci.

Il saisit alors le premier bijou qu'il lui avait acheté et l'agita devant elle.

Cinnia recula d'un pas.

Il s'agissait d'un bracelet composé de diamants roses et blancs, baptisé « feu d'artifice » par le bijoutier, ainsi que le lui avait expliqué Henri en le lui offrant quelques jours après le début de leur liaison. Il avait alors précisé que le bijou lui avait tout de suite fait penser aux circonstances de leur rencontre.

Lorsqu'elle l'avait accusé de chercher à rémunérer ses services, il s'était aussitôt offusqué.

« Si tel était le cas, j'aurais choisi une babiole quelconque. J'ai eu envie de te l'offrir en souvenir de cette soirée, parce que je me souviendrai toujours... »

Il s'était brusquement tu, et était parti.

Honteuse de sa réaction, Cinnia avait pour finir enfilé le bracelet, qu'elle trouvait magnifique, et ne l'avait ensuite plus quitté que pour dormir ou lui substituer une parure plus adaptée à une tenue.

— Quant à ce pendentif, reprit Henri en attrapant une délicate clé en platine ciselé incrusté de diamants, je l'ai choisi pour te montrer à quel point j'étais fier que tu aies réussi à réaliser ton rêve après tant de travail, et signé le bail de ton bureau et de ton appartement. Je voulais t'offrir un bijou qui te rappelle ce jour et te donne du courage dans des moments de doute.

Touchée, elle avait souvent porté ce pendentif, lorsqu'elle avait des soucis avec un dossier ou se sentait triste. Il parvenait à lui faire reprendre confiance en elle.

— Et ceci ? demanda-t-il en saisissant un bijou datant de leur premier voyage à New York. À quoi penses-tu en le voyant ?

Il lui avait fait cadeau de ce bracelet à maillons arrondis dans une boutique de la Cinquième Avenue, lui précisant qu'il pourrait lui offrir une breloque à y accrocher chaque fois qu'il voudrait marquer un souvenir particulier.

— C'était ma façon de te dire que j'étais heureux de t'avoir à mes côtés dans cette ville où je m'étais senti si souvent seul avant toi.

Il s'approcha de la corbeille à papier.

— Puisque tu ne sembles plus en vouloir…

— Arrête, Henri, murmura-t-elle en le lui prenant des mains.

— Que t'importe le sort de ces babioles ? Ça t'est visiblement égal qu'elles symbolisent à mes yeux des moments de bonheur, et que j'aie pris le temps de les choisir spécialement pour toi. Autant les jeter alors, j'aurais d'ailleurs dû le faire le jour où tu me les as rendues.

— Non ! s'exclama-t-elle en remettant les bijoux dans l'enveloppe. J'étais blessée à l'époque, car tu n'avais rien fait pour me retenir, alors j'ai voulu me venger, te faire mal à mon tour. Tu comprends ?

— Tu as atteint ton but. J'ai en effet pensé, en trouvant ce paquet que tu avais laissé bien en évidence sur la table, que tu ne voulais aucun souvenir de nos deux années ensemble. J'ai eu envie de…

Cinnia vit les poings d'Henri se serrer et son pouls battre sur ses tempes. Il reprit alors d'une voix rauque :

— Nous avons partagé beaucoup plus que de simples moments de passion. Pourquoi t'entêtes-tu à refuser de m'épouser maintenant, alors que tu en rêvais avant ?

Oui, bien sûr, elle avait rêvé qu'il l'épouse, mais par amour !

Puisqu'il le lui proposait à présent par obligation, il ne lui restait donc d'autre choix que de continuer à le repousser, afin de se protéger.

— Je tiens à toi, lança Henri, comme pour la convaincre. Tu le sais, n'est-ce pas ?

— Non, répondit-elle en retenant ses larmes, mais même si tu avais prononcé ces mots ce jour-là…

Sa voix se brisa, et elle dut prendre une longue inspiration avant de poursuivre :

— Je les ai déjà entendus, ils ne veulent rien dire. Je

savais aussi ce que représentait chacun de ces bijoux, mais ne voulais plus rien venant de toi, puisque tu m'avais rejetée.

— Cela n'arrivera plus, promit-il. La situation est différente.

— Vraiment ? Je n'en suis pas si sûre.

À cet instant, la sonnette de la porte d'entrée retentit.

— Ce doit être Ramon.

— Je vous rejoins dans un instant, promit-elle.

Henri réfléchissait, tandis que son frère parlait avec Cinnia.

Alors qu'il aurait dû être soulagé qu'elle ait finalement accepté de le suivre, il se sentait aussi blessé et désemparé que le jour où il avait trouvé l'enveloppe de bijoux. En fait, il n'arrivait pas à croire qu'elle ait si peu confiance en lui.

Ramon appréciait beaucoup Cinnia et par jeu, ou bien par habitude, il avait tenté de la charmer à chacune de leur rencontre. Celle-ci avait toujours réagi avec humour, sans jamais se laisser troubler.

Comme cette fois où Henri l'avait emmenée regarder Ramon courir sur le Nürburgring. Au moment où ils descendaient prendre le petit déjeuner, son téléphone s'était mis à sonner, et il avait laissé Cinnia à l'entrée du restaurant rejoindre leurs amis à table, tandis qu'il prenait l'appel. Il avait vu Ramon arriver, vêtu bien sûr d'une tenue identique à la sienne, et poser une main sur son épaule tout en se penchant pour l'embrasser.

Cinnia avait tendu les lèvres avant de laisser échapper un cri de surprise. Henri avait aussitôt écourté sa conversation pour se précipiter vers celle qui, bonne joueuse, riait du tour que lui avait joué Ramon, mais l'avertissait toutefois de ne jamais recommencer.

Henri aurait dû être rassuré de savoir qu'elle ne réagissait pas au charme de son frère, mais il ne pouvait s'empêcher d'être jaloux de leur complicité.

— Inutile de me flatter..., disait-elle en ce moment même à Ramon.

— J'ai juste dit que tu étais éblouissante, comme toujours d'ailleurs.

Son frère tenait les mains de Cinnia entre les siennes, tout en regardant son ventre avec un sourire.

— Non, je suis énorme.

— Tu es disons... plutôt ronde, mais avec deux bébés, rien de plus normal.

Il la prit dans ses bras et lui embrassa les cheveux comme il l'aurait fait à une de leurs sœurs.

— Quel charmeur, tu ne changeras jamais !

Comme l'interphone sonnait, Henri dit au portier de laisser monter son invitée.

— C'est l'attachée de presse ? demanda Cinnia.

— Oui, elle s'appelle Isadora Garcia. Tu as dû rencontrer son père, Bernardo, le jour de mon anniversaire en Espagne.

— En effet, il est charmant.

— Au fait, il prend sa retraite le mois prochain, dit Ramon, sourcils froncés. Je croyais que nous avions décidé de nommer Etienne à son poste.

— Nous avons des informations très sensibles à protéger. J'ai pensé qu'elle seule serait capable de s'occuper de cette tâche. Angelique et Kasim vont annoncer leurs fiançailles dans quelques mois, et tu as parlé avec Bella, n'est-ce pas ?

— Oui, répondit son frère en lançant un regard à

Cinnia. Sais-tu qui est le père, toi ? Est-ce le prince d'Elazar ?

— Elle a refusé de me le dire, répondit Henri.

Ils furent interrompus par l'arrivée d'Isadora, une véritable beauté espagnole aux longs cheveux noirs bouclés et au regard de braise.

— Bonjour, Isadora, je te remercie d'être venue aussi vite.

— C'est toujours un plaisir de te voir.

Ils s'embrassèrent, et comme la jeune femme apercevait Ramon son sourire s'évanouit.

Isadora était un peu plus jeune que les jumelles. Leurs parents respectifs étant amis de longue date, elle avait été après le kidnapping de Trella et son confinement forcé l'une de ses rares camarades de jeu. À force de croiser les garçons chez son amie, elle était tombée amoureuse de Ramon qui, déjà à l'époque, ne lui avait jamais accordé d'attention particulière.

Lorsqu'elle était devenue une adulte d'une beauté saisissante, Henri avait pensé que son frère finirait un jour par se laisser tenter. En voyant à présent l'attitude glaciale d'Isadora envers lui, il se demanda ce qui avait bien pu se passer entre eux.

Il présenta les deux jeunes femmes et précisa à l'intention d'Isadora :

— Je viens juste d'expliquer à Cinnia que nous avons toujours eu une totale confiance en ton père. Même s'il a bien mérité sa retraite, nous sommes tristes de le laisser partir, car nos vies à tous sont très mouvementées. Nous avons besoin d'une personne fiable, capable de gérer le déchaînement des médias.

— C'est ce qu'il m'a laissé entendre, avoua Isadora,

sans me donner bien sûr aucun détail. J'en ai donc déduit qu'il s'agissait d'informations très sensibles.

Elle jeta un rapide coup d'œil au ventre de Cinnia, tout en saluant Ramon du bout des lèvres.

— Je harcèle Isadora pour qu'elle rejoigne notre équipe depuis qu'elle a décidé de suivre les traces de son père dans les relations publiques, dit Henri à Cinnia. Mais jusque-là, elle a préféré travailler de son côté et gravir seule les échelons, afin de faire une carrière indépendante. Elle ne te rappelle personne ?

— Tiens donc, j'ai moi aussi une jumelle alors, répliqua Cinnia en souriant à la jeune femme. Puis-je vous offrir un thé ?

— Très volontiers, je peux même vous aider à le préparer, si vous voulez.

Les voyant se diriger vers la cuisine, Henri eut l'impression qu'Isadora préférait mettre une certaine distance entre elle et Ramon.

— Tu as couché avec elle ? demanda-t-il à voix basse à son frère.

— Elle m'a rejeté.

Malgré le ton allègre de Ramon, Henri comprit que l'histoire était plus compliquée que cela. Il en était surpris, tous deux n'ayant en effet pas l'habitude de se faire des cachotteries.

— Ça arrive parfois ? lança-t-il pour détendre l'atmosphère.

— Non, et c'est pour cette raison que je ne m'en suis pas encore remis !

— Si cela doit affecter son travail, je préférerais que tu m'avertisses tout de suite, car il est prévu qu'elle s'occupe de nos relations publiques pendant les prochains mois.

— Rassure-toi, il n'y aura pas de problème. Et puis,

Gili et Bella l'aiment tellement qu'elles seront beaucoup plus à l'aise avec elle. Il semblerait que Cinnia l'ait déjà adoptée, ajouta-t-il en entendant des rires s'élever dans la cuisine.

Henri hocha la tête d'un air satisfait, avant de remarquer le regard inquisiteur de son frère.

— Que se passe-t-il ? demanda-t-il.

— Je pensais que nous avions prêté serment de ne jamais avoir d'enfants.

Ramon était passé maître dans l'art d'afficher une attitude légère, mais il était loin d'être aussi insouciant qu'il le prétendait. Son expression était grave.

— Crois-moi, cela n'était pas prévu. Il s'agit d'un accident. Lorsque Cinnia s'en est aperçue, elle a décidé de me cacher son état et m'a quitté dans l'espoir de m'épargner.

— Elle devait tout de même savoir que tu finirais par l'apprendre, et que nous ne laisserions jamais tomber l'un des nôtres.

— C'est possible.

Henri songea soudain avec effroi qu'il n'aurait sans doute pas cherché à revoir Cinnia, si elle n'avait pas été enceinte.

Dire qu'il aurait pu passer le reste de sa vie sans elle…

Ramon le tira de sa rêverie en lui tapant sur l'épaule.

— Ne t'en fais pas, je serai là pour t'aider, et ensemble, nous veillerons sur la sécurité de tes enfants. Comme ça, ta femme sera aussi un peu la mienne !

— Une perspective qui pourrait être réconfortante, si elle acceptait m'épouser, répondit Henri avec un petit rire. Mais ce n'est pas le cas.

— Pardon ? demanda Ramon, stupéfait. Peux-tu répéter cela ?

— Tu as bien entendu.

Cinnia voulait de l'amour, mais il ne pouvait se permettre de tomber amoureux, ni de lui faire la cour en bonne et due forme, car elle se ferait alors des illusions. Pour la première fois, il en venait à penser qu'il était préférable qu'elle continue de le tenir à distance.

Pourtant, lorsqu'elle revint de la cuisine en compagnie d'Isadora, il ne put s'empêcher de chercher à nouveau à déchiffrer les sentiments qui l'habitaient. En vain.

— Je disais à l'instant à Isadora que je ne veux même pas penser à une robe de mariage tant que je n'aurai pas retrouvé ma ligne.

Vexé de la voir le défier devant son frère et leur amie, Henri sentit l'amertume le gagner.

Le lendemain, Isadora communiqua une déclaration à la presse pour annoncer la prochaine naissance de jumeaux, accompagnée d'une photo du couple, un sourire radieux aux lèvres. À partir de ce moment, les paparazzis ne quittèrent plus leur poste devant leur résidence et cessèrent de s'intéresser à Henri, ou même aux frasques de Ramon, pour reporter toute leur attention sur la future mère. Cinnia dut alors limiter ses déplacements aux visites chez le médecin et à la Maison des Jumelles.

Depuis leur arrivée à Paris, Henri et elle avaient adopté l'un envers l'autre une attitude courtoise mais réservée, chacun vaquant à ses occupations. Il se rendait chaque matin dans son bureau situé sur les quais de Seine, tandis qu'elle travaillait sur son ordinateur dans l'appartement, comme lorsqu'elle venait passer quelques jours avec lui dans la capitale avant leur rupture. Ils se retrouvaient le soir pour dîner, et discuter ensuite des modifications à apporter dans la maison familiale andalouse pour accueillir les jumeaux.

Bien qu'Henri lui ait gentiment proposé de l'accompagner à ses cours de préparation à l'accouchement, et qu'il sollicitât son avis pour toutes les décisions à prendre, Cinnia avait la désagréable impression d'être une charge supplémentaire pour lui. Une lourde tension régnait souvent entre eux, probablement due au fait qu'ils faisaient toujours chambre à part.

Persuadée que leur relation était pour lui essentiellement physique et qu'il ne restait avec elle que par pur devoir, Cinnia s'obstina donc à travailler pour garder un revenu, tandis qu'Henri lui reprochait de consacrer trop de temps et d'énergie à sa carrière au lieu de se reposer.

Une semaine s'écoula paisiblement, jusqu'au soir où un appel de Ramon vint interrompre leur routine. Retenu en Amérique du Sud, ce dernier ne pouvait rentrer à temps pour un gala de charité, organisé en Italie par un banquier ami des Sauveterre. Il demandait à son frère de le remplacer.

— Je dois y aller, déclara Henri après avoir raccroché. Je n'ai pas le choix.

— Bien sûr. Quand pars-tu ?

— *Nous* partons jeudi.

Consciente qu'il s'agissait d'un événement mondain d'importance, Cinnia se prépara donc à l'accompagner, inquiète toutefois à l'idée de cette première sortie officielle, depuis la reprise de leur vie commune.

Parviendrait-elle à garder ses distances pendant un long week-end en tête à tête avec Henri, dans une chambre d'hôtel ?

9

À l'instant où leur limousine s'arrêtait devant les portes d'un palace de Milan, des flashs se mirent à crépiter.

— Je ne supporte plus la présence continuelle de ces maudits paparazzis, grommela Henri.

Alors qu'il l'aidait à descendre de voiture, Cinnia avait une conscience aiguë d'être la cible de tous les regards. Serrant le bras de son compagnon, elle avança avec ses hauts talons sur le tapis rouge.

Après avoir laissé au vestiaire sa cape de velours noir rebrodé de fils d'argent par les mains expertes de Trella, Cinnia lissa sa robe longue, au corsage décolleté et taille empire, tout en jetant un coup d'œil furtif à son reflet dans le miroir en pied.

Elle avait du mal à se trouver séduisante, alors que son corps s'était encore arrondi et que l'homme avec qui elle vivait devenait de plus en plus distant au fur et à mesure que leur relation s'enlisait dans l'abstinence. Certes, Henri était plein de sollicitude, il s'assurait de lui donner tout ce dont elle avait besoin et se montrait prévenant. Mais rien n'était plus comme avant. Il n'avait plus de gestes tendres envers elle et ne lui volait plus de caresses. Elle se disait souvent qu'elle devrait faire l'amour avec lui, ne serait-ce que pour tenter de rétablir leur ancienne complicité, pourtant sa confiance en elle s'érodait aussi vite que sa taille prenait de l'ampleur.

À la fin du dîner, Henri profita de la musique qui s'élevait dans la salle pour l'inviter à danser.

Au lieu de poser la joue sur sa poitrine et de prendre plaisir à frôler son corps pour éveiller son désir, comme elle l'aurait fait autrefois, Cinnia, en proie à un accès de mélancolie, soupira.

— Ces événements sont en général pénibles, je sais, dit Henri en lui caressant la taille du pouce, mais lorsque tu es à mes côtés, ils en deviennent agréables pour moi.

Rassérénée de le savoir heureux de sortir en sa compagnie, Cinnia n'eut pas le temps de trouver de réponse adéquate que déjà il poursuivait :

— J'aurais dû t'inviter à une véritable soirée en tête à tête avant ce gala, mais tout a été…

— C'était inutile, l'interrompit-elle très vite.

Prête à lui expliquer qu'il ne lui devait rien, elle leva les yeux et croisa son regard. Surprise d'y découvrir une lueur de tendresse, elle perdit soudain le rythme et trébucha.

Alors qu'Henri resserrait son étreinte pour l'empêcher de tomber, elle sentit son désir ferme contre son ventre. Une vague de chaleur déferla aussitôt dans son corps.

— Tu sais bien l'effet que tu me fais, se défendit-il d'une voix rauque.

— Je ne me sens pourtant pas très désirable depuis que je suis enceinte, murmura-t-elle, en rougissant.

— Tu n'as aucune inquiétude à avoir. Je ne t'ai jamais trouvée aussi sexy et, crois-moi, il m'est très difficile de me comporter en gentleman.

La main d'Henri se raffermit dans son dos et maintint cette pression délicieusement possessive. Le reste de la danse se teinta d'un subtil érotisme.

Envisageant à nouveau de céder au désir qu'Henri ne cessait d'éveiller en elle, Cinnia s'efforça de se ressaisir et, dès la fin de la danse, s'éclipsa pour rafraîchir son rouge à lèvres dans le boudoir. Face au miroir, elle se promit de garder la tête froide et de ne pas succomber à son charme.

Elle prit alors le temps de regarder ses mails sur son téléphone, et son cœur fit un bond quand elle découvrit le message d'Isadora.

> Qui est Avery Benson ? Il vient de publier une histoire disant que tu avais couru après son argent par le passé. Nous devons réfuter au plus vite son accusation selon laquelle ta grossesse est un stratagème délibéré pour t'approprier une partie de la fortune des Sauveterre.

Elle comprit soudain pourquoi des murmures s'étaient élevés sur son passage, alors qu'elle quittait la piste de danse. Les invités avaient dû être informés des dernières nouvelles pendant le dîner. Cinnia regagna la salle de bal en toute hâte, persuadée de sentir tous les regards fixés sur elle.

Lorsqu'elle rejoignit sa place, Henri dut remarquer son trouble, car il fronça les sourcils.

— Que se passe-t-il ? Tu es toute pâle.

— Je ne me sens pas bien, répondit-elle, la gorge serrée. Pourrions-nous partir maintenant ?

— Bien sûr.

— Tu es livide, insista Henri quand ils furent dans la voiture. Veux-tu que nous allions à l'hôpital ?

— Non, as-tu lu tes mails ?

— Pas encore, pourquoi ?

— Tu vas comprendre.

Cinnia détourna la tête pour regarder défiler les rues de Milan à travers ses larmes.

Henri ne fit aucun commentaire, mais elle l'entendit pianoter sur son téléphone.

— Avery Benson ? Henri Sauveterre à l'appareil.

Cinnia fit volte-face.

— Comment as-tu eu son numéro ?

Lui prenant la main, Henri la serra dans la sienne pour la tranquilliser.

— Ce que vous avez fait est inadmissible, lança-t-il sans préambule, et je vous intime l'ordre de vous rétracter dès demain matin.

Cinnia n'entendit pas la réponse d'Avery, mais elle fut courte.

— Un instant, c'est vous qui allez m'écouter, l'interrompait déjà Henri d'un ton sec.

Tous les muscles de Cinnia se contractèrent.

— Cela fait un moment que je vous ai à l'œil, poursuivit Henri. Vous êtes un opportuniste notoire, indigne de confiance, mais si vous étiez resté discret, je vous aurais laissé tranquille. À présent que vous vous en êtes pris à ma famille, je vous considère comme une menace.

Il y eut un nouveau silence,

— Épargnez-moi vos explications, reprit Henri. Vous avez utilisé Cinnia pour convaincre vos parents de partager leurs biens de leur vivant et, en plus d'avoir vécu pendant des années à ses crochets, vous lui avez volé une partie de ses économies avant de partir. Écoutez-moi bien : ne vous avisez plus jamais de faire le moindre commentaire sur elle, sinon vous aurez affaire à moi et à mes avocats.

Henri prit à peine le temps d'écouter la réponse d'Avery avant de revenir à la charge :

— Peu m'importe ce que vous avez à dire. Débrouillez-vous pour rectifier votre déclaration ! Et si à l'avenir vous causez le moindre tort à ma famille, je vous poursuivrai en justice, et vous perdrez tout. J'espère avoir été clair.

Henri referma son téléphone d'un geste sec.

— J'étais capable de me défendre toute seule, marmonna Cinnia, mortifiée.

Sans répondre, Henri tapa un message.

— Je vais demander à Isadora de lui mettre aussi la pression. Cet homme est un imposteur. Je n'arrive pas à comprendre ce que tu as pu lui trouver.

Les joues brûlantes, Cinnia baissa les yeux.

— J'ai du mal à croire qu'un type aussi mou et manipulateur ait pu t'attirer, reprit-il.

— Tu n'avais pas besoin d'être si agressif, rétorqua-t-elle, mal à l'aise. Nous aurions pu discuter de la situation ensemble, et je l'aurais appelé moi-même.

— Tu cherches encore à le protéger ? demanda Henri, l'air stupéfait.

— Non, mais je te répète que je suis capable de me défendre seule.

— Jusque-là peut-être, mais à présent il s'agit de nous, de ta réputation, et il est de mon devoir de vous protéger, toi et nos enfants.

— Il n'aurait pas...

— Ne sois pas naïve, Cinnia, l'interrompit Henri d'un ton sec. Dans ta position, tu ne peux plus faire confiance à qui que ce soit. Tu dois apprendre à faire preuve de vigilance, car il existe toujours un risque.

Il songeait au professeur particulier de mathématiques de sa sœur, sans aucun doute.

— Bien. Mais tu aurais pu me laisser régler moi-même cette affaire au lieu de prendre les choses en main comme si j'étais...

— Quoi ?

— Incapable de le faire.

— Toujours ton sacro-saint besoin d'indépendance !

— Cela n'a rien à voir. Si tu m'avais laissée régler ce problème, nous ne serions pas en train de nous disputer.

Gagnée par la lassitude, elle soupira.

— T'arrive-t-il d'avoir besoin de moi ? demanda-t-elle brusquement. Mis à part pour le sexe évidemment, et mettre au monde deux bébés dont tu ne voulais pas.

— J'apprécie ta compagnie, marmonna Henri.

— J'aimais mon premier petit ami, tu sais, lança soudain Cinnia. C'était peut-être un amour d'adolescence, mais je suis certaine que James éprouvait les mêmes sentiments à mon égard. Je craignais pourtant de lui laisser prendre trop d'emprise sur ma vie, aussi ai-je décidé de le laisser partir dans l'université où il avait été accepté, et de poursuivre mes études dans celle que j'avais choisie. Je pensais que notre amour survivrait à la séparation, mais James a fini par me tromper, et j'ai beaucoup souffert. Plus tard, après le décès de mon père et ses conséquences sur notre famille, j'ai compris que j'avais été bien inspirée de faire passer mes études au premier plan.

— Ta mère pense que tu avais choisi Avery parce qu'à tes yeux il ne présentait aucun danger. Est-ce vrai ?

— Peut-être. Il était gentil, mais plutôt effacé et me laissait prendre toutes les décisions. Je me sentais adorée, et en même temps maîtriser notre relation me rassurait. Tu sais, toi, à quel point cette impression de contrôle est agréable.

— Tu ne l'aimais pas, alors ?

Cinnia fixa Henri sans ciller, tandis que la limousine s'engageait dans le parking souterrain de l'hôtel où ils étaient descendus.

— J'ai dû penser que si je prenais soin de lui, il serait honnête avec moi et ne me quitterait pas, admit-elle, ou du moins que si cela se produisait, ce ne serait pas aussi douloureux qu'avec James. Malgré mes certitudes, ainsi que toutes les précautions que j'avais prises, Avery a pourtant trouvé un moyen de me trahir. À partir de ce moment, mon indépendance est devenue pour moi la chose la plus importante.

Henri fit le tour de la limousine arrêtée devant l'hôtel pour l'aider à en descendre.

— D'accord, ajouta-t-elle en souriant, pour l'instant je dois me résoudre à accepter ta protection étant donné mon état, mais je n'ai pas l'intention de dépendre éternellement de toi.

Ils ne dirent plus un mot jusqu'à leur arrivée dans leur suite. Cinnia se dirigea aussitôt vers l'immense canapé de cuir blanc et s'allongea sur le côté, la tête sur un coussin, trop fatiguée pour enlever ses escarpins.

Henri vint s'asseoir à l'autre bout et se chargea de les lui ôter avant de prendre ses pieds entre les mains et de commencer à les masser doucement.

— Je déteste me sentir faible, dit-elle en passant un bras sous le coussin. Je déteste ne pas pouvoir passer la journée sans faire de sieste. Je déteste ne pas être capable de rester assise assez longtemps pour travailler et gagner l'argent dont, selon toi, je n'ai pas besoin. Je déteste te laisser payer mes factures. Et pour finir, je ne supporte pas de voir que, malgré tous mes efforts, je suis devenue dépendante de toi.

Henri l'avait écoutée se confier tout en continuant de la masser.

— Et moi, je déteste qu'à cause de ces hommes qui t'ont blessée tu ne me fasses pas confiance, dit-il d'un ton grave, Tu dois me croire, Cinnia, je n'avais pas l'intention de t'humilier en appelant Avery. Je voulais seulement te protéger.

Cinnia comprit qu'il essayait ainsi de se justifier.

— Au début de notre relation, j'adorais ton indépendance, reprit-il, mais ces derniers temps je la trouve presque insultante. Tu peux me faire confiance, Cinnia. À propos, ne le prends pas mal, mais j'avoue avoir déjà mis en place des mesures afin que tu ne manques jamais de rien. J'avais besoin de m'assurer que tu sois toujours financièrement à l'aise. Nous formons une équipe maintenant que nous allons être parents. Mon rôle est de subvenir aux besoins de ma famille et de la protéger, afin que tu puisses te consacrer au bien-être et à l'éducation de nos enfants.

— Une vision des choses un peu démodée, mais si c'est ta manière d'éviter dès à présent la corvée des couches-culottes…

— Absolument pas, l'interrompit-il avec un sourire, je suis prêt à participer. Je sais que tu es forte, regarde tout ce que tu as déjà accompli dans ta vie. Je ne peux pas t'aider à porter nos enfants, alors pourquoi refuses-tu de me laisser te faciliter l'existence ?

Parce que je t'aime déjà trop alors que tu n'éprouveras jamais aucun sentiment pour moi, même si tu restes à mes côtés.

Malgré sa tristesse, Cinnia éprouva un élan de tendresse en regardant Henri détacher son nœud papillon, puis ouvrir les premiers boutons de sa chemise. Elle aurait tant aimé pouvoir se lover contre lui et caresser le triangle de peau mate dénudé, à la base de son cou.

— Te sens-tu coincé avec moi ? demanda-t-elle soudain.

— Bien sûr que non. Je me sens surtout privilégié de

fonder une famille avec une femme que je respecte et admire. C'est toi qui risques de te sentir coincée avec moi, ma chérie. Tu seras toujours la mère de jumeaux Sauveterre, et la mienne t'expliquera sans aucun doute que ce rôle n'est pas tous les jours facile à assumer.

Henri posa une main sur le ventre de Cinnia.

— Accepte au moins mon aide en cette période délicate.

Elle réfléchit en soutenant son regard. À quoi bon se montrer hostile envers lui, alors qu'ils allaient passer le reste de leur vie ensemble ? Le tenir à distance n'était certainement pas la manière de gagner son cœur. Lui montrer à quel point elle tenait à lui pouvait au contraire faire naître un sentiment.

— Puis-je dormir dans ton lit ce soir ?

Le regard d'Henri s'illumina aussitôt.

— Je ne te laisserai plus le quitter, la prévint-il.

Aussi terrifiante que soit la possessivité qu'il manifestait à son égard, Cinnia était rassurée de savoir qu'ils voulaient tous deux former un couple.

— Je prends le risque, murmura-t-elle.

En un mouvement souple, il se leva pour l'entraîner avec lui dans la chambre.

— Non, dit-elle comme il s'apprêtait à allumer la lumière.

Il laissa échapper un petit rire.

— Crois-tu vraiment que l'obscurité puisse t'offrir une quelconque protection, ma chérie ? demanda-t-il en se déshabillant.

Soudain, Henri fut derrière elle, nu. Cinnia tressaillit au contact de ses mains qui abaissaient la fermeture Éclair de sa robe et la faisaient glisser ainsi que sa culotte en dentelle le long de ses jambes. Se tournant vers lui, elle passa les bras autour de son cou, et déposa tout d'abord de légers baisers sur ses lèvres avant de l'embrasser avec passion.

— On dirait que cela t'a manqué à toi aussi, lui fit-il remarquer en souriant. Ne sois pas trop pressée, nous avons la vie devant nous, à présent.

Il reprit possession de sa bouche, tandis que sa main glissait doucement sur son ventre pour s'arrêter sur son sexe.

— Oh oui ! gémit Cinnia, continue.

— N'ai crainte, je vais te donner beaucoup de plaisir, ma chérie, ça fait tellement longtemps que je n'ai pas goûté aux délices de ton corps.

Comme il introduisait un doigt en elle, Cinnia retint son souffle et se cambra contre lui pour s'offrir davantage.

— Tu aimes ça, n'est-ce pas ?

— C'est si bon, murmura-t-elle, enivrée par ses caresses expertes et l'odeur de sa peau.

Comment avait-elle pu résister pendant des semaines ? Pourquoi ? Même s'il ne l'aimait pas, une indéniable alchimie existait entre eux. Dès que leurs corps se rencontraient, le monde entier disparaissait. N'était-ce pas un signe ?

Cinnia posa alors une main sur le sexe d'Henri. Elle aussi savait lui donner du plaisir.

— Tu es si excité, chuchota-t-elle en serrant doucement son érection avant d'entamer un lent mouvement de va-et-vient le long de son membre tendu.

— Oh ! ma chérie…, gémit-il, avant de lui écarter la main. Laisse-toi faire.

Il reprit alors ses caresses jusqu'à ce qu'un orgasme la submerge.

— Rien ne m'excite davantage que de te donner du plaisir, lui dit-il en la soulevant dans ses bras. J'ai envie de te prendre de mille manières différentes, de rester ici avec toi et ne jamais te quitter.

Il l'allongea au bord du lit et positionna alors le bout de son érection contre son intimité, tout en la caressant.

— Ne me fais pas attendre, le supplia-t-elle.

— Tu es sûre de me vouloir ?

— Oh oui !

— Tu ne le regretteras pas demain ?

— Non. Prends-moi, Henri. S'il te plaît…

— Comme ça ? demanda-t-il en s'introduisant légèrement en elle.

Elle empoigna ses fesses pour l'attirer plus profondément en elle.

— J'ai peur de te faire mal, murmura-t-il.

— Non au contraire, continue, c'est si bon.

Alors, Henri la pénétra en douceur.

— C'est merveilleux d'être en toi, mais je ne pourrai pas me retenir très longtemps.

Il entama alors une danse lente, les maintenant tous deux au bord de l'orgasme.

Cinnia accompagna des hanches ses mouvements de plus en plus rapides, gémissant comme la jouissance grimpait, se transformant en une délicieuse torture.

— Prends-moi plus vite, plus fort, l'implora-t-elle en lui enfonçant les ongles dans la peau.

Henri s'enfouit en elle d'un puissant coup de reins.

— Maintenant, cria-t-elle soudain, oh oui !

Abandonnant toute maîtrise, il laissa échapper un râle tandis qu'ils atteignaient ensemble le plaisir ultime.

Ils restèrent un long moment enlacés, leurs cœurs battant à l'unisson, tellement heureux de retrouver leur si merveilleuse entente qu'aucun d'eux n'osait parler.

Henri l'aida ensuite à se glisser entre les draps, et ils s'endormirent dans les bras l'un de l'autre.

Au petit matin, tandis que la lumière filtrait à travers les volets entrouverts, Cinnia se remémora leur soirée. Bien sûr, Henri lui avait offert un plaisir délicieux, il savait se montrer tendre et attentionné lorsqu'il la désirait, mais elle ne pouvait s'empêcher de craindre qu'il n'ait pas besoin d'elle et ne l'aime jamais en retour.

10

Cinnia entrait dans sa trente-sixième semaine de grossesse, lorsqu'elle accompagna Henri en Espagne pour célébrer dans l'intimité familiale les fiançailles d'Angelique et de Kasim. Ce dernier ayant succédé sur le trône du Zhamair à son père décédé d'une crise cardiaque quelques mois auparavant, l'annonce officielle ne pourrait se faire qu'à la fin de la période de deuil. Le jeune couple avait toutefois souhaité fêter son engagement le plus tôt possible.

Angélique avait fait la connaissance de Kasim peu avant le mariage de sa sœur, la princesse Hasna avec Saliq, l'ami fidèle des jumeaux. Cinnia n'ayant pu assister à la cérémonie au palais royal puisque Henri et elle étaient alors séparés, elle s'était réjouie à l'idée de revoir le jeune marié et de rencontrer enfin sa femme.

Alors qu'elle s'apprêtait à se coucher après la réception, Cinnia se remémora les journées idylliques passées tous ensemble. Elle avait partagé avec les jumelles de tels moments de complicité qu'elle avait l'impression d'avoir deux sœurs de plus et de faire enfin partie de la famille Sauveterre.

— Quelle soirée merveilleuse, fit-elle remarquer à Henri. C'était si romantique… La transformation de Saliq est étonnante. L'as-tu aussi remarquée ?

— Oui, il a l'air épanoui avec Hasna. J'en suis heureux pour lui.

— Tu ne m'as jamais dit pourquoi il occupait une place si importante dans vos vies. Il est pourtant très différent de tes autres amis. Il ne s'intéresse pas aux voitures, même s'il ne manque jamais une compétition de Ramon, et semble par-dessus tout féru d'informatique. Comment est née votre amitié ?

— Nous nous sommes rencontrés sur les bancs de l'école, où nous avons appris petit à petit à nous connaître. Le jour où Trella a été enlevée, il a assisté à la scène et a essayé de courir après la fourgonnette avant de venir m'avertir.

— Tu ne m'en avais jamais parlé.

— Non, ces souvenirs restent très douloureux, et je préfère éviter d'y penser. Toujours est-il qu'il a joué, juste après l'enlèvement, un rôle décisif dans la libération de ma sœur. Sa passion pour les ordinateurs lui a permis d'inventer un logiciel grâce auquel il a réussi à pirater le compte du professeur particulier de mathématiques responsable du kidnapping et à faciliter son arrestation. Par la suite, il a été l'un des seuls hommes, en dehors de la famille, que Trella tolérait autour d'elle. Sans doute parce qu'il l'avait sauvée, bien sûr, mais aussi parce qu'il est doux et discret. Depuis, il a toujours été un héros à nos yeux, en plus d'un ami fidèle.

Étonnée qu'Henri lui parle si ouvertement, Cinnia se surprit à espérer. Leur relation n'était pas parfaite, mais s'il commençait à partager ses souvenirs personnels avec elle, peut-être lui ferait-il bientôt assez confiance pour lui ouvrir son cœur.

Comme il entrait dans le lit, elle se blottit contre lui.

— Je n'avais pas l'intention de te rappeler cette terrible épreuve, dit-elle en lui embrassant l'épaule. Tu as dû avoir si peur.

— Oui, c'était horrible, murmura Henri, et depuis la culpabilité me ronge.

Cinnia leva la tête afin de voir son visage. Que voulait-il dire ?

— Pourquoi ? Tu n'y étais pour rien.

— Si. Au moment où ma sœur a été enlevée, j'étais en train de bavarder avec une fille.

— Et alors ?

— Lorsque Trella est venue me voir pour me dire qu'elle sortait retrouver ses copines, je l'ai laissée faire, alors que j'étais responsable d'elle, car je voulais être seul avec Diana. Tu sais bien, depuis toujours, Ramon veille sur Gili et moi sur Bella. Par la suite j'ai toujours eu l'impression de l'avoir envoyée dans la gueule du loup.

La peine évidente d'Henri émut Cinnia.

— Si tu avais retenu Trella, ils auraient enlevé Angelique à sa place..., lui dit-elle.

— Non, dans ce cas elle aurait demandé à Ramon de l'accompagner, et il l'aurait protégée. Rien ne serait arrivé. J'aurais dû dire à Trella de m'attendre, c'est ma faute.

Cinnia sentit son cœur se serrer, tandis qu'une idée troublante lui traversait l'esprit.

— Que représentait Diana pour toi ?

— C'était juste une camarade de classe.

Cinnia se redressa contre son oreiller.

— C'est curieux, j'ai la sensation qu'elle comptait beaucoup pour toi.

Son intuition était donc juste, ce qui était douloureux, car Henri ne lui ayant jamais donné l'impression d'avoir tenu à une fille jusque-là elle avait au moins eu l'impression d'être particulière à ses yeux.

— Mais non, il ne se s'agissait que d'une amourette d'adolescent. Tu en as eu toi aussi, tu sais bien que ça n'a pas d'importance.

— Pas toujours…

Elle marqua une brève pause, avant de reprendre :

— Serait-ce pour cette raison que tu refuses de t'attacher à moi ? Tu crains sans doute de ne plus être capable de prendre soin des autres membres de ta famille…

— Que vas-tu chercher là ? Tu sais bien que je tiens à toi, bon sang !

— Peut-être, mais tu ne m'aimes pas et tu ne m'aimeras jamais. Tu ne t'autorises pas à éprouver de sentiment, parce que tu penses que cela te distrairait de tes obligations. Sais-tu à quel point c'est douloureux pour moi, Henri ? Dire que j'ai lutté pour ne pas tomber amoureuse de toi. À présent j'attends tes enfants, et malgré toutes mes résolutions, je me suis…

— Tu m'aimes ? l'interrompit Henri en se tournant brusquement vers elle.

— Malheureusement oui, avoua-t-elle d'une petite voix, et je m'efforce de réprimer mes sentiments, car je sais que tu n'en veux pas !

— Tu te trompes.

— Je ne cesse de me dire qu'avec le temps tu changeras d'avis, mais je ferais mieux d'être lucide, parce que jamais tu n'ouvriras ton cœur à d'autres qu'à tes proches, n'est-ce pas ?

— Cinnia…

Henri se rapprocha d'elle et essaya de l'attirer vers lui.

— Non, s'exclama-t-elle en le repoussant. Je veux dormir maintenant.

— Cin…

— Ça suffit, Henri. Je peux comprendre ton besoin

de me protéger, mais dans la mesure où tu n'éprouves rien pour moi, je me sens prisonnière. Il vaut mieux que nous recommencions à faire chambre à part.

— Arrête, Cinnia, tu exagères.

— Non, je suis sérieuse, et surtout fatiguée.

Elle était si lasse d'espérer, d'attendre sans rien obtenir, qu'elle préférait retrouver sa solitude, plutôt que de continuer à se bercer d'illusions entre ses bras.

— Va-t'en à présent, j'ai besoin d'être seule.

Cinnia se réveilla tard, le lendemain. Elle prit son temps pour se laver et s'habiller, redoutant le moment de retrouver Henri.

La famille Sauveterre au grand complet était déjà sur la terrasse. Hasna, assise à la table dressée sous un grand parasol, venait de terminer son petit déjeuner. Trella, allongée sur un transat de plage, montrait à sa mère des photos de mode sur sa tablette. Kasim, Saliq et Angelique, engageaient quant à eux des paris sur le match de tennis que disputaient Henri et Ramon.

Cinnia avait déjà vu s'affronter les deux frères sur le court. Tous deux aimaient la compétition et connaissaient parfaitement leurs faiblesses mutuelles, aussi la partie durerait-elle un bon moment.

— Difficile de les départager pour l'instant, commenta Hasna, mais je suppose que par loyauté, tu vas parier sur Henri, n'est-ce pas ?

Vu la rage avec laquelle il jouait, il avait en effet de grandes chances de gagner, songea Cinnia. Pourtant elle souhaita le voir perdre, histoire de lui rappeler qu'il n'était pas invincible.

— Vous avez tous fini de déjeuner ? demanda-t-elle.

— Oui, répondit Hasna, les yeux rivés sur le court. Tu devrais goûter le muesli que j'ai acheté hier, il est délicieux.

Cinnia acquiesça et se servit sans vraiment prêter attention à ce qu'elle faisait, tant son esprit était occupé par sa discussion de la veille avec Henri.

Elle venait de demander à Trella de lui montrer aussi ses nouveaux modèles, lorsqu'elle sentit des picotements dans sa bouche et dans sa gorge. Elle n'eut que le temps de saisir le poignet de Hasna pour attirer son attention.

— Y a-t-il des fraises séchées dans le muesli ?

— Oui, pourquoi ?

— Appelle vite une ambulance, murmura-t-elle avec difficulté comme sa langue se mettait à gonfler. Et dis à Henri de m'apporter mon matériel d'injection.

— Que se passe-t-il ? demanda Hasna sans comprendre.

— Je suis... allergique... aux fraises.

Tandis que sa gorge enflait, elle vit la panique s'inscrire sur le visage de Hasna qui aussitôt se mit à hurler :

— Henri, viens vite, Cinnia a mangé une fraise !

Cinnia entendit ensuite des cris, des bruits de pas précipités et s'agrippa à la table tout en s'efforçant de respirer calmement. Sa vue finit pourtant par se brouiller, puis elle sentit des mains puissantes la soulever et l'étendre sur une chaise longue.

Elle aperçut Henri penché sur elle, livide.

Était-il inquiet ? Elle eut envie de tendre les bras vers lui, mais ses membres étaient trop lourds, et sa tête tournait.

— Voilà, déclara-t-il en lui prenant le visage entre les mains après lui avoir administré une piqûre. Reste avec moi, ma chérie. Respire.

Elle essaya, voulut lui dire qu'elle s'inquiétait pour les bébés mais, en découvrant qu'elle ne parvenait plus à parler, la panique la gagna, et des larmes se mirent à couler sur ses joues.

Priant pour que le médicament fasse vite effet et que l'ambulance arrive, elle remarqua que les battements de son cœur s'accéléraient de façon anormale et eut peur de perdre connaissance.

Henri, qui ne la quittait pas des yeux, lui serra la main.

— Respire, Cinnia, tiens bon, ils seront là d'un instant à l'autre.

« Cinnia a mangé une fraise ! »

Cette phrase résonnait encore à l'esprit d'Henri, debout au milieu du hall de l'hôpital. Il fixait la porte qui venait de se refermer sur les infirmiers poussant le brancard sur lequel Cinnia était étendue.

— Nous sommes là.

Ramon, qui avait suivi l'ambulance, lui passa un bras autour des épaules. Henri tituba à ce contact, ses jambes ne le soutenaient plus.

— Où est-elle ? lui demanda son frère. As-tu parlé aux médecins ?

— Pas encore, réussit-il à expliquer. Sa pression sanguine a beaucoup chuté pendant le trajet, et les urgentistes avaient peur que les bébés ne reçoivent plus assez d'oxygène. Ils m'ont averti qu'il faudrait sans doute lui faire une césarienne.

— Ne t'inquiète pas, lui dit Trella avec douceur, elle est en bonnes mains maintenant. Tout va bien se passer.

— Je l'espère de tout cœur, je m'en veux tellement. Je vais devoir appeler sa mère maintenant.

— Maman s'en est déjà chargée, le rassura sa sœur, et Kasim a demandé à un chauffeur d'aller chercher

Mme Whitley chez elle pour l'accompagner à l'aéroport, où un jet l'attend. Est-ce que Cinnia était encore consciente dans l'ambulance ? Arrivait-elle à respirer ?

— Difficilement. Les infirmiers l'ont tout de suite intubée, mais elle a perdu connaissance juste avant d'arriver.

Henri se laissa tomber sur une chaise, la tête entre les mains. Il ne pouvait s'empêcher de revoir les lèvres bleuies de Cinnia, tandis qu'il sentait ses forces l'abandonner.

— Elle va s'en sortir et les bébés aussi, sois confiant.

Incapable de croire Trella, Henri se repassait en boucle le moment où il avait accepté de jouer au tennis avec Ramon, trop heureux de prendre sa raquette pour évacuer sa frustration et sa culpabilité.

— J'aurais dû attendre qu'elle descende ce matin et m'asseoir avec elle, au lieu d'aller sur le court. J'aurais sans doute vu que le muesli contenait des fraises.

— Nous étions au courant de son allergie, car tu nous avais avertis lorsqu'elle est venue pour ton anniversaire. Malheureusement nous n'avons pas pensé à prévenir Hasna. Cinnia est très prudente et se renseigne toujours lorsqu'elle a un doute. Je ne sais pas pourquoi elle ne l'a pas fait ce matin.

— Nous nous sommes disputés hier soir, elle devait être distraite.

— Cesse de culpabiliser, Henri, ce n'est pas ta faute.

Oh que si ! je suis le seul responsable ! J'ai été incapable de la protéger…

S'il avait dit à Cinnia les mots qu'elle attendait la veille, ceux qu'il lui avait criés dans l'ambulance, tout serait différent, à présent.

Lorsqu'elle lui avait avoué qu'elle l'aimait, il avait été touché et empli d'une telle tendresse qu'il avait voulu la prendre dans ses bras pour la serrer contre son cœur, mais elle l'avait rejeté.

Blessé, il avait donc quitté la chambre, refusant de se sentir la moindre obligation envers elle. Dans le calme de la bibliothèque il avait ensuite passé une partie de la nuit à réfléchir. Cinnia ne lui avait jamais imposé quoi que ce soit. Elle avait commencé à se reposer sur lui récemment, mais à sa demande, sans jamais toutefois lui dévoiler ses sentiments pour lui éviter toute pression.

Malgré sa volonté de ne jamais tomber amoureux, les sourires lumineux de Cinnia, son impertinence, sa passion, y compris sa manière de lui tenir tête, l'avaient amené à poursuivre sa relation avec elle pendant deux ans, même s'il n'en avait jamais alors soupçonné la raison. Ce n'était qu'en repensant à leur séparation qu'il s'était souvenu à quel point il avait été d'humeur instable après son départ et à quel point elle lui avait manqué.

Depuis qu'elle était revenue dans sa vie, il était décidé à assumer tous les changements relatifs à leur nouvelle situation, car il voulait la garder à ses côtés, et l'épouser.

Parce qu'il ne pouvait plus envisager son existence sans elle.

Pourquoi ne lui avait-il pas confié tout cela, la veille au soir ?

— Je lui ai dit que je l'aimais dans l'ambulance. Je ne crois pas qu'elle m'ait entendu.

— Elle le sait, Henri, le rassura Trella en lui essuyant une larme sur la joue, j'en suis certaine.

— Non, elle l'ignore. J'ai toujours fait en sorte d'assurer notre sécurité à tous, reprit-il d'une voix brisée, et je l'avais convaincue de me faire confiance. Comment ai-je pu être aussi inconscient ? Que vais-je devenir si je la perds, si je les perds tous les trois ? Je ne me le pardonnerais jamais.

11

Lorsqu'elle ouvrit les yeux, Cinnia se demanda tout d'abord où elle se trouvait avant de voir une perfusion reliée à son bras. Henri était assis à côté du lit, de larges cernes sous les yeux. Elle porta aussitôt une main à son ventre et, le découvrant anormalement plat, voulut demander ce qui était arrivé aux bébés, sans toutefois parvenir à dire le moindre mot.

— Ne t'inquiète pas, ma chérie, murmura-t-il en lui caressant la joue. Tu es à l'hôpital. Il a fallu te faire une césarienne pour éviter aux bébés de souffrir. Nous avons deux magnifiques petites filles en parfaite santé.

— Je peux…

— Évite de parler pour l'instant, tu as été intubée. Fais-moi confiance, je te promets que tout va bien. Je vais aller les chercher pour que tu les voies.

Le regard empli de tendresse, il lui déposa un doux baiser sur le front.

— Ne me fais plus jamais ça, tu entends ?

— Quoi, donner naissance à des jumelles ? réussit-elle à dire.

— Ce n'est pas drôle.

Comme l'infirmière arrivait accompagnée du médecin, il s'éclipsa pour revenir quelques minutes plus tard avec leurs filles. Malgré ses yeux embués de larmes, Cinnia sourit à la vue de leurs petits visages si identiques et de leurs bouches en cœur. Elle voulut les prendre tout de suite dans ses bras.

— Elles sont si belles, leur ressemblance est impressionnante. Tu es certain qu'elles vont bien ? Elles ont l'air si fragile.

— Sois tranquille, tous les examens sont excellents, et je peux t'assurer qu'elles ont de la voix, et de l'appétit. Colette a juste eu besoin d'oxygène les premières minutes, mais elle se porte à présent comme un charme.

— Colette ?

— Oui, et je te présente aussi Rosalina. Mes sœurs n'ont pas résisté au plaisir de les baptiser en attendant ton réveil, au grand dam des grands-mères qui n'ont pas eu droit à la parole. Nous aurons de la chance si nous pouvons inscrire d'autres prénoms sur les certificats de naissance.

— Pourquoi en changer ? Ceux-ci sont parfaits.

— *Hola*, Rosalina. Bonjour, Colette, murmura-t-elle alors en déposant un doux baiser sur leurs fronts respectifs. Attends, je t'ai bien entendu parler des grands-mères ? Ma mère est ici ?

— Oui, elle est terriblement impatiente de te voir. Et je peux te dire qu'elle n'est pas la seule à faire les cent pas. Je te conseille de prendre le temps de te reposer avant d'affronter toute la famille. En attendant, je vais ramener nos deux petites poupées à la nursery.

Une fois le médecin parti, Cinnia pria l'infirmière de lui apporter son nécessaire de toilette, afin de pouvoir se rafraîchir. Puis elle lui demanda de lui raconter la naissance de ses filles. L'infirmière se fit un plaisir de lui donner tous les détails concernant les premières minutes de vie des jumelles et ne put s'empêcher d'ajouter à la fin de son récit qu'elle avait eu beaucoup de chance.

— Je suis désolée, dit Cinnia, terrorisée à l'idée de ce qui aurait pu arriver. Comment ai-je pu ne pas prêter attention à la composition du muesli ?

— Tu as eu un moment d'inattention, parce que tu étais troublée, ma chérie, la défendit Henri en revenant dans la chambre. Hasna était la seule à ignorer que tu es allergique aux fraises. J'aurais dû l'avertir, mais j'étais moi aussi perturbé après notre discussion et suis parti me défouler sur le court avec Ramon, sans même vérifier ce qu'elle avait acheté. Enfin, n'y pensons plus, tout s'est bien terminé.

— Dieu merci, oui ! Mais prépare-toi à écouter le sermon de ma mère. Je suis certaine qu'elle va m'en reparler jusqu'à la fin de mes jours. Mes sœurs aussi, sans aucun doute ! Au fait, l'ont-elles accompagnée ?

— Ramon est allé les chercher à l'aéroport. Ils ne devraient pas tarder à arriver.

— C'est gentil.

— Tu n'imagines pas à quel point nous étions tous inquiets. Nous t'aimons et avons eu tellement peur de te perdre.

— Tu viens de me dire de ne plus y penser. Heureusement, nous sommes toutes les trois saines et sauves. À présent, tu vas devoir nous supporter…

— Non, je vais profiter chaque jour du bonheur de vous avoir avec moi. Je t'aime, Cinnia, et je regrette amèrement de ne pas te l'avoir dit, lorsque tu m'as posé la question. Bien avant, même.

Face à son air médusé, Henri reprit :

— Il a fallu ce moment dramatique pour m'ouvrir les yeux. J'étais très malheureux après notre rupture, mais trop fier pour le reconnaître ou te contacter. Mais lorsque j'ai appris que tu étais enceinte, je n'ai pas hésité une seconde, j'ai sauté dans mon avion. Même si te revoir a été extraordinaire, je n'en ai pas pour autant regardé la vérité en face, ne pensant agir que par devoir. Mais dès l'instant où tu es revenue avec moi, ma vie a changé.

Henri se pencha alors, prit les mains de Cinnia entre les siennes et la regarda droit dans les yeux.

— Tu as donné un sens à mon existence. Je suis heureux avec toi comme jamais je ne l'ai été auparavant. Et j'espère que tu me pardonneras de t'avoir forcée à me suivre. Ta simple présence et ta joie de vivre suffisent à mon bonheur. J'ai besoin de toi, ma chérie.

Extrêmement émue, Cinnia voulut s'assurer d'avoir bien entendu.

— J'ai du mal à te croire. Tu es tellement indépendant et pris par tes affaires que tu n'as besoin de personne.

— Détrompe-toi. Je veux confier mon cœur à celle qui l'a fait battre si fort avant de l'éveiller à l'amour.

Les yeux de Cinnia se remplirent de larmes. Dire qu'elle l'avait cru motivé par le seul devoir ! À présent, l'amour lui souriait en retour, brillant dans les yeux d'Henri. C'était tellement inespéré qu'elle en resta muette.

— Mais mon cœur est bien triste sans toi. Veux-tu bien m'offrir le tien ?

La gorge de Cinnia se serra.

— Il t'a toujours appartenu.

Henri mit alors un genou à terre.

— Que fais-tu ? demanda Cinnia dans un éclat de rire.

— Te souviens-tu du jour où tu m'as dit que tu n'accepterais une demande en mariage que sincère et faite dans les règles de l'art ?

— Oui, c'était chez ma mère.

Elle avait beau savoir ce qui allait suivre, elle n'arrivait pas encore à y croire.

— Je t'aime, ma chérie, et je veux que tu deviennes ma femme. Me feras-tu le plaisir et l'honneur de m'accorder ta main ?

À cet instant, tous les doutes de Cinnia disparurent comme par enchantement. Elle ne voyait plus que cet homme exceptionnel qui la regardait, les yeux remplis de tendresse.

— Oui, mon amour, répondit-elle, bouleversée.

Henri la prit dans ses bras, et ils s'embrassèrent, d'abord avec tendresse, puis avec leur passion habituelle, tous deux enfin confiants en l'avenir.

— Sans vouloir vous déranger, vos filles vous attendent, déclara l'infirmière qui arrivait avec un fauteuil roulant. Êtes-vous prêts à descendre à la nursery ?

Une pièce privée avait été attribuée à la famille Sauveterre. Henri et Cinnia y retrouvèrent Milly, qui berçait Rosalina, tandis qu'Elisa Sauveterre s'efforçait de maintenir à distance les jumelles qui voulaient lui prendre la petite Colette.

— Oh ! mon cœur, dit Milly en tendant le bébé à Trella pour serrer sa fille dans ses bras. C'est la dernière fois que tu fais ça, tu m'as bien entendue ?

— Me fiancer ? la taquina cette dernière en lançant un regard complice à Henri. D'accord, c'est promis.

Ravies de cette nouvelle, les quatre femmes s'empressèrent de féliciter les futurs époux.

— Avez-vous choisi une date de mariage ? demanda Angelique.

— Pas encore, mais le plus tôt sera le mieux, répondit Henri avant de prendre la main de Cinnia. Pourquoi pas dès ta sortie de l'hôpital, ma chérie ?

— Tu plaisantes, j'espère ? Pas question de te laisser le temps de changer d'avis ! Elisa et maman, pourriez-vous organiser un mariage dans la chapelle de l'hôpital, puisque nos deux familles sont réunies ici ?

— Tu es sérieuse ? demanda Henri, un sourire béat aux lèvres.

— Je ne l'ai jamais été davantage. Je t'aime de tout mon cœur et ne peux plus attendre de devenir Mme Sauveterre.

— Tu m'en vois comblé ! s'exclama son futur époux avant de se tourner vers Elisa, Milly et ses sœurs. À vous de jouer, mesdames, vous n'avez pas de temps à perdre me semble-t-il, ma fiancée est exigeante.

Dès qu'elles eurent quitté la pièce, Cinnia leva les yeux vers Henri :

— J'espère que tu ne voulais pas de véritables fiançailles, suivies d'une cérémonie plus formelle.

— Non, ma chérie, je partage ta hâte, car une fois que tu auras vu le comité d'accueil qui nous attend à l'extérieur de l'hôpital, c'est toi qui risques de changer d'avis.

Elisa, Milly, les jumelles et les sœurs de Cinnia avaient fait des miracles malgré le peu de temps dont elles disposaient, chacune apportant sa contribution en fonction de ses dons. Angelique et Trella firent livrer une robe de soie ivoire de leur dernière collection. Priscilla, fière de partager son expérience des studios, s'occupa du maquillage et de la coiffure de sa sœur. Nell géra la musique ; les deux grands-mères, la décoration de la chapelle ainsi que le bouquet de la mariée. Dorry, pour sa part, avait saisi avec joie l'occasion de se consacrer à ses nièces.

En descendant l'allée au bras de Saliq pour rejoindre l'autel, Cinnia fut touchée de voir que ses belles-sœurs avaient même réussi à trouver deux petites tenues, confectionnées dans une dentelle identique à celle de sa robe, pour ses filles. Angelique tenait Rosalina dans ses bras et Trella serrait Colette contre elle. Toutes deux veillaient d'un air possessif sur la fillette qu'elles avaient chacune baptisée et dont elles se sentaient de toute évidence déjà responsables. Cinnia les regarda d'un air attendri et amusé. Les traditions perduraient chez les Sauveterre !

À l'issue de la courte mais touchante cérémonie, les jeunes mariés échangèrent leurs vœux et se passèrent l'alliance au doigt, avant de s'embrasser tendrement sous le regard ému de l'assistance.

Épilogue

Quatre ans plus tard…

Heureuse à l'idée de marcher dans les rues inondées de soleil, en ce tout début d'été où les touristes n'avaient pas encore envahi la ville, Cinnia décida de parcourir à pied la courte distance séparant la clinique de l'appartement de sa mère.

Elle mit son chapeau, se protégea derrière de grandes lunettes noires puis, d'humeur joyeuse, s'avança sur le trottoir de la large avenue bordée de platanes centenaires, certaine de passer inaperçue sans ses filles.

À peine avait-elle fait quelques pas, qu'un couple d'Anglais la reconnut et lui demanda un selfie. Elle s'y prêta gentiment mais, d'autres piétons se massant tout de suite autour d'eux, elle accepta l'aide de ses gardes du corps pour parcourir les quelques mètres restants. Au temps pour sa promenade sereine ! Soulagée d'arriver devant l'immeuble cossu abritant la résidence de Milly, elle salua aimablement le portier, avant de traverser le hall dallé de marbre jusqu'à l'ascenseur privatif.

Comme les portes s'ouvraient dans l'appartement, elle eut la surprise de voir Henri l'accueillir.

— Que se passe-t-il, ma chérie ? J'étais inquiet, je pensais que tu arriverais avant moi.

— J'ai commis l'imprudence de vouloir venir à pied, pensant qu'à cette heure les gens feraient la sieste, mais des touristes m'ont abordée. À présent, les paparazzis vont m'attendre à la sortie. Je suis désolée.

Cinnia déposa ses affaires sur la console et enlaça Henri.

— Ce n'est pas grave, ma chérie, imagine leur joie en découvrant que la si discrète Mme Sauveterre a un rendez-vous galant avec son mari chez sa propre mère ! dit-il en riant. Avoue qu'en temps normal nous ne leur offrons guère matière à commérages.

— Et ils ignorent encore tout du scoop que nous leur réservons !

— À ce sujet, comment s'est passé ton rendez-vous ?

— Très bien. Le médecin m'a trouvée en pleine forme et a accepté de nous laisser prendre une semaine de vacances.

En apprenant que Cinnia était enfin à nouveau enceinte, ils avaient décidé de célébrer l'événement en tête à tête sur une île tropicale, avant que son état l'empêche de voyager. Ils confiaient parfois leurs filles à la famille, le temps de s'offrir un week-end en amoureux à Paris ou à Londres, mais n'avaient pas le cœur de les laisser très longtemps. En revanche, ils avaient pris l'habitude de voler chaque fois que possible quelques heures ensemble dans cet appartement.

— Il ne t'a rien dit d'autre ou bien tu as décidé de me faire languir ?

— Nous n'attendons qu'un bébé cette fois, mon amour, répondit Cinnia en enroulant les bras autour du cou d'Henri. Tu n'es pas déçu, j'espère ?

— Tu plaisantes, n'est-ce pas ? Depuis que je t'ai rencontrée, tu me combles. Chacun de nos enfants sera toujours le bienvenu, à condition de me laisser suffisamment de place dans ta vie et surtout dans ton cœur, bien sûr ! Je connais cependant une fillette à qui tu vas devoir rendre des comptes.

— Je sais, nous n'avons pas fini de répondre aux questions de Rosy !

Cinnia sourit. Peu de temps auparavant, leurs filles avaient déclaré que papa, comme elles, avait un jumeau. Où se trouvait donc la jumelle de maman ?

Cinnia leur avait expliqué que ce n'était pas le cas de tout le monde, avant de leur donner quelques exemples choisis dans leur famille et parmi leurs relations.

Colette, qui avait hérité du caractère posé de son père, avait accepté l'explication avec sérénité et, se blottissant sur les genoux de Cinnia, avait poussé un petit soupir. « C'est triste », avait-elle déclaré. Un câlin et un bisou plus tard, elle était passée à plus important : apprendre à écrire son nom.

Rosalina, quant à elle, n'avait pas été convaincue. « Ce n'est pas normal, tu *dois* avoir une jumelle, il faut la trouver ! » La petite ne cessait, depuis, de les harceler.

— Cette enfant tient de toi. Lorsqu'elle a une idée en tête, rien ne l'en fait démordre !

— Vous exagérez, monsieur Sauveterre ! Qui donc a laissé sa vie en plan pour vous suivre ?

— Et qui donc s'est arrangée pour obtenir une demande en mariage en bonne et due forme en me donnant la frayeur du siècle avec une fraise ? Rien que d'y penser, j'en ai encore des frissons.

— Tu m'avais fait tellement de peine que je n'ai pas trouvé d'autre moyen pour te faire réagir, susurra Cinnia avec une moue coquine.

— Et tu as réussi. Tu m'as ouvert le chemin du bonheur. Comment pourrais-je un jour te remercier pour nos enfants et le plaisir que tu me procures chaque jour ?

— Qui parle de plaisir ? Nous ne sommes même pas encore au lit, répliqua-t-elle en se serrant contre lui. J'ai quelques surprises en réserve pour toi…

— Dommage que je n'aie pas découvert ton étonnante libido lorsque tu étais enceinte lors de ta première grossesse… Puisque tu m'en as privé, à toi de rattraper le temps perdu. Je t'aime tellement, Cinnia, me crois-tu enfin ?

Il la poussa doucement en arrière et la plaqua contre le mur.

— Bien sûr, mais je te trouve très sentimental tout à coup. Aurais-tu commandé un feu d'artifice pour fêter la nouvelle ?

— C'est un secret, répondit-il en riant. Toi tu t'occupes des enfants et moi des réjouissances.

Il afficha soudain un air sérieux.

— Tu sais, je pense souvent à la première fois où nous avons fait l'amour, poursuivit-il. C'est d'ailleurs l'un de mes souvenirs favoris. Tu t'en souviens ?

— C'était une belle soirée, admit-elle, taquine.

— C'est tout ce que tu trouves à dire ? Laisse-moi donc raviver tes souvenirs.

Et ce jour-là, Henri offrit à Cinnia le plus beau des feux d'artifice…

JANE PORTER

Cette impossible attirance

Traduction française de
CÉLIA VAL

HARLEQUIN

Titre original :
HER SINFUL SECRET

Ce roman a déjà été publié en 2018

1

— Logan, il y a un monde fou dehors… Logan ! Tu m'écoutes ?

Furieuse de cette interruption — ce n'était pas la première —, Logan Copeland arracha ses écouteurs, délaissant le script qu'elle était en train de lire pour foudroyer du regard Joe Lopez, son assistant. Il gérait mieux les crises, d'habitude, et elle en était venue à le considérer à la fois comme un génie et une bénédiction. Pourtant, en cet instant, il manquait singulièrement à sa réputation !

— Joe, enfin ! Est-ce que je pourrais travailler tranquille ?

— On a un souci…

— Encore ?

Logan n'arrivait pas à y croire. À moins de vingt-quatre heures d'un exceptionnel gala de charité, le plus important de toute sa carrière, rien ne se déroulait comme prévu. La répétition du défilé de mode, clou de la soirée, tournait au cauchemar. Et rien ne s'arrangerait si on continuait à l'interrompre toutes les cinq minutes !

— On n'a pas le temps pour d'autres soucis, Joe. Je n'ai pas le temps. Le défilé…

— C'est vraiment sérieux, l'interrompit-il, le visage sombre. Je ne peux pas gérer ça sans toi.

Péniblement consciente que chaque seconde perdue coûtait cher, Logan soupira.

— Et pourquoi pas ? Pourquoi faut-il que tous les problèmes de la Terre me retombent dessus ? Sauf question de vie ou de mort, il faut que tu règles ça et que tu me laisses boucler cette répétition.

— Les médias sont à la porte, insista Joe. Des tas de paparazzis incontrôlables, prêts à déferler.

— Mais c'est une excellente nouvelle, Joe ! répondit-elle en souriant. Ça veut dire que notre équipe de relations publiques est au top. On m'avait bien dit qu'ils étaient les meilleurs.

— Logan, ces gens-là ne viennent pas pour couvrir le gala. Ils se fichent bien du Bal de Hollywood et des bonnes causes. Ils sont là pour toi !

Logan eut soudain l'impression que l'air lui manquait.

— Tu veux dire qu'ils viennent pour la conférence de presse, alors…

Elle avait dit ça en désespoir de cause, comme pour se lancer à elle-même une bouée de sauvetage. Et si sa voix avait vacillé à mi-course, c'est qu'elle ne croyait pas à cette hypothèse.

Enfonçant les mains dans ses poches, Joe secoua la tête. Âgé de vingt-quatre ans, brillamment sorti d'une école d'art, il travaillait pour Logan depuis deux ans et avait su se rendre indispensable. Elle l'avait rencontré peu après que son univers avait volé en éclats, suite au scandale impliquant son père, Daniel Copeland. Personne n'avait plus voulu connaître Logan après la révélation de l'affaire : Copeland s'était révélé être un escroc de haut vol, qui non seulement s'en prenait aux biens des riches, mais arnaquait aussi les petites gens. Il avait laissé ses clients au bord du gouffre et parfois dans une situation pire encore. Un voleur sans scrupule, un vautour. Voilà ce qu'était soudain devenu son père…

Joe avait grandi dans un quartier difficile de Los Angeles, marqué par la violence : le scandale Copeland n'avait rien qui puisse l'impressionner. À l'époque, il voulait décrocher un emploi et Logan, elle, avait besoin d'un assistant. Leur relation s'était construite au fil du temps, et fonctionnait bien.

Comme tout un chacun, Joe connaissait les malversations du père de Logan, mais bien mieux que d'autres, il savait le prix qu'en payait sa fille. Dans la plupart des cercles mondains comme dans les milieux d'affaires, elle était *persona non grata*. Le seul endroit où elle pouvait encore trouver à s'employer était le domaine caritatif.

— Ils sont là pour toi, à cause de ton père, insista-t-il.

Elle se figea, tout en cherchant le regard de Joe : ses yeux bruns étaient pleins d'inquiétude et d'empathie.

— Logan, il s'est passé quelque chose…, poursuivit-il, d'un ton plus bas encore.

La poitrine de Logan se serra. Le poids qui l'accablait menaçait de la suffoquer.

— Tu as vérifié ta boîte vocale, tes textos ? demanda-t-il.

Mais Logan, d'habitude vive et concentrée, ne pouvait pas plus bouger que si elle avait été prise dans un bloc de glace.

— Il a été libéré ? murmura-t-elle. Les kidnappeurs…

— Vérifie ton téléphone portable, on te dit ! fit une voix mâle profonde et impatiente, bien différente de celle de Joe.

Logan se retourna prestement pour faire face à Rowan Argyros. L'homme la toisait d'un regard vert, glacial et méprisant.

Elle releva la tête, soucieuse de dissimuler la colère et

la panique qui l'envahissaient. Si Rowan Argyros — sa plus grave et regrettable erreur —, se trouvait ici, c'est qu'il y était obligé. Car trois ans plus tôt, il s'était montré très clair sur ce qu'il pensait d'elle…

Mais elle ne voulait plus se rappeler cette nuit-là, ni les mois qui avaient suivi… Mieux valait se protéger de ces souvenirs que Rowan n'hésiterait pas à utiliser contre elle. C'était en effet autant de munitions à sa disposition. Et elle ne tenait pas à en fournir davantage à l'ancien commandant en chef qu'il était.

Son allure, cette nuit-là, n'avait rien de militaire, pourtant. Il ne dégageait aucune impression d'autorité, quand elle l'avait rencontré à une soirée caritative réservée aux célibataires et destinée à financer l'aide aux enfants blessés dans des pays en guerre.

Lui était célibataire, il était donc normal qu'il s'y trouve, et elle aidait à l'organisation de la soirée. Les femmes enchérissaient sur Rowan Argyros comme des folles. On se l'arrachait pour une fortune…

Comme Logan se tenait un peu en retrait dans les coulisses, il avait soudain posé les yeux sur elle. Elle avait aussitôt senti son cœur s'emballer, tandis qu'il l'observait longuement. Sous son regard qui ne la quittait plus, elle s'était mise à rougir.

Alors, tandis que les enchères atteignaient des sommets et bien que son salaire ne le lui permette pas, elle était sortie en pleine lumière et avait enchéri. L'avait emporté. Elle l'avait… acheté. Ou plutôt, elle avait acheté une nuit avec lui. Pour quelques milliers de dollars…

Le remords l'avait saisie à l'instant où le marteau du commissaire-priseur s'était abattu.

— Logan Lane emporte l'enchère !

Le regret était si fort qu'elle en avait eu la nausée.

Elle ne pouvait croire à ce qu'elle venait de faire : vider son compte en banque pour une nuit avec un étranger…

Elle ne savait même pas à l'époque ce que représentait le nom de sa compagnie, Dunamas Maritime. Assurait-il des bateaux, les construisait-il ? Était-il exportateur ?

À voir le sourire légèrement narquois qu'il affichait, il avait très bien compris, en tout cas, pourquoi elle avait enchéri. Ce n'était pas pour ce qu'elle supposait de sa situation sociale, si seulement elle y pensait. Non, c'était l'énergie virile qu'il dégageait qui l'avait fait commettre cette folie. De tous les hommes présents, il était le plus séduisant. Les autres étaient beaux, mais il y avait chez Rowan une intensité sexuelle inégalable. Grand, large d'épaules, il avait un visage qui aurait damé le pion aux mannequins les plus célèbres.

Logan l'avait acheté parce qu'elle ne pouvait lui résister. Tout simplement. Mais la lutte avait été farouche. Pas étonnant que d'autres aient voulu une nuit avec lui… Son bronzage, ses longs cheveux bruns aux mèches décolorées par le soleil et ses yeux clairs bordés de cils épais, magnifiques, attiraient les regards et les gardaient captifs. Elle aussi avait été fascinée. Elle l'avait désiré au premier instant. Comme toutes les autres femmes présentes.

Toutes, elles avaient enchéri. Mais Logan avait tenu plus longtemps que les autres et quand le marteau était retombé, mettant fin à la frénésie, elle était sortie victorieuse.

Alors, il l'avait regardée de son regard vert pailleté de noisette, mystérieux. Elle avait vu les coins de sa bouche se relever. Aujourd'hui, quand elle repensait à ce sourire, elle l'interprétait pour ce qu'il avait été : un sourire moqueur. C'était lui le vrai vainqueur, en réalité, car il l'avait silencieusement mise au défi d'enchérir, et elle l'avait fait, prouvant combien elle était faible, facile à manipuler.

Au petit matin, il en était venu à la haïr, à mépriser ce qu'elle était, qui elle était. Mais avant cela il l'avait possédée encore et encore, la faisant gémir de plaisir. Elle avait crié son nom pendant la jouissance, une fois, deux fois et puis encore, après un court sommeil, deux autres fois. À l'aube, il avait quitté la chambre…

Leurs ébats avaient été brûlants, intenses, merveilleusement satisfaisants. Avec n'importe qui d'autre, l'expérience aurait pu la salir, mais pas avec lui. Tout avait été si vrai, évident. Et juste.

Hélas, peu après, il l'avait cruellement humiliée. Quand il avait découvert qu'elle n'était pas seulement Logan Lane, mais bien Logan Lane Copeland, il l'avait accablée. À tel point que la honte l'avait bientôt submergée.

C'était déjà bien assez d'être haïe par toute l'Amérique… Mais se faire qualifier de traînée par son premier amant ? Qui en outre, se trouvait être le meilleur ami du mari de sa jumelle…

Parmi tous les hommes, pourquoi avait-il fallu qu'elle couche avec celui-ci ? Pourquoi était-elle tombée amoureuse de Rowan Argyros, un homme au caractère passionné, double héritage de sa lignée grecque et irlandaise ? Il était impitoyable, n'avait peur de rien. Ses nerfs d'acier lui avaient fait grimper les échelons dans l'armée. Il savait saisir l'opportunité, écraser la résistance.

Elle le savait d'autant mieux qu'il s'était saisi d'elle et l'avait écrasée.

Logan relâcha sa respiration, fermant la porte de sa mémoire au nez de ces souvenirs douloureux. Elle détestait le passé et venait tout juste de se réconcilier avec le présent pour envisager un avenir. Pour cela, il lui fallait se pardonner… Et pardonner à son père, ce qu'elle essayait de toutes ses forces.

En revanche, jamais elle ne pardonnerait à Rowan.

— Mon père…, commença-t-elle, hésitante.

Elle détailla Rowan du regard. Il était toujours aussi beau et aussi intimidant, mais il avait coupé court ses cheveux, ce qui lui donnait l'air encore plus dur.

— Est-ce qu'il est…

Rowan hésita juste une fraction de seconde, sans que son expression s'adoucisse.

— Oui.

Elle s'obligea à ne pas bouger, à ne surtout pas trembler, et elle assura sa voix pour qu'elle ne la trahisse pas.

— Comment ?

Il marqua un nouveau silence avant de lui répondre et elle comprit qu'il savait tout, dans les moindres détails. Il était spécialiste de la lutte antipiraterie en mer, et sa compagnie, présente à Londres, à Athènes et possédant une vaste base en Irlande, opérait à partir de Naples. Ce n'était pas lui qui lui avait appris tout cela, elle l'avait su grâce à sa sœur jumelle, Morgan, et son mari, Drakon Xanthis.

— Cela a-t-il de l'importance ? demanda-t-il froidement.

— Bien sûr, rétorqua-t-elle, le détestant encore plus.

Était-il seulement possible de le haïr davantage, après ce qu'il lui avait fait ? Il avait pris sa virginité et s'était moqué d'elle parce qu'elle avait aimé son corps et ses caresses. Il l'avait laissée seule face aux conséquences, comme s'il n'avait pas été partie prenante, cette nuit-là…

Son silence faisait redouter le pire à Logan. Son cœur battait à tout rompre. Si seulement elle avait pu apprendre la nouvelle par Morgan ou Jemma, ou encore par Bronson, son grand frère... Tous auraient trouvé moyen de la ménager.

— Est-ce qu'ils l'ont... ?

Et soudain, ses jambes faiblirent. La tête lui tournait, elle avait alternativement chaud et froid. En fait, elle était incapable de supporter ce qui allait suivre, la confirmation que son père, capturé et détenu comme otage en Afrique, avait été assassiné. La simple évocation de sa mort la rendait malade.

Elle chercha Joe du regard, pour trouver un soutien, un réconfort, mais ne vit que Rowan, qui la toisait de ses yeux vert noisette.

— Arrête, fit-il de sa voix grave qu'elle entendit à peine.

C'était comme si elle se trouvait à l'autre bout d'un long tunnel. Et peut-être s'y trouvait-elle. Les choses se brouillaient alentour. Même Rowan lui apparaissait flou, et elle cligna des yeux, presque amusée par le fait qu'il croyait encore avoir de l'autorité sur elle, au point de lui dicter ce que son corps pouvait faire ou non.

— Tu ne vas pas jouer à ça maintenant ! lâcha-t-il.

Et pourtant si. La lumière s'éteignit pour Logan.

Jurant à mi-voix, Rowan se précipita en voyant Logan s'effondrer, mais il était trop loin pour amortir sa chute. Sans qu'il puisse l'empêcher, sa tête heurta le bord de la scène destinée au défilé.

Il se pencha et la prit dans ses bras, jurant encore, cette fois de dépit de n'avoir pu la rattraper.

Son corps mince, encore inconscient, lui parut ridiculement léger. Alors que la tête de Logan reposait sur son bras, il vit du sang perler à la coupure de sa tempe pour couler dans son épaisse chevelure couleur miel.

Elle avait une méchante blessure qui lui donnerait sans doute un affreux mal de tête. Et elle était incroyablement séduisante… Ses pommettes hautes, ses lèvres pleines, son nez élégant lui donnaient l'allure d'une déesse grecque.

Cependant, ce n'était pas sa beauté qui avait compté à l'époque où ils s'étaient rencontrés. S'il n'y avait eu que cela, il se serait facilement pardonné leur nuit ensemble. Mais elle était Logan Copeland, héritière du scandale, et aussi amorale qu'il était possible de l'être.

Non seulement elle l'avait gagné aux enchères lors d'une vente de charité, mais surtout, elle l'avait payé avec des fonds détournés, le produit d'un vol manifeste !

— Prenez ses affaires, lança-t-il à l'homme qui tournait autour d'elle, l'air désemparé.

Il s'agissait visiblement de l'assistant de Logan, et Rowan n'aurait pas été surpris qu'il soit aussi son amant. Un jouet entre ses mains.

Rowan s'obligea à couper court à ses pensées. Il n'aimait pas l'idée qui venait de s'insinuer dans son esprit et d'ailleurs, il n'aimait pas non plus le fait de se trouver ici.

Pourquoi avait-il fallu que ce soit lui qui se déplace ? Il aurait pu envoyer l'un de ses hommes. Chacun de ceux qui appartenaient à son unité opérationnelle, Dunamas Renseignement, avait eu un parcours d'élite : commandos marine des USA, forces spéciales britanniques ou espagnoles, Alpha groupe de Russie, GIGN français… Non seulement Rowan avait choisi les meilleurs, mais il les avait personnellement entraînés au renseignement et aux opérations de sauvetage.

Il aurait dû envoyer l'un d'entre eux, au lieu de venir lui-même. Pourtant, il avait préféré les protéger de Logan, de cette sirène au charme maléfique. Enfin, c'était ce qu'il s'était figuré. Mais à présent qu'il tenait la jeune femme dans ses bras, il devait s'avouer que la raison de sa venue était bien plus primitive : il refusait qu'un autre l'approche. Car au fond de lui, il estimait que le corps de Logan lui appartenait. À lui et à personne d'autre.

Logan n'arrivait pas à ouvrir les yeux. Sa tête était lourde. Elle ne pouvait pas rassembler ses idées. On l'emmenait quelque part, mais où ? Elle se sentit soudain emportée dans un escalier… Elle entendait une respiration toute proche et le bruit d'un cœur battant contre son oreille. Elle était enveloppée d'une douce chaleur. Les bras qui la tenaient étaient réconfortants. Elle lutta pour dessiller ses paupières, curieuse de savoir ce qui lui arrivait. Et elle aperçut l'angle net d'une mâchoire, ombrée d'un soupçon de barbe, puis une bouche ferme, des pommettes comme taillées à la serpe. Puis un regard vert noisette, sardonique, se posa sur elle, la faisant frémir. *Rowan.*

Peu à peu les souvenirs lui revenaient. Joe et le problème avec la presse, l'évocation de son père, l'apparition de Rowan… Elle se raidit.

— Repose-moi à terre.

Il ignora sa demande, continuant à grimper l'escalier. Une peur panique la traversa.

— Que se passe-t-il ? Où m'emmènes-tu ? lança-t-elle en gigotant pour se libérer.

Il resserra son étreinte.

— Tu saignes. Tu as fait un malaise.

— Sûrement pas !

— Si. Tu as sûrement un traumatisme, ton crâne a heurté le rebord de la scène.

— Je me sens parfaitement bien. Tu peux me reposer, à présent. Merci.

— Tu n'arriverais même pas en haut de l'escalier et il nous faut sortir d'ici, alors arrête ton cirque. Je ne te lâcherai pas.

Il ouvrit d'un coup de pied la porte qui menait au toit du bâtiment, immense surface plane.

— Et si tu n'aimes pas qu'on te porte, ajouta-t-il, débrouille-toi pour ne pas tomber, la prochaine fois.

— Où est Joe ? J'ai besoin de lui !

— Ça, je n'en doute pas, répondit Rowan d'une voix dure. Ne t'inquiète pas, il suit avec tes affaires.

Comme ils débouchaient au soleil, elle porta la main à ses yeux, éblouie par l'impitoyable rayonnement californien.

— Mes affaires ? Mais pourquoi donc ?

— Je t'expliquerai tout cela une fois que nous aurons décollé. Assez bavardé pour l'instant.

Avant qu'elle ait pu protester, un hélicoptère se posa sur le toit, et le pilote descendit aussitôt pour ouvrir la portière. Rowan déposa Logan dans le siège passager, mais elle se pencha pour parler à Joe qui cherchait à l'atteindre. Rowan garda un bras tendu pour l'empêcher de trop s'approcher.

— Posez ses affaires et reculez-vous, ordonna-t-il.

Mais Logan parvint à attraper Joe par la manche.

— Occupe-toi de tout à la maison, Joe... S'il te plaît !

Le regard soucieux de Joe rencontra le sien.

— Où vas-tu ? Quand seras-tu de retour ?

— Elle vous appellera, intervint sèchement Rowan.

— Mais le gala de demain ? protesta Logan.

— Je vais me débrouiller, lui assura Joe. Ne te tracasse pas.

Rowan monta à son tour, et les pales de l'hélicoptère se remirent en marche, obligeant Joe à courir pour échapper à leur souffle puissant. Il parvint heureusement à trouver refuge près de l'escalier.

— Gentil garçon, remarqua Rowan. Un peu jeune, mais ils sont plus faciles à dresser avant l'âge de vingt-cinq ans.

Logan lui adressa un regard furieux.

— Joe n'est pas mon petit ami.

— Ton amant, si tu préfères, rétorqua Rowan en haussant les épaules. Ce n'est pas à moi de juger ce que tu fais avec l'argent de ton père…

— Je ne touche pas un centime de l'argent de mon père.

— Excuse-moi, j'aurais dû parler de l'argent détourné par ton père… C'est vrai que tous ces millions ne sont pas les siens.

Logan serra les dents, les yeux brûlants à force de retenir ses larmes. Comme elle le haïssait ! À cet instant, il se pencha vers elle pour vérifier la tension de sa ceinture de sécurité, et sa main effleura les seins de Logan qui retint sa respiration. Sa robe de lin crème était trop fine pour la protéger de ce contact.

— C'est trop serré ? demanda-t-il en la regardant droit dans les yeux.

Logan sentit les pointes de ses seins durcir.

— Si tu gardes les doigts dans la ceinture, oui, jeta-t-elle en rougissant, une chaleur intense irradiant tout son corps.

Il retira sa main tout en prenant soin de frotter l'un de ses mamelons raidis au passage. Il n'en fallut pas plus pour que Logan soit assaillie de souvenirs : sa bouche sur ses seins dressés qu'il avait léchés et sucés jusqu'à ce qu'elle en vienne à jouir de ce simple contact.

Sa réaction avait fouetté l'appétit de Rowan et, non content de ce premier orgasme, il s'était attaché à explorer son corps pour lui montrer toutes les façons qu'elle avait de trouver la jouissance. C'était choquant mais incroyable. Elle avait été balayée par le plaisir et submergée de douceur, du simple fait d'être avec lui. C'était si bon… Elle se sentait à l'abri avec Rowan, et rien ne lui paraissait mal, parce qu'elle lui faisait entièrement confiance.

Elle se mordit cruellement la lèvre pour interrompre le train de ses pensées. C'était une pente où elle refusait de s'engager, pas maintenant que sa tête lui faisait aussi mal et que l'hélicoptère décollait du Park Plaza Hotel. L'ascension rapide lui donna la nausée.

Portant la main à sa tempe, elle trouva du sang coagulé et dut faire un effort pour ne pas vomir.

— Je sais bien que ton entreprise se spécialise dans le sauvetage, mais tu ne crois pas que tu en fais un peu trop, là ?

Rowan lui passa un mouchoir pour qu'elle puisse essuyer le sang. Et, alors qu'elle tamponnait sa tempe puis nettoyait ses mains, elle sentait son regard rivé sur elle, sans aménité aucune. Et pourquoi serait il amène ? Il ne l'avait pas été, trois ans plus tôt…

— Ça fait un peu Hollywood, reprit-elle, même pour toi…

Elle éprouvait un plaisir pervers à le titiller, sachant que l'évocation de Hollywood l'agacerait. Il avait beau avoir le physique d'un héros, elle avait compris, après leur unique… rencontre, qu'il était un homme d'acier, cent pour cent militaire et peu enclin aux fantaisies. Il avait, ce qui était rare, servi à la fois dans la marine britannique et la marine américaine. Puis il avait quitté l'armée pour former sa propre société de protection maritime, dans laquelle le beau-frère de Logan avait largement investi, voulant la meilleure protection possible pour les bateaux de sa compagnie, une entreprise maritime grecque, la Xanthis Export.

Morgan et Drakon s'entendaient extrêmement bien avec Rowan et parlaient de lui en termes flatteurs. Pour Logan, cela aggravait les choses... Elle trouvait injuste que Rowan puisse pardonner à sa sœur Morgan d'être une Copeland, alors qu'il ne lui trouvait aucune excuse, à elle.

— Regarde, jeta Rowan en désignant le panorama qu'ils survolaient. Tous ces gens sont là pour toi.

Serrant le mouchoir qu'il lui avait prêté, elle se pencha et vit le vaste Park Plaza Hotel, de style néogothique, assailli d'une foule qui se pressait à toutes les entrées, envahissant les escaliers, s'écrasant à l'arrière du bâtiment... Cette nuée incontrôlée était prête au lynchage, au moins médiatique, et la victime désignée, c'était elle, Logan Copeland...

— Pourquoi n'entrent-ils pas ?

— J'ai fait mettre des chaînes à toutes les portes. J'espère que ton ami Joe pourra trouver la clé, sinon, il risque de passer un bon moment dans l'hôtel...

Logan attrapa son téléphone portable.

— Et où est cette clé ? Joe ne peut pas rester coincé là-bas.

— C'est vrai. Tu lui as laissé tes instructions pour qu'il gère tout chez toi. Quel bon garçon...

Elle tapait son message à Joe quand Rowan lui prit le téléphone des mains. Elle faillit le frapper.

— Pourquoi es-tu si haineux ?

— Allons, ma jolie, il est un peu tard pour jouer les victimes.

Logan se détourna de lui pour observer la scène d'émeute, en contrebas. Elle était si bouleversée qu'elle voyait à peine ce qu'elle regardait.

— Et où m'emmènes-tu ?

— Dans un endroit sûr, loin des médias.

— Bien. Si c'est un endroit sûr, tu ne t'y trouveras pas.

Elle avala difficilement sa salive et croisa les bras sur sa poitrine.

— Et mon père ? reprit-elle. Il est mort, c'est ça ?

— Oui.

Elle reporta son regard sur lui. Il était calme, et une expression moqueuse dansait dans ses yeux verts.

— Si cela peut te consoler, poursuivit Rowan, il est mort de cause naturelle.

Le sang monta aux joues de Logan. Seigneur, il était encore pire que dans son souvenir !

— Bien sûr que cela me console de le savoir !

— Tant mieux. À mon avis, il n'a eu que ce qu'il méritait.

Elle haïssait Rowan. De toutes ses forces. Presque autant qu'elle aurait voulu détester son père qui les avait tous trahis, et pas seulement sa famille mais tous ses clients, par centaines. Tous lui avaient fait confiance et il les avait ruinés. Puis, au lieu d'accepter son sort et de comparaître devant un tribunal, il s'était enfui sur son yacht privé, en direction de l'Afrique. C'était là qu'il avait été fait prisonnier par des pirates, et gardé captif pendant que ses kidnappeurs négociaient la rançon, dont ils faisaient grimper le montant au fil des semaines. Mais il n'y avait que Morgan pour avoir voulu aider leur père… Enfin, ceci était une autre histoire.

Même si les crimes paternels lui avaient brisé le cœur, même s'ils lui avaient valu une honte publique, jamais Logan n'avait voulu voir son père souffrir. Peut-être ne le haïssait-elle pas autant qu'elle le croyait.

— Donc, il n'a pas été assassiné ? Il n'a pas été torturé ? demanda-t-elle, la bouche sèche.

— Disons qu'il a été rudement traité, sans plus.

Elle retint son souffle un long moment, regardant Rowan droit dans les yeux pour tenter de savoir s'il lui cachait quelque chose. Non, sans doute pas. À présent, il allait falloir affronter l'avenir. Son père étant décédé, les poursuites contre lui prendraient fin, mais la société ne s'estimerait pas quitte pour autant. Les gens lésés continueraient à demander justice et, dorénavant, ils s'en prendraient à ses cinq enfants. Logan pouvait supporter la traque et la haine de ceux qui avaient tout perdu, — après tout, elle y était confrontée depuis la révélation des malversations. Mais sa fille avait à peine plus de deux ans, elle était sans défense face à la cruauté du monde.

— Il me faut rentrer, jeta Logan d'une voix étranglée. Tout de suite.

Rowan examinait les émotions qui se succédaient sur le beau visage de Logan. Jamais il n'avait vu une femme aussi exceptionnelle. Ce n'était pas uniquement les traits de son visage qui la rendaient séduisante, mais toute sa personne. Les longs cheveux de miel, les yeux bleus d'une vivacité inégalée, les sourcils dessinés au cordeau, les lèvres d'un rose sombre au-dessus d'un menton résolu… Et son corps, bien sûr… Il s'était prosterné devant ses contours de déesse et avait imaginé, cette nuit-là, trois ans plus tôt, qu'il avait trouvé la femme de sa vie.

En découvrant qui elle était vraiment, il était devenu comme enragé. Parce que, pour elle, il avait ressenti des choses inédites, une tendresse, une connexion jamais expérimentées avant. Ce qui avait commencé comme une simple affaire de sexe était devenu personnel et, au petit matin, il ne se contentait plus de lui donner du plaisir mais faisait l'amour avec elle.

Tout avait changé lorsqu'il avait découvert la pile de son courrier, dans la cuisine : Logan Lane Copeland, y voyait-on marqué sur chaque enveloppe. Il ne s'y attendait pas, et la révélation l'avait pris de court, un état auquel il était peu habitué. Abasourdi, furieux, il s'en était pris à elle.

À plusieurs reprises depuis, il avait regretté de l'avoir traitée comme il l'avait fait alors : ses mots avaient été d'une dureté extrême. Mais au-delà de la déception, il avait compris au fil du temps que l'intimité connue avec elle lui manquait.

Logan n'était pas qu'une belle plastique, elle avait créé un lien avec lui. Et ce lien, il voulait l'explorer encore. Il avait imaginé un futur à leur relation, et entrevoir cet avenir avait été suffisant à le lui faire désirer. Un foyer, une femme, des enfants... Logan représentait un accès à une normalité qu'il n'avait jamais connue.

Lorsque au matin, alors qu'il cherchait à faire du café, il s'était trouvé confronté à une menteuse, Rowan avait compris qu'elle s'était jouée de lui. Il lui avait fallu ravaler des sentiments qui commençaient à peine à éclore.

Alors, il avait vu rouge. Il ne l'avait pas touchée — il ne touchait jamais une femme sous l'emprise de la colère —, mais il lui avait jeté les pires insultes au visage. Elle ne valait pas mieux que son escroc de père, puisqu'elle se servait de l'argent qu'il avait sciemment détourné.

Rowan n'aimait pas se rappeler cette matinée, pas plus qu'il n'appréciait d'être responsable de Logan en cet instant. Cependant, il avait promis à Drakon, son ami et le beau-frère de Logan, qu'il la protégerait de la frénésie des médias. Il tenait donc parole.

— Pas question de rentrer chez toi. Ce doit être la folie à ta porte. Tu restes avec moi jusqu'aux funérailles.

Les yeux bleus de Logan lancèrent des éclairs.

— Certainement pas !

— L'affaire devrait retomber après l'enterrement. Un autre scandale fera oublier le nom de Copeland, poursuivit-il sans se soucier de sa réponse.

— J'ai un travail, des clients, des engagements.

— Joe peut s'en occuper, non ?

— Mes clients paient pour mes prestations, pas pour celles d'un petit jeune de vingt-quatre ans.

— J'avais deviné juste, pour son âge, nota-t-il, ironique.

Elle releva le menton, l'air fier.

— C'est mon assistant, Rowan. Pas mon amant.

— Vous ne vivez pas ensemble ?

— Non.

— Alors pourquoi lui as-tu dit de s'occuper de tout « à la maison » ?

— Parce que c'est là que je travaille. Je n'ai pas de bureau.

— Mais il m'a semblé bien inquiet pour toi.

— La plupart des gens se soucient des autres, fit Logan en lui jetant un regard de pitié. La plupart ont un cœur.

Manière de dire qu'il n'en avait pas… Effectivement, elle avait presque raison. Rowan retint un sourire amusé. S'il avait été enseignant ou prêtre, son absence d'émotions aurait posé problème. Mais dans son métier, c'était plutôt un atout. Franchement, les émotions l'auraient encombré…

2

— Donc, où allons-nous ?

Ils se dirigeaient vers l'est, et Los Angeles s'étendait indéfiniment à leurs pieds. À quelques repères, Logan comprit qu'ils s'approchaient de l'aéroport d'Ontario.

Rowan avait étendu les jambes et l'observait du coin de l'œil, parfaitement indifférent au paysage.

— Chez moi. Enfin, l'un de mes chez-moi.

Il donnait l'impression d'être calme, parfaitement à l'aise. Or, elle savait que Rowan Argyros était tout sauf détendu. L'homme était un tueur... Elle avait même entendu Morgan dire qu'on le considérait comme l'un des hommes les plus dangereux de la planète. Malheureusement, Logan avait appris cela après avoir couché avec lui... Et dire qu'elle avait choisi cet homme-là pour premier amant !

Malgré cette sombre réputation, il ne l'avait jamais touchée qu'avec douceur et sensibilité. Ses mains étaient magiques : sous leurs caresses, elle s'était sentie belle pour la première fois. Ses gestes l'avaient révélée à elle-même et il aurait été facile d'imaginer qu'il éprouvait des sentiments pour elle, puisqu'il savait l'aimer aussi merveilleusement.

Mais non. Il ne l'avait pas aimée, pas une seconde. Elle l'avait payé vingt mille dollars, et il lui en avait donné pour son argent. C'était du plaisir qu'il lui avait procuré, rien d'autre.

Sa gorge se serra à ce souvenir. Elle détestait se rappeler ces instants et elle aurait sans doute pu les oublier s'il n'y avait pas eu de complication…

Il y en avait eu une. Et pas une petite.

Bilan de l'histoire, elle regrettait d'avoir couché avec Rowan, mais ne regrettait en rien la conséquence de leur nuit de passion. Jax était tout ce qu'elle aimait au monde, tout ce pourquoi elle se battait. Pour elle, elle survivait à tout, aux assauts de haine et de mépris sur Instagram, aux trolls qui pirataient son compte Twitter. Toute la détestation du monde ne comptait guère, face au bonheur que Jax lui apportait.

La baby-sitter allait bientôt quitter sa fille, songea Logan en tâchant de maîtriser son angoisse. Et même si Joe prenait le relais, il ne pourrait pas s'occuper de Jax plus d'une soirée. Pas toute une nuit, en tout cas.

— Alors, dans laquelle de tes résidences allons-nous ? fit-elle d'un ton soigneusement détaché.

— En quoi cela importe-t-il ? répondit Rowan en tirant ses lunettes de soleil de la poche de sa veste.

Tellement James Bond, songea-t-elle en le voyant chausser ses lunettes… Il remarqua son dédain.

— Qu'est-ce qui te dérange ? demanda-t-il.

Détournant les yeux, elle croisa les jambes, consciente du regard vif dont il la toisait derrière ses lunettes.

— Morgan m'a dit que tu aimais les jeux de pouvoir… Tu dois te sentir tout-puissant, à présent, à bord de ton hélicoptère de sauvetage. Mission réussie…

— J'aime bien ta sœur. Elle fait du bien à Drakon, et réciproquement.

Logan pouvait difficilement réfuter cela. Lorsqu'elle

avait cru perdre son mari, Morgan avait failli devenir folle. Heureusement, ils avaient résolu le problème.

— C'est difficile de vous croire jumelles, ajouta Rowan. Vous ne vous ressemblez pas du tout.

— Morgan a choisi de vivre avec notre père. Pas moi.

— Et ta petite sœur Jemma a sans doute choisi de déménager aussi, alors qu'elle n'était qu'une adolescente…

Comme Logan décroisait les jambes, la boucle dorée de ses escarpins accrocha la lumière.

— Tu n'es pas un grand fan de ma famille, donc je ne vois pas bien pourquoi nous avons cette conversation.

— Très bien. Assez parlé famille. Parlons de nous, fit-il d'une voix plus profonde, presque veloutée.

« Parlons de nous ? »

Logan eut l'impression que son corps se liquéfiait. Son pouls manqua un battement. « Nous ? » Très bien. Il s'amusait, à en juger par le pli de ses lèvres. Le chat titillait sa proie avant de la tuer. Si elle montrait sa peur, sa nervosité, si elle tentait de lui résister, il allait adorer. Mieux valait paraître jouer son jeu et le frustrer de ce plaisir. Elle lui sourit donc. Il n'avait pas idée de combien elle avait changé. Elle n'était plus celle qu'il avait connue, trois ans plus tôt.

— Super. Parlons du bon vieux temps. Car tu en as un bon souvenir, n'est-ce pas, mon chéri ?

Elle fixa effrontément ses lunettes sombres, lui donnant un avant-goût de ce qu'il allait devoir affronter.

Pendant un instant, il la regarda sans réagir, puis les coins de sa bouche se relevèrent en un vrai sourire qui découvrit ses dents blanches, bien alignées. Le sourire transformait son visage, lui donnant une apparence plus jeune, plus libre, encore plus sexy. Dangereusement sexy. Et elle était bel et bien en danger, car tout en elle répondait à ce sourire.

C'était injuste. Car elle aurait simplement dû le détester.

Hélas, elle n'avait jamais rencontré personne qui dégageât une telle aura. Il suffisait qu'il entre dans une pièce pour qu'on ne voie que lui, même dans un lieu aussi vaste que la salle de bal où se donnait la soirée caritative. Il aurait pu être le seul homme au monde, tant il attirait les regards. Et elle aurait pu croire qu'il avait été fait spécialement pour elle, tant il la bouleversait. Son cœur s'emballait en sa présence, son pouls battait à toute allure. La façon dont tout son corps réagissait était presque un péché. Elle devenait brûlante, rougissait de désir… Elle serra ses cuisses l'une contre l'autre. Non, non et non.

— Le souvenir n'est pas mauvais, on fonctionnait bien ensemble, fit-il d'une voix un peu traînante, dangereuse.

Il la ferait mourir à petit feu. Elle l'avait désiré cette nuit-là et la fascination était là de nouveau, puissante, incontrôlable.

Quelque chose en elle voulait cet homme. Elle trouvait en lui un écho, et cela n'aurait pas dû se produire. Un homme comme lui ne pouvait pas être son type.

— C'était grâce à toi, répondit-elle, se sentant d'humeur généreuse. Tu es un expert en la matière.

Où était le mal à le reconnaître ? Ce n'était que la vérité. Il l'avait transportée au septième ciel alors et, en cet instant, il lui faisait ressentir le même désir dévorant… Cela faisait des lustres qu'elle n'avait plus rien éprouvé de cet ordre, sa sexualité étouffée sous les exigences de l'amour maternel.

— Des années de pratique, chérie…

— Je loue ton dévouement à ton art.

Il inclina la tête en guise de remerciement.

— J'ai tenté de t'en donner pour vingt mille dollars.

Logan détestait cette escarmouche. Mais elle pouvait suivre le même tempo. Des années à repousser la haine lui avaient appris à détourner les coups.

— Rassure-toi, tu as rempli ton contrat. Si j'avais su ce que je sais aujourd'hui, j'aurais pu te donner quelques conseils, mais j'étais si inexpérimentée… Pourtant, j'avais vingt-quatre ans. Mais tu as su y faire avec ma virginité, termina-t-elle en frissonnant, repoussant doucement une longue mèche de ses cheveux qui s'était échappée.

Rowan ne souriait plus.

L'air semblait soudain chargé d'électricité.

Elle lui décocha un regard innocent.

— J'ai dit quelque chose d'inconvenant ?

Rowan arracha ses lunettes de soleil et se pencha vers elle.

— Veux-tu répéter cela ?

— Quoi exactement ? La partie qui concernait ma virginité ou celle sur les conseils ?

Les yeux verts de Rowan avaient perdu leur détachement. Ils étincelaient et la fixaient avec dureté. Chargés de dégoût. Elle avait enfin réussi à lui arracher une réaction, et Logan dut dissimuler son sourire de victoire.

— Car bien sûr tu savais que j'étais vierge, reprit-elle doucement. Le sang sur les draps…

— Quelques marques, à peine.

— Dues à quelques vigoureuses poussées, d'après toi ?

L'intensité de son regard redoubla.

— Tu n'étais pas vierge.

— Eh bien, si. Tu ne te sens pas honoré que je t'aie choisi pour être le premier ? fit-elle d'un ton détaché. Tu as mis la barre très haut, et pas seulement dans la chambre. Pour ce qui a suivi aussi…

Comme il ne répondait rien, elle leva les yeux pour affronter son regard.

— Je me suis toujours demandé… est-ce que si je n'avais pas joui à chaque fois tu m'aurais quand même appelée « traînée » ? Est-ce le plaisir que j'ai ressenti lors de nos ébats qui m'a valu cette appellation ? Parce que cela a été une transition bien rapide pour moi, de passer de vierge à prostituée…

— Une vierge ne dépense pas vingt mille dollars pour se faire déflorer, rétorqua Rowan.

— Ah bon ? Même si elle veut perdre son innocence dans les bras du meilleur ?

Rowan garda le silence, troublé malgré lui par les propos de Logan. Il avait la réputation de savoir gérer n'importe quelle situation, mais cette discussion lui échappait. Cela faisait un bon moment d'ailleurs qu'il avait ravalé son sourire.

Il avait d'abord été amusé par le sens de la repartie de Logan, intrigué même par son sang-froid. Mais l'annonce de sa virginité l'avait pris de court. Pour une fois, il n'avait su que dire, ni comment se défendre d'une telle attaque.

Elle était vierge lorsqu'ils s'étaient rencontrés ?

Jamais il ne cherchait à prendre la virginité d'une femme. Et pourtant, avec elle… Tout s'était passé sans détour.

Seigneur…

— Tu sors mes paroles du contexte, fit-il rapidement. Je ne t'ai pas appelée traînée…

— Oh que si ! la « traînée Copeland », ce sont tes mots.

Il tressaillit, se rappelant très bien l'écho de ses paroles dans la cuisine du bungalow où elle résidait, à Santa Monica. Il la revit devenant toute pâle sous l'insulte, ses yeux bleus agrandis sous le choc. Elle avait alors quitté la pièce, mais il lui avait emboîté le pas, lui jetant à la tête d'autres insultes, chacune destinée à faire le plus mal possible.

Il méprisait les Copeland depuis longtemps et n'avait pas eu besoin d'attendre que les manœuvres du père soient révélées au grand jour. C'était une des familles les plus en vue, et les filles Copeland fréquentaient la jet-set, célèbres du seul fait de leur richesse et de leur beauté. Ridicule, de son point de vue, car il avait grandi dans une famille pauvre et, tout ce qu'il possédait, il l'avait gagné à la force du poignet.

Les petites filles riches, ce n'était pas son genre. Comment de telles personnes, creuses et vaines, pouvaient-elles se respecter ? Pis encore, comment l'Amérique pouvait-elle en faire ses idoles, remplissant de leurs photos et de leurs frasques ses journaux à scandale ? Qui se souciait de leurs faits et gestes et des boutiques de luxe où elles s'habillaient ? Qui se préoccupait de leurs vacances ou de leurs amants d'un soir ?

Pas lui, en tout cas. Jusqu'à ce qu'il s'aperçoive qu'il avait couché avec l'une d'entre elles. Et pas qu'un peu...

Cela n'avait pas été une simple aventure. C'était bien là le problème. Ce qu'il avait ressenti...

Il serra les mâchoires, tandis que ses deux poings se crispaient.

— Je regrette mes paroles, fit-il d'un ton bref. Je les reprendrais, si je le pouvais.

— C'est comme ça qu'on s'excuse, chez toi ? lâcha-t-elle avec ironie.

C'était le mieux qu'il pensait pouvoir faire. Visiblement, ce n'était pas assez. Il n'était pas assez bien pour elle...

Rowan ne savait pas s'il devait s'en offusquer ou s'en

amuser. Mais pourquoi se vexer ? Depuis quand se préoccupait-il de ce qu'une femme pensait de lui ?

— Il faut croire que oui.

L'hélicoptère plongea, rejoignant l'aéroport où l'attendait son jet privé. Le mouvement un peu brusque surprit Logan.

— J'ai du mal à croire que tu possèdes une résidence ici…

— Effectivement, ce n'est pas le cas.

Il n'ajouta rien, et ils se posèrent sur le tarmac.

Rowan ouvrit la porte et descendit d'un bond, se retournant pour aider Logan. Mais elle refusa sa main et descendit seule. Elle se dirigeait déjà vers le terminal quand il la prit par le bras pour l'emmener dans la direction opposée, en direction d'un jet aux lignes aérodynamiques.

Elle se figea en comprenant ce qui l'attendait.

— Non.

— Nous n'avons pas le temps d'en discuter, trancha-t-il.

— Je refuse de quitter Los Angeles. Je ne peux pas !

— Ne m'oblige pas à te porter.

— Je vais crier ! le prévint-elle en se libérant de son emprise.

Rowan désigna le tarmac, vide de toute présence humaine.

— Grand bien te fasse. Qui t'entendra ? Le seul personnel que tu trouveras ici est le mien.

Elle rassembla ses cheveux qui volaient autour d'elle et lui fit face.

— Tu ne comprends pas. Je ne peux pas la laisser !

— Qui ?

— Jax. Je ne l'ai jamais laissée seule la nuit, ajouta-t-elle d'une voix brisée.

— Jax ? répéta-t-il impatiemment. C'est ton chat ?

— Non, c'est ma fille. Mon bébé.

— Ta fille ? reprit-il, grinçant.

Logan hocha la tête, son cœur se déchaînant dans sa poitrine. Jamais elle n'avait eu si peur.

Elle avait voulu prévenir Rowan quand elle s'était trouvée enceinte, mais lorsqu'elle l'avait appelé, il n'avait su que la couvrir d'insultes.

« — Comment t'es-tu procuré mon numéro ?

— Drakon me l'a donné.

— Il a eu tort.

— Je lui ai dit que c'était important. »

Il avait ri, d'un rire froid et méprisant qui l'avait cruellement blessée.

« — Chérie, au cas où tu n'aurais pas bien saisi le message, c'est fini entre nous. Je n'ai rien d'autre à t'offrir. Alors débrouille-toi et vis ta vie sans moi. »

Ce qu'elle avait fait.

Elle ne lui avait rien dit pour l'enfant. Et si parfois, elle éprouvait du remords à lui cacher qu'il avait une fille, le seul souvenir de sa froideur et de sa haine suffisait à l'apaiser.

Son père lui avait brisé le cœur, l'humiliant par son avarice et son égoïsme, mais Rowan avait fait presque mieux ! Il était méprisable.

Grâce au ciel, il n'avait aucun contact avec Jax. Logan n'osait même pas imaginer le genre de père qu'il serait. Mieux valait élever Jax seule qu'en compagnie d'un homme qui ne saurait pas l'aimer. Et qui ne voudrait pas d'elle.

En cet instant, face à Rowan sur le tarmac, elle se sentait pleinement juste dans sa décision. Rowan était sûrement un héros en termes militaires, dangereux sur le terrain, adversaire formidable en zone de combat, mais il était insensible, imperméable à tout sentiment. Jamais elle ne le laisserait approcher sa fille.

— Tu es… mère ? lâcha-t-il d'une voix incrédule.

— Oui, fit Logan, ravie de l'avoir choqué.

Il fronça les sourcils.

— Et où se trouve ta fille, en ce moment ?

— Chez moi. Sa baby-sitter va partir à 17 heures, fit Logan en vérifiant sa montre. Il faut que je sois rentrée.

— Impossible. Tu ne pars pas d'ici.

— Et Jax, alors ? On va la laisser dans son lit jusqu'à ce que tu décides que je peux rentrer ?

Elle vit jouer un muscle au coin de sa mâchoire.

— Drakon n'a jamais parlé d'un bébé, dit-il d'une voix grinçante.

Le cœur de Logan manqua un battement.

— Ils ne savent pas, ni lui ni Morgan…

— Pardon ?

— Personne ne sait que j'ai un enfant.

— Comment est-ce possible ?

— Les grandes réunions de famille sont moins en vogue ces temps-ci, fit-elle, acerbe. Je ne l'ai pas dit, c'est tout.

Rowan croisa les bras sur sa poitrine.

— Et qui est le père ?

Elle eut un rire froid.

— Je ne crois pas que cela te regarde.

— Ce que je voulais dire, fit-il en soupirant, c'est que son père pourrait s'occuper d'elle en ton absence, non ?

— Eh bien non, justement.

— Il va falloir que tu le lui demandes…

— Certainement pas.

— Vous avez des relations difficiles ?

Cela aurait pu être drôle, pour quelqu'un qui aime l'humour noir.

— C'est le moins qu'on puisse dire, lâcha-t-elle.

— Et la baby-sitter, elle ne peut pas rester ?

— Non. Je n'ai jamais encore laissé ma fille une nuit sans moi, reprit-elle. Elle est trop petite…

À l'idée que quelqu'un puisse la remplacer auprès de sa fille, l'estomac de Logan se retournait. Glacée, elle attendit la décision de Rowan.

Mais il se tenait coi, la fixant d'un regard acéré. Et sans parvenir à déchiffrer ses pensées, elle sentait que quelque chose n'allait pas, à le voir aussi tendu.

— Il faut que je rentre pour elle, reprit-elle d'un ton suppliant, qu'elle tenta de mieux contrôler. Surtout s'il y a des paparazzis autour de chez moi. Je ne peux pas les laisser tenter quelque chose. Je ne veux pas qu'elle soit effrayée.

— Logan, je ne peux pas te laisser approcher de chez toi. Je vais aller la chercher, fit-il en arrêtant ses protestations d'une main levée. Mais tu dois me promettre de ne pas bouger d'ici. Tu ne t'enfuiras pas, tu ne passeras aucun coup de fil affolé à qui que ce soit. Tu vas monter dans mon jet et attendre sagement. Mon personnel s'occupera de toi, fit-il en désignant l'équipe postée au bas de l'avion. Tant que tu resteras avec eux, tu ne craindras rien.

— Pourquoi serais-je en danger ? Il ne s'agit que de paparazzis, répliqua Logan avec raideur.

— On a tiré sur Bronson hier soir à Londres, révéla Rowan d'une voix sèche. Il est toujours en soins intensifs, mais le chirurgien a bon espoir. Il devrait s'en remettre.

Bronson était l'aîné des Copeland, et le seul fils de la famille.

— Comment ? s'écria Logan, affolée. Pourquoi n'as-tu rien dit ?

— Parce que l'enquête est toujours en cours. Rien

n'est sûr, mais le commissaire pense qu'on l'a pris pour cible à cause de ton père. Il a conseillé de mettre à l'abri les membres de la famille. Mon unité a déjà retrouvé Victoria, elle est en lieu sûr. Ta mère est auprès de Jemma. Et toi, sous ma protection.

Logan se sentit défaillir. La peur la faisait trembler.

— Je t'en prie, va chercher Jax, vite !

— Passe-moi ton téléphone.

— Je te promets de n'appeler personne.

— Ce n'est pas pour cela que j'en ai besoin. Je le prends afin que Joe croie que c'est toi qui le contactes quand je l'appellerai. J'ai besoin de sa collaboration.

— Joe ? Tu veux l'impliquer là-dedans ?

— Tu lui fais confiance, non ?

Elle hocha la tête, et Rowan partit vers l'hélicoptère.

— Le mot de passe est zéro, trois, trois, un.

Il stoppa net et se retourna.

— Ne nous sommes-nous pas rencontrés un 31 mars ?

— Cela n'a rien à voir, fit-elle d'un ton défensif en rougissant violemment.

— Oh ! je ne prétendais rien de tel, rétorqua Rowan. Mais ce sera plus facile pour moi de me rappeler ton code.

Il fit signe au pilote de démarrer en sautant dans la cabine, et l'hélicoptère s'éleva avant même qu'il n'ait fermé la porte.

3

Rowan resta absent deux heures qui semblèrent à Logan les plus longues de sa vie. Elle s'interdit toute conjecture, se contentant de penser à son frère qui venait d'être blessé et à sa famille, tous heureusement protégés d'autres agressions.

Ce à quoi elle refusait de penser, c'était à la peur que sa fille devait éprouver.

Et au gala du lendemain qui devrait se dérouler sans elle.

Chaque fois que ces sujets affleuraient à son esprit, son imagination s'emballait et ses spéculations la rendaient folle, la mettant au bord de la nausée. De toutes ses peurs, celle qui concernait Jax était la plus brûlante. Ses frère et sœurs étaient adultes et, même si elle les aimait de tout son cœur, elle les savait capables de se débrouiller. Mais Jax ? Son bébé !

Logan expira lentement, cherchant à retrouver son calme. Rowan allait réussir, et d'ailleurs, rien ne s'opposait à ce qu'il lui ramène Jax saine et sauve. N'était-il pas un expert mondialement reconnu en matière d'exfiltration d'otages ? Et franchement, récupérer une petite fille dans un bungalow de Santa Monica n'avait rien d'un challenge… Tout cela n'empêchait pas le cœur de Logan de s'affoler : tant de choses pouvaient dégénérer en cours de route !

Le simple fait que Rowan soit au contact de Jax la terrifiait. Aussi endurcie qu'elle soit du fait de la haine qu'elle avait dû affronter, Jax restait son talon d'Achille. Sans doute parce que son bébé était totalement vulnérable…

Pour elle-même, Logan ne craignait rien. D'ailleurs, l'équipage du jet, trois hommes à l'allure martiale qui discutaient à voix basse, avait l'air parfaitement à même de la protéger. Chacun d'entre eux était musclé, bronzé et buriné, et tous semblaient revenir d'un stage commando. Rowan ne plaisantait pas avec la sélection de son personnel…

Comme s'ils avaient eu conscience d'être observés, les hommes se retournèrent vers elle.

— Avez-vous besoin de quelque chose, mademoiselle ? dit l'un d'eux en s'avançant.

Il parlait sans accent, mais ne semblait pas américain.

— Auriez-vous de l'eau ?

— Je vous en apporte une bouteille. Désirez-vous un repas ?

— Non, merci, je ne pourrais rien avaler.

Une fois l'eau apportée, elle eut du mal à en prendre plus d'une gorgée, tant elle était nerveuse.

Les minutes passaient, interminables, devenant des heures… Si seulement quelqu'un lui avait donné des nouvelles… Au moment où elle allait craquer, on entendit le bruit d'un hélicoptère qui se posait.

Elle pria pour que ce soit Rowan… Qui aurait cru qu'elle aurait un jour attendu son retour avec une telle impatience ? Deux jours plus tôt, une telle éventualité lui aurait paru ridicule. Mais aujourd'hui Rowan veillait sur sa fille, et elle lui en était reconnaissante.

Lorsque la porte de l'hélicoptère s'ouvrit, Rowan sauta sur le tarmac, tenant Jax dans ses bras. Derrière suivait Joe Lopez, deux lourdes valises à la main.

Joe, ici ? Avait-il insisté pour accompagner Rowan ? Ou était-ce ce dernier qui lui avait demandé de venir en pensant que sa présence tranquilliserait Jax ? Le cœur débordant de joie, Logan accueillit à bord les deux hommes et son enfant qui cria de soulagement en l'apercevant.

Comme Logan ouvrait les bras, Rowan lui passa sa fille. Elle couvrit ses joues de baisers.

— Ma chérie ! Comment va mon joli bébé ?

Jax lui rendit ses baisers.

— Moi, j'aime ma maman.

— Et maman t'aime, mon ange. Alors, tu as fait un tour en hélicoptère ? C'était bien ?

— Ça fait trop de bruit. Je n'aime pas les trucs sur les oreilles.

Rowan échangea un regard avec Logan.

— Elle n'a pas apprécié le casque… Mais elle aime bien Joe. Elle n'a pas quitté ses genoux.

Logan lui jeta un coup d'œil, alors qu'il rangeait les valises dans un compartiment réservé, à l'aide du steward.

— C'est gentil à lui d'être venu. À moins que tu ne l'y aies forcé ?

— Je ne l'ai forcé à rien du tout. Il te semble très dévoué.

— Ne recommence pas…

— Je disais simplement qu'il a insisté pour venir.

— J'apprécie beaucoup son geste. Il est formidable avec la petite…

— On dirait, effectivement… Il sait s'y prendre avec elle.

Logan inclina la tête pour observer Rowan, l'air moqueur.

— Tu m'as l'air… presque jaloux de lui.

— Moi ? s'exclama-t-il. Jaloux de ce gamin ?

Il s'éloigna sur un soupir méprisant, tandis que Joe

approchait, tendant une tasse pour bébé à Jax. Alors que la petite se désaltérait, Logan murmura à Joe :

— J'espère qu'il n'a pas été trop impoli… Si c'est le cas, ne le prends pas pour toi, il est désagréable avec tout le monde.

Joe haussa les épaules en souriant.

— J'ai vu pire. Et il s'est bien tenu. Il a même été très doux avec Jax.

Doux ? Voilà qui était nouveau pour Rowan…

— Si tu repars en taxi, mets la facture sur mon compte. Je ne veux pas que tu en sois de ta poche pour m'avoir aidée.

— Je vais louer une voiture à l'aéroport, ce sera moins cher. Ça va aller, toi ? demanda Joe après une hésitation.

Logan hocha la tête.

— Du moment que ma fille est là… Il faut vraiment que le gala de demain soit une réussite.

— Je m'en occupe. Tout va bien se passer, on va récolter une fortune, la rassura Joe. C'est pour toi que je m'inquiète…

— Il ne faut pas, tout va bien. Mais ma réputation est tout pour moi. C'est grâce à elle que je nourris ma fille, donc, ce gala… Il faut qu'il marche.

À elle, les gens n'accordaient pas de seconde chance. Il fallait qu'elle se batte bec et ongles pour décrocher chaque contrat, et elle devait faire ses preuves à chaque fois.

— J'ai la situation bien en main, dit tranquillement Joe.

Sa fermeté la rasséréna.

— Merci.

Joe déposa un baiser sur les cheveux de Jax avant de les quitter. Rowan ne sembla même pas s'apercevoir de son départ, ce qui irrita Logan à l'extrême. Joe s'était montré d'une aide précieuse, et Rowan ne l'en avait pas même remercié !

Pourquoi Logan n'était-elle pas tombée amoureuse de quelqu'un comme Joe, un homme intelligent, fiable, attentionné ? Son assistant, au moins, savait ce qu'étaient les émotions !

Comme s'il lisait dans ses pensées, Rowan revint vers elle.

— On va y aller. Tu devrais boucler ta fille dans le siège bébé et le placer à côté de toi. A-t-elle déjà pris l'avion ?

Logan secoua la tête.

— À vrai dire, on ne sort pas beaucoup…

Puis, voyant l'expression étonnée de Rowan, elle ajouta :

— Je préfère ne pas attirer l'attention.

— Les choses ont été difficiles à ce point ?

— Tu ne peux pas imaginer.

Et Logan se mit à rire, car c'était sa manière de repousser le mauvais sort. Les gens pleins de rancœur qui s'en prenaient à elle ne gagneraient pas. Jamais. Elle protégerait d'eux sa fille et ferait d'elle une femme forte et courageuse, qui marcherait la tête haute.

Rowan regarda sa montre. Ils volaient depuis quatre heures, et il leur restait à peu près autant de trajet. Il était heureux que la petite se soit endormie, elle avait pleuré longtemps. Son doudou avait dû tomber sur le tarmac, car il était sûr que Joe l'avait emporté. L'enfant était inconsolable, et Logan avait dû la prendre dans ses bras et marcher de long en large dans l'étroite rangée jusqu'à ce que, à court de larmes, Jax finisse par s'endormir sur l'épaule de sa mère.

À présent, Logan s'était assoupie elle aussi, l'enfant sur

les genoux, et les deux petites couettes de Jax effleuraient sa joue. La voir avec sa fille mettait Rowan mal à l'aise. Ce spectacle ne rentrait pas dans l'organisation rigide de sa vie où tout pouvait se classer, se hiérarchiser et se ranger dans des boîtes bien hermétiques.

Il avait mis Logan dans l'une de ces boîtes, l'avait étiquetée et enfermée au fond de sa mémoire, dans le coin des mauvais souvenirs. Après l'avoir quittée, au lendemain de leur nuit ensemble, il avait été soucieux pendant des mois. Cela l'avait mis en colère de ne pouvoir l'oublier, et de ne pas mieux contrôler ses émotions. Il n'aurait pas dû s'inquiéter d'elle.

Et pourtant… Cela avait été le cas. Sans cesse, il avait craint qu'on s'en prenne à elle, qu'on lui fasse du mal. Le pire, c'est qu'il ne se souciait pas uniquement de sa sécurité physique ; il aurait voulu la savoir heureuse. Il s'était montré si dur avec elle… Aussi dur qu'il l'était avec ses hommes, dans le monde impitoyable où il évoluait. Pourtant, Logan n'était pas l'un d'entre eux, et n'était pas équipée pour gérer son agression verbale. Tant de fois, il avait failli s'excuser… Mais finalement, il y avait renoncé, craignant d'ouvrir une porte qu'il ne pourrait refermer. Pourquoi se lier à une femme qui n'était pas fiable ? La confiance était tout pour lui, et elle lui avait menti en prétendant s'appeler Logan Lane. Elle recommencerait.

Peut-être que cette question aurait été moins essentielle pour lui s'il avait exercé un autre métier. Si son travail avait comporté moins de risques, il aurait pu se permettre d'être moins vigilant. Mais un nombre incalculable de personnes dépendaient de sa vigilance pour survivre.

Tout comme Jax dépendait de sa mère…

Il aurait voulu haïr Logan, la mépriser. Mais la voir endormie avec Jax le troublait, et son instinct protecteur renaissait. À deux ans, Jax était encore un gros bébé plus qu'une petite fille, et ses cheveux blonds frisés étaient plus clairs que ceux de sa mère. Mais elles avaient toutes deux de longs cils et la même bouche rose en cœur.

Dans son sommeil, Jax était l'image même de l'innocence ; et sa mère, celle de l'amour maternel… Les voir ainsi blotties l'une contre l'autre lui faisait mal. Et Rowan détestait avoir mal. Il aurait voulu ne pas se soucier d'elles, mais il avait du mal à chasser certains comptes de son esprit. Il avait rencontré Logan un 31 mars, et Jax avait vu le jour en décembre, le 22. Neuf mois plus tard… Il le savait car Joe lui avait remis le certificat de naissance de la petite, qui n'aurait pas pu quitter le pays sans document officiel.

Quelques heures plus tôt, Rowan ignorait l'existence de Jax et la déclaration de vol du pilote ne mentionnait donc pas d'enfant. Un problème qui ne l'inquiétait pas, dans la mesure où il jouissait d'une immunité diplomatique. Si lui-même n'avait aucun souci à se faire, Logan courait un risque, quant à elle. Heureusement, ils n'auraient pas de douane à passer, devant atterrir sur l'aéroport privé qui faisait partie de son domaine. Personne ne les interrogerait au sujet de cette enfant qui voyageait avec eux. Mais si ç'avait été le cas, qu'aurait-il bien pu déclarer ?

Qu'elle était née neuf mois après le 31 mars.

Se rendant compte qu'on les observait, elle et sa fille, Logan ouvrit les yeux. Rowan, assis en face d'elles sur un siège en cuir, ne souriait pas. Elle affronta son regard vert, le cœur serré. Elle ne voulait pas s'affoler, mais la tranquille assurance qu'il affichait et son expression réfléchie lui laissait entendre qu'il en savait peut-être plus qu'elle ne le croyait. Il n'avait pourtant aucun moyen de savoir que Jax était sa fille... Comment aurait-il pu se douter qu'elle n'avait couché avec personne d'autre que lui, alors qu'elle avait vingt-sept ans ? Ce genre de choses est si rare. Les femmes n'en sont plus à attendre le grand amour.

Donc, elle arqua un sourcil, prit l'air aussi détaché que possible et fit ce qu'elle faisait le mieux : esquiver.

— Pourquoi me scrutes-tu ainsi ? Je suis mal coiffée ?

— Non. Je veux un test ADN.

Il avait parlé doucement, si calmement que Logan mit un moment à comprendre le sens de ses paroles. S'il voulait un test, c'est qu'il soupçonnait...

Esquive, esquive.

— C'est horriblement présomptueux de ta part, non ?

— Tu m'as dit que tu étais vierge avant notre rencontre, il me semble ? Et j'ai eu droit au couplet sur la façon cavalière dont je t'avais déflorée...

— Je n'ai pas dit cela !

— ... Ce qui me fait douter que tu aies couché avec quelqu'un d'autre dans les cinq à sept jours qui ont suivi.

— Je te félicite pour tes savants calculs. Seulement, Jax cst arrivéc avcc un mois d'avancc.

— Ton joli poupon pesait ses quatre kilos et demi à la naissance, comment aurait-elle pu être en avance ?

Logan manqua s'étrangler. Il connaissait la date de naissance de Jax, son poids aussi... et quoi d'autre encore ?

— Elle n'est pas ta fille, s'entêta-t-elle.

— Elle devrait l'être, et nous ferons le test, une fois arrivés.

— Tu ne vas pas lui faire de piqûre...

— Pas besoin, un prélèvement de salive suffit. Indolore.

Le cœur de Logan battait si fort qu'elle craignit de réveiller Jax.

— Mais enfin, Rowan, tu n'aimes pas les enfants ! Tu n'en veux pas ! Et tu méprises les filles…

— C'est ce que tu t'es raconté, ces trois dernières années ? C'est ton excuse pour m'avoir caché Jax ?

Il l'avait traitée de traînée… Il lui avait dit les choses les plus avilissantes… Et pourtant, ce n'était pas pour cela qu'elle s'était tue.

— J'ai tenté de te parler…

— Quand cela ?

Elle toisa Rowan, s'intimant au calme.

— Je t'ai appelé une fois, tu te rappelles ? Et au lieu de me demander comment j'allais, tu t'es soucié de savoir comment j'avais eu ton numéro. Même quand tu as su que c'était Drakon qui me l'avait donné, tu t'es conduit de façon haïssable. Tu t'es moqué de moi, affirmant que tu n'avais plus rien à me donner.

Sa voix avait vibré sur ces derniers mots, et l'écho de ses paroles parut saturer l'air.

— Après que tu as raccroché, reprit-elle, j'ai pleuré toutes les larmes de mon corps, à m'en rendre malade. Puis je me suis reprise et je me suis dit que c'était mieux ainsi. Il était préférable que tu ne veuilles pas avoir affaire à moi, à nous. Ma fille, contrairement à moi, n'aurait pas à grandir aux côtés d'un père égoïste et avare d'amour.

Pendant un long moment, Rowan garda le silence. Il étudiait Logan du fond de son siège, une expression pensive sur le visage. Mais il semblait détendu, quoique en pleine possession de ses moyens, tout comme s'il n'avait aucun souci au monde. Ce qui mit Logan en alerte.

Car il avait un grand intérêt personnel dans cette affaire.

— J'aurais pas mal à dire là-dessus, dit-il finalement avec un soupir.

— Alors, pourquoi ne le dis-tu pas ? demanda-t-elle, troublée.

— Parce que nous sommes encore à quelques heures de Galway…

— Galway ?

— … Et que je ne veux pas avoir à me disputer avec toi jusqu'à ce que nous soyons en Irlande, termina-t-il comme si elle ne l'avait pas interrompu.

Logan secoua la tête, prise de court, affolée.

— Mais nous ne pouvons pas quitter les USA… Je n'ai pas de passeport sur moi, et Jax n'a même pas de papiers…

Rowan haussa les épaules comme devant un détail futile.

— Nous atterrirons sur un aéroport privé. Il n'y aura pas de douane à l'arrivée.

— Et pour notre retour, ce ne sera pas un problème ?

— Joe a joint ton passeport aux bagages et m'a donné le certificat de naissance de Jax, ce qui devrait suffire.

C'était donc de là que Rowan tirait ses informations… Elle regarda ses longs doigts tambouriner sur sa cuisse musclée. Le rythme régulier la fascinait, ainsi que sa peau bronzée. Il avait de belles mains, solides. Elle s'en rappelait le toucher, songea-t-elle en retenant son souffle, un toucher à la fois doux et excitant… Si différent de ce qu'on imaginait d'un combattant d'élite, d'un guerrier…

Rowan lui avait fait ressentir des émotions inconnues. Elle s'était sentie belle entre ses bras. Pleine d'espoir…

Mais non. Elle ne pouvait se permettre de dérouler le fil de ces pensées : il fallait bloquer les souvenirs, s'interdire d'élaborer autour de ce qui n'avait été qu'une nuit de sexe et rien de plus. Il s'était exprimé clairement sur la question.

Les yeux de Logan la brûlaient. Les mots salissants de Rowan la faisaient encore souffrir, et elle s'en voulait de se laisser atteindre ainsi. Elle aurait dû se moquer de ce qu'il pensait d'elle… Pourtant, elle n'y parvenait pas.

Peut-être que si cela avait été moins bon entre eux, elle aurait pu envisager cette nuit-là de façon aussi détachée que lui. Si elle ne s'était pas sentie belle, si elle n'avait éprouvé ni joie ni espoir… Le monde avait été impitoyable avec elle, et Rowan avait pris le contre-pied de toute cette noirceur. Il avait été lumineux, passionné… Dans ses bras, elle s'était sentie liée à lui et ne pouvait s'empêcher de garder précieusement ce lien dans sa mémoire.

Elle soupira longuement, étourdie d'avoir si longtemps retenu son souffle, et repositionna sa petite Jax sur son sein.

— Je ne peux pas. Pas avec elle ici…

— Tu ne peux pas quoi ?

— Me disputer avec toi. Échanger de la haine. Ce n'est pas bon pour Jax, elle doit rester en dehors de tout cela.

— Je n'ai aucune envie de faire mal à ma propre fille, répliqua Rowan. On fera le test pour établir une filiation légale, mais je n'en ai nul besoin pour savoir qu'elle est mienne.

— Nôtre, souffla Logan en un murmure.

Les coins de la bouche de Rowan se relevèrent en une ébauche de sourire.

— Je suppose que le décès de ton père a un côté positif, finalement, puisque cela nous a permis de nous retrouver, toi, moi et notre fille.

Le cœur de Logan se serra. Elle ne pouvait parler de la mort de son père aussi légèrement.

— Alors, quelle est la prochaine étape, pour nous ? dit-elle avec détachement.

— Eh bien, un mariage au château, répondit aussitôt Rowan. Préfères-tu une cérémonie avant ou après l'enterrement de ton père ?

Heureusement qu'elle était assise ! Et heureusement que Jax se mit à gémir dans son sommeil, apportant une diversion bienvenue. Elle aussi aurait voulu gémir. Rowan était-il devenu fou ? La petite étira un bras, et Logan l'aida à trouver une position plus confortable.

— On pourrait faire ça avant, poursuivit-il. Bien sûr, ce sera un peu triste pour toi mais au moins, nous aurons la perspective heureuse de présenter notre fille à tout le monde… Comme de fiers parents.

— Arrête, lâcha Logan. Tu détestais mon père et tu me détestes.

— C'est le passé, fit-il doucement. Il est temps de tourner la page et de nous concentrer sur le futur. Tu vas m'épouser, nous aurons d'autres enfants et…

— Tu t'amuses bien, on dirait, le coupa-t-elle, cinglante.

Rowan haussa ses larges épaules.

— Je tente d'être positif.

Le pire était qu'il ne plaisantait pas, songea Logan en frémissant. Elle lutta pour ne pas céder à la panique qui montait en elle.

— Tu es sadique, pas positif ! Il n'y a pas de relation entre nous, il n'y en a jamais eu, donc, pas de mariage et pas d'enfants ! Ne va pas sur ce terrain, je ne le supporterai pas.

Il eut l'audace de rire.

— Ah non ? Et que vas-tu faire, alors ? Appeler Joe ?

Le rouge monta aux joues de Logan.

— Tu as vraiment un problème de jalousie, on dirait !

Rowan lui adressa l'un de ses sourires les plus charmeurs, ce qui lui donna l'envie de fuir.

— Bon, dit-il, on va mettre cartes sur table. Pour ta gouverne, Joe travaille pour moi.

Elle ouvrit la bouche pour protester, mais il la stoppa d'un geste.

— Il travaille pour moi depuis le premier jour où tu l'as engagé. Il ne sort pas d'une école d'art. Il n'a pas vingt-quatre ans mais trente et un. Et avant de travailler pour Dunamas, il appartenait à la Force Delta.

Que disait-il ? Logan n'arrivait pas à comprendre le sens de ses paroles. Joe, l'adorable Joe, n'avait rien de militaire. Il était jeune, gentil, travailleur…

— Mais… Mais je l'ai choisi parmi toute une liste de candidats…, balbutia-t-elle.

— Qui tous étaient mes employés.

— Comment ? Ce n'est pas possible.

— Combien d'entretiens as-tu fait passer ?

— Trois. Les trois dossiers les plus prometteurs…

— Trish Stevens, Jimmy Gagnier et Joe Lopez. Trish demandait trop cher, Jimmy t'avait mise mal à l'aise parce qu'il en savait trop sur ton père. Joe, lui, était parfait, et si reconnaissant à l'idée de décrocher un job… Tu lui as fait confiance, parce que tu avais besoin de quelqu'un comme lui.

— Seigneur…

Logan aurait tout donné pour chasser les larmes qui affluaient à ses paupières. La douleur lui contractait la poitrine. Elle s'était entièrement fiée à Joe…

— Je pensais que c'était une bonne personne, murmura-t-elle, se sentant trahie.

— Il l'est. Il se ferait tuer pour toi.

— Son dévouement a dû te coûter un joli paquet…

— Il le fallait pour ta sécurité. Mais ce n'était pas un espion.

— Je ne te crois pas une seconde.

— La preuve en est qu'il ne m'a jamais prévenu pour l'enfant. Son travail, c'était de te protéger, fit Rowan d'une voix plus dure, et il a si bien pris sa mission à cœur qu'il t'a protégée de tout, même de moi !

Logan en resta coite. Joe avait donc désobéi aux ordres ?

— Il ne m'a même pas dit qu'il travaillait souvent chez toi, reprit Rowan d'un ton presque dépité.

Elle ravala un rire hystérique.

— Tu n'as pas la moindre idée de ce que je lui demandais, alors ? Récupérer des vêtements au pressing, nourrir Jax quand j'avais trop à faire... Je croyais qu'il éprouvait de l'affection pour elle... J'ai dû me tromper mais, quand même, il nous a donné beaucoup de temps et il s'est soucié de nous.

Il y eut un silence que Rowan rompit d'une voix râpeuse :

— J'en atteste. Pendant deux ans, il t'a protégée ainsi que ton secret. Il a eu tort d'enfreindre les ordres qu'il avait reçus de moi, cependant, et je vais me débarrasser de lui. Il aura du mal à s'employer dans le domaine de la sécurité, dorénavant.

Sur ces mots, Rowan se leva pour remonter l'allée. Logan le regarda s'éloigner, une larme roulant sur sa joue. Joe allait payer pour son dévouement. Et cette horrible journée venait de prendre un cours pire encore.

4

Rowan venait de se servir un verre de whisky lorsque Logan apparut dans la cuisine du jet. Elle se tenait droite dans l'embrasure de la porte, les bras croisés sur la poitrine, plus mince encore qu'il y a trois ans. Il savait qu'elle avait travaillé dur, mais ne s'attendait pas à la voir aussi fatiguée. S'il avait su alors qu'elle était tombée enceinte…

Il avala son verre d'une gorgée.

— Oui, ma chérie ?

— Je ne suis pas ta chérie.

Rowan ressentit le besoin de se verser un nouveau verre, ce qui allait à l'encontre de ses habitudes. Il devait constamment garder la tête froide. Il avait perdu ses esprits une fois, le soir du 31 mars, trois ans auparavant. À cause d'elle, de Logan. La preuve dormait, recroquevillée dans une petite chaise, ses couettes devant ses yeux. Ils s'étaient protégés, pourtant, ce fameux soir. Il s'en souvenait. Mais parfois, se protéger ne change rien…

— Des nouvelles de Bronson ? reprit-elle. Son état ?

— Il est stable, mais ils vont le garder quelque temps encore en soins intensifs. Apparemment, l'étage est plus facile à sécuriser que son appartement.

— Et Victoria ?

— Ta sœur devrait être arrivée chez Drakon et Morgan, à l'heure qu'il est.

— Quelle bonne idée…

— Pourquoi dis-tu cela ?

— Elles ne s'entendent pas. Du tout.

— Morgan et Victoria ?

Logan hocha la tête.

— Tes sœurs comprendront que ce n'est pas le moment de se crêper le chignon, reprit Rowan.

Elle haussa un sourcil.

— C'est plus que ça. Elles ne se parlent plus. Il y a eu une dispute terrible à propos de mon père. La situation est douloureuse pour tout le monde.

— Eh bien, il n'y a plus qu'à souhaiter bon courage à Drakon. C'est son problème, dorénavant.

Rowan s'adossa au comptoir de la cuisine, étudiant le visage de Logan.

— Pourquoi est-ce que tu n'as pas avorté ?

Si la question l'avait choquée, elle n'en laissa rien paraître.

— Ce n'était pas le bon choix, répondit-elle fermement.

Elle était douée. Elle avait l'air si décidé, raisonnable… Provocante… Rowan fourra ses mains dans ses poches, pour s'empêcher de la saisir aux épaules et de l'embrasser. Son baiser ne serait pas tendre.

Il ne se sentait pas d'humeur à la tendresse. Il était difficile de se cantonner à la tendresse, alors que son pantalon était tendu par une érection douloureuse. Rowan se souvenait du goût de Logan, de l'odeur de son corps, de la douceur de sa peau, de la chaleur qui en irradiait sous ses baisers, entre ses cuisses… Il l'avait prise sans ménagement, et elle avait grondé sous ses assauts. À l'époque il avait pensé que c'était de plaisir.

Aujourd'hui, il savait qu'il avait pris sa virginité trop rudement. Il ne le savait pas, alors. À vrai dire, il ne savait absolument rien d'elle, à l'époque. Une Copeland, vierge ? La chute de la princesse de la haute société…

— Ne renvoie pas Joe, reprit-elle, rompant le silence pénible qui s'était installé.

Sa voix était rauque. Il entendit la petite note de supplication, et cela ne fit que l'agacer davantage. Pourquoi cela lui importait-il tant ? Et pourquoi la voir se soucier de Joe l'énervait-il autant ? Voulait-il la voir le supplier… ?

Elle avait supplié, trois ans auparavant, supplié ses lèvres, supplié qu'on la touche et qu'on lui fasse l'amour. Il s'était exécuté. Et voilà où ils en étaient aujourd'hui. Parents d'une petite fille…

Il ne se déroberait pas. Son enfant ne serait pas punie comme il l'avait été, lorsque son père avait mis sa mère enceinte. Un père qui buvait tellement qu'il en perdait le contrôle de ses poings. Une mère alcoolisée au point d'en oublier leur adresse.

— Je t'en prie, commença Logan. Je t'en prie…

— Joe n'a pas besoin qu'on supplie pour lui, la coupa Rowan, incapable d'entendre un mot de plus.

Il n'avait pas besoin qu'on lui rappelle son enfance.

— Il savait très bien ce qu'il faisait, reprit-il. Il a fait ses choix en conséquence.

— Pour Jax.

— Non, pour toi, corrigea-t-il. Je sais qu'il éprouve… des sentiments pour toi. Son attachement dépasse de loin le simple sens du devoir.

Rowan avait vraiment besoin d'un autre verre. Peut-être que la brûlure de l'alcool calmerait son désir, et qu'il n'aurait pas envie de plaquer Logan contre le mur, de passer ses mains dans ses cheveux et de la faire gémir.

Il se sentait pris d'une rage animale. Or, il ne se comportait jamais comme un animal.

D'habitude, son travail le maintenait occupé. Hélas, cette belle discipline ne lui servait à rien en cet instant. Il n'y avait plus qu'elle, ses grands yeux bleus et cette bouche rose qui semblait lui crier de l'embrasser.

— Non, gronda-t-il entre ses dents. De toute façon, je l'ai mis à la porte il y a des mois de cela. Avant les vacances de Noël. Il ne voulait pas lâcher prise. Il refusait de t'abandonner.

— Parce que tu as voulu m'abandonner, toi ? répondit-elle, le menton tremblant.

Si elle avait parlé d'une voix tranchante, si elle avait montré les dents, il aurait pu poursuivre cette joute verbale. Mais le tremblement de sa voix, la détresse dans ses yeux le laissaient impuissant, la poitrine comprimée.

Il lui avait fait du mal parce qu'il voulait lui faire du mal. Il était très doué pour ça.

Rowan lui saisit le poignet, ses doigts s'enroulant autour, et il l'attira jusqu'à lui. Elle se raidit sans pourtant combattre.

— Laisse-moi te regarder, ordonna-t-il en se rapprochant.

Il souleva une lourde mèche couleur de miel pour inspecter sa tempe. La main dans ses cheveux, il fit pivoter son visage pour être sûr de ne rien manquer. Ça n'avait pas l'air trop grave. Elle avait dû nettoyer sa blessure pendant qu'il allait chercher Jax. La coupure cicatrisait déjà, et il vit le début d'un hématome. Le bleu serait bientôt plus marqué, mais malgré tout, elle était déjà en train de guérir.

— Je suis désolé de ne pas t'avoir rattrapée, dit-il, la voix toujours rauque. Tu auras un bel hématome demain…

Peut-être n'étaient-ils toujours pas en bons termes, mais il n'aimait pas pour autant la voir souffrir.

— J'ai survécu à pire, répondit-elle, un sourire courageux aux lèvres.

Dans l'ombre de ses pupilles bleues frangées de longs cils noirs, on pouvait encore distinguer la peur et la souffrance.

Il plongea son regard dans le sien, essayant de comprendre ce qui s'était passé ces trois dernières années, et il se sentit traversé par le regret et la culpabilité.

Il l'avait abandonnée. Elle l'avait dit. Lui qui protégeait des inconnus n'avait même pas réussi à la protéger, elle.

Sans qu'il puisse se contrôler davantage, il vint couvrir sa bouche de la sienne. C'était un baiser de réconfort, une forme d'excuse offerte pour son comportement. Mais à l'instant où ses lèvres touchèrent celles de Logan, il oublia tout, sauf la chaleur diffuse qui l'envahissait et la sensation de bien-être que provoquait le contact de leurs peaux.

Sa bouche était douce. Sa poitrine se soulevait rapidement, ses tétons durs venant s'écraser contre son torse.

Rowan n'avait pas vécu en moine, ces trois dernières années. Il aimait les femmes et le sexe et ne s'en était pas privé. Avec Logan, cependant, c'était autre chose. Elle semblait lui appartenir. Pourtant, Rowan ne tenait pas à laisser cette pensée l'envahir. Il voulait l'envahir, elle, de son corps, de son sexe. Il fit glisser une main dans son dos, caressant sa peau en la pressant contre son corps, le sang en feu.

Il n'allait la forcer à rien. Elle pourrait le repousser à tout instant, si elle le désirait. Une parole et il la laisserait partir…

Mais la main de Logan vint se poser sur son torse,

pour attraper sa chemise et l'attirer encore un peu plus contre elle.

Alors, son corps s'enflamma.

Il approfondit leur baiser, sa langue venant tracer les contours de sa bouche jusqu'à ce que les lèvres s'écartent, qu'ils se mêlent enfin l'un à l'autre. Les ongles de Logan lui labouraient la peau, et elle tremblait. Il ne désirait qu'une seule chose : s'enfouir en elle et lui faire crier son nom.

Elle ne ressemblait pas aux autres femmes. Il n'avait pas faim des autres femmes comme il avait faim d'elle.

Leur baiser se chargea d'électricité, la tension devenant dangereuse. Rowan n'aimait pas qu'on teste ses limites. Ni qu'une voix lui souffle qu'il tenait entre ses bras ce qui lui manquait depuis des années et dont il ne serait jamais rassasié.

Il brisa leur étreinte et recula d'un pas, le souffle court, son sexe douloureusement tendu n'égalant pas la pression qu'il sentait dans sa poitrine, dans son cœur.

Elle n'était pas celle qu'il lui fallait.

C'était impossible.

Il n'aimait pas les petites filles gâtées, ces demoiselles chic qui ne savent que recevoir. Il ne respectait pas ceux qui n'ont jamais eu à travailler pour gagner leur vie.

— L'un d'entre nous devrait être avec Jax, lança-t-il d'une voix brusque. Vérifier qu'elle va bien, en cas de turbulences.

— J'allais justement la rejoindre, répondit-elle en se détournant de lui.

Trop tard car il remarqua le rouge de ses joues et ses lèvres gonflées, gorgées de désir.

Un instant, il faillit lui saisir le poignet pour finir ce qu'ils avaient commencé. Mais il la laissa partir, le corps douloureux, l'esprit plein de doute. Il n'y avait pas d'amour entre eux. Ils n'étaient déjà pas capables d'avoir une conversation courtoise, alors…

Alors quoi ? Les sentiments n'entraient pas en ligne de compte, s'il voulait l'attirer dans son lit. Tous deux n'avaient pas à s'apprécier. À vrai dire, le sexe serait même meilleur s'ils ne s'appréciaient pas.

Logan prit précautionneusement sa fille dans ses bras avant de s'asseoir. Elle avait besoin de sentir Jax contre elle.

Le baiser l'avait secouée. Son cœur cognait fort dans sa poitrine, et le désir la taraudait. Or, ce besoin sauvage pouvait la détruire. Rowan était dangereux pour elle…

Elle ferma les yeux, tentant de se calmer. Elle ne voulait pas de lui. C'était impossible. Elle ne se souvenait que trop bien de ce qui s'était passé la dernière fois qu'elle avait cédé à son attirance pour lui. Le sexe avait été extraordinaire, et la sensation de vide qui en avait résulté, affreuse. Lorsqu'ils avaient couché ensemble, il s'agissait davantage que de sueur et de corps en action. Logan s'était sentie transformée. Heureuse.

Et puis Rowan était sorti de la maison de Santa Monica en claquant la porte, lui brisant le cœur en mille morceaux.

Il fallait qu'elle résiste. Rien n'avait changé. Le sexe serait tout aussi dangereux et ce qui s'ensuivrait tout aussi destructeur. Espérer le contraire serait stupide de sa part.

Rowan était comme le feu. S'en approcher la brûlerait. Une vie de cicatrices ne représentait pas son idée du bonheur conjugal. Elle avait besoin d'une vie calme et heureuse. Pour sa fille. Il fallait que Jax grandisse dans un foyer sain et apaisé. Rowan Argyros avait beau être la séduction incarnée, il n'était pas le père qu'elle voulait pour Jax, ni le partenaire qui lui conviendrait à elle...

Rowan l'interrompit dans ses pensées, venant s'asseoir dans le fauteuil en face du sien. Il étendit ses longues jambes et ferma les yeux, ses cils noirs masquant l'intensité de son regard de jade.

La tension dans la pièce n'était toujours pas retombée. Elle le contempla, haïssant son pouls qui battait la chamade, la chaleur que provoquait sa simple proximité.

— Nous avons encore au moins quatre heures de voyage, dit-il sans même ouvrir les yeux. Je dormirais, si j'étais toi... Tu te sentiras mieux à l'arrivée...

— Ce n'est pas mon premier vol, le coupa-t-elle.

— Fais comme tu veux, répondit-il en haussant les épaules.

— C'est bien ce que je compte faire.

Un sourire espiègle flotta sur les lèvres de Rowan, et Logan tenta de retenir tout ce qu'elle voulait lui hurler au visage. Il faisait ressortir le pire en elle. Il fallait qu'elle s'éloigne de lui, et le plus tôt serait le mieux. Mais comment faire ?

Ce n'était pas un homme comme les autres. Il était extraordinaire à bien des égards, et c'était là le problème. Avec Rowan, elle était incapable de mettre ses sentiments de côté. Avec Rowan, tout devenait personnel.

La nuit qu'ils avaient passée ensemble l'avait changée pour toujours. Il l'avait marquée, physiquement, gravant son nom au plus profond de son être. Encore à cet instant, elle pouvait le sentir, comme si elle se trouvait dans ses bras.

Son odeur, sa proximité embrasaient tout son être. Elle le désirait encore. Elle en voulait plus.

Et c'était ce qui la briserait. Si elle cédait à la tentation, elle en sortirait exsangue. Et peut-être était-ce ce qu'il voulait : la détruire.

Il était en tout cas bien parti pour y parvenir.

Logan s'éveilla au son de murmures. Ouvrant les yeux, elle découvrit Rowan sur un siège à côté, Jax dans les bras. Tous deux regardaient un dessin animé, et Rowan commentait le film pour la petite. Le pouce dans la bouche, Jax semblait plus fascinée par son père que par les images. Elle n'était plus un bébé, mais enfouie au creux des bras de Rowan, elle avait l'air minuscule.

Logan sentit sa gorge se nouer. Jax était son univers. Son centre de gravité. Et elle ne voulait pas la partager, encore moins avec quelqu'un qui ne la méritait pas.

Mais une voix se frayait un chemin dans sa tête. Celle de sa mère, vibrante d'émotion. « Il ne nous mérite pas. Il ne mérite aucun d'entre nous… »

Elle avait dû bouger, parce que Rowan se retourna subitement pour la regarder.

— Tu as dormi, constata-t-il.

— Combien de temps ?

— Le temps d'un film, répondit-il alors que le générique défilait sur l'écran derrière lui.

Logan se leva et tendit les bras pour récupérer sa fille.

— Je vais la prendre. Lui trouver à manger…

— Elle a mangé pendant que tu dormais, répondit-il en lui passant l'enfant. Son appétit pour le melon est assez impressionnant.

Logan embrassa Jax, le cœur battant, consciente des émotions qui la traversaient. On peut échapper à certains hommes. Pas à Rowan Argyros.

Avant midi, l'avion entama sa descente, et Logan aperçut une piste étroite, entre deux champs vert émeraude. Jax était éveillée depuis plusieurs heures, mais elle semblait calme, suçant tranquillement son pouce. Logan ne voulait pas qu'elle en prenne l'habitude, mais elle la laissa faire, pour une fois. La petite avait eu son content d'émotion.

À l'extérieur de l'avion, le temps était à la brume et à la pluie. Les hublots étaient couverts de minuscules gouttes d'eau en suspension. Ce qu'elle avait pris pour des champs était en fait une immense pelouse qui couvrait toute la surface du domaine, remontant jusqu'à la colline sur laquelle siégeait un imposant château gris, aux tourelles effilées. Un chemin étroit serpentait vers le château. De mètre en mètre, les contours de l'édifice se précisaient, dévoilant de larges fenêtres gothiques, des arches de pierre, une imposante terrasse au premier étage. Il n'y avait ni arbres, ni buissons pour adoucir les arêtes du château. L'édifice se dressait d'un seul tenant sur son lac d'herbe émeraude, semblant menacer le ciel noir. C'était une forteresse, pas un foyer.

— Qui vit ici ? demanda-t-elle, mal à l'aise.

Se pouvait-il qu'il s'agisse de la propriété irlandaise dont Morgan avait parlé ?

Morgan et Drakon avaient visité la demeure de Rowan, un an auparavant, et sa sœur avait parlé d'un palais. Or, la forteresse qui s'élevait devant elle n'avait rien d'un palais !

— Moi, répondit simplement Rowan en étendant les jambes. Quand je suis en Irlande.

Logan se mordit les lèvres, incapable de détourner son regard du hublot. Rien de cette bâtisse n'avait l'air accueillant.

— Je comprends pourquoi tu passes peu de temps en Irlande.

— Au contraire, j'y suis souvent et j'aime beaucoup cet endroit. J'en déduis que tu ne l'aimes pas ?

— C'est… assez désolé, hésita-t-elle. Et très gris.

— Il faut aimer la pierre, concéda-t-il. Mais c'est solide. Les deux tours les plus vieilles ont plus de six cents ans. Le reste seulement deux cents. Mais j'ai fait réaliser des travaux à l'intérieur, en achetant l'endroit. Mettre un chauffage…

Il lui adressa un sourire canaille avant d'ajouter :

— J'ai beaucoup d'amour pour le pays de ma mère, mais je dois avoir un peu trop de sang grec : je déteste avoir froid.

Leurs regards se croisèrent, et elle y vit une lueur moqueuse mais bienveillante, qui l'étonna. Elle berça sa fille entre ses bras, songeuse.

Bientôt l'avion se posa, et une hôtesse vint les rejoindre à la porte. Rowan détacha sa ceinture avant de se lever.

— Nous ne sommes pas loin de la mer. Je vous emmènerai voir les vagues. Impressionnantes, ici… Il m'arrive d'y surfer… bien protégé par une combinaison, ajouta-t-il avec un sourire.

— Ici ? Mais c'est dangereux !

— La côte est rocheuse, c'est vrai. L'armée s'y entraîne, d'ailleurs. Ce n'est pas pour les débutants.

— Et ce danger te plaît, j'imagine.

— Il me fait me sentir en vie.

Son sourire s'élargit imperceptiblement.

— Un peu comme toi, reprit-il. Je ne savais pas que j'avais une famille. Tout est en train de changer. *Fáilte abhaile*, murmura-t-il en gaélique. Bienvenue chez toi.

Logan avait mis trois ans à se remettre de cet homme.

À reconstituer son armure. Et en deux mots, il mettait à terre toutes ses défenses. Quelques mots, un sourire, et ses baisers.

Logan expira longuement pour tenter de se calmer.

— Je trouve ça fascinant que tu voies cet endroit comme un foyer, répondit-elle avec un cynisme étudié. J'ai hâte de découvrir à quoi ça ressemble. Ce sera comme une aventure, avant que je rentre chez moi. Aussi amusante que soit cette petite escapade, j'ai un travail à Los Angeles et…

— Tes obligations sont envers ta famille. En tant que parents, nous saurons faire les ajustements nécessaires pour que la petite soit heureuse et entourée. En sécurité.

Il n'avait pas cillé et il poursuivit :

— Castle Ros est sûr. Si tu ne veux pas vivre ici à l'année, nous discuterons de nos options, mais il n'y a nulle part aux États-Unis où tu sois en sécurité.

— Je ne veux pas faire de scène devant Jax…

— Ça tombe bien, moi non plus.

Logan serra les dents, déterminée à garder bonne figure.

— Tu ne veux pas de moi, finit-elle par murmurer, pour ne pas alerter Jax. Et je ne veux pas de toi.

— Tu me voulais il y a trois ans. Tu me désireras encore.

— Tout ce que j'avais m'a été enlevé par mon père. L'amour est la seule chose qui me reste, et tu ne me retireras pas l'espoir de vivre aimée. Je le mérite, et nous savons tous les deux que ces sentiments te sont étrangers. L'amour est la seule raison qui me poussera à me marier. La seule.

Comme prise d'un subit besoin d'air, elle le contourna pour se diriger vers la porte de l'avion.

Descendant du jet à la suite de Logan, Rowan prit place près d'elle dans une limousine. Elle ignorait naturellement que la voiture était blindée, résistante aux balles. Elle n'avait pas besoin de le savoir. Elle n'avait pas besoin de savoir non plus que des patrouilles quadrillaient l'endroit, et que toutes les mesures de sécurité avaient été prises pour faire de Castle Ros l'un des endroits les plus sûrs d'Europe, capable d'abriter un chef d'État, ou simplement une femme et sa fille.

Son regard tomba sur son profil. Le profil de sa femme…

Elle l'était, depuis qu'il avait posé les yeux sur elle, le jour des enchères. Elle n'avait même pas remarqué qu'il la dévorait des yeux. Il avait fait en sorte qu'elle le remarque, qu'il l'intéresse et qu'elle le désire. Elle avait fini par l'emporter, et le prix, c'était lui.

Il l'en avait récompensée. Toute la nuit… Au matin, il avait contemplé son visage assoupi, avait écouté sa respiration paisible en se demandant comment la garder, comment l'incorporer dans sa vie décousue.

Rowan était un célibataire, il avait toujours vécu comme tel. Pourtant, avec Logan, il se sentait arrivé chez lui. Lui qui voyageait de continents en continents, nomade, héritier d'un père grec lunatique, féroce et ambitieux, et d'une mère irlandaise, aussi gentille que fantasque. Après quelques années, ces deux-là n'avaient plus pu se supporter. Il se souvenait des violentes disputes de son enfance. Ses parents criaient pour des questions d'argent, d'ambitions frustrées. Son père regorgeait de combines et de bons coups, à la recherche de l'affaire qui le rendrait riche, alors que sa mère ne désirait qu'un peu de paix. Elle n'avait pas besoin d'un manoir, simplement d'un endroit où son mari rentrerait le soir.

Rowan se raidit, assailli par les souvenirs. Le divorce

avait fini par devenir inévitable. Rowan était allé en pension, heureux de s'épargner les incessantes batailles de la séparation. Une fois ses parents divorcés, il leur rendait visite en Grèce ou en Irlande, mais parfois aucun d'eux ne voulait de lui, et il restait à l'école, ce qu'il avait fini par préférer. Ses parents étaient devenus des étrangers pour lui.

Il était ensuite parti étudier aux États-Unis, puis était revenu en Angleterre pour intégrer la Royal Navy et il n'était jamais revenu chez lui. D'ailleurs, où aller ? Il ne se sentait jamais chez lui nulle part, et c'est bien ce qui avait rendu son attachement à Logan si déstabilisant. Comment pouvait-il se sentir chez lui en sa compagnie ? Comment pouvait-il se soucier d'elle, alors qu'il la connaissait à peine ?

Et voilà qu'elle était de retour dans sa vie. Cette femme magnifique, problématique, qui était aussi la mère de son enfant. Cela changeait tout. Cela le changeait, lui. Il n'accepterait jamais que son enfant soit pris en tenailles entre deux adultes se disputant le pouvoir. Et il n'accepterait pas non plus de voir Logan disparaître avec sa fille.

Alors, il y aurait un mariage. Très bien, mais après ?

Rowan n'avait pas encore toutes les réponses. Il n'était pas sûr de la manière dont il pourrait s'assurer que Logan et Jax restent en Irlande. Il n'était pas sûr de pouvoir empêcher leur départ. Mais il savait qu'il ne pouvait les laisser sortir de sa vie. Cela n'arriverait pas. Il donnerait à Logan envie de rester et, s'il ne pouvait la retenir par amour, il y parviendrait grâce au sexe. L'amour n'est pas le seul lien qui existe entre un homme et une femme. Le plaisir pourrait faire fondre Logan, l'affaiblir, créer un lien entre eux qu'il lui serait impossible de rompre.

Était-ce juste ? Non, mais la vie est ainsi. Il faut survivre, et Rowan était expert en la matière.

Fáilte abhaile mo bride, répéta-t-il silencieusement en contemplant son profil élégant, sa chevelure de miel.

Bienvenue chez toi, mon épouse.

5

L'intérieur luxueux de Castle Ros gardait secrète sa modernité technologique. Au premier coup d'œil, le visiteur était probablement trop ébahi par la décoration pour repérer les aménagements ultramodernes. Les tapis étaient nombreux, épais, les lambris soigneusement ouvragés. Des lustres réchauffaient les pièces. Portraits et paysages ornaient les murs. Mais alors que Logan s'installait dans sa suite, adjacente à celle de Rowan, elle nota les prises USB et les autres touches de modernité présentes un peu partout.

Il y avait une télécommande posée sur la table de nuit qui contrôlait la température, ainsi que les rideaux et les fenêtres. Au-dessus de la cheminée, un grand tableau s'escamotait au profit d'un énorme écran plat. Sur le bar de marbre blanc, une machine à expresso italien trônait fièrement.

Apparemment, Rowan avait pensé à tout. Il n'y avait aucune raison pour que Logan ne se plaise pas ici.

Mais les choses étaient différentes pour Jax.

Le château n'avait pas été étudié pour accueillir un enfant. Il n'y avait pas de petit lit, ni même de fauteuil qui pourrait convenir à ses deux ans. Quant à l'escalier en pierre aux arêtes tranchantes, il était dépourvu de barrière pour ralentir l'exploration d'une petite aventurière. Mais avant que Logan ne puisse exprimer ses craintes, Rowan la devança.

— Je reconnais que l'endroit est peu adapté à Jax. Je peux sécuriser un étage, ce qui lui laissera la place de déambuler.

Rowan les quitta, et Logan se retrouva avec sa fille dans son immense suite aux plafonds hauts, le feu dans la cheminée projetant ses lueurs sur les murs épais. Au moins, le foyer était-il fermé par le panneau d'un insert, mais le feu la souciait. Enfin, tout la souciait… Elle avait perdu tout contrôle. Sa routine, son existence soigneusement rangée, avaient volé en pièces à la simple vue de Rowan Argyros.

Il n'était pas supposé faire partie de sa vie. Elle ne voulait pas de lui. Il fallait partir. Éloigner Jax le plus vite possible. Mais Logan ne savait comment s'y prendre. Elle savait juste que le temps était compté. Quelle stratégie allait-elle mettre en œuvre pour quitter le château fortifié ?

Après un bain et un déjeuner léger, Logan et Jax firent une sieste. La petite se réveilla la première : Jax semblait bien réagir au décalage horaire, alors que Logan avait un furieux mal de tête. Elle installa sa fille sur le tapis avec des oreillers et quelques jouets. Puis elle se fit un café et s'assit, un cahier ouvert devant elle, pour tenter de réfléchir à la suite des événements. Mais avant qu'elle n'ait écrit un mot, on frappa à la porte.

Elle alla ouvrir et découvrit une jeune femme souriante.

— Je suis Orla, se présenta la jeune femme avec une franche poignée de main. Je suis gouvernante depuis plus de cinq ans, spécialisée dans l'éducation des plus petits. Alors, où est la reine de la fête ? J'ai hâte de la rencontrer.

— Je suis désolée, dit Logan, mais il doit y avoir une erreur. Je n'ai engagé personne.

— Votre mari…

— Je n'ai pas de mari.

— M. Argyros…, tenta alors Orla.

— Ce n'est pas mon mari.

La jeune femme ne cilla pas. Son regard bleu vint rencontrer celui de Logan et s'y fixa.

— Le père de votre fille.

Logan se mordit les lèvres. Elle n'avait rien à répondre à cela.

— C'est lui qui m'a engagée, continua Orla de sa voix calme, ses cheveux noirs rassemblés en un chignon très professionnel. Il a dit qu'il y avait eu un deuil dans la famille, ajouta-t-elle, et que vous aviez des choses à régler. Qu'il vous faudrait du temps. Je suis là pour vous faciliter la vie.

À nouveau, Logan ne trouva rien d'intelligent à répondre. D'une étrange manière, Rowan semblait prendre le dessus sur elle, alors qu'il n'était même pas dans la pièce.

— Mais je ne travaille pas, avança-t-elle. Je n'ai pas besoin d'aide pour m'occuper de ma fille… J'aime être avec elle.

Elle se raidit en entendant sa propre voix monter dans les aigus. Il fallait qu'elle se maîtrise.

— Pensez aux préparatifs du mariage, ce sera fatigant. Je peux vous assurer que Jax s'amusera bien. J'ai amené des jouets et des poupées. Est-ce que Jax aime les fées ?

— Des fées ?

Jax s'était levée du tapis et marchait vers Orla d'un pas décidé.

— Je veux les fées ! clama-t-elle.

Orla était déjà à genoux, pour se mettre au même niveau que Jax.

— J'en ai toute une famille dans mon sac. Tu veux voir ?

Jax hocha vigoureusement la tête, et Logan comprit qu'en cet instant sa présence n'était plus indispensable.

— Si cela ne vous dérange pas, je vais aller parler à Rowan.

Jax l'ignora, tandis qu'Orla lui décochait un grand sourire.

— Bien sûr, mademoiselle Copeland. Nous allons rester ici pour nous occuper des fées. Leur bâtir une maison...

Rowan ne fut pas surpris de voir Logan à la porte de son bureau. Il s'écarta de son ordinateur, où il venait de passer la dernière demi-heure à organiser des réunions.

— Tout va bien ?

— Non, répondit-elle fermement en traversant la pièce. Elle s'était changée pour un jean et un chandail sombre qui moulait ses seins ronds. Sa chevelure couleur miel encadrait son visage, mettant en valeur le bleu de ses yeux. Rowan savait qu'elle était belle mais avait oublié comme sa beauté pouvait le hanter. Elle débordait d'énergie, et sa simple vue lui avait échauffé les sangs.

— Que s'est-il passé ? demanda-t-il, refrénant son désir. Je peux t'aider ?

— Tu es le problème et tu le sais, lança-t-elle. Debout face à lui, une main sur la taille, elle était incroyablement désirable.

Il ne l'avait jamais vue en colère. Trois ans auparavant, lorsqu'il l'avait séduite, elle ne brûlait pas de la même intensité. La maternité l'avait changée. Elle s'était affirmée, et il aimait ça. Il aimait la voir en feu. Et il avait toujours apprécié une bonne lutte, ce qu'elle semblait décidée à lui imposer.

— Est-ce que tu veux t'asseoir ? fit-il courtoisement. Nous pouvons parler...

— Tu n'es pas mon mari, le coupa-t-elle, la rage faisant danser ses prunelles. Tu ne le seras jamais et tu n'as aucun droit d'engager une gouvernante sans ma permission. Tes plans ne sont pas les miens, c'est très clair, et je ne compte pas me laisser entraîner dans ton opération séduction.

Trois ans plus tôt, il l'avait trouvée belle à en mourir. Elle semblait une princesse intouchable, et il avait relevé le défi.

Aujourd'hui, les choses étaient différentes, et le défi bien plus important. Il comprenait pourquoi elle avait changé. Il lui avait fallu être présente pour Jax, être un père et une mère, la protéger et la nourrir. Elle s'en était sortie seule, coupée de sa famille, moquée par la société. La douleur et le stress avaient remodelé Logan, et c'était une autre femme qui se tenait devant lui, puissante, en pleine possession de ses moyens. Elle respirait le pouvoir et la fermeté. La lueur guerrière dans son regard la rendait incroyablement sexy.

— Je ne veux pas imposer quoi que ce soit. Ce ne serait pas juste, ni pour toi ni pour notre fille.

Il la vit se tendre comme il évoquait leur enfant.

— Car Jax est bel et bien notre fille, Logan, reprit-il.

— Elle n'est pas un pion sur ton échiquier, Rowan.

— Je ne la verrai jamais ainsi.

Logan haussa les yeux au ciel.

— Je n'y crois pas une seule seconde. Tu es l'homme le plus froid et résolu que j'ai rencontré, Rowan, et mon père s'appelle pourtant Daniel Copeland.

— J'ai passé dix ans dans l'armée comme officier, Logan. Je n'ai rien en commun avec ton père.

— N'essaye pas de te voiler la face. Rien ne l'a empêché de prendre ce qu'il désirait. Et rien ne t'empêchera d'obtenir ce que tu veux non plus. Tu prends et tu jettes, à ta guise.

— Je ne t'ai pas jetée.

Ses yeux semblèrent se mouiller, et Rowan soupira.

— Je t'ai maltraitée, oui, admit-il. Mais je ne ferai jamais de mal à Jax.

— J'aimerais pouvoir te croire.

— Je ne suis pas un monstre.

Comme Logan détournait les yeux, Rowan sentit sa poitrine se serrer. Sa propre cruauté envers elle le rendait malade. Mais regretter ne changerait rien. Ce qu'il fallait maintenant, c'était réussir à garder Jax. Et il ne comptait pas perdre Logan non plus. Ils seraient une famille, parce que c'était la meilleure chose à faire. Ensemble, ils seraient en sécurité.

Personne ne pourrait leur faire de mal. Il le savait, et elle devait le savoir aussi.

Rowan se leva pour aller chercher un fauteuil molletonné à l'allure confortable.

— Assieds-toi, *mo chroí*. Tu seras mieux, plus à ton aise.

Elle lui décocha un regard assassin.

— Tu veux me faire asseoir pour me rendre passive. Mais je ne serai pas docile. Tu ne contrôleras pas ma vie, Rowan.

Elle n'aurait pas aimé savoir qu'il la trouvait terriblement désirable, à cet instant. Elle n'aurait pas aimé savoir qu'il voulait la toucher, couvrir ses lèvres des siennes et la goûter, la boire, la prendre, la faire fondre.

Il pourrait la faire sienne. Maintenant. Le feu intérieur qui semblait la dévorer ne la rendrait que plus facile à conquérir. Toute cette colère qui l'animait faisait écho à la passion qui le tenaillait.

Comme il se rapprochait d'elle, il la vit se raidir, tandis qu'une flamme jaillissait au fond de ses prunelles. Malgré les efforts évidents de Logan pour jouer l'indifférence, il lui faisait de l'effet, cela ne faisait aucun doute. Raffermi par cette pensée, Rowan se perdit dans le bleu de ses yeux, écoutant son souffle court. Il pouvait voir une veine battre à la base de sa tempe. Ils étaient si proches… S'il bougeait, il la frôlerait. Comme il en rêvait.

Un centimètre encore, et elle serait à lui.

— Je préfère que tu t'assoies, demanda-t-il avec retenue pourtant, le corps tendu contre elle. Parce que je suis très, très proche de t'allonger sur ce bureau pour te faire l'amour.

Il n'avait pas lâché son regard, accentuant la tension présente dans la pièce. Il fallait qu'elle comprenne que les choses devenaient sérieuses. Cela n'avait rien d'un jeu.

— Mais étrangement, je ne pense pas que tu sois prête à reprendre là où nous nous étions arrêtés…

— Ça n'est même pas une option.

Alors Rowan décida de faire ce qu'il n'aurait pas dû faire, non pas parce que Logan allait lui résister, mais parce que cela n'aiderait en rien leur situation actuelle. Prenant son visage entre ses mains, il captura ses lèvres pour un long baiser, tentant de lui transmettre toute sa chaleur et la faim dévorante qu'il avait d'elle.

Frémissante entre ses bras, Logan lui offrit sa bouche. Alors, Rowan fit jouer sa langue avec la sienne, jusqu'à ce qu'il sente les mains de la jeune femme sur lui. Jusqu'à ce qu'elle s'abandonne.

— Je pourrais te faire jouir à l'instant, murmura-t-il

à son oreille, son érection palpitant contre le tissu de son pantalon. Et tu aimerais ça.

Elle se raidit mais ne se dégagea pas, sa poitrine montant rapidement au rythme de sa respiration saccadée pour s'écraser contre son torse.

Trois ans auparavant, Rowan l'avait offensée de manière délibérée. Aujourd'hui, il passait sa frustration sur elle de la même manière, sans se soucier une seule seconde de ses doutes et de ses réticences. Il n'avait pas changé…

À cette idée, il s'écarta brusquement d'elle. Il se haïssait. Qu'était-il en train de faire ? Cela ne lui ressemblait pas. Il avait construit sa carrière sur l'aide et la défense de ceux qui en avaient besoin. Il était protecteur, pas prédateur.

Mais les choses changeaient, avec Logan dans l'équation.

Se réfugiant derrière son bureau, il se mit à parcourir des papiers, dans l'espoir de faire le vide dans sa tête.

Il lui fallait du temps pour réfléchir. Il fallait que Logan réfléchisse, elle aussi. Ils avaient tous deux des décisions à prendre. À propos de leur mariage, du futur. De l'endroit où élever Jax, pour qu'elle soit en sécurité.

Il ne s'agissait pas d'amour, mais de responsabilités.

Pourtant, il s'acquitterait de son devoir conjugal avec plaisir. Les besoins de Logan seraient satisfaits.

— Je ne t'appartiens pas, murmura-t-elle en reculant d'un pas maladroit. Jax ne t'appartient pas non plus. Le fait que tu nous aies fait quitter le pays pour nous enfermer en Irlande ne veut pas dire que nous sommes à toi.

— Jax m'appartient.

— Tu n'en voulais pas. Ni d'elle ni de moi…

— Tu ne m'as jamais dit que j'étais père.

— Je t'ai téléphoné. Tu t'es moqué de moi.

— Tu n'arrêtes pas de parler de toi. As-tu songé à l'intérêt de notre fille ?

Une ombre passa dans les yeux de Logan. Il avait visé juste. Elle savait qu'il avait raison.

— Au fond de toi, tu sais que tu as laissé tomber trop vite, dit-il en haussant les épaules. Si tu aimais Jax autant que tu le dis, tu te serais battue pour elle, pour ses droits. Pour lui obtenir le meilleur.

— Et tu penses être ce qu'il y a de mieux pour elle ? répondit-elle en levant le menton, les lèvres toujours gonflées de leur baiser. Tu penses avoir l'étoffe d'un père ?

Il serra les mâchoires.

— Je me moque de ton avis, Logan. La loi est de mon côté. En tant que père biologique, j'ai des droits, et je compte bien les exercer. Tu peux faire partie de notre famille, ou bien…

Elle l'arrêta d'un geste.

— Il n'y a pas de « ou », Rowan. Je suis sa famille.

— Tout comme moi.

— Tu avais dit que tu ne te servirais pas de Jax.

— C'est vrai. Je réclame juste ce qui m'est dû, le droit de l'élever. Ton choix est simple : soit nous l'élevons ensemble, et prenons à deux les décisions qui la concernent, soit le tribunal tranchera.

— Tu n'obtiendras jamais la garde.

Il lui adressa un regard chargé d'ironie.

— Tu crois ? Ton père, Dieu ait son âme, était l'un des plus grands escrocs du siècle. Quant à toi, tu as caché ta fille à son père…

— Tu déformes tout…

— Je te donne un avant-goût de ce que verra la justice. Aux yeux de la loi, tu es tout aussi fourbe que lui.

— C'est faux !

— C'est vrai, mon amour. Sur un plan juridique, c'est vrai.

Elle ne répondit pas, et le silence s'installa, accusateur. Il fallait qu'elle voie la vérité en face : les choix qu'elle avait faits le concernant ne tiendraient pas devant un tribunal.

Logan sentit son pouls s'accélérer. Toujours à son bureau, Rowan compulsait négligemment ses papiers, signant çà et là un document sans lui prêter attention. Elle détestait cela. Les querelles, la guerre, à propos d'un enfant. Sa fille.

Rowan avait beau être le père de Jax, il ne lui ferait pas croire qu'il désirait subitement faire partie de sa vie. Qu'il avait décidé de devenir un vrai père. Peut-être, en fait, ne voulait-il pas la garde, mais juste le pouvoir. Le contrôle.

Logan tenta de calmer les battements saccadés de son cœur.

— Mon père n'a pas passé beaucoup de temps avec ses enfants, observa-t-elle. Il était toujours au bureau. Après le divorce, Morgan est partie vivre avec lui, mais il n'a plus revu aucun de nous.

— Et toi tu es restée avec ta mère, fit Rowan en la fixant.

— Il a choisi de ne pas nous revoir. Notre mère ne nous en a jamais empêchés, mais il ne se souciait pas assez de nous pour entretenir une vraie relation.

— Et toi, tu te souciais de lui ?

Elle mit du temps à répondre.

— Il payait les factures.

— Donc, il ne comptait pas pour toi. Pourtant, tu veux aller à ses funérailles.

— C'était mon père.

— Bon. Et notre fille, alors ? Elle ne se souciera jamais de moi ? Tu pars du principe qu'elle n'a pas besoin de père ?

— Je n'ai pas dit ça.

— Mais tu lui as caché mon existence. Tu m'as exclu…

Tout en fermant les yeux, Logan soupira.

— S'occuper financièrement d'un enfant ne suffit pas. Il faut être à ses côtés. L'aimer.

— Et selon toi, je ne suis capable que de payer les factures ?

— Tu m'as jugée à l'aune de mon seul nom. J'ai été traitée comme la dernière des garces, alors tu comprendras que j'ai du mal à t'imaginer en père modèle. Ou même aimant.

— La première fois que j'ai entendu parler de toi, on t'a présentée comme Logan Lane.

— C'est le nom de ma mère, celui que j'aime utiliser.

— Tu n'utilises pas Copeland ?

— Jamais. Je suis en train de changer officiellement de nom.

Il continua à la dévisager, impassible. Ses traits semblaient taillés au cordeau, son regard vidé de toute lumière. Soudain, son expression se radoucit.

— Pas besoin d'en faire toute une histoire. On peut trouver un arrangement, sans juge ni tribunal. Et puis, je préfère gérer ce genre de choses en privé. Et j'imagine que tu ne veux plus voir ton nom de famille dans la presse à sensation.

Logan frémit. La seule mention des tabloïds lui donnait la nausée. Elle n'avait pas supporté la nuée de paparazzis qui l'avait traquée, plusieurs années auparavant. Et c'était avant Jax. La photo de sa fille ne se retrouverait pas étalée à la une des journaux à scandale. Ces gens n'ont aucune pitié.

— J'ai mené la vie la plus paisible possible, ces dernières années, pour échapper à ce genre de vautours.

— Une bataille judiciaire ne ferait que te rappeler à leur bon souvenir, fit Rowan.

Il leva le nez des papiers qu'il tenait en main et les tendit à Logan.

— L'enterrement aura lieu dans une semaine, à Greenwich, dans le Connecticut, ajouta-t-il. Ta sœur Morgan s'occupe de tout. Ta mère et tes autres sœurs seront présentes. Elles s'attendent à te voir. Nous devrions y aller.

— C'est absurde.

— La cérémonie pour ton père, ou notre présence ?

— Nous ne sommes pas un couple.

— Nous le deviendrons.

— Beaucoup de parents élèvent leurs enfants séparément.

— C'est ce qu'ont fait les miens. Et c'était l'enfer. Je ne veux pas que ma fille ait à faire d'incessants allers-retours. Nous pouvons faire mieux pour elle.

Elle le haïssait de répéter ce qu'elle refusait d'entendre. Mais il avait raison. Elle aussi avait grandi dans une famille désunie, elle ne voulait pas cela pour sa fille. En même temps, comment imaginer un foyer tranquille avec Rowan ?

— Un enfant préférera toujours deux maisons paisibles à un foyer déchiré par le ressentiment, répondit-elle.

— Voilà pourquoi il faut mettre nos conflits de côté.

Tout semblait si simple, à entendre Rowan. Pourtant, vivre avec lui n'aurait rien d'une partie de plaisir. Il lui avait fait si mal... Il avait failli lui briser le cœur en la rejetant.

— Mais je ne te fais pas confiance, murmura-t-elle, perdue.

— Alors, il faudra que je gagne à nouveau ta confiance.

— Ça peut prendre une éternité.

— Trop long. L'enterrement est dans une semaine.

Elle lui jeta un regard perplexe.

— Je ne suis pas sûre de comprendre.

— Nous arriverons aux funérailles comme un couple uni. Une famille. Mariés.

— Mais... Comment pourrions-nous nous marier cette semaine ?

— Pas cette semaine, demain. Ce qui nous laissera le temps d'une brève lune de miel avant de nous envoler pour le Connecticut en compagnie de Jax.

— Et si je refuse ?

— Alors nous resterons ici.

6

Rester ici ?

Logan sentit ses jambes se dérober. Prise de faiblesse, elle se laissa tomber sur une chaise et, quand elle parla, sa voix semblait sortir d'outre tombe.

— Tu m'empêcherais d'aller enterrer mon père ?

Le regard de Rowan était froid, presque moqueur.

— Et pourquoi pas ? Après tout, tu m'as caché ta grossesse. Tu m'as caché ma fille.

— C'est vrai, mais ce que tu comptes faire n'arrangera pas les choses.

— Alors, Logan, arrange-les toi-même…

Elle cilla, mordant sa lèvre inférieure pour s'empêcher de répondre quelque chose qu'elle regretterait. Si elle avait tenu dans la tourmente, ces dernières années, c'était dans l'espoir que la vie qu'elle menait avec sa fille finirait par s'améliorer. Qu'un jour, Jax et elle seraient heureuses, indépendantes, et que leur futur serait un havre d'amour et de paix.

Mais Rowan ne connaissait pas la paix.

Un avenir avec lui, ce n'était pas ce qu'elle avait espéré. Ce n'était pas ce dont elles avaient besoin toutes deux. Était-ce seulement un avenir ?

Alors qu'elle se faisait ces réflexions, Rowan se pencha pour attraper un épais dossier qu'il lui tendit.

— Choisis-en deux ou trois qui te plaisent, et elles seront livrées dans la soirée.

Ouvrant le dossier, elle découvrit des photos de somptueuses robes de mariées. Sous le choc, elle jeta le dossier sur le bureau, comme s'il lui brûlait les mains.

— Nous nous marierons demain soir, ajouta-t-il, sans se soucier de sa réaction. Quelques jours de lune de miel et nous rejoindrons ta famille à Greenwich.

— Je ne me marierai pas comme ça. Personne ne me forcera à épouser qui que ce soit contre ma volonté.

— Je n'ai que faire d'une femme non consentante, figure-toi, lui jeta Rowan. Je veux que tu aies envie de cette union, toi aussi.

— Ça n'arrivera pas.

— Même pas pour Jax ?

Elle se leva, et son regard tomba sur une des photos de robes de mariées. Elle lui parut vulgaire, complètement inappropriée.

— Tu ne me connais pas. Tu ne sais pas qui je suis. Jamais je ne pourrai porter ce genre de tenues, fit-elle en repoussant la photo avec dédain. Nous ne sommes pas compatibles. Nous ne l'avons même pas été pour une nuit.

C'est faux. La nuit que nous avons passée ensemble était fantastique.

— C'était du sexe.

— Oui. Du très, très bon sexe.

— Quatre heures de très bon sexe ne justifient pas un mariage, Rowan.

— Je suis d'accord avec toi. Mais Jax est une excellente raison à ce que nous nous mariions.

Son ton et ses mots raisonnables lui donnaient envie de hurler. C'était lui le méchant dans l'histoire. C'était lui qui lui avait brisé le cœur. Comment osait-il se comporter en sauveur aujourd'hui ?

Furieuse, Logan chassa ses larmes d'un revers de main et se leva, décidée à quitter la pièce.

— Nous n'avons pas beaucoup de temps, lança-t-il derrière elle. Si tu ne choisis pas de robe, alors il faudra que je le fasse pour toi.

Elle s'immobilisa dans l'encadrement de la porte, sans se retourner.

— Ta volonté de protéger Jax passe nécessairement par la destruction de ma personne, répondit-elle calmement. Je sais que je ne suis rien pour toi, mais tu devrais savoir que j'attends davantage de la vie. J'ai été une petite fille, comme Jax, et au fond de moi, je suis toujours cette petite fille qui mérite mieux.

Quittant le bureau, elle dévala le hall et avisant une porte ouverte sur l'extérieur, elle s'y engagea pour déboucher dans la lumière rasante de la fin d'après-midi.

Il ne pleuvait plus, mais le ciel était gris, traversé par endroits des rayons d'un pâle soleil qui semblaient s'abîmer dans la pelouse vert émeraude. Logan descendit les quelques marches qui menaient au jardin et commença à déambuler. Son pas s'accéléra, vite, de plus en plus vite, et elle se mit finalement à courir non pas pour fuir, mais parce que son corps lui dictait d'évacuer les émotions violentes qui la prenaient à la gorge.

Toujours au pas de course, elle dépassa une fontaine de pierre pour aller vers des haies épaisses qui semblaient délimiter cette partie du jardin. Ce ne fut qu'après s'être engagée entre deux haies et avoir pris plusieurs virages qu'elle réalisa se trouver dans un labyrinthe végétal. Alors, elle s'arrêta pour souffler, étrangement soulagée.

Cela faisait du bien de se sentir perdue. Il y avait de la liberté dans cet abandon du rationnel.

Logan ralentit le pas, mais continua à marcher sans but et sans direction, simplement heureuse d'être débarrassée du regard de Rowan et de l'ombre de son maudit château.

Rowan ne la connaissait pas, c'était certain, pourtant il semblait en savoir trop sur elle, et particulièrement sur ses faiblesses.

Elle ne pouvait résister à son contact, et elle en était d'autant plus honteuse que cet homme la méprisait. Pourtant, quelque part, elle le désirait terriblement.

Rien ne semblait faire sens.

L'attraction physique entre eux, cette alchimie, ce n'était pas bien.

Elle passa encore un tournant et tomba nez à nez… avec Rowan. Elle recula dans un cri.

— Co… Comment ? bégaya-t-elle avant de reculer encore. Comment m'as-tu… ?

Il connaissait le labyrinthe, bien sûr. Après tout, le château lui appartenait, songea-t-elle, la gorge serrée.

Elle s'était battue tant d'années pour devenir une mère indépendante, forte, et voilà qu'on lui retirait tout cela !

Elle ne voulait pas partager son futur avec lui.

Elle ne voulait pas partager Jax avec lui.

Logan ne voulait rien avoir à faire avec Rowan, avec celui qui se tenait justement devant elle, bloquant le passage, emplissant l'espace entre les deux haies, grand et massif, si imposant… Si désirable…

— Qu'est-ce que tu fais à errer comme ça dans le jardin ? demanda-t-il, le sourcil haussé. Tu n'es même pas couverte, alors que la nuit tombe.

— Tu m'as piégée, murmura-t-elle, les yeux pleins de larmes qu'elle se refusait à verser. Tu m'as piégée et tu le sais, alors ne viens pas me narguer en plus. N'essaie pas de me faire croire que tu te soucies…

Sans lui laisser le temps de finir, il fondit sur elle avec un grognement sourd. Les muscles bandés, il la prit dans ses bras, et elle frissonna en sentant son propre corps réagir, son sang bouillir dans ses veines.

Alors, elle se perdit dans son regard, fouillant le jade et l'or à la recherche d'une faille, d'un soupçon de douceur. Elle n'en trouva pas.

— Je n'ai pas le sens de la justice, commença-t-il à voix basse, sa bouche dangereusement proche de la sienne. C'est un mot qui ne fait pas écho en moi. Mais il y a chez toi quelque chose qui résonne en moi. C'est insensé, et pourtant ce qui se passe entre nous me dépasse. En fait, notre relation nous dépasse tous les deux.

— Ce n'est que du sexe.

— Parfait. J'aime le sexe.

— C'est de la luxure.

— Encore mieux. Voilà un mot que je comprends.

— Sauf que je ne veux pas vivre dans la luxure, c'est l'amour que je cherche.

Elle plaça une main sur son torse.

— Je veux de l'altruisme, pas de l'égoïsme. Je veux autre chose que ce que j'ai connu.

— Les gens ont des défauts, Logan. Nous sommes tous humains ici-bas, personne n'est parfait. La vie est faite ainsi.

En parlant, il déposait de légers baisers sur son visage, embrassant son front, ses joues, son nez. Lorsqu'il atteignit ses lèvres, elle les entrouvrit, et le baiser prit de l'ampleur, devint féroce, profond. Logan sentit son cœur manquer un battement, tout son être s'échauffer. Il l'excitait.

Malgré tout ce qu'elle savait de lui.

Il suffisait à Rowan de l'effleurer pour qu'elle réclame plus. Un baiser et elle tremblait de tout son corps. Lorsqu'il vint mordre sa lèvre, Logan comprit qu'il savait. Il savait tout de sa faim et de son désir, et le pire était que la seule nuit qu'ils avaient passée ensemble avait démontré qu'ils étaient faits pour étancher leur soif commune. Mais sous le désir, Logan était blessée dans son orgueil. Elle haïssait la faiblesse qui la poussait dans les bras de Rowan.

— Je te hais, gronda-t-elle, la voix rauque.

— Tu mens.

Les mains de Rowan étaient venues se perdre dans sa chevelure, et il se mit à embrasser son cou. Puis ses lèvres descendirent plus bas, sur sa gorge, au creux de ses seins.

— Tu ne me hais pas. Tu me veux.

Logan poussa une exclamation surprise en sentant la main de Rowan glisser jusqu'à ses cuisses qu'il écarta.

Il avait raison. Elle le voulait. Mais cela ne faisait qu'intensifier sa colère et sa honte.

Elle se devait à elle-même d'être plus forte que ça. Plus intelligente. Ou tout au moins, plus disciplinée…

Mais au lieu de cela, elle ferma les yeux et s'ouvrit à lui, son corps réclamant ses caresses.

Elle ne se souvenait même plus de ce qu'il y avait eu de si extraordinaire, de si amplement satisfaisant à lui faire l'amour. Son souvenir n'était qu'une sensation : celle d'un plaisir intense, dénué de jugement. Alors qu'il embrassait sa peau, sa poitrine, elle se sentit frémir, tandis que toute résistance s'évanouissait.

— Nous pouvons faire fonctionner notre couple sans amour, dit-il, sa main remontant le long de sa taille jusqu'à venir empaumer ses seins.

Logan entendait les mots, mais elle en avait perdu le sens. Il n'y avait plus que la main impérieuse de Rowan et son propre corps impatient, attentif à la pression des doigts contre sa peau. Il fallait qu'il éteigne le brasier qu'il avait allumé.

— Nous n'avons pas à être les meilleurs amis du monde pour prendre du plaisir, ajouta-t-il. Il faut juste placer Jax en priorité. Je suis sûr qu'on en est capable.

Et puis il l'embrassa avec une intensité telle qu'elle en perdit toute raison.

— Alors, c'est un oui ? murmura-t-il contre sa bouche.

— Non, soupira-t-elle, prise entre deux feux, consumée par le plaisir et la peur de la souffrance.

— Tu veux m'appartenir.

— Non.

— Tu m'appartiens déjà. Il faut juste l'admettre.

Elle ouvrait la bouche pour protester, mais le pouce de Rowan vint se plaquer sur l'un de ses tétons, et les mots échouèrent sur ses lèvres. Un long frisson la traversa. Il était grand, musclé, dur contre elle. Elle pouvait sentir son érection pulser contre sa cuisse. Il la voulait. L'alchimie était indéniable, entre eux.

Il passait d'un sein à l'autre, en agaçant les bourgeons douloureusement tendus contre son soutien-gorge.

— Rowan, s'étouffa-t-elle contre sa peau, essayant de l'arrêter mais ne réussissant qu'à gémir.

— Oui ?

— C'est de la folie. On ne peut pas…

— C'est déjà fait. Maintenant, il faut agir pour le bien de notre fille.

Il se dégagea de leur étreinte et recula d'un pas, un sourire venant éclairer son visage sévère.

— La seule question qui reste finalement, c'est qui de nous deux finira par choisir cette robe de mariée ?

La distance entre eux apporta un peu de répit à Logan.

— Je refuse de me marier à la va-vite.

— Nous n'avons pas beaucoup de temps, Logan.

— Nous avons tout le temps du monde. Nous avons nos vies entières devant nous. Jax est si jeune qu'elle ne fera pas la différence…

— Mais moi, je la ferai. Je veux qu'elle ait ce que je n'ai jamais eu. Une famille.

— Tu as eu une famille, Rowan. Dysfonctionnelle, comme pour la plupart d'entre nous.

Logan se démenait pour garder son calme, mais au fond d'elle, elle savait qu'elle menait une bataille perdue d'avance. Rowan se nourrissait du conflit. Il suffisait de regarder sa carrière pour s'en convaincre. Plus les enjeux étaient importants, meilleur il devenait à éliminer les obstacles.

— Tu es tellement concentré sur ton but que tu ne réalises pas combien tu m'étouffes. Tout ce qui compte pour toi, c'est de récupérer Jax, être avec elle.

— Je ne cherche pas à t'étouffer, mais à te protéger de mon mieux. Il faut me faire confiance…

— Je ne te fais pas confiance, le coupa-t-elle. Pas du tout.

— Alors, peut-être est-ce sur ce point qu'il te faudra travailler.

— Moi ? s'étrangla-t-elle.

Il haussa les épaules, acceptant le compromis.

— Très bien, nous devrons y travailler. C'est mieux ?

De retour dans sa suite, Logan fit longtemps les cent pas, incapable de rester immobile. Il était tard, Jax dormait dans le petit lit installé plus tôt dans la gigantesque penderie attenante à la chambre. Rowan avait fait poser près du lit une petite lampe de couleur crème et un tableau représentant des fées que Jax avait pu contempler avant de s'endormir. Il avait même sécurisé le lit en installant lui-même un garde-fou tout autour du sommier.

Mais maintenant qu'elle dormait, il ne restait plus à Logan que l'océan insondable de ses soucis.

Et Dieu sait qu'elle était préoccupée. Terrifiée, même.

Prise dans un maelström d'émotions, incapable de contrôler la situation, elle se sentait prise au piège, malmenée d'événements en événements comme une poupée de chiffon.

Pourtant, Logan n'avait rien d'une poupée : elle devait se reprendre en main. Elle était prête à partager sa vie avec quelqu'un qu'elle apprécierait, qu'elle admirerait, auquel elle pourrait faire confiance.

Quelqu'un dont elle respecterait les valeurs et l'intégrité.

Or, Rowan n'était rien de tout cela. Il ne connaissait que le combat et n'avait aucune idée de ce que pouvait signifier un partenariat de vie.

Logan cilla, tentant de s'imaginer mariée à Rowan. Les dîners à la même table, l'école de Jax, les vacances…

Elle n'arrivait pas à se projeter dans un tel avenir.

Confier sa fille à Rowan pour qu'il l'emmène à l'école, assister aux réunions parents professeurs ensemble ? Inimaginable. Elle ne pouvait le voir comme un père. Présent. Attentif.

Un nœud se forma dans sa gorge. Peut-être n'arrivait-elle pas à lui faire confiance parce que son propre père ne l'avait jamais aimée. Pourtant, l'humanité regorge de bons pères, le sien mis à part.

Lorsqu'elle était petite, ses camarades de classe avaient de bons pères, des hommes impliqués, aimants, qui avaient su placer leur famille avant eux-mêmes. Elle enviait ses amis d'avoir des papas dévoués qui assistaient aux matchs de foot et aux récitals de musique. Des hommes qui remontaient la fermeture Éclair des manteaux de leurs enfants et réajustaient leurs bonnets avant de sortir faire avec eux des bonshommes de neige. Qui plaçaient un bras protecteur devant leurs progénitures avant de traverser la rue.

Et voilà qu'elle était encore sur le point de pleurer… Il lui fallait circonscrire la douleur, lui refuser l'accès.

Elle aurait aimé avoir ce genre de père. Quelqu'un qui lui aurait appris comment fonctionnaient les garçons, comment fonctionnaient l'amour et la vie. Quelqu'un qui lui aurait dit qu'elle était importante, qu'elle méritait d'être traitée avec respect, comme une reine.

Elle n'avait rien eu de tout cela, mais il n'était pas encore trop tard pour Jax. Peut-être que Rowan s'en sortirait, en fin de compte. Peut-être qu'il pourrait la guider…

Avec un long soupir, Logan se tourna pour regarder sa fille, paisiblement endormie dans son petit lit. Il fallait qu'elle parle à Rowan. Du mariage, de la famille. Essayer au moins de savoir ce que ces mots signifiaient pour lui. Voulait-il simplement devenir père sur le papier ou comptait-il réellement s'impliquer dans la vie de sa fille ? Être présent, intéressé, patient ? Aimant ?

Elle lui parlerait. Cela ne prendrait même pas quinze minutes. La conversation serait courte, sereine, et ils exposeraient chacun leur vision du mariage. S'il y avait matière à s'entendre, si l'on pouvait fixer un cadre, alors elle reviendrait dans sa chambre, apaisée, peut-être même optimiste à propos de leur futur.

Au pied de l'escalier, Logan se heurta à un homme en costume sombre, l'air peu affable.

— Puis-je vous renseigner ? demanda l'homme sur

un ton froid, teinté d'un accent que Logan échoua à reconnaître.

— J'allais juste voir Rowan, répondit-elle d'une voix ténue, surprise devant ce qui ressemblait fortement à un garde du corps.

Probablement armé et dangereux... Logan n'était pas une menace pour ce genre de cerbères. Donc, elle pouvait se rassurer.

— Il est dans son bureau ? reprit-elle.

— M. Argyros s'est retiré pour la nuit. Sa chambre est juste à côté de la vôtre.

Elle savait où dormait Rowan. Le dressing dans lequel dormait Jax donnait sur sa chambre, de l'autre côté. La plupart des pièces avaient des portes communicantes, mais celle de Rowan était fermée à clé, et une commode avait été placée devant l'encadrement. C'était lui qui avait suggéré qu'il en soit ainsi. Il pensait que Logan dormirait mieux, si elle savait que personne ne pouvait entrer sans autorisation. Elle l'avait remercié, alors.

— Et... Il est parti se coucher depuis longtemps ? demanda-t-elle encore.

— Voulez-vous que je l'appelle ? proposa le garde du corps.

— Non. Au besoin, je m'arrêterai à sa porte en allant me coucher.

Elle hésita un instant avant de remonter, avisant la lourde porte d'entrée de l'autre côté du hall. Avait-elle seulement le droit de sortir ? Le garde du corps semblait avoir pour fonction d'empêcher toute intrusion, mais peut-être avait-il reçu des ordres les concernant, elle et Jax.

Soudain, le souvenir de Joe s'imposa à elle. À l'époque, il devait ressembler à ce garde du corps, grand et silencieux, sanglé dans un costume sombre. Cela, c'était avant que

Rowan ne l'envoie à elle, avant qu'il n'enlève le costume strict pour devenir son cher Joe, tout juste diplômé et heureux d'avoir un travail.

— Je vais me coucher. Bonne nuit.

L'homme inclina la tête.

— Bonne nuit, mademoiselle.

Elle fit demi-tour et remonta le bel escalier, le son de ses pieds nus étouffé par l'épais tapis qui recouvrait le sol. À l'étage, elle rejoignit la galerie traversante qui joignait d'est en ouest les deux ailes du château.

Rowan, en bas de jogging gris et T-shirt blanc, ouvrit la porte quelques secondes après qu'elle eut toqué. Logan se demanda un instant s'il ne l'avait pas attendue.

— Est-ce qu'on peut parler ? demanda-t-elle.

Il hocha la tête et ouvrit grand sa porte, l'invitant à entrer.

En franchissant le seuil, Logan se rendit compte qu'elle rougissait tout en ayant des sueurs froides. Curieuse expérience… Venir parler à Rowan, ici, dans son fief ? Elle n'était plus si sûre d'avoir pris la bonne décision.

Rowan ferma la porte derrière elle, et Logan promena son regard dans la chambre, meublée d'un grand lit à baldaquin. Les lourds rideaux des immenses fenêtres avaient été tirés pour la nuit. La chambre de Rowan devait égaler celle de Logan en taille et en hauteur de plafond, mais le ressenti était beaucoup plus intime. Peut-être était-ce dû au lit en bois. Ou peut-être à la lumière de la lune, qui se frayait un chemin à travers les plis des rideaux. Ou peut-être était-ce l'homme qui se tenait derrière elle, irradiant tant de chaleur qu'il réchauffait son corps… Et prenait son esprit en otage.

Logan déglutit et se retourna pour lui faire face. C'était une erreur. Elle n'aurait jamais dû venir ici.

Elle venait de se jeter dans la gueule du loup. Que faire, à présent ? Elle ne pouvait tout de même pas s'enfuir comme une gamine apeurée.

Elle se reprit et avisa deux fauteuils devant la cheminée.

— On peut s'asseoir ?

— Bien sûr.

— Il est peut-être un peu tard…

— Pas du tout. Je lisais. Je ne m'endors pas avant 1 heure du matin.

Logan jeta un regard absent au lit luxueux à l'épaisse couverture rejetée sur le côté, dévoilant des draps de soie d'un blanc immaculé.

Il fallait qu'elle parte. Il fallait qu'elle rejoigne sa chambre. Tout était trop tamisé ici, trop intime.

— Peut-être vaudrait-il mieux que nous parlions demain. Je suis sûre que tu es aussi las que moi…

— Je ne suis pas encore fatigué.

— Eh bien en fait, moi, si… Probablement trop pour parler ce soir. Je pensais que ce serait plus simple de venir te voir une fois Jax endormie mais, maintenant, je suis inquiète. Si elle se réveille et que je ne suis pas dans la chambre, en cas de cauchemar ou…

Sa voix se perdit. Elle avait la bouche trop sèche pour continuer.

Rowan ne disait rien.

Le cœur de Logan cognait dans sa poitrine. Elle se sentait terriblement anxieuse. Il était trop présent, partout, devant elle, semblant emplir toute la chambre. Tout en lui la rendait nerveuse, mais elle était bien trop fière pour l'avouer. Il était impossible qu'il sache à quel point elle se sentait faible, à quel point le problème était grave, et combien elle avait besoin de garder le contrôle. Il fallait qu'elle se protège. Qu'elle protège Jax.

— Parlons demain, dans la matinée. Ce sera mieux. Je ne sais pas à quoi je pensais en venant ici, je ne veux pas que Jax s'inquiète si elle se réveille et que je ne suis pas là…

— J'ai des caméras de sécurité. Si Jax commence à s'agiter, tu seras à côté d'elle avant même qu'elle ne s'éveille complètement.

Logan se redressa, choquée. Il avait des caméras ? Où ça ?

— Tu peux voir nos chambres ?

— Je peux voir le château entier. J'ai des caméras partout.

— Tu nous as espionnées ?

Avec un soupir, Rowan fit quelques pas jusqu'à un mur lambrissé. Il fit pivoter un petit cadre qui représentait un paysage marin, et subitement le panneau de lambris s'effaça, dévoilant une dizaine d'écrans, certains branchés sur des parties du château, des halls et des chambres vides, et d'autres révélant l'extérieur, les jardins, les lointaines grilles de fer du domaine.

Logan s'avança jusqu'aux écrans pour tenter de repérer sa chambre, mais elle ne vit que le couloir qui desservait celle-ci, et la terrasse attenante.

Pas de plans de son lit. Rien qui soit filmé dans sa chambre.

Donc, rien n'indiquait qu'il l'espionnait. Au moins pas avant qu'elle n'ait quitté sa chambre…

Elle se retourna pour lui faire face.

— Tu savais que je te cherchais. Tu m'as vue parlant au garde du corps.

— Je savais que tu avais quitté ta chambre. Mais je

n'ai pas le son là-dessus, fit-il en désignant le système sophistiqué. Ce serait trop d'informations.

— Alors, tu ne savais pas que je te cherchais ?

— Je pensais que tu avais peut-être faim.

Elle le dévisagea, tentant de deviner s'il essayait ou non de lui mentir. Elle aurait voulu le croire, mais il n'y avait pas de confiance entre eux. C'était bien tout le problème.

— Alors tu as masqué les caméras quand j'ai frappé à ta porte.

— Oui.

— Tu ne voulais pas que je les voie.

— Je préfère que personne ne les voie. C'est moi qui assure la sécurité de ce château.

— Mais tu me les as montrées, pourtant.

— Je voulais que tu saches que le système existe. Je me disais que tu serais rassurée, si tu pouvais garder un œil sur Jax, au cas où elle aurait besoin de toi.

— Mais lorsque le panneau est refermé sur les écrans, comment est-ce que tu surveilles l'endroit ?

— Les caméras sont aussi sensibles au mouvement, et des alertes arrivent directement sur mon ordinateur, mon téléphone portable et ma montre.

— Et tu peux éteindre ce genre d'instruments ?

— Je peux les désactiver, les mettre en veille. La plupart du temps, je me contente de jeter un coup d'œil à l'écran ou aux alertes mais je n'éteins jamais. Ce serait renoncer à toute protection.

Logan se retourna vers le feu qui crépitait dans la cheminée, et Rowan resta silencieux, se contentant de la regarder. Ce fut lui qui finit par briser le silence.

— À quoi est-ce que tu penses, Logan ? Pourquoi es-tu venue ici ?

Il n'avait pas l'air impatient. Il n'y avait rien de sévère

ou de réprobateur dans le ton de sa voix, mais depuis que Logan était entrée dans la pièce, elle ne pouvait s'empêcher d'être sur ses gardes.

— Je pensais qu'on pourrait peut-être discuter de ta proposition, finit-elle par dire, incapable de bouger et encore moins de sortir.

— Explique-toi…

Si seulement elle avait pu rassembler deux idées cohérentes ! Il fallait qu'elle se reprenne. Qu'elle maîtrise sa peur, qu'elle oublie la tension du moment. Elle n'avait pas le droit de prendre des décisions sous l'effet de la panique. Les résolutions prises ainsi sont rarement bonnes. Elle devait penser à Jax.

Logan se mit à faire les cent pas, ce qui avait l'avantage de faire fonctionner ses muscles, à défaut de son cerveau tétanisé. Il fallait qu'elle s'exprime, et clairement si possible.

— Je voudrais savoir s'il n'y a pas moyen d'arriver à une sorte d'arrangement sur les termes. Une clarification…

Elle fit une pause et lui jeta un regard hésitant.

— Les termes ? répéta-t-il, comme surpris du choix de ses mots. Ce n'est pas un contrat. C'est un mariage que je te propose. Rien de plus clair que cela…

Logan se raidit au mot « mariage ». Elle ne pouvait s'en empêcher. C'était une chose que d'imaginer Rowan en tant que père, mais se le représenter à son bras était particulièrement troublant.

— Il y a des règles, dans une relation, avança-t-elle prudemment.

— Des règles ?

Elle ignora le ton légèrement ironique de Rowan et son sourcil arqué. Il avait l'air beaucoup trop détendu, et cela présageait mal de la suite. Pour elle…

Elle déglutit avant de s'expliquer.

— La plupart des relations évoluent naturellement avec le temps, certaines règles se mettent en place graduellement. Mais pour nous, tout se fait dans la précipitation. Alors il faudrait que nous parlions sans détour de ce que nous attendons chacun de cette relation, de manière à être clairs sur… notre bon fonctionnement.

Il la fixait de ses yeux verts, apparemment amusé par son petit discours. Cette capacité qu'il avait à ne jamais la prendre au sérieux n'annonçait rien de bon pour la suite.

— Ce n'est pas un jeu, lança-t-elle devant son sourire insolent. J'essaie d'avoir une conversation adulte, mais si tu dois tout prendre à la légère…

— Je ne prends rien à la légère. Et je pense même qu'il serait dommage de continuer à croiser le fer. Après tout, c'est la dernière nuit avant notre mariage.

Logan lui décocha un regard rageur.

— Nous ne nous marierons pas demain. Ça n'arrivera pas, et si un jour nous nous marions, nous n'aurons pas besoin de lune de miel. C'est ridicule.

— Je pensais que toutes les mariées rêvaient de leur lune de miel, fit-il d'une voix douce.

— Si elles sont amoureuses, Rowan ! Mais nous ne sommes pas amoureux, nous n'avons pas besoin de nous retrouver en tête à tête. Nous avons besoin de passer du temps avec Jax. Elle doit être notre priorité !

— C'est très vrai. Maintenant je t'en prie, asseyons-nous. À rester debout ainsi, j'ai l'impression d'assister à un défilé militaire.

Rowan prit place dans son fauteuil devant la cheminée, et Logan laissa son regard se perdre dans la contemplation des étincelles qui jaillissaient du feu. Avec un sourire, Rowan désigna la pièce autour de lui.

— J'imagine que ce n'est que la première d'une longue

succession de soirées dans cette chambre, toi en train de coudre, moi, finissant de bourrer ma pipe et...

— Tu ne fumes pas, et je ne couds pas.

Il haussa les épaules.

— Dans ce cas, il faudra trouver un autre moyen pour profiter de notre compagnie mutuelle.

Évidemment, il faisait allusion au sexe. Sans doute parce que c'était le seul lien qu'il entretenait avec les femmes.

— Tu me provoques et tu le fais exprès.

— J'essayais de t'exciter un peu à l'idée de notre vie commune.

— Bien sûr..., fit-elle en haussant un sourcil. Et comment puis-je être sûre que tu ne finiras pas par me caser dans une maison retirée au bord de la mer, pour éviter de me voir le plus possible ?

— Parce que je ne suis pas ton père. Je suis honnête.

Logan serra les poings.

— Tu n'as pas à l'apprécier, Rowan, mais je te demanderai de mesurer tes paroles quand tu parleras de lui devant Jax. Elle n'a pas besoin qu'on l'humilie à propos de son grand-père.

— Je ne l'humilierai pas. Ni toi, par ailleurs.

— Je ne te crois pas.

— C'est pourtant la vérité. Si je suis en colère, je te le dirai. Si je suis content, tu le sauras. Et, puisque nous allons élever Jax ensemble, nous lui devons d'éviter dès à présent tout malentendu. Et maintenant, Logan... Si tu t'asseyais ?

Lui jetant un regard noir, elle prit place dans le fauteuil à côté de lui. Avec un sourire, il étendit ses longues jambes, croisant les mains derrière la tête.

— Alors ? demanda-t-il, narquois. Ce n'est pas mieux ainsi ?

Elle serra les dents. Rowan Argyros prenait beaucoup trop de plaisir à ce moment.

— C'était mon père qui ramenait l'argent, songea Logan à voix haute. Ma mère nous élevait. Après le divorce, elle était incapable de gagner sa vie. Elle dépendait de lui pour tout. Je ne me mettrai jamais dans cette situation. Si je t'épouse, je n'abandonnerai pas ma carrière pour autant.

— Notre mariage ne finira pas en divorce.

— Je n'abandonnerai pas ma carrière.

— Tu ne gagnes rien, Logan. Je gagne des millions par an.

— C'est ton argent. Je veux le mien.

— Je t'ouvrirai un compte et je m'interdirai d'y toucher.

— Ce sera toujours ton argent. Je ne veux pas de ton argent. Je veux mon indépendance financière.

— Pourquoi ?

Elle lui jeta un long regard.

— Tu veux vraiment que je réponde à cette question ? lâcha-t-elle.

— Tu es la mère de ma fille. Tu as lutté ces dernières années pour lui donner ce dont elle avait besoin. Laisse-moi t'aider, plaida Rowan.

— Tu pourras aider pour les dépenses qui concernent Jax. Nous diviserons les sommes en deux. Cinquante-cinquante.

— Et si je m'occupais de Jax et de cette famille et que tu gardais ton… argent pour tes dépenses personnelles ?

Elle se pencha en avant.

— Pourquoi est-ce que tu prononces argent sur ce ton ?

— Parce qu'il n'y a plus un sou sur ton compte…

— Il y en aura quand je retravaillerai.

Il leva les yeux au ciel, apparemment aussi exaspéré par sa réaction qu'elle l'était par sa façon de voir les choses.

— Selon le *Times*, je suis un des hommes les plus riches du Royaume-Uni. Je pense que je peux m'occuper de toi.

— Mon travail me donne une identité. Un but.

— Être mère ne t'apporte pas ça ?

— Il ne s'agit pas d'être mère dans ce cas, mais d'être femme, et je ne veux dépendre de personne. Ma mère a passé sa vie dans l'ombre de mon père. Je ne serai pas définie par mon lien avec un homme, et j'aime l'idée que j'ai une contribution, aussi maigre soit-elle, à apporter à ce monde.

Comme il ne répondait rien, elle soupira.

— Au travail, je me sens valorisée, ajouta-t-elle, mélancolique. J'ai l'impression de compter pour quelque chose. J'ai besoin de me sentir utile. Sinon, à quoi tout cela sert-il ?

Elle détourna le regard, la gorge nouée.

— Mais tu comptes, Logan. Tu es la lune et le soleil pour ta fille. Tu es tout pour Jax.

— Et si quelque chose lui arrivait ? Si je la perdais ? Je serais perdue aussi. Finie. Il n'y aurait plus rien.

Sa voix se brisa, mais elle se força à sourire.

— Elle est tout pour moi, reprit-elle dans un souffle.

— Rien ne va lui arriver, la rassura Rowan. Pourquoi nourris-tu des pensées si négatives ?

Logan se mordit les lèvres, le cœur battant. La vie a une façon bien à elle de bousculer les certitudes les mieux établies, voilà pourquoi. Charriant son lot d'accidents, de divorces, de pères qui oublient leurs filles, qui deviennent criminels…

— Tout va bien se passer, répéta Rowan, persuasif.

Elle hocha la tête, tandis que des larmes emplissaient ses yeux.

Le silence s'installa. Logan serrait les mains sur ses

genoux, si fort que ses jointures blanchissaient. Elle décocha à Rowan quelques regards à la dérobée, mais il ne disait rien, visiblement perdu à son tour dans ses pensées.

— Peut-être que je ne devrais pas éprouver de telles craintes… Ça peut paraître irrationnel, pourtant…

— Ça ne l'est pas. Bien des choses peuvent arriver au cours d'une vie, mais pas à Jax. Je ferai en sorte qu'elle soit à l'abri. C'est une promesse.

Il avait parlé brusquement, la voix tranchante comme du verre. Logan ne pouvait plus le regarder, elle ne pouvait plus entendre. Jax était tellement précieuse. Elle était parfaite et innocente, pure de toute cicatrice et si nouvelle à l'existence ! Son enfant ne savait pas encore que même ceux qui vous aiment vous font souffrir.

Logan n'était pas restée vierge si longtemps par manque d'options. Elle voulait se préserver pour la bonne personne. Elle voulait donner à l'élu de son cœur la part d'innocence qu'elle avait gardée en elle.

Dommage qu'elle se soit si bien trompée. L'élu n'avait que faire de son innocence.

La déception est une composante majeure de la vie. Apprendre à y faire face est nécessaire. Il faut accepter le changement et le deuil, mais ces leçons doivent arriver le plus tard possible, lorsque l'enfant est élevé, formé. Fort.

— Toi et moi pouvons nous assurer que Jax grandisse en toute sécurité, continua Rowan à voix basse. Avec de la vigilance, nous pouvons lui donner la vie que tu as voulue pour elle.

Logan chassa ses larmes.

— Quelle vie est-ce que je veux pour elle, d'après toi ?

— Tu ne veux pas qu'on lui fasse de mal. Tu ne veux

pas qu'on la brise. Tu veux qu'elle reste une enfant le plus longtemps possible, aimée, chérie.

Comme il hésitait, Logan garda le silence.

— Tu veux lui donner l'enfance que tu n'as jamais eue, conclut-il.

Ses mots étaient d'une justesse diabolique, traversant la carapace qu'elle s'était forgée au fil du temps. Mal à l'aise, Logan délaissa le fauteuil pour traverser la chambre et se tenir le plus loin possible de lui, près des écrans. Elle en profita pour jeter un coup d'œil à la porte du dressing dans lequel dormait Jax. Celle-ci était toujours entrouverte, exactement comme elle l'avait laissée. Elle aurait aimé pouvoir voir sa fille, à cet instant précis.

— Tu pourrais mettre le son, si tu le voulais ? fit-elle.

— Oui.

— Est-ce que tu pourrais l'activer ? Pour qu'on voie si Jax est calme, ou si elle pleure ?

— Je peux allumer la caméra, si tu veux.

Elle lui jeta un regard par-dessus son épaule.

— Il y a une caméra dans le dressing ?

— Je l'ai désactivée, mais je peux la rétablir.

— Je n'ai rien vu au plafond. Où est-elle ?

— Dans un des nœuds de la poutre.

— Elle est toute petite, alors ?

— Pas plus grosse qu'une tête d'épingle.

— Les caméras sont vraiment aussi petites, de nos jours ?

— Les miennes, oui.

— Tu les as élaborées ?

Il haussa les épaules.

— L'une de mes sociétés travaille à leur conception, une autre les réalise. Elles sont utilisées partout, dans les hôtels, les casinos, les ambassades…

Rowan fit quelques pas pour la rejoindre, puis effectua une série de manipulations sur un écran tactile. Deux des écrans vides s'allumèrent subitement, et la petite Jax apparut dans son lit, paisiblement endormie sur le dos, ses petits poings sur ses yeux fermés.

Logan lui jeta un regard troublé.

— Je n'aime pas que tu puisses nous espionner.

— Je ne vous espionne pas. Je ne vous ai jamais espionnées.

— Et Joe ?

— Je ne faisais que te protéger. Et les caméras sont aussi là pour ça. J'ai désactivé celles de la chambre et de la salle d'eau, mais j'ai laissé celle dirigée sur la porte du dressing.

Logan lui jeta un autre regard soupçonneux.

— Au cas où quelqu'un viendrait à entrer, dit-elle.

— Oui.

— Est-ce que cela m'inclut ?

— Tu es sa mère.

— Ce qui explique pourquoi tu nous espionnes. Pour t'assurer que je ne m'enfuis pas avec elle.

Rowan eut une petite exclamation amusée.

— Ça m'a traversé l'esprit, je dois le reconnaître.

L'estomac de Logan se noua. Elle sentait soudain un grand vide en elle.

— Et pourquoi chercherais-je à fuir ?

— Parce que tu sais que dès l'instant où je te mettrai dans mon lit, ta vie changera, rétorqua Rowan avec aplomb.

— Il n'est pas question que tu me mettes dans ton lit.

Heureusement, sa voix était restée assez ferme, plus forte que ses jambes qui menaçaient de se dérober sous elle.

— Tu as l'air bien sûre de toi.

— Je me connais. Et je te connais aussi. Je sais à quel point une nuit avec toi serait dévastatrice, et pas parce que tu es doué au lit, mais parce que tu es cruel en dehors. Je n'ai pas besoin de cruauté dans ma vie.

— Tes souvenirs datent d'il y a trois ans.

— Je n'ai rien oublié.

Il haussa les épaules.

— Je ne peux pas changer le passé, jeta-t-il.

— Non, c'est effectivement impossible.

Alors il se leva pour s'approcher d'elle et dégagea une longue mèche qui lui cachait la vue. Sa paume vint caresser sa joue tandis qu'il la glissait derrière son oreille.

— Mais je peux t'assurer que le futur sera différent, ajouta-t-il doucement.

À son contact, Logan sentit comme des étincelles courir le long de sa peau.

— Je ne veux…, commença-t-elle avant de s'interrompre.

Il n'arrêtait pas, ses doigts venant tracer le contour de sa nuque, de ses lèvres.

— Hum ? murmura-t-il, un sourcil haussé. Je t'écoute…

Le cœur battant, elle le regarda, tentant de reprendre ses esprits. Comment peut-on raisonner la tête vide ?

— Tu sais, continua-t-il prudemment, lissant ses cheveux entre ses doigts, je ne t'ai jamais demandé si tu avais eu une relation, ou quelqu'un, ces dernières années…

Il continuait à la toucher, et elle savait qu'il cherchait à la séduire, mais il lui était impossible de résister. Elle se haïssait de voir son corps répondre aussi intensément à ses caresses. Il n'était pas l'homme qu'il lui fallait. Il ne le serait jamais.

— Non, répondit-elle. Il n'y a eu personne.

— Pourtant tu es jeune, magnifique…

— Et je suis aussi une mère qui s'occupe de sa fille.

— Tu n'as pas cherché à rencontrer quelqu'un ? Un homme qui pourrait t'aider, te faciliter la vie ?

— Non.

— Pourquoi ?

— Tu ne seras pas surpris d'apprendre que je n'ai pas grande confiance envers les hommes, dit-elle en lui jetant un regard éloquent. Ceux que j'ai connus ne se souciaient que d'eux-mêmes, trop préoccupés par leurs petits problèmes pour accorder leur attention aux autres.

— Tu ne parles pas de moi.

— Bien au contraire.

— Alors, c'est que tu ne me connais pas. Et il est temps de changer cela. Ce soir.

7

Rowan s'empara des lèvres de Logan, le baiser intense dévoilant plus qu'il n'aurait voulu son état émotionnel. À cet instant pourtant, il n'en avait que faire. Seule comptait Logan. Il voulait Logan.

Ce soir, elle dormirait dans son lit.

Elle lui appartiendrait.

Avait-elle conscience du peu de chances qu'elle avait de lui échapper, maintenant qu'il l'avait attirée jusqu'à Castle Ros ? Il ne comptait certainement pas la laisser filer.

Il avait commis cette erreur une fois. Il n'y en aurait pas de deuxième. Et non, ses sentiments n'étaient ni tendres, ni aimants. Il n'était animé que par la passion et la possession, il ne s'embarrassait pas d'amour.

— À moi, murmura-t-il contre sa bouche. Tu es à moi.

Logan l'avait entendu, le cœur battant, mais elle se sentait incapable de réagir. Ce baiser l'égarait. La tête lui tournait.

À cet instant, rien ne s'opposait à leur union charnelle. Rowan avait sur les lèvres un goût de vie et de passion, et elle en voulait plus. Elle n'avait pas baissé sa garde depuis des années… Pas depuis leur nuit commune. Et maintenant, elle désespérait qu'il la fasse sienne. Elle voulait le sentir, le connaître et se souvenir de la raison pour laquelle elle s'était abandonnée à lui, la première fois.

Pourquoi lui ?

Les jambes tremblantes, elle sentit l'une de ses mains chercher sa poitrine. Elle trembla, laissant le plaisir ricocher en elle. Lui grondait de satisfaction. Il lui retira son sweat et puis ce fut l'élastique de son pantalon qu'il descendit jusqu'à mi-course, avant de s'apercevoir qu'elle avait toujours ses bottines. Il la repoussa sur le lit pour pouvoir les enlever et, lorsque le pantalon fut tombé, elle resta en simples sous-vêtements. Elle tendit aussitôt le bras vers le drap, mais il se pencha sur elle, emprisonnant ses mains contre le matelas.

— Je veux te voir, gronda-t-il, la voix rauque, son accent irlandais reprenant le dessus.

Timide, elle ferma les yeux mais, même ainsi, le regard brûlant de Rowan la traversait. Elle inspira profondément lorsque sa bouche commença à voyager le long de son cou. Elle aimait l'emprise qu'il avait sur elle, son corps la dominant, ses genoux de chaque côté de ses cuisses. Sa bouche continuait son infernale descente, ses lèvres entre ses seins, légères sur le tissu du soutien-gorge, jouant un instant avec ses tétons dressés, s'amusant de son abandon. Elle pouvait sentir sa barbe naissante frotter d'un sein à l'autre et, aussi érotique que cela fût, ce n'était toujours pas satisfaisant. Ses hanches bougeaient toutes seules, son bassin épousait son érection. Elle se sentait brûlante, excitée… et incomplète. Il pouvait la combler. Il devait la combler. Vite et fort. Et puis doucement et rapidement à nouveau.

Elle voulait tout. Tout de suite.

— Tu sais ce que je veux, murmura-t-elle en mouillant ses lèvres sèches.

Il inclina la tête pour la regarder.

— Et tu sais ce que je veux, répondit-il.

— Je veux du sexe, et tu veux une femme, conclut-elle d'une voix qu'elle n'arrivait pas à rendre amère. Quelque chose ne va pas.

— C'est facile de coucher ensemble. C'est plus difficile de trouver la bonne épouse.

— Je ne suis pas la bonne épouse.

— Tu l'es en ce moment.

— À cause de Jax.

— Pour Jax, acquiesça-t-il.

Et il replongea entre ses seins pour venir mordiller l'un de ses tétons, jusqu'à ce que pantelante, elle ne puisse que crier son nom.

— Oui, mon amour ?

— Tu me tortures.

— Et je compte bien le faire chaque soir.

— Rowan… Je t'en prie… Je te veux en moi.

— Je le sais, mais je ne suis pas prêt à te donner ce que tu veux. Je pense que tu as besoin d'une punition…

— Qu'est-ce que j'ai fait ?

— Par où commencer ?

Il se remit à mordre l'un de ses seins, lui arrachant un gémissement.

— Tu aurais dû me dire que… tu étais vierge… Tu aurais dû me dire que tu étais enceinte…

Il leva vers elle un regard scintillant d'émeraude.

— Dois-je continuer ?

— Mais c'est tout… C'est tout ce que j'ai fait de mal.

— Alors tu admets avoir eu tort ?

Elle ferma les yeux, tandis qu'une de ses mains descendait sur sa hanche, caressant l'intérieur de sa cuisse.

— J'aurais pu mieux communiquer, concéda-t-elle dans un souffle.

La main atteignit le haut de ses cuisses. Avant qu'elle

ne puisse crier, sa bouche couvrait à nouveau la sienne, lui faisant perdre la raison.

Elle l'avait désiré dès la première nuit où ils s'étaient rencontrés et elle le désirait, ce soir. Peut-être encore plus maintenant qu'elle l'avait goûté. Elle savait l'effet de son sexe enfoui en elle, comment Rowan la ramenait à la vie à chaque poussée, chacun de ses mouvements lui donnant de l'espoir et de l'envie, l'unissant à lui comme s'ils étaient seuls au monde.

— Alors tu me veux, Logan…

C'était difficile à nier…

— Oui.

— Tu as besoin de moi.

Son corps était en feu.

— Oui !

— Mais tu ne m'aimes pas, tu ne me fais pas confiance et tu ne m'épouseras pas.

— Nous ne nous connaissons même pas… Nous sommes simplement… compatibles au lit.

Il réprima un sourire.

— C'est un début.

— On ne peut pas baser un mariage sur l'alchimie sexuelle !

— Beaucoup de couples n'ont pas cette chance.

Un nœud se forma dans la gorge de Logan. Elle aimait le sentir contre elle, sentir son corps musculeux peser sur sa poitrine. Elle posa sa main sur son torse.

— J'aimerais plus…, murmura-t-elle.

— Parfois, il faut se satisfaire des choses simples.

Son cœur pesait une tonne dans sa poitrine. Cela lui faisait du mal de l'admettre, mais elle se força à ajouter :

— Je ne me contenterai pas de moins.

Il resta muet un long moment, comme s'il naviguait

silencieusement dans son âme et puis, subitement, sa tête s'inclina vers elle, et il l'embrassa à nouveau, une main se glissant dans son dos pour défaire l'attache de son soutien-gorge. Presque aussitôt, sa bouche recouvrit ses tétons. Logan referma alors ses cuisses sur les jambes de Rowan. Des gémissements de plaisir lui échappaient.

Trois ans. Trois ans sans qu'il la touche. Sans que quiconque la touche. Ce soir, abandonnée à lui, elle sentit qu'elle se briserait comme du verre s'il la quittait à nouveau.

Il tirait sur son slip, maintenant, faisant glisser le satin le long de ses jambes nues. Il la quitta un instant pour se débarrasser rageusement de ses propres vêtements.

Son érection dévoilée, Logan ne put s'empêcher d'y poser un regard curieux. Le sexe de Rowan était libre de toute gravité, fièrement dressé face à elle. Logan réprima un gémissement en l'empoignant d'une main.

Cet homme était magnifique.

C'était son premier et peut-être, qui sait, son dernier amant.

Cela ne faisait aucun sens, et pourtant, elle se sentait à sa place, dans son lit. Elle avait perdu la tête autrefois et lui avait offert son cœur en même temps que sa virginité. Elle était tombée amoureuse de lui, si violemment qu'il lui avait semblé impossible qu'une union sexuelle si parfaite ne soit pas teintée d'un peu de sentiments… Une telle harmonie relevait de quelque chose de plus grand que leurs deux personnes.

Et trois ans plus tard, ils se tenaient de nouveau l'un en face de l'autre.

— Regarde-toi, si audacieuse, gémit-il à voix basse. Et si belle… Tu vois ce dont je parlais ? Profiter des choses simples…

Dans sa main, il était à la fois doux comme la soie et dur comme la pierre. Il pulsait dans sa paume, et Logan sentait son corps le réclamer rageusement.

Les yeux étincelants, Rowan vint embrasser une dernière fois ses seins avant de descendre le long de son ventre. Il avait glissé une main entre ses cuisses pour les écarter, lui donnant accès au bourgeon rose qu'il voulait à tout prix satisfaire. Les yeux fermés, elle se concentra sur le mouvement de sa main, traversée par de longs tremblements.

Elle était prête. Il savait exactement comment la toucher, et son cœur battait en rythme avec son sexe.

Rowan vint embrasser son ventre plat et descendit son visage jusqu'à embrasser le fruit défendu qui n'attendait que cela. Logan laissa échapper un long gémissement et se cambra sous le plaisir. C'en était presque douloureux. Elle enfouit sa main dans ses cheveux, le souffle court sous les assauts de sa langue et de ses doigts, et il continua sa valse lente, refusant de laisser échapper le bouton de chair jusqu'à ce que son corps s'abandonne totalement.

D'une main de maître, Rowan l'amena lentement à l'orgasme, et elle s'arc-bouta sur le matelas, tentant d'y résister, d'une part parce qu'elle n'était pas prête pour ce déferlement qui grondait en elle, mais aussi parce qu'elle refusait que ce moment finisse. Mais Rowan ne comptait pas la laisser lui échapper. Il était trop doué, et un dernier mouvement de sa langue la fit basculer, lui arrachant un long feulement. Ses yeux s'emplirent de larmes sous l'intensité de la jouissance.

L'enfer.

Il l'avait menée au paradis et précipitée en enfer.

Elle ne devait pas ressentir cela. Elle n'aurait pas dû vouloir de lui, alors qu'il l'avait si profondément blessée.

Subitement, avant qu'elle puisse reprendre ses esprits, il se trouva au-dessus d'elle, la couvrant de son corps, l'attirant contre lui pour un baiser passionné. Ses mains vinrent de chaque côté de son visage, et il but à sa bouche comme à une fontaine.

« Tu m'appartiens », semblait hurler son regard.

Mais il avisa ses larmes et interrompit leur baiser, s'écartant un peu d'elle.

— Qu'est-ce qui t'a fait mal ? demanda-t-il.

Logan le regarda. Il lui était difficile de respirer avec ce poids sur sa poitrine. Elle mit une éternité à répondre.

— Mon cœur.

Il soutint son regard pendant un long moment.

— Les cœurs guérissent, murmura-t-il enfin.

L'embrassant à nouveau, il se plaça entre ses cuisses. Logan pouvait sentir le bout de son sexe frotter contre elle et, avant qu'elle en réclame davantage, il la pénétra de quelques centimètres à peine. Elle en fut bouleversée. C'était la sensation la plus intense et intime qu'elle ait jamais ressentie. Rowan, en elle.

— Tu me détestes parce que tu adores ça, lança-t-il, le souffle court lui aussi.

Il avait raison. Lorsqu'il était près d'elle, une réaction chimique étrange se produisait.

Rowan était une drogue.

Dangereuse. Addictive.

Comme en cet instant…

Il refusait d'aller de l'avant, immobile et lascif en elle. Logan était proche de l'hystérie.

— J'aime pouvoir te faire autant de bien, observa-t-il, narquois.

— Si tu aimes ça, fais quelque chose !

— Je suis très bien là où je suis pour le moment.

— Ça n'est pas assez, souffla-t-elle.
— Qu'est-ce que tu voudrais, alors ?
— Tu le sais très bien…

Il semblait le savoir, puisqu'il s'exécuta en une longue poussée, entrant intégralement en elle. Logan cria sa délivrance : voilà ce qu'elle attendait. Les bras noués autour de son cou, elle s'ancra fermement en lui et plongea ses yeux dans les siens.

Il lui avait manqué. Vraiment, malgré tout le reste.

Quelques larmes vinrent rouler le long de ses joues, alors qu'elle luttait pour contrôler ses émotions.

— Ne pleure pas, fit-il doucement, entamant un lent va-et-vient. Ce n'est pas mal de se sentir bien. Laisse-moi te donner ça.

Elle savait que tout ceci était dangereux. Tout s'écroulerait plus tard mais pour l'instant, il fallait qu'il continue. Il la ramenait à la vie. Elle n'était plus que sensations. Son corps était vivant, sa peau parcourue de picotements voluptueux.

— Donne-moi du plaisir, murmura-t-elle, abattant ses dernières défenses.

Il accéléra son mouvement, s'exécutant à la perfection. Cambrée pour l'accueillir au mieux, elle sentait qu'il ne faudrait qu'un instant avant qu'elle ne jouisse à nouveau et se perde en une pluie d'étincelles.

Il imprimait à leur corps un rythme lourd, désormais, et elle lui répondait, accompagnant son mouvement, décuplant leur friction. Il grondait mais ne lâchait rien, grimaçant dans l'effort, déterminé à lui offrir son orgasme avant de capituler à son tour. Aussi têtue que son partenaire, elle se retenait pour le défier une dernière fois, se refusant à venir trop vite, mais subitement, la main de Rowan vint accompagner son sexe, et elle sut qu'elle avait perdu. Quelques secondes plus tard, Logan se cabrait, et la jouissance vint comme un coup de fouet, dilatant ses pupilles, la projetant au septième ciel alors qu'elle le sentait se déverser en elle.

C'est comme ça qu'on tombe enceinte, songea-t-elle brusquement. Le meilleur moyen de la piéger, c'était de lui donner une autre vie à protéger...

Il ne fallait pas qu'elle pleure maintenant. Encore secouée de spasmes, elle sentait monter en elle l'envie de se défouler, de le frapper, de l'affronter.

— Je vais peut-être tomber enceinte à cause de toi, lâcha-t-elle comme il se décalait sur le côté.

— Oui, répondit-il simplement en l'attirant contre lui.

Elle se raidit.

— Ce n'est pas une bonne chose.

— Jax voudra un petit frère ou une petite sœur.

— Comment est-ce que tu peux dire ça ? s'étrangla-t-elle en luttant sans succès pour se dégager de son emprise. Tu ne la connais même pas !

Il haussa les épaules.

— Cela fait toujours du bien aux enfants d'avoir des frères et sœurs.

Elle chercha son regard mais Rowan avait fermé les yeux, sa respiration s'apaisait... Il venait de s'endormir.

Comment faisait-il ? Comment pouvait-il s'endormir, alors que son cœur à elle battait encore la chamade ?

Pourtant, quelques instants plus tard, elle le rejoignait, toujours enfouie dans la prison de ses bras.

8

Cela faisait une heure que Rowan regardait Logan dormir, paisible, à côté de lui. Il repensait à la nuit qu'ils venaient de passer.

Il y avait longtemps qu'il n'avait pas ressenti un tel désir, une telle jouissance. Le corps nu de Logan suffisait déjà à le faire durcir à nouveau. Il aimait le goût de sa peau et l'urgence anxieuse de ses orgasmes. Il n'avait pas ressenti une telle fascination pour une femme depuis…

Depuis le 31 mars, leur première nuit ensemble. Avec un sourire, Rowan vint rabattre sur l'oreille de Logan une mèche de cheveux qui lui cachait le visage.

Elle voulait ce qu'il ne pouvait lui offrir, de la romance, de l'amour… Mais il pouvait lui apporter des choses également importantes : de la stabilité, de la sécurité. Il n'irait nulle part. Il ne l'abandonnerait pas et il ne comptait certainement pas trahir leur fille.

Le simple fait qu'il ne puisse pas lui donner d'amour ne voulait pas dire que leur relation devait être froide ou vide. Leur connexion physique était sans pareille. Ils pouvaient profiter l'un de l'autre. Il n'y aurait personne qu'eux, de toute façon, car pour lui, le mariage représentait un engagement. Il serait impliqué. L'amour n'est pas nécessaire, au contraire, il obstrue la vue, complique tout. Ils n'avaient pas besoin de sentiment. Elle ferait sans.

Au réveil, Logan mit quelques instants à comprendre où elle était. Le lit lui était étranger, avec son baldaquin immense, mais les draps de satin glissaient délicieusement sur sa peau lorsqu'elle bougeait. Et son corps était apaisé…

Rowan. Leurs lèvres jointes. Son sexe. Leur jouissance.

Logan jeta un œil au mur d'écrans pour y chercher Jax, mais les moniteurs étaient éteints.

Paniquée, elle se jeta hors du lit et passa un des T-shirts de Rowan avant de se ruer dans sa chambre. Les rideaux étaient grands ouverts, et le soleil inondait la pièce.

Dans le dressing, le lit de Jax était vide.

Logan tenta de se calmer. En ces lieux, rien ne pouvait arriver de mal à sa fille. Orla devait être avec la petite en train de jouer quelque part dans le château. Mais, tant que Logan ne l'aurait pas vue de ses propres yeux, elle serait incapable de se calmer.

Elle enfila rapidement un short et sortit pour dévaler la volée de marches. Il n'y avait plus de garde du corps au bas de l'escalier. Le hall était vide. Le bureau de Rowan aussi.

Où était-il ? Où était donc passé tout le monde ? Est-ce que Rowan était parti avec Jax ? Sans elle ?

Elle prit à droite pour rejoindre les cuisines du château. La pièce possédait une impressionnante voûte de pierre, en contraste avec le matériel dernier cri qui l'équipait. Une femme était affairée sur l'îlot central et elle se redressa en apercevant Logan.

— Bonjour ! Je peux vous renseigner ? fit-elle en essuyant sommairement ses mains sur son tablier.

— Ma fille, répondit Logan, anxieuse. Je ne la trouve pas.

— Votre petite est avec M. Argyros.

La cuisinière se retourna un instant pour enfourner une grille couverte de scones appétissants.

— Vous les trouverez au jardin. C'est plus rapide par là, ajouta-t-elle en indiquant du menton la porte de la cuisine.

Logan la remercia et sortit, inspirant à pleins poumons l'air vif de ce matin irlandais. Elle regrettait de ne pas s'être davantage couverte, mais ne s'arrêterait pas tant qu'elle n'aurait pas retrouvé Jax. Si la fillette avait peur et que Rowan perdait patience ? Si elle faisait un caprice ?

Logan s'immobilisa à l'angle du château.

Quelqu'un avait installé une petite table ronde et des chaises peintes sur la pelouse. Une nappe recouvrait le bois bleu pâle, et Jax était assise sur une chaise pour enfant, la tête surmontée d'une minuscule couronne, face à Rowan, massif, assis en tailleur pour être à sa hauteur. Il tenait dans ses mains une minuscule tasse de thé, et Jax buvait dans la sienne, comme une vraie princesse de conte de fées.

Logan en eut la respiration coupée. Elle n'avait jamais vu sa fille regarder quelqu'un comme ça, même pas Joe, que la petite adorait pourtant. Logan sentit son cœur tomber dans sa poitrine, sans arriver à savoir si elle était heureuse, perdue ou horriblement triste.

Ils jouaient à la dînette, le père et la fille, dans le jardin. Et visiblement, quelqu'un s'était donné du mal pour dresser la table et y disposer de petites pâtisseries.

Était-ce Orla qui avait planifié tout ça ? Cela semblait le genre de choses qu'une gouvernante pouvait organiser…

Logan posa les yeux sur Rowan. Il souriait à sa fille, avec une expression infiniment douce et protectrice. Il avait l'air d'un géant face à elle, les épaules larges, la laine fine de son pantalon noir soulignant chacun de ses muscles. Mais Jax ne semblait pas intimidée par sa stature. Radieuse, elle lui souriait en buvant son thé, reposant sa propre tasse pour lui demander, comme une grande, s'il en voulait encore.

Rowan allait répondre mais à cet instant, Jax tourna la tête et vit sa mère. Aussitôt, elle reposa la théière à grand bruit, se désintéressant du service.

— Maman ! fit-elle en lui tendant les bras.

— Bonjour, chérie, lança Logan, cillant pour chasser son stress avant que Rowan ne le remarque.

— On fait une fête, cria Jax en réajustant sa tiare. Je suis une princesse !

— Bien sûr que tu l'es, répondit Logan en marchant jusqu'à elle, évitant le regard de Rowan.

Jax fronça les sourcils en avisant le short et le T-shirt trop grand de sa mère.

— Maman, ils sont où tes vêtements ?

— J'ai besoin de me rhabiller, tu crois ?

— Oui, on dirait que tu es toute nue.

La petite Jax semblait scandalisée.

— Je sais, et c'est un thé de princesse, je ne suis pas du tout habillée pour l'événement… Je suis désolée.

Logan se pencha pour déposer un baiser sur la tête de sa fille.

— Est-ce que c'est du vrai thé ?

Jax hocha vigoureusement la tête.

— Oui.

— Si on considère que le jus de pomme est du thé, intervint la voix de Rowan, basse et amusée.

Logan se tourna vers lui. Il restait réservé, attendant visiblement de pouvoir déchiffrer son humeur.

Logan elle-même aurait aimé pouvoir le faire. Tout changeait dans sa vie, et elle se sentait perdue.

— Est-ce que c'est le petit déjeuner ? demanda-t-elle en désignant les scones miniatures posés au centre de la table.

— C'est le thé, maman, observa Jax en levant les yeux au ciel. Le petit déjeuner, c'était au petit déjeuner.

Elle se retourna vers Rowan, et son expression s'adoucit.

— Encore du thé ? lui demanda-t-elle.

— Je n'ai pas fini ma huitième tasse, répondit Rowan.

Logan sourit, et Jax se tourna vers elle.

— Nous n'avons que deux tasses, désolée, maman.

Logan comprit que cela ne la dérangeait pas tant que ça. Rowan retenait toute son attention.

— Ce n'est pas grave, ma chérie, il va falloir que j'aille m'habiller de toute façon.

Mais elle avait du mal à partir. Jax n'avait jamais refusé sa compagnie auparavant… C'était un sentiment nouveau et presque douloureux.

Rowan la regarda, compatissant.

— Tu peux rester, si tu veux. Je te prêterai ma tasse.

Le fait qu'il ait l'air d'avoir saisi son trouble ne faisait qu'empirer les choses. Il n'était pas censé être le gentil dans cette histoire. C'était le méchant. Et pourtant, il était assis à la petite table, avec son pantalon et sa chemise blanche, buvant son jus de pomme dans une tasse à thé minuscule.

— C'est si gentil à Orla d'avoir organisé tout cela, lâcha-t-elle, volontairement froide. Il faudra que je la remercie.

— Orla n'arrivera pas avant une demi-heure, répondit Rowan.

Logan fronça les sourcils, confuse.

— Mais c'est elle qui a dressé la table.

— Non, c'est mon papa qui l'a fait ! s'exclama Jax.

« Papa. »

Il lui avait donc parlé.

Logan jeta un regard incrédule à Rowan qui, sans rougir, soutint son regard. Les lèvres de Logan bougèrent en un murmure de protestation, mais elle se tut. Pas devant Jax.

— Nous parlerons tranquillement quand Orla sera là, dit Rowan d'un ton léger.

Pourtant, il venait de lui déclarer la guerre.

Sa voix était calme, mais elle y entendit un avertissement. Il se moquait bien des règles. Son jeu n'en connaissait aucune, et il franchissait toutes les limites avec le sourire narquois des invincibles. Pas étonnant qu'il ait été si brillant dans sa carrière. Il n'avait aucune morale. Il ne se souciait pas de ceux qui mordent la poussière sur le chemin de ses victoires.

Il lui avait parlé ! Comment avait-il osé ?

La colère montait en elle, enflant comme un mauvais orage. Elle était choquée, furieuse.

— Tu as le temps de prendre un bain chaud et de manger quelque chose, ajouta-t-il sur le ton de la conversation. Je suis sûr que tu te sentiras mieux après un en-cas et un café. Il est midi passé, tu dois avoir faim.

— Il est plus de midi ? s'étonna Logan.

— 14 heures.

Il détourna un instant son regard pour accepter le petit gâteau que lui servait Jax et sourit à sa fille, nonobstant le fait que la pâtisserie soit tombée par terre avant de trouver le chemin de son assiette.

— Tu as pris une bonne nuit de sommeil, méritée, reprit-il. Tu semblais vraiment… éreintée.

Le sous-entendu était clair : elle était éreintée grâce à sa prestation de la nuit dernière.

— La journée a été assez fatigante, se contenta-t-elle de répliquer avant de faire demi-tour.

Elle n'était pas la bienvenue et les laissa entre eux.

Une fois rentrée, elle passa à la cuisine, prit un plateau que la cuisinière lui garnit de scones et de café, puis elle monta et dégusta son déjeuner improvisé dans sa chambre. Ensuite, elle prit un bain et s'habilla.

Au moment où Jax revint dans la chambre, Logan était prête à s'occuper d'elle, mais la petite semblait avoir l'esprit ailleurs. Après avoir embrassé sa mère, elle annonça qu'avec Orla elles allaient regarder un dessin animé.

— Mais attends un peu ma chérie, tu ne m'as même pas dit comment c'était, de prendre le thé au jardin…

— C'était charmant.

« Charmant » n'est pas un mot qui vient souvent à la bouche d'une petite fille.

— C'est Orla qui t'a appris ce mot ?

— Non, c'est mon papa.

Encore une fois, elle évoquait son papa.

Logan serra les poings. Depuis plus de deux ans, elle était le centre du monde pour Jax, féroce et vigilante, déterminée à assumer le rôle de père et de mère. Mais les choses avaient changé au cours de la nuit. On l'avait privée de la moitié de sa fille, et il fallait faire comme si de rien n'était. Accepter sans broncher le fait que Rowan fasse partie de leur vie, rééquilibrant la balance, redéfinissant les limites de la relation de Logan avec sa propre fille.

— Qu'est-ce que tu penses de lui ? demanda-t-elle prudemment.

— De mon papa ? Il est gentil.

Logan eut un petit sourire.

— Il l'est, n'est-ce pas ?

— Orla le dit aussi.

Merveilleux. Décidément, tout le monde adorait Rowan !

— Et où est Orla ? demanda Logan.

Si elle était décidée à cacher sa colère à Jax, elle en serait incapable quand elle aurait Rowan en face d'elle.

— Dans le couloir. Elle m'attend.

Logan se leva pour ouvrir à Orla.

— Bonjour ! fit celle-ci en souriant. Est-ce que Jax vous a dit que nous allions voir Cendrillon au petit théâtre ?

— Il y a un théâtre ici ?

— Oui, madame, dans les sous-sols.

— Il y a des sous-sols ?

— Oui, sous le donjon, précisa-t-elle à voix basse pour ne pas effrayer Jax.

Un instant plus tard, la nourrice disparaissait dans le couloir, tenant la main de Jax. Toutes deux étaient très excitées à l'idée de voir le film.

Rowan était derrière tout ça, bien sûr. Il s'était débrouillé pour occuper Jax et la gouvernante afin qu'ils puissent disposer de temps libre. Eh bien, Logan allait mettre ce temps à profit !

Elle prit un lainage et sortit à la recherche de Rowan, ce qui n'était pas chose aisée dans une bâtisse aussi vaste que Castle Ros. Elle alla d'abord dans son bureau avant de sortir dans les jardins, pour revenir au château et explorer le deuxième étage, arrivant finalement à la porte de sa chambre.

Il s'y trouvait et allait visiblement entrer dans la douche, car il avait disposé ses vêtements sur le lit et l'accueillit complètement nu.

Le regard de Logan descendit sur ses abdominaux

dessinés, ses hanches fermes et ce qui reposait entre elles. Il était magnifique.

Et il le savait.

— Ça ne te dérange pas ? demanda-t-il, l'air narquois.

Logan rougit mais ne détourna pas le regard. Elle ferma la porte derrière elle.

— Tu n'avais pas à annoncer à Jax que tu étais son père. Ce genre de décision ne te revient pas.

— Oh que si !

Son sourire avait disparu, et il reprit d'une voix dangereusement basse :

— Tu n'avais pas l'air pressée de lui dire.

— J'avais un plan.

— J'en suis convaincu. Et ce plan me laissait sur la touche.

Il ne cherchait pas à se rhabiller, l'affrontant dans sa nudité.

— Je n'ai pas l'intention d'être relégué à un rôle de second plan, continua-t-il. Je suis son père, pas un baby-sitter.

Elle aurait aimé qu'il se rhabille. Comment pouvait-elle lui opposer quoi que ce soit, alors qu'il était nu ?

— Je ne t'ai jamais traité de la sorte, répondit-elle.

— Mais tu ne me traites pas en égal. Pourquoi devrais-je m'attendre à quoi que ce soit d'autre, d'ailleurs ? Tu es une Copeland…

— Pas ça, pas encore !

Il avança jusqu'à elle, les mâchoires serrées.

— Pas encore ? Je n'ai pas le droit d'être vigilant par rapport à ta famille ? Je ne suis pas censé me soucier du fait que ton père a détruit la mienne ?

Il eut une exclamation de dédain devant sa surprise.

— Oui. C'est ton père qui a ruiné ma famille, déclara-t-il vigoureusement. La rapidité avec laquelle il y est parvenu est même assez embarrassante. Ne t'inquiète pas, j'en veux aussi à mon père. C'est lui qui a choisi de travailler pour le tien, après tout. Tu le savais ?

— Non… Je n'en avais aucune idée.

Il eut un rire moqueur.

— Ton père a toujours été un expert en dissimulation. Un artiste de l'escroquerie, du détournement…

Muette, Logan avala sa salive. Tout ce qu'elle pourrait dire ne ferait qu'irriter Rowan davantage. Le fait qu'il ne puisse accepter qu'elle et son père soient deux personnes différentes était un problème qu'elle tentait de gérer depuis le début. Elle comprenait aujourd'hui que c'était peine perdue. Rowan ne changerait jamais d'avis à son égard.

— Il s'est dissimulé pendant des années derrière l'argent des autres, reprit Rowan. Sa prétendue richesse lui donnait du pouvoir. Et assez d'assurance pour continuer ses escroqueries, alors que ceux qui travaillaient pour lui tombaient les uns après les autres. Ces hommes ont payé de leur liberté le prix de sa fraude ! Ils ont fait de la prison, pendant que Copeland menait une vie de nanti.

Sa voix se brisa. Logan commençait à comprendre. Son père s'en était tiré à moindres frais. Pas celui de Rowan.

Après un long moment, elle soupira.

— Ton père ? Il a… fait de la prison ?

— Oui.

— Longtemps ?

— Assez longtemps pour que notre réputation soit détruite.

— Je ne me souviens de rien à ce propos.

— C'est arrivé avant ta naissance. Je n'étais qu'un enfant.

Logan serra les poings, ses ongles lui entrant dans la peau.

— Pourquoi est-ce que mon père a pu s'en tirer ? Pourquoi est-ce que le tien a pris ?

— Il était payé pour servir de fusible.

La voix de Rowan était froide comme de la glace.

— Mal, d'ailleurs, ajouta-t-il. Une misère. Mais ton père s'en moquait. La famille Argyros n'était pas son problème. Il se fichait bien de savoir comment s'en sortirait une jeune femme irlandaise avec un enfant à charge, privée d'un mari et d'un salaire. Si ton père était tombé ce jour-là, si le mien n'avait pas accepté de prendre sur lui la faute, les escroqueries de Daniel Copeland auraient pris fin, et des centaines de personnes auraient été préservées de ses agissements. C'aurait été la fin de sa carrière. Mais mon père a accepté l'argent sale en croyant nous mettre à l'abri. Malheureusement, ses années de prison nous ont détruits. La famille Copeland, elle, a continué à vivre unie, dans le luxe.

Voilà pourquoi Rowan haïssait tant son père. Voilà pourquoi il avait si mal réagi, lorsqu'il avait appris son nom.

Elle n'était qu'une gosse de riche, une Copeland pourrie-gâtée, et lui était le fils d'un homme qui avait payé le prix fort pour les crimes de Daniel Copeland.

— Je suis désolée, murmura-t-elle, sincère.

Elle sentit la honte peser sur elle, comme elle avait honte depuis des années. C'était pour cela qu'elle avait quitté sa famille et abandonné son nom. Parce que la culpabilité était trop forte. Elle était partie, parce qu'elle voulait être autre chose que la fille de Daniel Copeland.

Mais Rowan ne la verrait jamais autrement.

Pour lui, elle serait toujours l'ennemie.

Il la punirait toute sa vie. Il ne lui pardonnerait jamais d'être qui elle était.

Comme Rowan quittait la pièce pour s'engouffrer dans la salle de bains, les larmes montèrent aux yeux de Logan.

— Je ne suis pas mon père ! cria-t-elle. Je n'ai jamais été comme lui, et tu n'es pas non plus le tien.

Aucun son ne parvint de la salle de bains, dont il avait laissé la porte ouverte.

— Tu me punis depuis le début, reprit Logan, et je n'en peux plus ! Tes motivations ne sont pas pures et…

— Non, elles ne le sont pas, la coupa-t-il en réapparaissant dans l'encadrement de la porte, toujours nu. Mais je prends mon rôle de père au sérieux. Je sais l'importance qu'ont les parents pour de jeunes enfants, et tu n'avais aucun droit de me couper de la vie de ma fille. Je remercie le ciel que ton père soit mort et que je sois venu te l'annoncer parce que autrement je ne saurais toujours pas qu'elle existe.

— J'aurais dû être impliquée dans la conversation que tu as eue avec elle ce matin, Rowan.

— Tu n'étais pas là.

— Alors, attends que je sois présente avant de parler de choses aussi importantes.

— J'en ai assez d'attendre.

— J'aurai dû être là quand tu lui as annoncé cette nouvelle, répéta-t-elle en avançant vers lui.

— Théoriquement oui, répondit-il en s'adossant à la porte. Mais il se trouve que Jax m'a déclaré de but en blanc qu'elle n'avait pas de père, alors qu'est-ce que j'étais censé faire ? Prétendre que je n'avais rien entendu ?

— Elle n'a pas dit ça !

— Elle l'a dit. Alors je lui ai répondu que si, elle avait

un père et qu'il se tenait en face d'elle. Je n'en ai pas fait toute une histoire, précisa-t-il calmement, je ne voulais pas la perturber. Je lui ai simplement dit que j'étais son père, que j'étais désolé de ne pas avoir été là pendant si longtemps, mais que je ne l'abandonnerais plus. Je lui ai dit que nous allions vivre ensemble, tous les trois, comme une famille heureuse et que, avec le temps et un peu de chance, elle aurait un petit frère ou une petite sœur, voire même les deux.

Logan sentit le sol se dérober sous elle.

— Tu n'as pas dit cela…

— Oh si ! Et elle était ravie. Elle a dit qu'elle adorerait avoir un petit frère. Ou une petite sœur. Ou bien des jumeaux. Tu voulais une grande famille, non ?

Il chercha son regard et le soutint.

— Ce n'est pas drôle.

— Jax et moi sommes très sérieux.

— Laisse Jax en dehors de tout ça, c'est un bébé. Tu ne feras que la décevoir.

— Mais, Logan, nous n'avons pas utilisé de protection hier. Tu pourrais très bien être déjà enceinte.

Un instant, elle ne sut que répondre, tentant d'analyser la possibilité d'une nouvelle grossesse.

— Il faut plus de temps au spermatozoïde pour trouver l'œuf, rétorqua-t-elle, butée.

— Peut-être que mes spermatozoïdes sont des champions.

Il lui adressa un petit sourire et disparut à nouveau dans la salle de bains.

Logan resta coite, croisant et décroisant les bras, ne sachant que dire ou faire. Rowan était si satisfait de lui-même que c'en était rageant. Et pourtant, elle n'arrivait pas à lui en vouloir.

— Au fait, annonça Rowan sous la douche, j'ai eu

des nouvelles de Drakon, ce matin. Il y a l'air d'avoir un problème avec ta famille, et il espère que tu veuilles bien appeler Morgan après le dîner.

Elle se rapprocha de la salle de bains.

— Qu'est-ce qui se passe avec ma famille ?

— Tes sœurs se font la guerre.

Logan leva les yeux au ciel. Ce n'était pas une première.

— Je t'avais prévenu que Morgan et Victoria ne s'entendaient pas.

— Apparemment, elles ont tenu une journée, mais le sujet de l'enterrement de ton père est venu sur la table et la discussion a dégénéré.

— J'imagine très bien ce qui s'est passé. Morgan veut faire une grande cérémonie, Victoria veut que ce soit le plus intime possible, et Morgan espère qu'elle pourra me convaincre de prendre son parti.

— Comment as-tu deviné ?

Elle grimaça tout en passant une main lasse sur son visage.

— C'est l'histoire de notre famille. Même quand on essaie, on est incapable de s'entendre les uns avec les autres.

— La presse décrit souvent tes sœurs comme très unies…

— Des mensonges, rien que des mensonges, lâcha-t-elle avec un maigre sourire. Nous avons passé toute notre vie avec une étiquette marquée « scandale » placardée sur le front, pourtant, nous ne sommes rien de plus qu'une famille comme les autres. On a des problèmes, on ne s'entend sur rien. Nos rêves, nos objectifs sont différents. Mais c'est beaucoup moins intéressant pour les médias que l'affabulation. Pour eux, nous ne sommes que des ventes juteuses en perspective.

— Explique-moi comment ta famille fonctionne.

— Ça prendrait la journée…

— Donne-moi la version courte.

— Le juge nous a laissé choisir le parent avec lequel nous voulions vivre, après le scandale et le divorce. À la base, nous avions choisi notre mère, mais Morgan, la plus tendre d'entre nous, s'est prise de pitié pour mon père et elle a choisi d'aller vivre avec lui. Depuis, elle n'a eu de cesse de prendre son parti. Et elle s'est fidèlement occupée de lui.

— Même alors qu'il avait volé des millions à Drakon ?

Elle grimaça.

— Ça a clairement compliqué leur mariage, si c'est ce que tu veux savoir.

— Mais pourquoi Morgan et Victoria se détestent-elles ? Je ne comprends pas.

— Morgan veut que tout le monde pardonne à notre père, mais Victoria n'est même pas sûre de pouvoir pardonner à Morgan ce qu'elle considère comme une défection. Ça dure depuis une éternité, et c'est épuisant. C'est une des raisons pour lesquelles j'ai déménagé en Californie, pour m'éloigner de tous ces déchirements.

— Je vois…

Sa voix rauque résonnait depuis la douche.

— Et toi, de quel côté est-ce que tu te situes ? reprit-il.

Logan posa son front sur l'encadrement de la porte.

— Je suis probablement plus proche de Victoria, mais pas aussi butée qu'elle. C'est dur pour nous toutes, parce qu'on est passé du divorce difficile de nos parents à une escroquerie d'ampleur nationale… Notre père a pris beaucoup de mauvaises décisions et il a laissé derrière lui cinq enfants qui essayent d'avancer sans être trop ralentis par le poids de son… héritage.

Rowan resta songeur un moment.

— Tu as de bons souvenirs de lui ? demanda-t-il soudain, tout en se savonnant.

— Pas d'aussi loin que je me souvienne.

— Donc, cet enterrement n'est pas très important pour toi ?

— Sans doute pas. Mais pour Morgan, ça compte... Elle a toujours eu une relation différente avec mon père

— C'est ta jumelle.

— C'est vrai, mais nos caractères sont très différents.

— Vous étiez proches en grandissant, pourtant.

— Oui, jusqu'à ce qu'elle parte vivre chez mon père.

Logan retomba dans le silence, perdue dans ses pensées.

— Je l'aime quand même, tu sais, fit-elle au bout d'un moment. Nous avons une vraie relation, et je suis triste de la savoir en colère.

— Selon Drakon, les deux sont absolument hors d'elles.

— Et elles sont toujours sous le même toit ?

— Non, et heureusement ! Victoria est repartie chez Jemma et d'après Drakon, on ne les reverra pas ensemble de sitôt, que ce soit pour un enterrement ou quoi que ce soit d'autre.

— Alors, ils ne viendront pas au mariage ? demanda Logan, troublée.

Le bruit de l'eau s'arrêta net.

Logan grimaça. Pourquoi avait-elle dit ça ? À quoi pensait-elle ?

— Je plaisantais, tenta-t-elle d'expliquer pour se rattraper.

Il ne répondit rien.

— C'était une blague, répéta-t-elle presque fébrilement. Nous n'allons pas nous marier.

— Je suis sûr que Drakon et Morgan viendraient au

mariage, répondit-il enfin. Ta mère aussi, probablement, ainsi que Jemma…

Le bruit de l'eau avait repris.

— Rowan, je plaisantais, arrête. C'était idiot de ma part… Et à propos de famille, tu as des nouvelles de Bronson ?

— J'attends l'avis des médecins, répondit-il, la voix grave. Il y a eu un pépin ce matin.

— Un pépin ? Qu'est-ce qui s'est passé ? Comment va-t-il ?

— Entre, que je n'aie pas à hurler.

— Je ne veux pas entrer, tu es sous la douche.

— Je suis sûr que tu as déjà vu un homme prendre sa douche.

Elle hésita.

— À vrai dire non, c'est la première fois.

Après un instant de silence, elle l'entendit rire.

— Alors, il faut vraiment que tu viennes. Considère ça comme une expérience éducative.

— J'ai eu une très bonne éducation, merci, fit-elle d'un ton pincé. J'ai fréquenté les meilleures écoles.

Le rire bas de Rowan résonna dans la salle de bains.

9

Le rire chaud de Rowan la bouleversa malgré elle. Pourquoi l'attirait-il tant ? Son rire lui faisait du bien. Ce rire particulier, presque carnassier, l'excitait terriblement. Maudit soit-il.

Logan s'approcha de la douche le plus naturellement possible.

— C'est sérieux, pour Bronson ?

Comme Rowan ne répondait pas, elle fit un pas de plus dans la pièce emplie de vapeur chaude.

— Est-ce qu'il va bien ?

— Il reçoit les meilleurs soins possible, mais il ne répond pas aussi bien au traitement que les médecins l'escomptaient.

Il fit une pause, avant de demander :

— Quand l'as-tu vu pour la dernière fois ?

— Ça fait un bon moment... Deux ans peut-être. J'étais enceinte, j'ai arrêté de voyager après la naissance de Jax, et Bronson travaillait tout le temps... Il a passé ces trois dernières années à se tuer à la tâche pour rembourser les clients de mon père. Ce n'est pas facile pour lui, la plupart sont tellement en colère qu'ils ne font pas la différence entre lui et mon père. Pourtant, ce n'est pas Bronson qui les a volés. Il n'avait rien à voir avec tout ça, mais ils ne s'en rendent pas compte, ou bien ils s'en moquent. Du moment qu'on porte le nom de Copeland, on est coupable… Pourquoi veux-tu savoir quand je l'ai vu pour la dernière fois ?

L'eau coulait toujours, et elle attendit en vain une réponse. Logan s'éclaircit la gorge.

— Il y a quelque chose que tu ne m'as pas dit ? ajouta-t-elle.

— Il est presque ruiné, à force de rembourser les autres.

— Mon Dieu… Je ne savais pas. Pauvre Bronson… Qui est avec lui ? Ma mère ?

Logan avait du mal à imaginer son grand frère, lui qui avait si bien réussi, ruiné et hospitalisé. Le choc était rude.

— Il est seul pour l'instant. Pour l'agression, la police a arrêté quelqu'un, ils l'interrogent. Il semblerait que ce soit un acte isolé et que les autres membres de votre famille ne craignent rien. Victoria pourra rentrer chez elle bientôt.

— Ce sont de bonnes nouvelles. Si ce n'est pas une vendetta contre la famille Copeland, j'imagine que je pourrai bientôt rentrer chez moi aussi.

— Tu es libre d'aller où bon te semble.

— Sérieusement ? Tu me laisserais faire ma valise ?

— Oui.

— Tu n'as pas peur de me perdre…

— Non. Tu reviendras pour Jax, de toute façon.

— Je ne laisserai jamais Jax derrière moi.

— Je suis son père. Elle a besoin de moi.

— Je suis sa mère, Rowan. Elle ne me quittera pas.

— Alors, j'imagine qu'il te faudra faire des allers-retours. Ce château est son domicile, désormais. Et c'est aussi le tien, Logan. C'est la raison pour laquelle nous nous marions. Nous voulons tous deux une famille.

Il resta silencieux un moment.

— Tu ne veux pas venir pour me donner un coup de main ? proposa-t-il.

— Un coup de main pourquoi ? demanda-t-elle, méfiante.

— Me frotter le dos ? Ou quelque chose de ce genre ?

Logan sentit son corps se réchauffer à l'évocation du « quelque chose de ce genre », imaginant déjà ce « quelque chose » durcir contre elle.

Elle frissonna en écoutant l'eau couler, sans se résoudre à franchir le pas, malgré son envie de céder. Elle ne faisait pas confiance à Rowan et détestait la manière dont il se servait du sexe pour arriver à ses fins. Il fallait qu'elle se ressaisisse, une fois de plus. Avec lui, elle baissait sa garde et perdait la raison. L'adorable Jax en était la preuve vivante. Elle tenta de chasser l'image du corps de Rowan de son esprit.

— Non, dit-elle enfin. L'idée de te laver le dos ne m'intéresse pas. Ni quoi que ce soit d'autre, d'ailleurs.

— Jax attend un petit frère…

— Rowan !

— Mais c'est son rêve !

— Elle rêve aussi de se transformer en fée et de voler, mais ça n'arrivera pas non plus, Rowan.

— Tu n'as aucun sens de l'aventure. Et si tu étais déjà enceinte ?

Elle ne tenait vraiment pas à penser à cela. Elle n'était pas enceinte. Ça n'était pas possible.

Mais il l'avait mise enceinte la première fois où ils avaient fait l'amour. Ça pouvait arriver à nouveau.

— Il faudra se protéger, dorénavant, répondit-elle fermement. Nous ne pouvons pas prendre le risque.

— Quel risque ? N'avons-nous pas déjà décidé de fonder une famille ? Et n'en as-tu pas envie autant que moi ?

Il se conduisait mal avec elle. Il la tentait, sachant parfaitement qu'elle n'aurait pas longtemps la force de résister.

Avec une grande inspiration, elle fit un pas de plus et s'approcha de la douche. La salle de bains était moderne, carrelée de marbre du sol au plafond et la douche spacieuse, pouvant accueillir plusieurs personnes. Rowan se tenait sous l'un des nombreux jets, les cheveux plaqués en arrière, ses bras musculeux levés, rinçant la mousse de son visage. Son abdomen dessiné ruisselait d'eau.

Il était beaucoup trop attirant.

— Tu es sûre que tu ne veux pas me laver ? demanda-t-il, une étincelle dansant dans ses yeux verts.

— Non.

— Pas de problème. Ça ne te dérange pas si je le fais moi-même ? ajouta-t-il en versant une noix de savon liquide dans sa main.

Elle écarquilla les yeux.

Avec un petit rire, il s'étala le savon sur le torse et descendit le long de son estomac, jusqu'à son sexe qui commençait à prendre vie.

— Je ne suis pas venu ici pour assister à ce genre de spectacle, fit remarquer Logan, incapable de reculer pour autant.

— Je ne fais que me laver, mon amour.

Avec une grimace, elle détourna le regard. Il ne devait pas voir à quel point elle était fascinée par sa virilité dressée et la manière dont il la tenait en main, s'en occupait doucement. Le reflet dans la porte vitrée lui révélait son corps, de toute façon. Il se caressait lentement, faisant des va-et-vient réguliers, attentifs. Logan sentit tout oxygène quitter son corps.

— Te laver ? Que tu dis… Où est-ce que tu veux en venir ?

— À ton avis ?

— Je n'arrive pas à me concentrer pendant que tu fais… ça.

Son mouvement régulier ne s'arrêtait pas, le muscle de son bras droit bandé. Bon sang, ce qu'il était beau. Infâme et sexy. Incroyablement sexy. Qu'il aille au diable !

— Je savais que tu regardais, la nargua-t-il de sa voix rauque. Tu veux me regarder finir ?

— Non !

Elle se retourna pour le dévisager.

— Tu vas vraiment… aller jusqu'au bout ?

— C'est un problème ? demanda-t-il en haussant un sourcil.

— Ça paraît plutôt… impoli, étant donné que je suis là…

— Tu es dans ma salle de bains.

— C'est toi qui m'y as invitée !

— Parce que tu voulais y être invitée. Tu étais curieuse, admets-le.

— C'est faux, protesta-t-elle avant de se rendre compte qu'il avait cessé ses mouvements.

Son érection était toujours énorme, mais il se rinçait désormais, et un moment plus tard, il coupa l'eau de la douche.

Elle jeta un regard malaisé à son sexe.

— Tu vas juste laisser ça comme ça ?

— Oui.

Il sortit de la douche pour attraper une grande serviette.

— Mais ça ne fait pas mal ?

— Pas vraiment.

Elle ne pouvait s'empêcher de le regarder, contemplant

le mouvement de la serviette sur son visage, ses cheveux trempés et son corps ruisselant.

Il arrêta de se sécher en arrivant à son sexe.

— Navré, c'est vrai que je suis mal élevé. Tu voulais t'en occuper, peut-être ?

— Non ! s'écria-t-elle, tâchant de feindre l'horreur mais incapable de s'empêcher de sourire. Tu dois simplement savoir que cette... chose m'empêche de réfléchir !

Il ouvrit les bras comme pour s'offrir à elle, et Logan recula d'un pas.

— Je ne suis pas certain que l'heure soit à la réflexion. Cependant, si tu tiens absolument à réfléchir, tu pourrais te rappeler que cette « chose » t'a fait du bien, hier soir.

C'était vrai. Elle ne s'était jamais sentie aussi bien.

— Mais je n'ai pas l'habitude de...

— Tu t'en es pourtant très bien sortie.

— C'est parce que tu avais pris l'initiative.

— Tu en es capable tout comme moi.

Elle jeta un coup d'œil dérobé à sa virilité dressée et se demanda un instant à quoi cela ressemblerait dans sa bouche. Comment réagirait-il, si elle s'agenouillait devant lui ? Le sang pulsant dans ses veines, elle avança d'un pas.

— Je peux te toucher ?

Comme il hochait la tête, elle posa une main sur son torse, traçant le chemin de ses pectoraux impeccables. Puis elle s'agenouilla face à lui et posa ses mains derrière ses cuisses, le sexe de Rowan venant se dresser juste en face de sa bouche.

Rowan, et c'était tout à son honneur, ne bougeait pas. Elle se pencha vers lui et embrassa le bout de la hampe, d'un baiser rapide qui ne lui suffit pas. Il était chaud et doux à la fois, et Logan décida subitement de le goûter.

Rowan grossit encore entre ses lèvres, et il étouffa

un gémissement rauque, à la plus grande satisfaction de Logan. Elle manquait peut-être d'expérience, mais il ne semblait pas s'en plaindre. Pleine d'audace, elle le prit complètement en bouche et se servit de sa main pour envelopper le reste, tentant de trouver le bon rythme et de conserver un peu d'oxygène. Alors qu'elle devait s'arrêter pour la troisième fois, maladroite à coordonner sa respiration, elle leva vers lui un regard contrit.

— Désolée, je ne suis pas très douée, et ton sexe est énorme…

— Ne t'excuse pas, gronda-t-il, en venant poser sa main sur son visage.

Il la fit se relever et la prit dans ses bras pour venir l'asseoir sur le comptoir de la salle de bains, relevant sa jupe pour lui écarter les cuisses. En un instant sa bouche fut sur elle, repoussant son slip. Avec une exclamation, elle le sentit toucher son point le plus sensible.

— Tu es déjà trempée, observa-t-il en faisant entrer un doigt en elle.

Elle bougea contre sa main, s'écrasant sur lui, déjà proche de l'orgasme.

— Je crois que ton petit numéro de tout à l'heure m'a excitée, gémit-elle, pantelante.

— Moi aussi, répondit-il. Mais ne viens pas tout de suite. Il faut que tu attendes.

— Je ne crois pas que j'en serai capable…

Il s'écarta subitement, et elle émit une exclamation frustrée. Rowan la fit redescendre du comptoir, arracha son slip et la retourna, penchant son corps contre le marbre et laissant ses fesses à son entière disposition.

— Tourne la tête et regarde-moi te remplir, ordonna-t-il. Regarde à quel point nous allons bien ensemble.

Logan sentit sa main lui écarter les jambes à nouveau

pour se glisser en elle. Elle sentit le changement lorsque les doigts s'effacèrent pour laisser place à son sexe, impatient de la prendre.

— Regarde comme tu es mienne, insista-t-il.

Et il la pénétra, totalement, se frayant un chemin à l'intérieur de son sexe. Un hoquet de plaisir la secoua, mourant dans un long gémissement. Il était entièrement rentré à présent, et le corps de Logan ruisselait de plaisir, tentant encore de s'habituer à sa grosseur.

Mais ce n'était pas à elle d'imprimer le rythme. Rowan plaqua les mains sur ses hanches et commença son lent labour, accélérant par poussées progressives.

— Regarde-toi, souffla-t-il dans l'effort. Tu es magnifique.

— Non, protesta-t-elle dans un gémissement.

— Tu es magnifique et tu m'appartiens. Nous sommes faits pour être ensemble, ma chérie. Ou bien ne vois-tu pas ce que je vois ?

Elle ne savait pas où regarder. Ses coups de boutoir la plaquaient contre le miroir, et les sensations étaient si intenses qu'il était difficile pour elle de se concentrer sur la vision. Elle ne percevait que des impressions, ses lèvres roses entrouvertes, ses yeux écarquillés, brillants, les muscles bandés de Rowan derrière elle. Il avait l'air puissant, sauvage… Et heureux.

L'idée lui vint qu'il l'appréciait peut-être et qu'il la désirait vraiment. Ses doigts habiles vinrent se glisser sous ses seins pour en agacer les bourgeons, et elle fut ramenée à l'instant présent. En un éclair, il était revenu à son clitoris et continuait son assaut, tout en frottant le bouton rose.

— Regarde, lui intima-t-il. Regarde-nous bien.

Elle fit ce qu'il disait mais ne put se concentrer plus d'une seconde.

— Je vais venir, annonça-t-elle entre deux gémissements. Je ne peux pas… contrôler…

— Si, tu peux.

— Non, je ne peux pas…

Alors, il arrêta tout mouvement et retira la main de son clitoris. Logan faillit hurler de frustration et elle sentit les larmes envahir ses yeux tandis qu'elle se retournait vers lui.

— Pourquoi est-ce que tu fais ça ?

— Parce que si tu retardes un orgasme, il n'en sera que plus fort au moment où tu finiras par jouir.

— Je ne veux pas qu'il soit plus fort, Rowan. Je te veux toi. Alors arrête tes jeux. Donne-toi à moi.

Elle se tourna vers lui, passa une main derrière sa nuque et lui délivra un long baiser passionné.

— Je te veux, reprit-elle en interrompant son baiser, car tu es devenu une drogue pour moi…

Et elle l'embrassa à nouveau, comme si sa vie en dépendait.

Rowan avait déjà embrassé Logan auparavant, mais ce baiser-là semblait différent. Le désir transmis par ses lèvres faisait bouillir son sang, bien sûr, mais il y avait quelque chose d'autre. Quelque chose de plus profond, de presque vulnérable, comme si elle s'ouvrait entièrement à lui, corps et âme. Elle ne voulait pas seulement son corps. Elle le voulait, lui.

Il prit le visage de Logan entre ses mains et lui rendit son baiser. Elle cherchait quelqu'un qui l'accepterait comme elle était pour s'offrir totalement en retour. Elle avait agi de la même manière le premier soir. Féroce, intense, chaleureuse... Ouverte à lui. Il ne la connaissait pas, alors. Il n'avait pas compris qu'elle était vierge et qu'en plus de son corps elle lui avait offert son cœur.

Il le comprenait désormais. Et cette fois, il n'allait pas jeter son offrande. Rowan la souleva dans ses bras et l'amena jusqu'à la chambre pour la déposer sur le lit. Comme il s'allongeait sur elle, elle écarta ses jambes pour l'accueillir.

— Je veux que nous formions un couple, Logan. Je veux que tu te sentes bien avec moi et je ferai tout ce qu'il faudra pour que nous soyons sur la même longueur d'onde.

— Ça va prendre beaucoup de temps... et de sexe.

— C'est une bonne chose que nous aimions ça tous les deux, alors.

Il grogna de plaisir lorsqu'elle l'accepta en elle. Elle était étroite et terriblement excitante, ainsi agrippée à lui. Il aimait cette sensation. Leur harmonie était parfaite. C'était du sexe mais c'était aussi plus que cela. Rowan n'aurait su se l'expliquer, mais il se sentait entier et calme à la fois, enfoui au plus profond d'elle.

Tout aurait été parfait s'il n'avait pas été assez maladroit pour la blesser lors de leur première rencontre... Mais on ne peut modifier le passé, alors il lui faudrait infléchir le présent, se donner à elle entièrement, s'offrir tel qu'il était, en espérant que cela lui suffise.

Pantelante, Logan sentait l'heure de la délivrance approcher, mais elle n'arrivait pas au moment crucial, la déferlante se refusant à elle. Leur union était délicieuse et Rowan la comblait parfaitement. Pourtant, si des vagues de chaleur l'emportaient à chaque va-et-vient, elle n'arrivait pas à passer la frontière du plaisir.

Elle ferma les yeux, tâchant de se concentrer pour trouver la jouissance.

— Rowan, se plaignit-elle en lui saisissant les hanches. Rowan... Je n'arrive pas à...

— Mais si, tu vas voir.

La main de Rowan vint rejoindre son clitoris, et le lit sembla se dérober sous elle, la précipitant dans l'orgasme comme dans une chute sans fin. Saisie de convulsions, elle se laissa assaillir par les vagues de plaisir et jouit enfin. Cabrée sous le corps de Rowan, elle l'entendit crier longuement son plaisir, avant qu'il ne s'immobilise en elle.

Combien de temps restèrent-ils enlacés l'un dans l'autre ? Logan ferma les yeux, sombrant dans un sommeil sans rêve.

Au réveil, elle se sentait joyeuse et apaisée. Le bras de Rowan reposait toujours sur elle, et elle se décala pour le regarder. Il était réveillé et la contemplait sans bruit.

— Quelle heure est-il ? demanda-t-elle, ensommeillée.

— L'heure de se réveiller, répondit-il en déposant un baiser sur son front. Et de s'habiller... Il va falloir dîner avec Jax bientôt.

— Ça a l'air tellement normal dans ta bouche. Comme si nous étions une vraie famille.

— Nous sommes une vraie famille. Et tu vis notre nouveau quotidien, répondit-il doucement, mais sans sourire.

Son expression était sombre. Même ses yeux verts semblaient plus noirs qu'à l'accoutumée.

— Je n'ai pas l'impression que nous soyons une famille, avança-t-elle prudemment, après quelques instants.

— Pas pour le moment, peut-être. Mais ça viendra.

— Je ne sais rien de toi, tu sais... À part que tu es un amant formidable...

— Je suis aussi le père de ton enfant.

— Mais il ne s'agit que de sexe entre nous, et…

— Nous avons parlé de ta famille, tout à l'heure. C'était une conversation intime.

Elle eut envie de le pousser dans ses retranchements. De découvrir l'homme derrière l'énigme qu'il représentait pour elle.

— Parle-moi de ta famille, Rowan. Montre-moi ton monde. Sois intime avec moi.

— Pour être honnête, je préférerais te faire l'amour à nouveau.

— Oui, ça ne m'étonne pas, fit-elle sans pouvoir dissimuler son amertume.

— Coucher ensemble, ça n'est pas si mal, déclara-t-il d'une voix douce en caressant distraitement sa poitrine. C'est le sexe qui crée la vie, l'intimité…

— Le partage et le dialogue aussi, Rowan. Et c'est à ton tour. Parle-moi de ta famille. Où sont tes parents aujourd'hui ? Qu'est-il arrivé à ton père, à sa sortie de prison ? Vous vous voyez souvent ? Et pourquoi est-ce que tu t'es engagé dans l'armée ? Qu'est-ce qui t'y a poussé ?

Rowan roula sur le dos, l'attirant sur son torse.

— Je préfère ne pas parler de ces choses ennuyeuses, alors qu'on pourrait parler de nous. Tu as aimé nous voir dans le miroir ? Comment est-ce que tu t'es sentie ?

— Nous ne parlerons pas de sexe !

Elle se redressa, s'éloignant de lui.

— Tu dois me dire quelque chose de toi ! Je ne peux pas continuer à coucher avec une énigme.

— Tu peux, si l'énigme te plaît…

— Pas particulièrement.

Elle le dévisagea, frustrée et consciente de son charme enivrant. Il y avait peut-être un futur pour eux, mais ce futur n'incluait pas le mariage. Ils seraient amants. Des amants qui élèveraient un enfant ensemble. Quelque chose de ce genre.

— Il faut que tu t'ouvres, Rowan. Sinon, je ne pourrai pas continuer.

— Pourquoi est-ce que tu cherches tant à te punir ? On sait tous les deux que tu aimes ce qui se passe entre nous.

Elle lui donna une petite tape, les sourcils froncés.

— Je veux savoir les prénoms de tes parents.

Il soupira.

— Darius et Maire. Mon père était d'origine grecque, ma mère d'origine irlandaise, mais ils n'ont pas passé beaucoup de temps aux États-Unis. Ma mère était d'ici, bien sûr, et mon père de Rhodes, en Grèce. Ils avaient tous les deux des accents prononcés. Ils ont beaucoup vécu, beaucoup bu, se sont beaucoup aimés et beaucoup battus. Ils avaient l'air de vouloir s'accrocher à leur union, mais très vite, il n'y a plus eu que la boisson et les disputes.

Fermant les yeux, elle posa sa tête sur son torse.

— Quelque chose d'autre que tu brûles de savoir ? demanda-t-il en jouant avec une mèche de ses cheveux.

Elle sourit et chercha une nouvelle question.

— Est-ce que tu aimes avoir la double nationalité ?

— À un moment, j'avais même trois passeports, un grec, un irlandais et un américain, mais je ne voyageais jamais avec les trois. Ça aurait rendu les passages aux douanes beaucoup plus longs !

— Et tes parents ? Ils sont toujours en vie ?

— Mon père un mort d'un cancer des poumons il y a quelques années, répondit-il après une hésitation. Ma mère est atteinte de démence, mais je vais la voir souvent.

— Elle vit près d'ici ?

— Oui, dans une institution, à quelques kilomètres.

— Tu n'as pas voulu la garder au château ?

— Elle vivait ici, mais elle a fini par déjouer la surveillance de son infirmière et elle est tombée dans l'escalier, il y a six mois environ. Un centre spécialisé est plus adapté pour elle, maintenant.

— Je ne te jugeais pas…

Il émit un long soupir.

— Personne ne veut placer sa mère, crois-moi.

Elle ne répondit pas, et il finit par hausser les épaules.

— Peut-être que Jax pourra la rencontrer. Tu peux venir, aussi, mais ma mère ne me reconnaît déjà plus vraiment, ces derniers temps, alors… Elle me prend pour un jeune pianiste.

— Tu joues du piano ?

— Non. Mais elle a toujours aimé en écouter…

Logan leva la tête vers lui, cherchant ses lèvres pour l'embrasser.

— On y emmènera Jax, pour qu'elle la voie.

Ils firent l'amour à nouveau, plus tendrement, comme pour se rassurer après un mauvais rêve. Logan sentait leurs liens se raffermir, et enfin elle entrevoyait la réalité de Rowan sous le masque dont il se protégeait. Elle était heureuse qu'il se soit ouvert à elle, même s'il était clair qu'il n'aimait pas partager ses sentiments.

Visiblement, Rowan n'était pas si méchant que ça. Plutôt attentionné, même. Gentil. Soucieux des autres. Logan ne voulait pas passer toute sa vie en tant que mère célibataire, mais si elle décidait de faire confiance à Rowan, alors il faudrait que ce dernier baisse un peu sa garde et la laisse gérer l'éducation de Jax en vraie partenaire, à armes égales. Alors, elle pourrait mettre sa foi en lui.

En était-elle seulement capable ? Le voulait-elle ?

— Il faut qu'on s'habille, lança-t-elle nerveusement.

Elle se leva pour calmer le début de panique qui s'emparait d'elle. Elle rassemblait ses vêtements à la va-vite lorsque la voix de Rowan résonna derrière elle.

— J'ai l'impression que tu fuis. Pourquoi ?

— Je ne fuis pas, mais il faut que je me douche et que je m'habille avant le dîner.

— Tu te fermes à nouveau…

— Dit celui qui n'arrive pas à parler de lui-même ! répliqua-t-elle aussitôt. Je ne fuis pas. Comment est-ce que je le pourrais, alors que ton château est plein de caméras et de labyrinthes ? Regarde-moi, Rowan. Je suis nue dans ta chambre, à ta merci. Piégée.

— Tu n'es pas piégée, rétorqua-t-il impatiemment en la rejoignant.

Logan se réfugia dans la salle de bains, mais Rowan la suivit, la bloquant contre la paroi transparente de la douche.

— Ah vraiment ? Je ne suis pas piégée ? jeta Logan. Tu es partout, tu as toujours réponse à tout, et je n'arrive pas à respirer ou à penser correctement quand tu es là…

Sans répondre, il vint plaquer sa main contre le sexe de Logan, déclenchant la réaction habituelle qu'elle allait devoir combattre.

— C'est ça le problème, Rowan, reprit-elle. Je veux de l'amour, et tu veux du sexe. Je veux que notre lien soit renforcé par notre amour. C'est indispensable pour que nous continuions à nous supporter quand la passion s'érodera. Qu'est-ce qui nous maintiendra à flot, s'il n'y a plus de désir entre nous ?

— Jax, répondit-il. Elle nous gardera unis.

— Et si quelque chose lui arrive ?

Rowan ne répondit pas tout de suite, et Logan comprit

la teneur de son silence. Si quelque chose devait arriver à Jax, plus rien ne les rassemblerait. Ce serait la fin de leur relation ; des années gâchées, pour rien.

— Rien ne lui arrivera, je te l'ai promis.

Logan secoua la tête.

— Que Dieu t'entende. Mais si par malheur… Voilà pourquoi je ne veux pas t'épouser simplement parce que nous nous entendons bien au lit. Si je me marie, je ferai une promesse à mon époux. La promesse de passer ma vie à ses côtés. C'est la seule raison qui doit unir deux personnes. L'envie d'être ensemble, pour toujours.

La main de Rowan retomba, et il recula d'un pas.

— Je peux m'habiller, à présent ? murmura-t-elle, la gorge nouée. Ce sera bientôt l'heure de dîner…

Sans plus rien dire, il la laissa retourner à sa chambre.

10

Ils dînèrent avec Jax dans la petite salle à manger du château, qui comptait quand même une cheminée monumentale, deux armures, un immense lustre d'airain, des tapisseries au mur et des poutres au plafond.

Les scènes de bataille que dépeignaient les tapisseries fascinaient Jax, tout comme les armures.

— L'Irlande est un très vieux pays, lui expliqua Rowan. Il a une longue histoire, et celle-ci, comme toutes les histoires, comporte de nombreuses batailles.

Jax tourna vers lui ses grands yeux bleus, l'étudiant avec grand intérêt.

— C'est pas bien de se battre.

— C'est vrai. Mais parfois on doit le faire, pour protéger son pays, sa famille, sa maison.

Jax digéra l'information en silence, puis se laissa glisser de sa chaise pour aller examiner la cheminée. Elle mangea assez peu, absorbée par tout ce qu'elle découvrait et par les explications fournies par Rowan, mais Logan ne s'en inquiéta pas. Elle-même trouvait difficile d'avaler le moindre morceau, car ses émotions étaient encore à vif et ses pensées confuses. Jax leur avait servi de distraction, occupant Rowan toute la soirée avec ses questions innocentes, auxquelles il répondait avec un grand sérieux.

Mais après le dessert, Orla apparut pour donner son bain à la petite. Ils pourraient monter l'embrasser quand elle serait couchée. Logan savait que lorsque Jax serait partie, il ne resterait plus que le silence, comme un mur entre eux. En soupirant, elle confia sa fille à la nourrice.

— Dis-moi ce qu'il faut faire pour arranger les choses entre nous, demanda Rowan au bout d'un moment. Qu'est-ce que je peux te dire sur ma famille, sur mon passé, pour te montrer qui je suis et te convaincre que je te suis dévoué, à toi comme à notre enfant ? Je pense que nous pouvons être heureux, avec toute la romance qui te sera nécessaire.

— Je ne demande pas de romance, répondit Logan en le regardant droit dans les yeux. Et tu me diminues, lorsque tu présentes mes objectifs de manière si triviale.

— Je ne cherche pas à te diminuer, ni à rire de ce que tu ressens. Je suis frustré que tu ne comprennes pas cette vérité toute simple : ce que nous avons est bien. Notre harmonie sur le plan physique est intense, profondément satisfaisante, et ça n'arrive jamais d'habitude. Je n'ai jamais connu ça avec une autre femme. Je ne l'ai trouvé qu'avec toi.

Elle scruta son masque impassible, voulant le croire et n'osant pas. Est-ce qu'il lui mentait ? Non. Il avait été violent, cruel, mais il ne lui avait jamais menti auparavant, et cela aggravait son dilemme. Un menteur aurait été facile à mépriser, elle ne supportait pas qu'on se joue d'elle. Son père s'était joué d'eux. Son père les avait tous tournés en ridicule.

— Mais peut-être que j'ai tort, ajouta-t-il après un moment. Peut-être que tu as trouvé ce… lien avec quelqu'un d'autre.

— Je n'ai jamais connu qui que ce soit d'autre, donc j'aurais du mal à te répondre, lâcha-t-elle d'une voix neutre.

Elle vit la surprise se peindre sur son visage.

— Tu n'as jamais... connu quelqu'un d'autre que moi ?

— Non. Il y a eu notre histoire en Californie, et celle que nous vivons ici.

Rowan poussa un soupir, l'air troublé.

— Alors tu ne sais pas... Tu ne peux pas comparer avec...

Elle ne savait que dire. Au moins, il ne posa pas de question, et elle n'eut pas à se justifier.

La vie avait été dure depuis sa grossesse. Elle n'avait pas eu le moindre temps à consacrer aux hommes. Ni à elle-même, d'ailleurs.

Et si elle avait pu trouver du temps, qu'en aurait-elle fait ? Elle était tombée amoureuse de Rowan. Ce qui, d'une certaine manière, était la plus grande douleur de toutes.

— On peut fonctionner ensemble, déclara Rowan abruptement, bondissant hors de son fauteuil. On peut donner à Jax mieux que ce que nous avons connu. Je veux qu'elle ait la stabilité et le rire, l'aventure, le bonheur, grâce à nous. Mais pour cela il faut parvenir à s'entendre.

— N'est-ce pas ce que nous sommes en train de faire en ce moment ? Essayer ?

Rowan l'avait rejointe, et elle vit une ombre passer sur son visage.

— J'ai peur que tu aies déjà pris ta décision et que tu attendes juste de pouvoir partir. Mais si tu pars, ça veut dire que Jax ne connaîtra jamais un foyer uni. Elle finira comme moi, baladée de droite et de gauche entre écoles différentes, coutumes différentes, personnes différentes. C'est une vie bien solitaire pour une enfant...

— Pour une adulte aussi, dit Logan. Tu crois que je veux vivre loin de ma fille la moitié du temps, manquer Noël, ses anniversaires ? Je ne peux pas vivre sans elle, mais on ne me forcera pas à vivre avec toi.

— Je ne te force à rien. Je désire que tu sois ici…

— Je n'ai pas choisi d'être ici. Et je ne t'ai pas choisi, toi.

— Tu l'as fait, il y a des années.

Elle rougit au souvenir de la salle d'enchères.

— Tu as raison, murmura-t-elle, nauséeuse. Je t'ai choisi, et tu m'as écrasée, comme un insecte sous le talon. Je suis censée oublier tout ça ? Tu m'as brisée, Rowan. Je me suis demandé si je n'allais pas me perdre totalement. Je ne veux plus jamais ressentir cela. Je t'ai appartenu une nuit. Je n'étais qu'à toi. Et puis j'ai découvert ce que ça voulait dire, d'être à ta merci. Et je n'ai aucun désir de l'être à nouveau.

Elle marcha d'un pas décidé vers la porte, mais la voix de Rowan l'arrêta à mi-course.

— Pardonne-moi, Logan, dit-il calmement. Je t'en prie.

Pendant de longues minutes, elle ne répondit rien, immobile. Et lorsque la tension fut à son apogée, elle secoua la tête et quitta la pièce sans un regard en arrière.

Elle ne fondit en larmes qu'en arrivant à l'escalier dont elle grimpa les marches quatre à quatre, comme pour échapper à la douleur qui lui transperçait le cœur.

Jax dormait lorsque Logan arriva dans la chambre. Après avoir congédié Orla, elle s'effondra sur le tapis devant la cheminée, fermant les yeux pour tenter de chasser le chaos de ses doutes. À chacune de ses respirations, elle sentait son cœur se crisper, et la douleur était si vive qu'elle n'arrivait pas à se concentrer.

Il lui avait demandé pardon, et elle avait refusé.

Refusé.

Comment faire autrement ? Lui pardonner, c'était se livrer à lui. Il serait impossible de lui résister. Il comptait déjà trop pour elle. Elle était déjà bien trop investie. Sa colère était la dernière barrière qui la protégeait d'elle-même. Sans colère, elle n'avait plus d'armure et, avec Rowan, ce genre de vulnérabilité pouvait être fatal.

Pourtant, cette colère la détruisait, elle le savait. La colère est un poison lent.

Elle aurait voulu pardonner, mais elle ne voulait pas rester ici et abandonner le dernier de ses rêves. Bien sûr, elle voulait une famille pour Jax, mais elle voulait aussi quelqu'un qui l'aime.

Aussi plaisant Rowan soit-il au lit, elle cherchait le cœur, pas le sexe. Et cela, il ne pouvait le lui offrir.

Il était temps de partir.

Elle bouclerait ses affaires le soir même et quitterait le château le lendemain. Rowan devrait la laisser faire. Elle se leva et allait sortir sa valise, lorsqu'un coup fut frappé à la porte.

Ça ne pouvait être que lui. Son pouls s'accéléra en réponse. Elle posa la valise au pied du lit et alla ouvrir.

Rowan n'était pas masochiste et il ne cherchait pas une énième conversation avec Logan. La dernière lui avait amplement suffi pour la soirée. Mais il avait promis de lui donner des nouvelles de son frère s'il en recevait. Et les nouvelles n'étaient pas très bonnes.

Logan ouvrit la porte, le visage fermé.

— J'espérais que tu ne dormirais pas, lâcha-t-il maladroitement.

— Je ne dors pas, mais je ne veux pas passer ma soirée à me battre… Ni ma vie. Et si tu…

— C'est au sujet de Bronson, la coupa-t-il. Il ne va pas mieux.

Logan cilla, visiblement incapable de traiter l'information. Rowan serra les dents, haïssant ce qu'il allait devoir dire.

— Les médecins pensent qu'il faudrait venir à son chevet.

— Quoi ?

— Orla est là pour Jax. On peut être à Londres demain, à l'hôpital, pour 9 heures.

— Non. Non… Tu exagères son état, fit-elle d'une voix fébrile, au bord de l'affolement. Il a à peine trente ans. Comment ne se rétablirait-il pas ?

— Avant la fusillade, il était déjà au bord de l'épuisement. Il a besoin de soutien.

— Je veux le voir, alors. Maintenant, répliqua Logan.

Elle secouait la tête, comme égarée par l'imminence du danger que courait son frère.

— Il est sous sédatif, tu ne pourras pas le voir avant la matinée.

— Je veux être là quand il se réveillera.

— Tu y seras. Nous partirons demain aux aurores…

— Je partirai, le corrigea-t-elle. Jax et moi irons. C'est de ma famille dont il s'agit. Tu hais les Copeland.

— Tu ne peux pas amener Jax à l'hôpital !

— Nous irons toutes les deux, Rowan.

Elle se décala et montra la valise au bas du lit.

— J'avais déjà prévu de partir. Il faudra juste faire un détour par Londres. Mon frère a besoin de moi.

— Et à propos de Jax ? demanda-t-il d'une voix grave.

Les yeux de Logan s'emplirent de larmes.

— Elle te manquera, mais je ne te manquerai pas, dit-elle en secouant la tête. Ne t'inquiète pas. Tu pourras venir la voir, obtenir les droits que tu veux, mais nous pourrons régler cela quand mon frère sera hors de danger. S'il se rétablit…

Rowan sentit un poids tomber sur sa poitrine, une douleur étrange. Elle se tenait devant lui, démaquillée, ses cheveux rassemblés en une queue-de-cheval inégale, jeune et incroyablement belle. Un jour, Jax serait comme elle. Les petites filles grandissent et malheur à ceux qui brisent leur innocence.

— Il faut nous donner une chance, Logan. Juste une chance.

Elle chassa ses larmes d'un revers de main.

— C'est ce que j'ai fait. Et le sexe entre nous était fantastique. Mais je me moque de ton corps, Rowan. Seul, il ne m'intéresse pas.

11

Le vol pour Londres ne dura que soixante-quinze minutes. Rowan les avait mises dans le premier avion, mais il ne les laissait pas partir seules. Orla s'était jointe à elles, détentrice des papiers et du tout nouveau passeport irlandais de Jax.

Logan n'avait pas la moindre idée de la façon dont il avait réussi ce tour de passe-passe, mais c'était sans doute grâce à ses connexions dans les milieux gouvernementaux.

Jax dormait dans les bras d'Orla, et Logan la couvrit d'un regard attendri. Puis son regard dériva vers la nourrice irlandaise qui, soudain, lui parut… différente. Était-elle vraiment nourrice, ou faisait-elle partie de l'équipe de protection de Rowan ? Perplexe, Logan fronça les sourcils.

— Tout va bien, mademoiselle Copeland ? s'enquit Orla, comme si elle lisait dans ses pensées.

Logan acquiesça, pourtant elle avait mal à la tête et s'inquiétait pour Bronson. Le futur lui paraissait indéchiffrable. Et elle n'était pas même sûre que la nourrice en soit vraiment une !

— Orla, êtes-vous nourrice agréée ?

Logan se sentit un peu bête de poser la question aussi naïvement, cependant il lui fallait savoir.

— J'ai suivi une école réputée et je fais ce métier depuis plusieurs années, fit Orla. Pourquoi cette question ?

— Parce que vous me faites un peu penser à Joe. C'était mon assistant à Los Angeles, ou tout du moins je le croyais. En fait, c'était un employé de Dunamas, un membre du groupe d'élite de Rowan. Je me demandais si vous aussi…

Orla la regarda sans piper mot.

— En fait, poursuivit Logan, je n'imagine pas Rowan nous laisser partir sans nous faire protéger…

Orla esquissa un sourire amusé.

— Vous connaissez bien M. Argyros.

Castle Ros paraissait vide, soudain. Rowan arpentait sans but les couloirs du château, se sentant affreusement seul. Pourtant, Logan et Jax n'étaient parties que depuis quatre heures… Il finit par sortir dans les jardins sans se soucier de la pluie fine qui s'était mise à tomber. C'était une erreur de les avoir laissées quitter le château. Et dire que c'était lui-même qui les avait mises dans l'avion ! Il avait failli se raviser, expliquer à Logan qu'elles ne pouvaient partir sans lui. Mais elle ne le regardait plus, ne le voyait plus, refusait de lui parler, si ce n'est pour de rapides remerciements… Quand l'avion avait décollé, Rowan avait eu l'impression qu'il emportait son cœur.

Curieuse impression, puisqu'il était notoire qu'il n'avait pas de cœur. Logan s'était assez souvent moquée de lui à ce sujet… Pourtant, elle avait tort. Il éprouvait des sentiments pour elles deux. Mais comment le leur prouver ? Il ne faisait pas confiance aux mots. Les actes, voilà ce qui comptait.

Une fois qu'elles furent arrivées, une confortable voiture les conduisit habilement dans le trafic dense de la capitale aux embouteillages accrus par une pluie tenace. En un rien de temps, elles atteignirent la clinique privée, et Logan sentit son estomac se contracter. Elle avait réussi à maîtriser son angoisse jusqu'alors, mais à présent… Elle embrassa Jax sur les cheveux et se dit que Bronson allait s'en tirer. Jamais elle n'avait connu quelqu'un aussi honnête que lui. Depuis la faillite de leur père, son frère travaillait sans relâche pour tenter de rembourser chaque investisseur. Le regard de Logan rencontra celui d'Orla, chaleureux.

— J'ai peur, lui confia Logan.

— Ça va bien se passer, et votre présence va l'aider.

— Vous croyez ?

— Tout le monde a besoin de sa famille dans les moments difficiles… Ne vous inquiétez de rien, je m'occupe de Jax. Ne vous souciez que de votre frère.

Logan hocha la tête. Mais elle n'avait pas que l'image de Bronson en tête. Celle de Rowan aussi, Rowan qui les avait laissées partir, qui avait cessé la lutte pour lui accorder ce qu'elle voulait. Il avait cédé… Mais Logan n'en ressentait aucun soulagement. Une douleur la tenaillait, persistante.

Le chauffeur s'arrêta devant l'entrée de l'hôpital, et Logan sortit, après un dernier baiser à sa fille. Elle carra les épaules et pénétra dans le bâtiment.

Il lui fallut passer plusieurs barrières de sécurité pour accéder à l'unité de soins intensifs où l'on travaillait à sauver son frère. Bronson était bien protégé, c'était un soulagement de le constater. Enfin, on la conduisit à sa chambre, et ses yeux s'emplirent de larmes en découvrant l'équipement autour de son lit, les branchements qui le reliaient aux différents moniteurs, alors qu'il dormait.

Logan s'approcha pour embrasser tendrement Bronson,

mais il ne s'éveilla pas. Elle resta à son chevet longtemps ; les médecins et les infirmières se relayaient pour vérifier que ses fonctions vitales restaient stables, qu'il était toujours bien hydraté par intraveineuse et qu'il respirait sans difficulté.

Logan se sentait tellement coupable ! Son frère avait assumé seul la dette de leur père, se battant pour la résorber et laver leur honneur. C'était un fardeau insupportable, pourtant jamais il ne s'était plaint…

Luttant contre ses larmes, elle lui serra la main doucement. Il fallait qu'il s'en sorte. Sa vie comptait. Il était son frère. Et pour la première fois, elle voyait qu'il était beau, d'une beauté à briser le cœur, sans rien de superficiel. Son intégrité se lisait sur ses traits. Il n'avait rien de commun avec leur père…

— Hé, Lo…, fit une voix éraillée. Que fais-tu à Londres ?

— Je viens te voir, bien sûr ! fit-elle en se rapprochant pour l'embrasser. Mon Dieu, Bronson, que t'est-il arrivé ?

— Rien de grave, une balle mal placée, mais je suis bien content de te voir. Tu m'as manqué…

Cette fois, Logan ne put retenir ses larmes.

— Toi aussi, tu m'as manqué, et je suis désolée de n'avoir pu venir plus tôt…

— Tu es là, à présent, souffla-t-il avant de refermer les yeux.

Bronson dormit encore trois heures, et Logan resta près de lui, incapable de songer à partir. Comme Rowan avait chargé Orla de prendre soin de Jax, elle n'avait heureusement aucun souci à se faire pour sa fille. En fait, Rowan faisait tout pour protéger Jax… et la protéger elle aussi. Et elle lui en était reconnaissante.

Bronson se réveilla avant le dîner et parut soulagé de voir sa sœur toujours à ses côtés.

— Tu n'es pas partie ?

— Où pourrais-je bien aller ? répondit-elle en souriant.

— Chez toi, t'occuper de ton bébé.

— Elle est ici, à Londres, avec moi. Et ce n'est plus vraiment un bébé, elle a deux ans à présent.

— J'aimerais la connaître. Je suis désolé de ne pas être allé vous voir plus tôt…

— Nous étions tous très pris. Et tu ne savais pas ! Ce n'est pas facile, je le sais… Bronson, ajouta-t-elle en pressant sa main sur la sienne, il faut que tu ailles mieux. Pour moi… Et je ferai tout pour que tu bénéficies des meilleurs soins…

— Mais je les ai déjà, fit-il de sa voix râpeuse en désignant les nombreux appareils qui l'entouraient. Grâce à toi…

— À moi ?

— À ton ami, Rowan. C'est lui qui a tout mis en place. Si je suis encore en vie, je le lui dois.

Son ami ? La gorge serrée, elle serra la main de Bronson encore plus fort.

— Il n'est pas mon ami, dit-elle à grand-peine, mais c'est le père de ma fille.

— S'il n'est pas ton ami, pourquoi fait-il tout ceci pour moi ? Pourquoi t'a-t-il fait venir ici ?

— Comment sais-tu que c'est lui qui m'envoie ?

— Eh bien, tu es ici… et lui aussi.

Logan suivit le regard de Bronson, tourné vers la paroi vitrée. Rowan était debout derrière la vitre et les observait. Émue de le trouver là, elle dut cligner des yeux pour en chasser les larmes.

— Le père de Jax, reprit Bronson d'une voix lasse.

— Oui. Mais tu devrais dormir, fit-elle en le voyant dodeliner de la tête. Je serai là à ton réveil.

Elle sortit mais, déjà, Rowan se dirigeait vers l'ascenseur. Elle se mit à courir pour le rattraper.

— Qu'est-ce que ça veut dire ? Où vas-tu ? demanda-t-elle d'une voix un peu essoufflée.

— Je suis venu t'apporter quelques affaires, de quoi manger, une brosse à dents, des vêtements propres. Je me doutais que tu voudrais passer la nuit auprès de ton frère.

Le cœur de Logan se serra douloureusement. Elle tenta de deviner les pensées de Rowan, mais il était si difficile à comprendre…

— Merci… Mais pourquoi allais-tu partir sans me parler ?

— Tout a été dit, non ? dit-il en haussant les épaules.

Des larmes amères affluèrent aux yeux de Logan. La frustration la brûlait comme une lame chauffée à blanc. C'était faux, tout n'avait pas été dit. Il n'avait pas prononcé les mots qu'elle avait besoin d'entendre.

— Comment va-t-il ? fit Rowan en désignant du menton la chambre de Bronson.

— Il est faible mais lucide. Il m'a dit que tu avais organisé sa prise en charge et qu'il te doit sa survie.

— Ce n'est rien, répondit-il avec un geste négligent de la main.

Logan lutta, cherchant ses mots.

— Il pense… que nous sommes amis. J'ai dû le détromper. Nous n'avons jamais été amis. Amants, oui. Ennemis. Et à présent, parents.

Il la regardait sans ciller, le regard dur, brillant.

— Que veux-tu que je te dise ? lâcha-t-il.

— Je veux simplement comprendre. Comprendre ce qui serait advenu si, ce matin-là, quand tu es entré dans ma cuisine pour faire du café, tu avais simplement vu le nom de Logan Lane sur mon courrier. Quelle aurait été la suite, pour nous, si je ne m'étais pas appelée Copeland ?

— Je t'aurais épousée, rétorqua-t-il aussitôt.

Elle eut chaud, terriblement, puis froid. C'était la dernière réponse à laquelle elle s'attendait.

— Pardon ?

Les yeux verts de Rowan s'assombrirent.

— Ça n'a jamais été une simple affaire de sexe. Je me suis tout de suite senti bien avec toi. Comme si j'arrivais enfin chez moi.

Logan ne pouvait plus respirer, ni réfléchir. Elle était comme paralysée, et ne le quittait pas des yeux.

— Je n'ai jamais ressenti cela pour personne, reprit-il, et je ne pense pas que cela m'arrivera avec une autre. Je n'ai jamais désiré que toi, et c'est toujours le cas.

— Parce que… physiquement, c'est extraordinaire entre nous ?

— Parce que tu es extraordinaire. J'ai l'impression d'avoir trouvé ma moitié avec toi…

Les yeux pleins de larmes, Logan ne savait que dire ni où regarder. Si ce n'était pas une déclaration d'amour, elle ne savait pas ce que c'était. Elle lui avait dit vouloir être aimée avant tout… Mais peut-être ce mot avait-il un sens différent pour chacun d'eux.

— Rowan, je…

Il recula d'un pas, créant une distance entre eux. Puis il appuya sur la commande de l'ascenseur.

— Retourne voir Bronson. Et sois tranquille, je suis avec Jax, et tout va bien se passer.

Faux. Rien n'allait bien se passer. Ils n'iraient jamais au bout des choses ! Elle continuerait à se heurter à ce mur d'impassibilité !

— Pourquoi es-tu venu ? murmura-t-elle. Pourquoi m'avoir apporté ces affaires ?

— Parce que tu en avais besoin, répondit-il brièvement avant de prendre l'ascenseur, dont les portes se refermèrent sur lui.

Logan, installée dans un fauteuil inclinable, passa la nuit au chevet de Bronson. Elle somnolait, n'osant s'endormir de peur de manquer son réveil, mais il dormit jusqu'au matin, et elle sortit finalement se dégourdir les jambes pendant que médecins et infirmières faisaient leur tournée. Heureusement, son frère était bien soigné. Il s'en tirerait. C'était certain.

Elle utilisa les toilettes des visiteurs pour se rafraîchir. Elle aurait tout donné pour un café, hélas la cafétéria se trouvait trop loin. Bien sûr, il lui faudrait rentrer afin de voir Jax et se doucher, mais elle reviendrait vite. Avec un peu de chance, ses sœurs ne tarderaient plus, et elles pourraient se relayer. Bronson saurait combien il était aimé et soutenu. Il était temps que cette famille redevienne une vraie famille. Elle les aimait tous, sa mère, Bronson, ses sœurs, Jax. Rowan.

Sa gorge se serra.

Ils avaient été amants, puis adversaires... Mais peut-être pourraient-ils un jour devenir amis, trouver un terrain d'entente, au moins pour Jax.

Lorsqu'elle sortit des toilettes, ce fut pour découvrir Rowan qui montait la garde à la porte de Bronson. Les infirmières renouvelaient toujours ses bandages.

Son pouls s'accéléra.

— J'ai pris ça pour toi, cela te fera du bien, fit-il en lui tendant un gobelet. Café. Avec du lait et un peu de sucre.

Logan croyait avoir besoin de café plus que de tout autre chose mais, maintenant que Rowan était là, elle comprenait qu'elle avait seulement besoin de lui... Lui, Rowan Argyros, merveilleux, séduisant... insupportable.

— Merci, dit-elle en prenant le gobelet.

Si seulement il la serrait dans ses bras... Elle en avait désespérément besoin dans l'état de tristesse où elle se trouvait. Pourquoi est-ce qu'ils n'arrivaient pas à se parler ?

— Comment va-t-il ? demanda Rowan.

— Il a bien dormi. Les médecins qui sont passés ce matin semblent assez contents de son état. Ils sont moins pessimistes qu'il y a quelques jours.

— Bonne nouvelle.

Elle hocha la tête, cherchant sans les trouver les mots qui dénoueraient la situation. Qui lui permettraient de se rapprocher enfin de lui. Car elle aimait tant le sentir proche ! Jamais elle ne se sentait aussi en sécurité que dans ses bras.

Bronson les avait aperçus à travers la vitre et essayait de se redresser. Logan adressa à Rowan un regard intense avant de pénétrer dans la chambre de son frère.

— Hé, ce n'est pas le moment de faire des efforts, fit-elle en le repoussant doucement sur ses oreillers. Garde ton énergie pour te rétablir.

— Je me sens déjà mieux, répondit-il d'une voix encore un peu râpeuse mais plus ferme que la veille.

— Et cela se voit, intervint Rowan qui était entré à la suite de Logan. La police veut vous interroger de nouveau, mais on va les faire patienter encore un peu. Ils ont en garde à vue un suspect qui reconnaît avoir tiré sur vous, alors même que vous étiez en train de rédiger un chèque à son ordre.

— Il a avoué ? demanda Logan. Vraiment ?

Rowan hocha la tête.

— Il reproche à votre père la ruine de son mariage et ses échecs en général.

— Il n'a pas compris que Bronson cherchait justement à l'indemniser, lui comme les autres clients de mon père ? balbutia Logan, les sourcils froncés.

— La soif de vengeance l'a aveuglé… Tu dois savoir que plus de soixante pour cent des victimes ont été remboursées, expliqua Rowan. Non par Bronson mais par l'argent que le gouvernement a récupéré sur les comptes off-shore de votre père. Ton frère travaille à rembourser les autres, cependant cela lui prend du temps, et certains clients ont besoin d'argent maintenant, pas dans un avenir incertain.

— C'est vrai, approuva Bronson. Je reçois tous les jours des lettres de gens aux abois. Les retraités sont les plus à plaindre : à cause de notre père, ils ont perdu jusqu'à leur maison… Je fais tout mon possible pour eux, j'envoie de l'argent, pourtant le nombre de victimes dans le besoin ne semble jamais diminuer…

— Ce n'est pas ta faute, Bronson. Papa est responsable.

— Mais je suis un Copeland. Je ne pourrais plus me regarder dans la glace, si je n'essayais pas de réparer ses fautes.

— Tu t'es épuisé, fit-elle en lui serrant doucement la main. Nous avons craint de te perdre…

— Ce n'est pas moi la victime, crois-moi. Et même si je ne suis pas celui qui a fait du mal à tous ces gens, je me sens responsable.

— Moi aussi, intervint Rowan. Et c'est à mon tour d'aider. J'en ai parlé à Drakon. Nous reprenons les dossiers et nous allons nous débrouiller pour indemniser tout le monde.

— Tu parles sérieusement ? dit Logan, sidérée.

Encore une fois, Bronson tenta de se redresser.

— Vous n'avez pas à faire cela…

— Non, mais j'en ai la capacité, rétorqua Rowan d'une voix dépourvue d'émotion. Et je veux aider votre famille.

Logan fixa Rowan sans comprendre.

— Pourquoi nous aiderais-tu ? Ça n'a aucun sens. Tu haïssais mon père à un point…

— Mais je t'aime bien plus que je ne le hais.

Les lèvres de Logan s'entrouvrirent, mais aucun son n'en sortit. Elle était bouleversée, submergée par l'émotion.

— J'ai grandi pauvre, reprit Rowan, et j'ai découvert par la suite que l'argent facilite bien des choses. Cependant, il est insuffisant à procurer l'amour. Je préfère donner l'argent que j'ai et aider ceux que j'aime, plutôt que de rester assis sur une fortune qui ne bénéficiera à personne. Je ne veux pas que votre famille souffre.

Logan repoussa les larmes qui menaçaient de couler.

— Tu nous aimes…

— Oui.

Elle se leva pour se blottir contre lui.

— Tu nous aimes, vraiment ? fit-elle d'un ton d'urgence.

— Mais oui, *mo chroi*, j'essaie de te le dire depuis des jours.

— Sans jamais utiliser ces mots-là !

— Je t'ai dit que tu étais chez toi à Castle Ros.

— Ça ne veut pas dire que tu m'aimes… Mais en fait, si ! lâcha-t-elle avec un cri de joie étouffé.

— Oui. Oui, bien sûr…

Rowan l'embrassa, et ils oublièrent où ils se trouvaient, jusqu'à ce que la toux embarrassée de Bronson les sépare, gênés mais le rire aux lèvres.

— Donc, vous voilà amis, fit le frère de Logan avec un faible sourire.

Alors que Rowan la regardait d'un air interrogateur, Logan rougit.

— Oui, fit-elle en se blottissant à nouveau contre lui. Je t'aime. Tu le sais, n'est-ce pas ? Je t'ai aimé au premier regard.

Il eut un grand sourire.

— Et tu croyais que c'était parce que je suis un bon amant, chuchota-t-il à son oreille.

Il l'entraîna dans le couloir pour l'embrasser et l'embrasser encore.

— Épouse-moi, *mo chroi*, fit-il contre sa bouche. Épouse-moi, je t'en conjure. J'ai besoin de ta présence à mes côtés. Dis-moi que nous allons rentrer à la maison ensemble.

Logan sourit à l'homme de sa vie.

— Rien ne me rendra plus heureuse, mon amour.

Épilogue

Ils attendirent trois mois pour se marier, car Logan voulait marcher vers l'autel au bras de son frère, et Bronson avait besoin de temps pour se rétablir.

Ce délai leur donna l'opportunité de planifier le mariage et d'en faire le plus beau qu'ils puissent souhaiter.

Après avoir reçu l'invitation, Victoria s'était tout d'abord excusée mais, au bout du compte, elle se ravisa, et tous les Copeland prirent l'avion pour Castle Ros.

Une cérémonie intime les unit à minuit dans la chapelle du château, à la lumière de chandelles ivoire qui brillaient tout autour d'eux et aux rebords de pierre des fenêtres, illuminant les vitraux et les arches gothiques du bâtiment.

Logan portait un fourreau de soie crème que Jax avait choisi, car c'était elle l'experte en tenues de princesses. Le fourreau était ajusté à la taille et tourbillonnait ensuite jusqu'aux pieds, mais il avait fallu lâcher un peu de tissu car depuis quelques semaines, Logan était enceinte… de jumeaux.

Rowan et elle avaient décidé de ne pas demander le sexe des jumeaux, et ils avaient attendu le mariage pour partager la bonne nouvelle avec les leurs. Mais Jax avait été la première dans la confidence : après tout, c'était son vœu !

Le seul vœu de Logan était que les bébés soient en

bonne santé. Rowan, lui, n'avait aucun vœu à formuler, car il disait que tous ses souhaits étaient déjà réalisés. Il avait femme — sa *m'fhiorghra*, l'amour de sa vie —, enfants et famille. Il considérait en effet désormais les Copeland comme sa famille.

La cérémonie aux chandelles marqua ainsi la fin du scandale Copeland et le début d'une belle histoire, pleine d'espoir et d'amour.